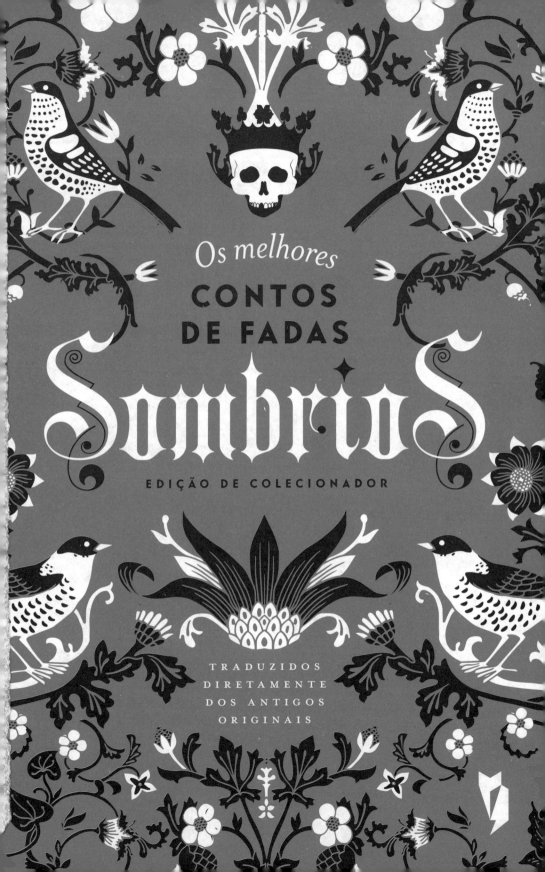

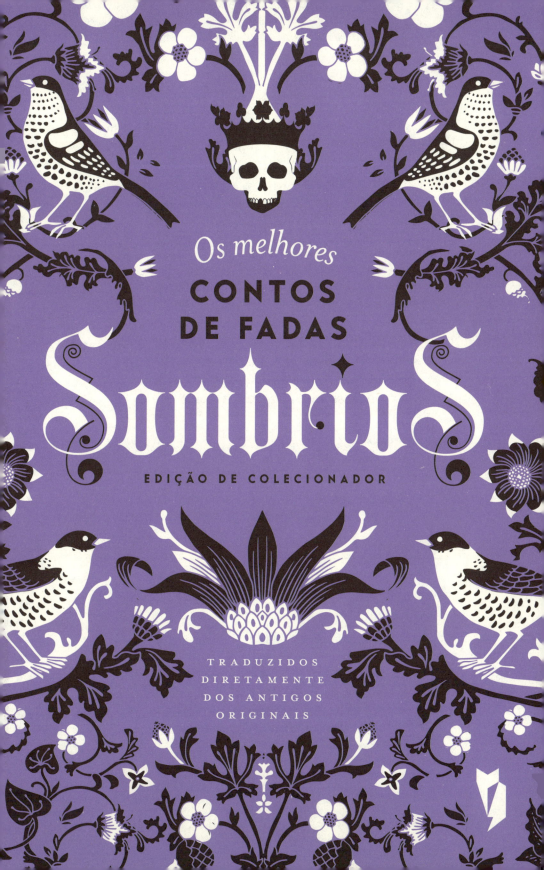

Capa e Projeto Gráfico
Marina Avila

Avaliação
Isadora Urbano, Mariana Dal Chico
e Luiz Henrique Batista

Preparação
Karine Ribeiro

Tradução
Paulo Noriega, Natalie Gerhardt, Sofia Soter, Carolina Cândido, Cláudia Mello, Carolina Caires e Robson Ortlibas

Revisão
Carolina Rodrigues
e Bárbara Parente

1ª edição | 2023 | Geográfica

Dados Internacionais de Catalogação na Publicação (CIP)
Catalogação na fonte Bibliotecária responsável: Ana Lúcia Merege — CRB-7 4667

M 521

    Os melhores contos de fadas sombrios / Giambattista Basile [et al.]; tradução de Paulo Noriega [et al.]; prefácio de Mabê Bonafé. – São Caetano do Sul, SP: Wish, 2023. – (Coleção Áurea)

356 p. : il.

Vários autores
Vários tradutores
ISBN 978-85-67566-62-7 (Capa dura)

1.Contos de fadas 2. Antologia (Contos de fadas) I. Basile, Giambattista II. Noriega, Paulo III. Bonafé, Mabê IV. Série

CDD 398.2

Índice para catálogo sistemático:
1. Contos de fadas 398.2

Editora Wish
www.editorawish.com.br
Redes Sociais: @editorawish
São Caetano do Sul — SP — Brasil

Este livro possui direitos de tradução e projeto gráfico e não pode ser distribuído, de forma comercial ou gratuita, ao todo ou parcialmente, sem a prévia autorização da editora.

"Aproveite a vida. Passaremos todo o resto da eternidade mortos."

HANS CHRISTIAN ANDERSEN

ARTE DE ARTHUR RACKHAM
PARA A BELA ADORMECIDA (SOL, LUA E TALIA)

Os melhores
CONTOS DE FADAS SOMBRIOS

Sumário

10   **CONHEÇA OS AUTORES**
Vida e obras de mentes criativas

22   **PREFÁCIO**
Por Mabê Bonafé

30   **A VELHA ESFOLADA**
Giambattista Basile

42   **A MÃE MORTA**
W. R. S. Ralston

44   **O JUNÍPERO**
Jacob e Wilhelm Grimm

58   **A LÍNGUA DOS ANIMAIS**
Andrew Lang

66   **O PADRINHO**
Jacob e Wilhelm Grimm

70   **A HISTÓRIA DE UMA MÃE**
Hans Christian Andersen

80	**A MORTE DA PINTINHA** *Jacob e Wilhelm Grimm*
84	**A SERPENTE E A PRINCESA** *A. H. Wratislaw*
88	**O OSSO CANTOR** *Jacob e Wilhelm Grimm*
92	**O GANSO LOUCO** *Norman Hinsdale Pitman*
104	**O NOIVO LADRÃO** *Jacob e Wilhelm Grimm*
112	**O CADÁVER MORDAZ** *Rachel Harriette Busk*
116	**CHAPEUZINHO VERMELHO** *Charles Perrault*
122	**A SOMBRA** *Hans Christian Andersen*
138	**SENHORA TRUDE** *Jacob e Wilhelm Grimm*
140	**A BRUXA MORTA** *W. R. S. Ralston*
142	**A VOZ DO SINO** *William Elliot Griffis*
150	**AMADO ROLAND** *Jacob e Wilhelm Grimm*

156   **HANS-MEU-OURIÇO**
Jacob e Wilhelm Grimm

164   **TIM-TIM OU TUM-TUM**
Parker Fillmore

172   **O CRAVO**
Jacob e Wilhelm Grimm

180   **AS TRÊS CABEÇAS DO POÇO**
Joseph Jacobs

186   **O CACHORRO E A PARDAL**
Jacob e Wilhelm Grimm

192   **OS SAPATINHOS VERMELHOS**
Hans Christian Andersen

202   **A URSA**
Giambattista Basile

212   **O POBRE MENINO NA COVA**
Jacob e Wilhelm Grimm

218   **AS TRÊS FADAS**
Giambattista Basile

228   **JOÃO E MARIA**
Jacob e Wilhelm Grimm

238   **O FÍGADO ROUBADO**
Otto Knoop

242   **OS DOZE IRMÃOS**
Jacob e Wilhelm Grimm

250   **A NOIVA DA CAVEIRA**
Elphinstone Dayrell

254   **O GAROTO QUE SAIU DE CASA PARA APRENDER O QUE É O MEDO**
Jacob e Wilhelm G+rimm

266   **BIANCABELLA**
Gianfrancesco Straparola

280   **BARBA AZUL**
Charles Perrault

288   **AS TRÊS FOLHAS DA COBRA**
Jacob e Wilhelm Grimm

294   **SOL, LUA E TALIA**
Giambattista Basile

300   **A CUIDADORA DE GANSOS**
Jacob e Wilhelm Grimm

310   **AS FADAS**
Charles Perrault

316   **A BRINCADEIRA DE MATANÇA DAS CRIANÇAS**
Jacob e Wilhelm Grimm

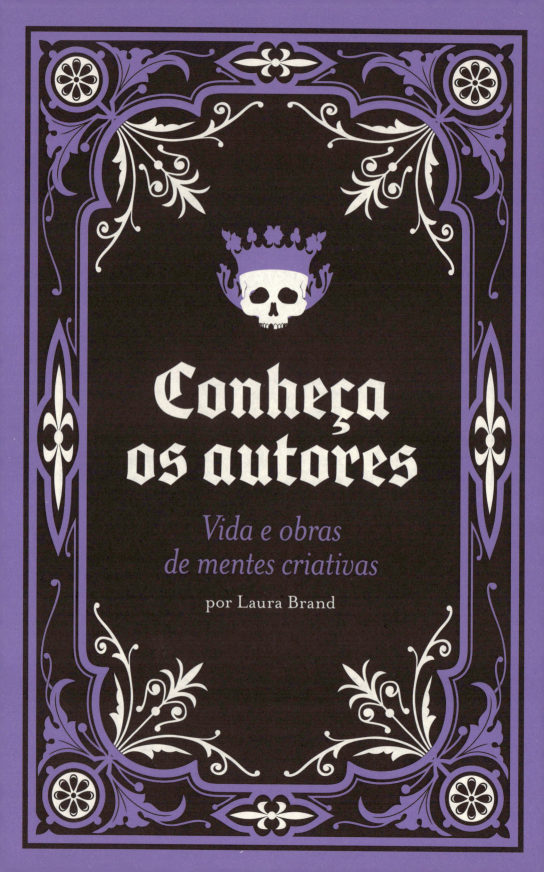

Irmãos Grimm

(Jacob: 1785–1863 e Wilhelm: 1786–1859)

Os irmãos Grimm estão por trás de algumas das mais famosas e amadas histórias infantis que conhecemos. Seu legado na literatura e na academia é intransponível e, não à toa, suas narrativas atravessam gerações, mesmo que as histórias que conhecemos hoje sejam um pouco diferentes das originais. Jacob e Wilhelm Grimm nasceram em 1785 e 1786, respectivamente, no então Condado de Hesse-Kassel, atual Alemanha. Quando Jacob tinha apenas onze anos, seu pai morreu de pneumonia, e ele viu sua família passar por dificuldades financeiras.

Com a ajuda de uma tia, os irmãos Grimm conseguiram cursar o equivalente ao Ensino Médio atual e, depois, entraram na faculdade de Direito, com o intuito de seguir os passos do pai no serviço público. Jacob, mais velho, foi para Marburg, em 1802, e seu irmão mais novo, Wilhelm, o acompanhou no ano seguinte. Entretanto, a inclinação para o resgate e registro do folclore local fizeram com que os irmãos seguissem outro caminho.

Um professor da Universidade de Marburg despertou o interesse dos irmãos pela filologia, o estudo da linguagem em textos históricos. Friedrich Carl von Savigny foi um respeitado e influente jurista alemão no século XIX. A Escola Histórica desenvolvida por Savigny representava sua visão em relação ao Direito como um organismo vivo, que se modificava, se transformava e se adaptava seguindo os costumes de um povo.

Com a ajuda de Savigny, o contato com outros acadêmicos e por meio do entendimento de que a cultura e as tradições influenciam a forma como uma sociedade se organiza, o desejo dos irmãos Grimm de dedicarem-se ao estudo da história literária alemã se tornou uma realidade. Contar histórias e transmiti-las de geração em geração sempre foi uma forma de guardar a cultura, as tradições e valores de um povo. Em meio a transformações sociais e políticas causadas pelas guerras napoleônicas no século XIX, os irmãos Grimm e outros românticos alemães recorreram às histórias tradicionais como forma de exaltar a cultura nacional.

Contos Infantis e Domésticos foi publicado em 1812, e reunia um número seleto de histórias que, antes, estavam limitadas apenas à tradição oral. Os irmãos continuaram a resgatar histórias, registrá-las e publicá-las ao longo dos anos e, com o tempo, foram feitas adaptações para torná-las mais acessíveis para públicos mais jovens.

As ilustrações que acompanhavam as histórias, assim como as palavras que elas representavam, também foram responsáveis por moldar o imaginário popular do que era o folclore alemão da época. Sua contribuição para o folclore europeu e para a literatura pode ser percebida pelas narrativas que continuam atravessando gerações, mesmo que elas se transformem ao longo do tempo.

Charles Perrault

(1628-1703)

O francês Charles Perrault é considerado por muitos como o pai do gênero dos contos de fadas. Nascido na Paris do começo do século XVII, Perrault foi um notório membro da Academia Francesa e um dos pioneiros a escrever os textos que hoje conhecemos como contos de fadas. Ele combinou elementos de narrativas folclóricas antigas e representações de fantasia da sociedade francesa da época.

Charles Perrault foi o sétimo filho de Pierre Perrault e Paquette Le Clerc. Nascido em uma família de burgueses parisienses, teve acesso a uma educação de qualidade, frequentou boas escolas e estudou Direito até começar uma carreira no serviço público. Seus contatos levaram Perrault à corte do rei Luís XIV, onde contribuiu em áreas da Cultura.

Perrault defendia a evolução e a superioridade da literatura de sua época em relação aos séculos anteriores, sendo um dos líderes da disputa entre Modernos e Antigos. Quando perdeu seu cargo na corte, dedicou-se de forma integral à escrita de histórias para crianças, inspiradas nas tradições orais do folclore francês e europeu. *Contos da Mamãe Gansa*, coletânea publicada em 1697, é considerada o marco do surgimento da Literatura Infantil.

Charles Perrault morreu em 1703 em sua cidade natal, aos setenta e cinco anos. Foi responsável por escrever versões de alguns dos contos de fadas mais famosos do mundo. Sem a contribuição de Perrault, histórias como *Chapeuzinho Vermelho*, *Barba Azul* e *As Fadas* não teriam chegado para nós nas versões que conhecemos. Seu trabalho influenciou dois nomes que, ao seu lado, entrariam para o hall da fama da literatura mundial: Jacob e Wilhelm Grimm.

Giambattista Basile

(1575-1632)

Uma das cidades mais antigas da Europa viu florescer em suas terras uma rica cultura que serviria de inspiração para diversos artistas ao longo da história. Nápoles foi a terra natal de Giambattista Basile, soldado, funcionário público, poeta e contista. Algumas fontes diferem em relação à data de seu nascimento. Alguns afirmam que Basile teria nascido em 1566, outros, como o historiador Benedetto Croce, afirmam que teria sido no ano de 1575.

Um dos mais velhos autores resgatados nesta coletânea, Giambattista Basile foi um dos primeiros a coletar histórias baseadas no folclore, dialeto, mitos e cultura do povo napolitano, e serviu de fonte para diversos caçadores de contos de fadas que viriam em seguida. Nasceu em uma família de classe média e cresceu circulando pela península italiana. Tornou-se soldado e seu ofício permitiu que tivesse contato com diversas histórias e, principalmente, com o dialeto napolitano e sua expressão cultural, que marcaria presença nos textos que ele viria a escrever e imortalizar.

O primeiro registro conhecido de Cinderela na literatura ocidental foi feito pelas mãos de Giambattista Basile. Versões de histórias como *O Gato de Botas*, *Rapunzel*, *Branca de Neve* e *A Bela e a Fera* foram registradas por Basile há quase 400 anos e seguem sendo contadas e adaptadas. Em *Sol, Lua e Talia*, *As Três Fadas* e *A Velha Esfolada*, vamos descobrir um lado um tanto quanto mais sombrio de um dos pais dos contos de fadas.

Hans Christian Andersen

(1805-1875)

Um dos mais famosos autores de contos de fadas, Hans Christian Andersen nasceu em Odense, na Dinamarca, em 2 de abril de 1805. Seu pai era um sapateiro e a mãe auxiliava na pouca renda da casa como lavandeira. Filho único, cresceu apaixonado por atuação, dança e música.

Deixou Odense, sua terra natal, em 1819, em direção a Copenhague poucos anos depois da morte de seu pai. Nos anos seguintes, Andersen viveu algumas tentativas frustradas de conseguir verdadeiro reconhecimento como ator até voltar-se para a escrita.

O romance *The Improvisatore* foi publicado originalmente em 1835 e logo em seguida Andersen publicou suas primeiras coletâneas de contos de fadas voltados para crianças. O autor alcançou a fama à medida que o número de publicações, demandas e atenção internacional cresciam.

Andersen também escreveu peças, músicas, romances e poemas. Para escrever os contos de fadas que o tornaram mundialmente famoso, Andersen se inspirou nos contos folclóricos que ouvira de sua avó e de outras pessoas quando criança. Logo, porém, começou a criar suas próprias histórias.

Andersen foi pioneiro no conteúdo e na forma de suas narrativas. Enquanto alguns contos exibem um tom mais otimista em relação ao triunfo da bondade, outros são profundamente pessimistas e apresentam desfechos infelizes. Talvez uma das principais razões para o grande apelo de Andersen tanto para crianças quanto para adultos seja o fato de que ele não tinha medo de introduzir sentimentos e ideias mais profundas em suas histórias, sem deixar de lado elementos que remetem à perspectiva da criança.

Hans Christian Andersen morreu em 4 de agosto de 1875, mas sua obra se mantém viva. Andersen combinou suas habilidades naturais de contar histórias e seu grande poder imaginativo com elementos universais de lendas do folclore popular para produzir um corpo de contos de fadas que, até hoje, ecoa em muitas culturas.

Norman Hinsdale Pitman

(1876-1925)

Nascido nos Estados Unidos, passou grande parte de sua vida na China. Foi professor e escritor responsável por coletar alguns dos contos de fadas tradicionais chineses e registrá-los de forma a levar essas histórias para países de língua inglesa. Alguns dos seus contos foram apresentados aos leitores brasileiros em *Os melhores Contos de Fadas Asiáticos* que agora também podem conhecer um lado mais sombrio de Pitman em *O Ganso Louco e o Tigre da Floresta*.

Joseph Jacobs

(1854-1916)

Historiador e folclorista australiano, Joseph Jacobs viveu na Inglaterra durante sua vida adulta. Ficou mundialmente conhecido por uma série de artigos sobre a perseguição dos judeus na Rússia e publicou muitos volumes no campo da história judaica.

Jacobs editou o jornal *Folklore* de 1899 a 1900. De 1890 a 1916, editou e publicou diversas coleções de contos de fadas que foram impressas com ilustrações de John Dickson Batten. Ele acreditava que enquanto os Grimm e Perrault resgatavam histórias alemãs e francesas, as crianças inglesas também deveriam ter acesso aos contos do folclore local. Jacobs, porém, foi inspirado por estes autores, e escreveu: "O que Perrault havia iniciado, os Grimm completaram".

Em 1900, ele aceitou um convite para se tornar editor-revisor da *Enciclopédia Judaica*, que estava sendo preparada em Nova York, e estabeleceu-se definitivamente nos Estados Unidos. Posteriormente tornou-se professor de inglês no Jewish Theological Seminary of America e contribuiu para uma nova tradução da Bíblia para o inglês para a Jewish Publication Society of America. Joseph Jacobs também editou jornais e outros livros sobre o assunto, bem como artigos sobre o folclore judaico. *As Três Cabeças do Poço* é um pedaço do legado que Joseph Jacobs carrega na literatura.

Andrew Lang

(1844-1912)

Andrew Lang foi um escritor escocês. Tornou-se uma autoridade em literatura grega, francesa e inglesa, folclore, antropologia, história escocesa e em outros campos. Também foi um pesquisador e publicou alguns livros de poesia.

Foi autor e editor de uma das maiores coleções de contos de fadas e histórias do mundo. Acredita-se que sua esposa, Leonora Blanche Alleyne, tenha contribuído como colaboradora, autora e tradutora de diversos dos contos de fadas atribuídos a ele. Lang também nutria um interesse por mitologia e religião, o que se expressa em algumas das histórias que ele coletou e reescreveu.

É um dos maiores compiladores de contos de fadas europeus, disponibilizando o acesso traduzido a histórias raras e selecionadas. *A Língua dos Animais* é sua contribuição para *Os Melhores Contos de Fadas Sombrios*.

Gianfrancesco Straparola

(1480-1557)

São poucos os autores que podem se gabar de terem servido de inspiração para nomes como William Shakespeare, mas Straparola é um deles.

Nascido em Caravaggio, na Itália, aproximadamente em 1480, Gianfrancesco Straparola é autor de uma das primeiras e mais relevantes coletâneas de contos de fadas. Pouco se sabe sobre a vida pessoal de Gianfrancesco Straparola, suas datas de nascimento e morte são incertas e até mesmo o nome "Straparola" levanta questionamento se não era um pseudônimo ou uma sátira já que significa alguém que gosta de falar, ou quem fala muito. Sabe-se que ele viveu em Veneza no começo do século XVI e publicou alguns poemas.

Sua relevância literária se consolidou com *Le piacevoli notti* (1550-53), uma coletânea que, acredita-se, tenha se inspirado na obra *Decameron*, de Giovanni Boccaccio. Muitos desses contos foram coletados ou recontados posteriormente por nomes como Giambattista Basile, Charles Perrault e os irmãos Grimm.

Foi o primeiro a escrever essas histórias de maneira tão extensa e foi responsável por estruturar uma forma para o gênero. Suas versões de histórias conhecidas como *A Bela e a Fera* são algumas das mais antigas que se tem registro e diferem bastante das versões que conhecemos. *Biancabella* é um raro resgate literário que traz Straparola para o hall de autores que contribuíram para o lado mais sombrio dos contos de fadas.

Elphinstone Dayrell

(1869-1917)

Ao contrário de outros autores desta coletânea, Elphinstone Dayrell buscou histórias com toques sombrios e sobrenaturais fora da Europa. O literato e folclorista nigeriano Dayrell foi responsável por coletar dezenas de narrativas do folclore local. *A noiva da Caveira* foi seu conto selecionado para esta obra.

William Elliot Griffis

(1843–1928)

Nascido nos Estados Unidos e veterano da Guerra Civil, Griffis foi tutor de Kusakabe Taro, um jovem samurai da província de Echizen, um dos primeiros japoneses a estudar nos Estados Unidos. Foi um dos principais responsáveis por documentar as experiências dos ocidentais no Japão e as raízes das relações nipo-americanas.

William Elliot Griffis foi convidado para dar aulas de inglês e ciências no que viria a se tornar a Universidade de Tóquio. Seu contato com a cultura japonesa inspirou um vasto acervo literário, incluindo mais de 50 livros escritos, além de artigos, inclusões em enciclopédias e, claro, contos de fadas que os leitores puderam conhecer em *Os Melhores Contos de Fadas Asiáticos* e, agora, também podem se arrepiar com *A Voz do Sino*.

W. R. S. Ralston

(1828–1889)

William Ralston Shedden Ralston foi um bibliotecário, folclorista e estudioso russo. Nasceu em Londres, filho de comerciantes. Apesar de não ter nascido em um lar pobre, sua família enfrentou diversos problemas financeiros por conta de processos jurídicos movidos pelo patriarca.

Formou-se em Direito, mas nunca chegou a exercer a profissão. Em 1853 começou a trabalhar com livros no British Museum. Seu trabalho envolvia catalogar os livros impressos no acervo, e foi a partir daí que seu interesse pela literatura russa cresceu.

Traduziu dezenas de contos escritos por Ivan Andreevich Krylov, um dos maiores fabulistas russos.

A Bruxa Morta traz a contribuição de um dos maiores entusiastas e estudiosos da literatura russa no século XIX para *Os Melhores Contos de Fadas Sombrios*.

A. H. Wratislaw

(1822-1892)

Albert Henry Wratislaw, mais conhecido como A. H. Wratislaw, nasceu em Rugby, no condado de Warwickshire, Inglaterra. Descendente de tchecos, passou grande parte de sua vida se dedicando ao estudo do folclore de países do leste europeu.

Wratislaw era particularmente interessado no folclore eslavo, tendo explorado bastante sua língua, suas histórias e cultura. Ficou conhecido por seu livro *Sixty Folk-Tales from exclusively Slavonic sources*, em que trazia, de forma inédita, diversos contos de fadas traduzidos diretamente de textos eslavos.

Quando foi publicado, em 1889, já havia um interesse crescente no folclore, como afirmado pelo próprio autor no prefácio de seu livro. Wratislaw seguiu a tradição de outros caçadores de contos de fadas que vieram antes e continuou explorando histórias como *A Serpente e a Princesa* que atravessaram o tempo e chegaram a nós.

Rachel Harriette Busk

(1831-1907)

Nativa de Londres, Rachel Harriette Busk, passou uma parte considerável de sua vida viajando, o que permitiu que tivesse contato com diversas culturas e idiomas. Começou a se interessar pelo folclore dos locais por onde passou, e resgatou contos de fadas de países como Itália, Espanha e Mongólia.

Busk estudava o folclore local e, assim como os outros autores desse livro, tinha a intenção de fazer com que outros povos, de outros lugares do mundo, conhecessem e se encantassem pelos antigos contos de fadas.

Em *Os Melhores Contos de Fadas Asiáticos*, pudemos conhecer algumas das histórias que Rachel Harriette Busk ouviu em suas viagens e registrou. Agora mergulhamos em um lado mais sombrio de Rachel Harriette Busk com *O Cadáver Mordaz*.

Prefácio

por Mabê Bonafé

Podcasts Modus Operandi *e* Caso Bizarro

A REVOLUÇÃO
DOS CONTOS DE FADAS

aro leitor,

Se por acaso conjecturas que meu único propósito por aqui é cativá-lo e condená-lo a ler os contos a seguir, engana-se redondamente. Trago sim algum conselho, e permita-me a ousadia de apontar que deve considerar nosso encontro como um presente.

Um presente que eu venho oferecer.

Sem subestimar sua plena capacidade de conduzir os rumos de sua própria vida, tenho em mim a certeza de existir uma perspectiva melhor sobre como você pode nutrir-se desta coletânea da forma mais propícia e acertada possível.

Há que se dosar os momentos felizes, mas não se preocupe, não terás de desembolsar nada, pois os meus conselhos ofereço sem custo.

Não me atrevo a definir o que é felicidade e, francamente, pouco me instiga. O bem-estar proporcionado é de fato renovador, mas não se pode negar que é fugaz e efêmero, e é justamente acerca dessa característica que pretendo dissertar.

Eles viveram felizes para sempre.

Desafio qualquer um a mostrar um casal que viveu feliz para sempre. É de fazer rir.

Após as núpcias, descobre-se o ciúme e as inquietações. Ou, assim que nasce a primeira criança, chega também a pesarosa reflexão acerca da perda da liberdade. Ou as labutas cotidianas de quem vivia o inferno dentro da casa dos genitores e agora vive o inferno dentro da própria casa, porque contraiu o matrimônio sem a chance de descobrir que só ele faria todos os afazeres domésticos.

Que acabe essa fantasia utópica da felicidade plena, pois aquele que perpassa toda sua existência exibindo um mísero sorriso certamente sofrerá câimbras faciais ou infortúnios mais graves.

Chega de histórias de contos de fadas romantizando a vida.

Seja franco, por mais que uma pessoa possua virtudes elevadas, acredita de fato na possibilidade de higienizar diariamente quarenta amplas janelas (um número meramente especulativo, assumo) e encontrar tempo para usufruir da vida? Caso presente na circunstância, eu não me furtaria de concordar se a fada madrinha sussurrasse aos ouvidos de Cinderela: jovem, esqueça o baile, o príncipe, esse vestido besta! Aguarde o momento em que as abóboras se transformarão em

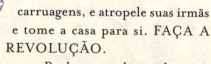

carruagens, e atropele suas irmãs e tome a casa para si. FAÇA A REVOLUÇÃO.

Perdoe-me, talvez tenha excedido um pouco em meu entusiasmo, contudo creio que compreenda meu ponto de vista.

Quando romantizamos as nossas próprias narrativas, incorremos no erro de criar expectativas irreais, levando-nos às mais profundas frustrações. Nem tudo é resolvido da melhor forma possível, e nem todo mundo está feliz o tempo todo. A vida tem seus altos e baixos, e aceitá-los é uma tarefa árdua que nos poupa um pouquinho.

O problema da romantização dos contos de fadas está no fato de nos apresentar histórias com finais felizes, personagens perfeitos e resoluções simplificadas. E dar a falsa ideia de que todos os obstáculos podem ser resolvidos se houver muito sofrimento e um desejo do fundo do coração, ou se casando com um belo príncipe. Ou uma bela princesa. Ou mesmo se casando com um príncipe ou princesa com ausência de graciosidade. No linguajar popular: feios. E que nenhum homem-ouriço leia isto aqui!

Veja só, não ouso dar uma lição de moral. Garanto, não é esse meu intuito. Muito menos apenas criticar, pois se é importante termos em mente que a desilusão pode ser prejudicial, criando expectativas irreais, por outro lado, também é benéfica ao ser utilizada como escapismo ou mesmo fonte de inspiração; afinal, também é preciso espaço para a magia, a fantasia, a desopilação... O que quero salientar é que nenhuma narrativa pode nos definir por completo ou deve ser capaz de modificar nossa essência. Cada um sabe onde dói e o quanto precisamos de uma boa dose de irrealidade vez ou outra.

Também não venho aqui tentar impedir ninguém de contrair a felicidade, pelo contrário. É inquestionável que sorrir é uma das mais deliciosas manifestações de sentimento que podemos atingir, mas há de se reconhecer que sempre há finitude. Se tudo é bom, e tudo me dá prazer, também é verdade que tudo irá se desvanecer a qualquer momento.

E é aqui que eu entro. A expectativa sobre este livro. A expectativa do mísero sorriso eterno.

Ah, não. De forma alguma.

Minha aparição é direta e objetiva. Tenho o grande propósito de lhe prevenir com relação ao que, sem sombra de dúvida, encontrará a seguir, causando nojo, repulsa e algumas pitadas de angústia.

Se outrora incubia às fábulas idealizar uma situação, aqui encontrarás a trajetória inversa. A não romantização do ideal, os desfechos melancólicos, tortuosos e desiguais.

Como o osso cantor que só queria gritar por injustiça. Ou mesmo a vilã madrasta, que convence o pobrezito do pai a largar as crianças no bosque porque está faltando comida dentro de casa.

De que modo podemos expressar "E eles viveram felizes para sempre", senão talvez substituir por "E eles viveram"?

Pensando melhor, alguns sequer tiveram uma longa vida. Ah, miserável e azarado Carroceiro.

Desgraçado Carroceiro. Soberbo Carroceiro. Impiedoso e atropelador Carroceiro.

A bem da verdade, há várias narrativas que culminam na morte dos protagonistas, algumas vezes até de maneira truculenta. Não que tenha predileção por esses, mas há de se admirar um certo esforço criativo que alguns empregam nela.

Ah, a Morte. A mais temida, a mais vingativa, a mais fugaz.

Tampouco cabe a mim defini-la, no entanto, em algumas culturas, a Morte é vista como uma passagem para uma nova existência, cheia de novas possibilidades. Em outras, pode ser considerada uma forma de renascer em outro corpo, outra essência. Há os que a veem como uma forma de se despedir da vida com dignidade e paz.

Se me perguntarem, lhes direi que aqui a morte é quase sempre parte do enredo, senão o desfecho, o início. Senão o início, o desenvolvimento da história. E, raras vezes, o melhor caminho, pois o contrário seria torturante demais.

Ao passo que não podemos modificar para "E eles viveram", mudar para "E eles morreram..." também não seria possível, pois não faria jus àqueles que viveram. Ouviu, senhora Trude?

25

Diante de uma profunda reflexão, a conclusão é que o mais adequado seja simplesmente extinguir essa expressão.

Assim, resta a não romantização dos contos de fadas.

Peço que me perdoe por enfatizar repetidamente uma mesma expressão, todavia é inevitável reiterá-la. Permita-me, agora, pular para algumas páginas do livro, apenas para trazer um pouco da atmosfera que o espera.

...

Era uma vez, em épocas mais simples, em um reino ermo e longínquo, uma pintinha de índole egoísta. Não muito distante dali, alguns peixes nadavam pouco antes de se oferecerem para serem comidos.

E, ainda, uma matriarca dotada de poderes enigmáticos, capaz de transformar uma criança em um pedacinho de madeira para cozinhar alguma coisa.

Também surge um jovem ouriço astuto, que ludibriou a monarquia e, movido pela mais vil vingança, trespassou o coração da princesa que ousou quebrar o pacto com ele. Entretanto, quando enfim chegou a hora de confrontar aquele que o havia menosprezado — seu próprio pai —, absolveu-o e acolheu-o em seu próprio lar.

No que se refere ao que vem a seguir, atesto que abrange uma ampla variedade de narrativas. Algumas delas longas, outras bem breves, contudo, todas possuem uma moral. Um aprendizado, assim como nos contos de fadas.

Entretanto, nem sempre as aparências condizem com a realidade, e em alguns momentos, o leitor se surpreenderá com indivíduos misericordiosos no percurso. A despeito de muitas histórias retratarem costumes e culturas que nos pareçam distantes, o cerne principal já é bem conhecido e permeia a sociedade.

A inveja da donzela, a ganância pelo ouro, a maldade com a própria prole, a avareza do — novamente — Carroceiro, o ciúme do irmão. Em outras palavras, alguns dos piores vícios da humanidade. Algo que nem a tecnologia, o conhecimento e o passar dos séculos são capazes de melhorar.

Caro leitor. Gostaria de tecer algumas considerações em relação às histórias a seguir. Não digo isso para causar nenhum impacto, contudo, preciso prepará-lo para o que está por vir. Permita-me antecipar que não é minha intenção provocá-lo, mas seria temerário adentrar a leitura sem as devidas precauções.

De fato, não é prudente ingressar nesse universo ficcional sem nenhum tipo de suporte, sem a garantia de que, ao interromper a leitura a qualquer momento, não será atormentado nem sofrerá nenhuma angústia desencadeada pelas tramas aterradoras que se desdobram nas páginas seguintes.

"É preciso se proteger!", dizia a pardal. A sabedoria contida em suas palavras não pode ser negligenciada.

Embora, pensando melhor, talvez ela nunca tenha dito isso; existe em meu íntimo uma convicção inabalável de que, no momento em que se fizesse necessário, ela diria. Acredito piamente nisso, e como dito antes, é fundamental que as nossas vozes internas sejam acolhidas.

Perdoe-me, caro, me distraí brevemente. Do que falávamos? Ah, sim, dos personagens.

Certamente você irá se identificar com os personagens presentes na obra, bem como torcer por alguns deles. Ou contra. Principalmente contra. Narrativas que envolvem determinados elementos, tais como a representação de um javali dilacerado — pobre bichano! —, um noivo que habita nos cafundós do Judas, com o perdão da expressão, já que reside em um local densamente arvorado e nebuloso, e também porque mantém uma senhora como refém, e um médico renomado que adquiriu todo o seu conhecimento de medicina por meio de uma madrinha mágica.

Alguns já conhecidos, tais como os famintos, curiosos e malfadados João e Maria, a inocente Chapeuzinho Vermelho e até mesmo o mais temido dos cônjuges, o perigoso Barba Azul. Outros, como a vingativa pardal, proporcionarão uma sensação de frescor.

Compete somente a você a astúcia de saber dosar essa antologia de trinta e nove contos que permeiam todas as emoções, porém, em sua essência, são sempre sombrios.

Tal qual a nossa vida.

MABÊ BONAFÉ

Mineira, escritora, viciada em séries e filmes de horror. Apresentadora e roteirista do podcast Modus Operandi, *que fala sobre crimes reais e serial killer, e do* Caso Bizarro, *sobre mistérios sobrenaturais. Suas redes sociais: @ma_b no Instagram e @mabebonafe no Twitter e Tiktok*

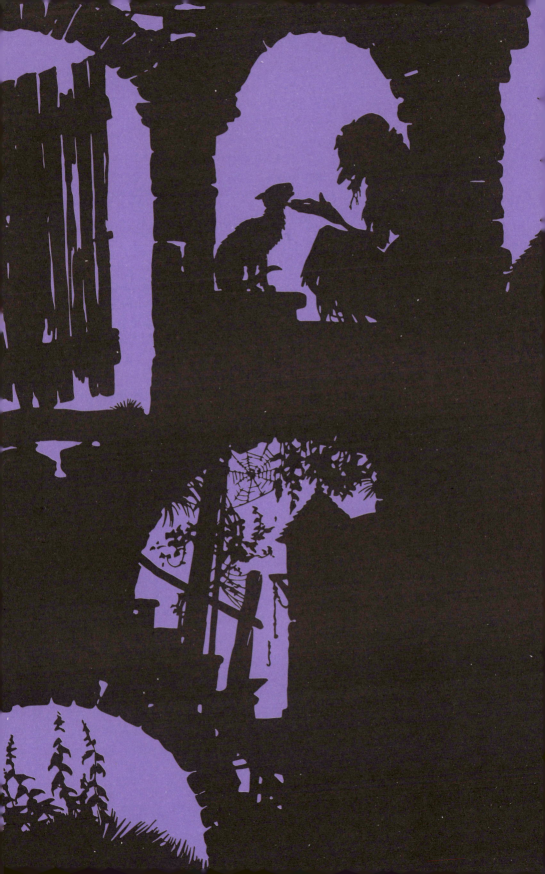

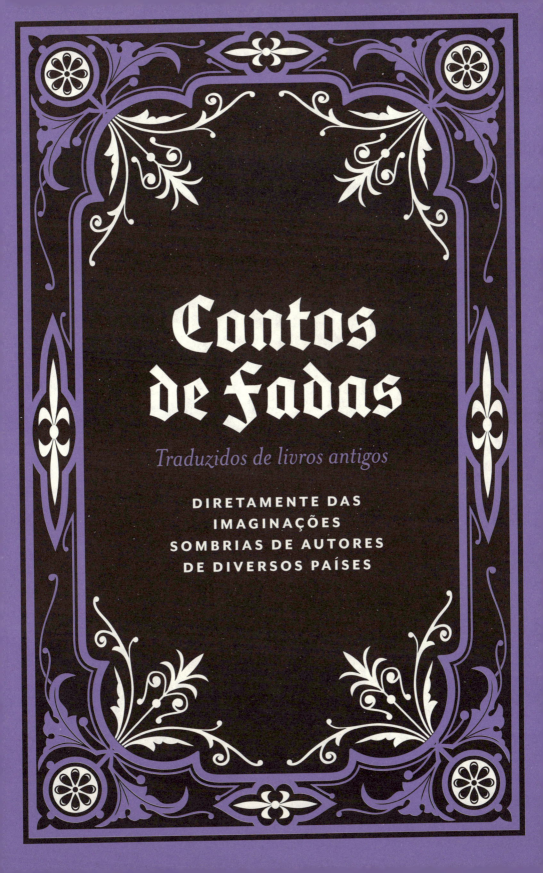

A velha esfolada

GIAMBATTISTA BASILE

Itália, 1634

Falsidade, inveja e morte se misturam em um dos contos mais sangrentos de Basile.

vício maldito, cravado em nós mulheres, de querer estar bonitas, nos reduz de tal forma que, para dourar as molduras da testa, se estraga o quadro do rosto; para clarear a pele das carnes, arruína-se os ossos dos dentes; e, para trazer luz aos membros, cobre-se de sombras a fisionomia. Porque, chegada a hora de pagar tributo ao tempo, chegam as remelas nos olhos, as rugas no rosto e a falta de molares. Ainda, se uma jovenzinha merece ser criticada por ser muito vaidosa, se deixa seduzir por estas banalidades[1], muito mais digna de castigo é uma velha que, querendo competir com as garotas, atrai para si própria zombarias e degradação. É o que vou narrar se vocês me derem um pouquinho de atenção.

Em um jardim, para onde dava a varanda do rei de Roccaforte, moravam duas velhotas, que eram o resumo das desgraças, o protocolo das monstruosidades, o livro principal das feiuras. Tinham os cabelos desgrenhados e eriçados, a testa enrugada e protuberante, as sobrancelhas emaranhadas e peludas, as pálpebras grandes e caídas, olhos murchos e esbugalhados, o rosto amarelado e enrugado, a boca alargada e torta e, enfim, a barba de cabra, o peito peludo, as costas gordas, os braços rígidos, as pernas aleijadas e fracas e os pés em formato de gancho. E, por estes motivos, para que nem mesmo o sol visse aqueles rostos disformes, estavam escondidas em quartos no térreo, abaixo das janelas daquele senhor.

O rei se encontrava em tal situação que não podia soltar um pum sem dar de cara com aquelas duas chatas, que se queixavam e resmungavam por qualquer coisa. Uma hora diziam que um jasmim, ao cair da janela, tinha lhes causado um galo na cabeça; outra hora afirmavam que uma carta rasgada lhes machucara um ombro, que um pouco de pó tinha causado uma contusão na coxa.

....

[1] Aqui, abre-se a discussão sobre as intenções do autor, se suas críticas envolvem a futilidade como um todo ou apenas quando é praticada por mulheres. [N. E.]

Ao ouvir a menção de tamanha delicadeza, o rei concluiu que ali embaixo morava a quintessência das coisas gentis, o corte mais fino das carnes de primeira, a elite das elites. E foi dominado por uma vontade que vinha de seus tornozelos e subia até suas medulas, desejoso de ver tal maravilha e entender melhor do que se tratava.

Então, começou a suspirar a todo instante, a limpar a garganta e, por fim, a falar de maneira desenvolta e explícita, dizendo:

— Onde, onde você se esconde, amorzinho, vida, perfeição na terra? "Apareça, apareça, Sol, esquente o imperador!"[2] Revele estas graciosidades, mostre as lamparinas da oficina do Amor, coloque para fora esta cabecinha! Jardim das flores mais belas, não seja mesquinha e não nos prive de sua beleza! "Abra, abra as portas para o pobre falcão!" "Dê-me o presente, se este você quiser me dar!" Deixe-me ver o instrumento de onde sai esta bela voz. Mostre-me o campanário de onde soam os sinos! Deixe-me dar uma olhadinha neste pássaro errante! Não me faça pastar em absinto como a ovelha de Ponto[3] ao impedir-me de olhar e contemplar a beleza de todas as belezas!

O rei dizia estas e tantas outras palavras, mas poderia falar o quanto quisesse, pois as velhas tinham tampado os ouvidos. Isso, entretanto, só adicionou mais lenha à fogueira do rei: sentia-se como brasa aquecida em uma fornalha de desejos, preso pelas pinças dos pensamentos e martelado pela marreta do tormento amoroso, para fazer uma chave que pudesse abrir o porta-joias que continha aquelas preciosidades que o faziam morrer de paixão. Não desistiu e continuou a suplicar e a investir sem trégua.

....

2 Trecho de uma canção infantil de origem napolitana. A mesma música foi usada para o prólogo de um musical baseado em "Cinderela italiana", de Giambattista Basile, presente no livro *A noiva da caveira e outras histórias antigas*, publicado pela editora Wish. [N. T.]

3 O autor se refere ao livro *História natural*, de Plínio, o velho: "*Absinthi genera plura... Ponticum, e Ponto, ubi pecora pinguescunt illo, et ob id sine felle reperiuntur*". [N. T.]

A VELHA ESFOLADA

As velhas, que já estavam na mesma página e muito animadas pelas ofertas e promessas do rei, foram aconselhadas a não perderem a ocasião de apanhar este pássaro que, sozinho, vinha pousar na armadilha. E um dia, quando da janela o rei renovava o seu delírio amoroso, elas, através do trinco da porta, disseram com uma voz muito suave, que o maior favor que poderiam fazer seria mostrar-lhe, dali a oito dias, apenas um dedo da mão.

O rei, que era um soldado experiente e sabia que para conquistar fortalezas era preciso um passo de cada vez, não recusou a proposta, à espera de devagarzinho e com paciência conquistar o que tanto almejava, já que também sabia que "primeiro era preciso dominar, depois era possível fazer perguntas". E, após o rei aceitar a condição de esperar oito dias para ver a oitava maravilha do mundo, as velhas não fizeram outra coisa além de chupar os próprios dedos, assim como um boticário quando derramava xarope nas mãos. Tinham acordado que, chegado o dia estabelecido, aquela que tivesse o dedo mais liso o mostraria ao rei. Enquanto isso o rei, morto de ansiedade, esperava a hora marcada para saciar seu apetite. Contava os dias, numerava as noites, pesava as horas, media os momentos, anotava os pontos e examinava os átomos, que lhe tinham sido atribuídos durante a espera do bem desejado. Em certo momento, rezava para que o Sol apanhasse um atalho através dos campos celestes para que, avançando em seu caminho, chegasse antes da hora, derretesse a carruagem de fogo e matasse a sede dos cavalos, exaustos de tanto viajar. Depois suplicava à Noite para que, acentuando as trevas, lhe permitisse ver aquela luz que, ainda não avistada, o obrigava a queimar na fornalha das chamas do amor. Em seguida reclamava com o Tempo, que, por maldade, tinha calçado sapatos de chumbo e fazia uso de muletas para atrasar o momento de liquidar o compromisso combinado e satisfazer a obrigação estipulada entre eles.

Assim como gosta o grande sol de verão, tinha chegado a hora. O rei foi pessoalmente ao jardim e bateu na porta dizendo:

— Venha, venha!

E então a mais velha das velhas, cujo dedo, em comparação ao da irmã, era aquele que estava em melhor estado, o introduziu no buraco da fechadura e o mostrou ao rei.

Mas aquilo não era um mero dedo, foi uma vara afiada que perfurou seu coração! Aliás, não foi uma vara, mas sim um porrete que atingiu sua cabeça. Mas o que eu estou dizendo, uma "vara" e "porrete"? Foi um fósforo, aceso pela isca de seus desejos. Um pavio acendido pela munição de seus anseios. Mas o que estou dizendo, "vara", "porrete", "fósforo" e "pavio"? Foi um espinho na cauda de seus pensamentos, foi tratamento à base de figos doces, que curou o seu sofrer por amor à base de um dilúvio de suspiros. E, apertando e beijando aquele dedo, que de lixa de sapateiro tinha se tornado liso como pedra polida, disse:

— Ó, arquivo das doçuras, ó, repertório dos prazeres, ó, registro dos privilégios do Amor, motivo pelo qual me tornei um armazém de ansiedade, depósito de angústia e alfândega de tormentos, será possível que você queira se mostrar assim tão dura e obstinada que as minhas lamentações não surtam efeito algum? Peço-lhe, meu amor, se por uma fissura mostrou a cauda, exponha agora a cara para assim fazermos juntos uma gelatina de prazeres! Se mostrou a concha, ó, mar de beleza, mostre-me também a carne. Descubra estes meus olhos de falcão forasteiro e permita que se alimentem deste coração. Quem esconde em um cativeiro o tesouro que é esta bela face? Quem obriga esta bela mercadoria a fazer quarentena em um covil? Saia deste fosso, escape deste chiqueiro, saia da toca, pule, simpática donzela e me dê sua mão, faça de mim o que quiser! Você sabe muito bem que sou um rei, e que não sou bobo, e que eu mando e desmando. Mas aquele falso cego, filho de um manco e de uma meretriz, que tem autoridade sobre todos, quer que eu me sujeite a você e que peça por obséquio aquilo que eu poderia simplesmente tomar ao acaso. Além

A VELHA ESFOLADA

do mais, como disse ele, sei que com carícias, e não com ameaças, se atrai Vênus.

A velha, que sabia onde ficava a cauda do diabo, loba velha, experiente, astuta, malandra e sagaz, ao refletir que o superior, quando pede, na verdade está mandando e que a teimosia do vassalo comanda o humor feroz no corpo do patrão, que depois explode em excessos de raiva, deu sinais de rendição e, com uma vozinha de gata escaldada, respondeu:

— Meu senhor, já que está inclinado a subjugar quem está abaixo de si, dignando-se a descer do cetro ao cabo de fiar, da sala real ao chiqueiro, da pompa aos trapos, da grandeza à miséria, do terraço à taberna e do cavalo ao asno, não posso, não devo, não quero contestar a vontade de tão grandioso rei. Então aqui estou, já que o senhor quer formar esta união de príncipe e serva, esta incrustação de marfim e madeira, esta mescla de diamante e bijuteria, aqui estou eu pronta e preparada para suas vontades. Suplico apenas uma coisa, como primeiro sinal de afeto de sua parte: que eu seja recebida em seu leito à noite e sem velas, porque não suporto a ideia de ser vista nua!

O rei, todo cheio de si, prometeu com as duas mãos que faria como ela desejava. E, após enviar um beijo doce à boca pútrida, partiu. Não via a hora que o Sol tivesse terminado de arar e os campos do céu estivessem geminados de estrelas, para ele, por sua vez, geminar o campo onde almejava colher quilos de felicidade e cântaros de prazer.

Chegada a noite, ao ver-se rodeada de pescadores e boêmios, assim como a lula dissemina a sua tinta, a velha alisou todas as suas rugas, puxando-as para trás, dando um nó por debaixo dos ombros, prendendo enfim com um barbante. Foi em seguida, no escuro, conduzida por um criado até o quarto do rei. E lá, despiu-se dos trapos e enfiou-se na cama.

O rei, que estava impaciente, de pavio curto, tinha se coberto de almíscar, civeta e passado água perfumada por todo o corpo. No momento em que a sentiu deitar, lançou-se como um cão ao correr para a cama. Para sorte da velha, o rei estava tão perfumado que ele não sentiu o fedor de sua boca, a catinga de suas axilas e o enxofre daquela coisa feia. Mas, assim que deitou-se, ele começou a apalpar e percebeu a bagunça em suas costas. A pele enrugada e as bexigas flácidas que pendiam da infeliz velha. Ficou perplexo, mas não quis dizer nada para investigar melhor. E, fazendo força, mergulhou fundo no cais, enquanto imaginava estar em uma praia de Posilipo, e navegou com um barco velho enquanto pensava estar em uma embarcação florentina. Mas assim que a velha caiu no sono, o rei tirou de dentro de um baú de ébano e prata uma bolsa de camurça que continha uma pederneira e acendeu uma lamparina. Feita a averiguação nos lençóis, encontrou um monstro em vez de uma ninfa, Fúria em vez de Graça, Medusa em vez de Vênus. Ficou com tanta raiva que quis cortar a corda que tinha idealizado este navio. Bufando de ódio, chamou a todos os servos, que, ao ouvirem o grito de "Alarme!", vestiram-se rapidamente e subiram até o quarto nupcial.

O rei, agitando-se como um polvo, disse:

— Vejam só que belo golpe esta vovó de Parasacco me deu! Eu, que pensava estar devorando uma bela vitela, dei de cara com uma velha búfala. Pensava que tinha capturado uma pombinha adorável, quando na verdade tinha em mãos esta coruja. Pensava ter em frente um banquete real e, em vez disso, tinha esta porcaria incomestível. Isto e muito pior merece quem compra gato por lebre! Mas esta que me provocou vai pagar por isso. Imediatamente! Peguem-na, assim mesmo como está, e joguem-na pela janela!

Ao ouvir estas palavras, a velha começou a se defender aos chutes e mordidas, gritando que tinha o direito de recorrer à sentença porque o próprio rei a tinha convidado para vir até sua cama.

A VELHA ESFOLADA

Além do que cem doutores alegariam para sua defesa, e sobretudo aquele ditado que afirma que "panela velha é que faz comida boa" e aquele outro que diz que "não se deve deixar a velha pela nova". Mas, mesmo assim, foi levada à força e jogada no jardim.

E foi esta a sua sorte. Ela não quebrou o pescoço porque ficou presa e pendurada em um galho de uma figueira. E aconteceu que, de manhãzinha, antes que o Sol tomasse posse dos territórios cedidos pela Noite, passaram por ali sete fadas, que por certo rancor nunca tinham falado nem sorrido. E, ao presenciarem balançando na árvore aquela sombra disforme que tinha antecipado o dissipar das sombras, tiveram um ataque de riso tão grande que quase explodiram de tanto rir. E, começando a falar, por um bom tempo não fecharam a boca diante daquele divertido espetáculo. De maneira que, para recompensar a diversão e prazer experimentados, cada uma delas transmitiu o próprio encanto, dizendo, uma depois da outra, que ela se tornasse jovem, bela, rica, nobre, virtuosa, amada e bem-aventurada.

Após as fadas terem partido, a velha viu-se no chão, sentada em uma cadeira de veludo com franjas de ouro, embaixo daquela mesma árvore que tinha se convertido em uma cobertura de veludo verde com o fundo de ouro. Seu rosto tinha voltado a ser aquele de uma jovenzinha de quinze anos, tão bela que todas as outras belezas pareceriam como botas surradas comparadas a sapatinhos feitos à medida e perfeitos. Em comparação à tamanha graça, todas as outras belezas seriam insignificantes. Onde esta jogava jogos de sorte, todas as outras jogariam jogos de azar. Estava tão bem-vestida, arrumada e opulenta que parecia uma majestade. O ouro brilhava, as joias reluziam, e as flores lançavam-se contra seu rosto. Estava rodeada de servos e damas, como no dia do perdão.

Nesse ínterim, o rei se enrolou em uma coberta, vestiu um par de chinelos e olhou pela janela para ver o que tinha acontecido com a velha. Avistou a última coisa que imaginava que veria.

Boquiaberto e encantado, encarou por um longo tempo, da cabeça aos pés, aquela bela criatura, ora olhando seus cabelos, em parte caídos sobre os ombros, em parte presos por um laço de ouro que fazia inveja ao Sol, ora fitando seus cílios, que como bestas flechavam corações. Então contemplava a boca, prensa amorosa de onde as Graças podiam espremer toda a alegria e obter o mais doce dos vinhos. Andava em círculos como um balseiro trêmulo, fora de si, ao ver os ornamentos e bijuterias que aquela tinha ao redor do pescoço e as roupas luxuosas que vestia. Falava sozinho e dizia: "Estou sonhando ou estou acordado? Estou lúcido ou delirando? Sou eu ou não sou eu? De onde saiu tão bela criatura que ao tocar o rei me arruinou? Se eu não me refizer estou acabado, caído no abismo. Como surgiu este Sol? Como desabrochou esta flor? Como este pássaro se chocou para arrancar com um gancho as minhas vontades? Qual barco a trouxe até estes lados? Qual nuvem a fez chover? Qual riacho de beleza me arrasta para dentro de um mar de apreensão?".

E, dizendo estas palavras, apressou-se escada abaixo, correu até o jardim, caiu de joelhos diante da velha rejuvenescida e, quase rastejando pelo chão, começou a falar:

— Ó, meu biquinho de passarinho, ó, bonequinha das Graças, ó, pomba errante do carro de Vênus, triunfal carruagem do Amor, se você não banhou este coração no rio Sarno, se dentro de suas orelhas não entraram sementes de cana, se sobre seus olhos não caíram fezes de andorinha, tenho certeza de que verá e ouvirá as dores e os tormentos que sua beleza, ao primeiro toque, causou no meu peito. E, se as cinzas desta face não servem como indício da dor que ferve dentro de mim, se as chamas dos meus suspiros não demonstram o calor que arde dentro destas veias, como, do alto de seus cabelos dourados, você pode argumentar e julgar qual corda me aperta, dos seus olhos escuros quais brasas me cozinham e dos arcos vermelhos de seus lábios, qual flecha foi cravada em

A VELHA ESFOLADA

meu coração. Peço que não tranque a porta da piedade, não levante a ponte da misericórdia, não obstrua o canal da compaixão! E, se você, deste belo rosto, me julgar indigno de receber perdão, me dê ao menos uma garantia de boas palavras, um seguro, uma promessa ou uma carta de intenções, porque, de outro modo, partirei desta para uma melhor e você perderá a aparência!

Estas e outras mil palavras saíram do fundo de seu peito e sensibilizaram a velha rejuvenescida, a qual, finalmente, o aceitou como marido. E assim, levantou-se, pegou em sua mão e foram juntos para o palácio real. Ali foi, com bastante rapidez, organizado um banquete real, para o qual foram convidadas todas as damas da região.

A velha esposinha quis que, entre as convidadas, viesse também sua irmã. E deu o maior trabalho encontrá-la e trazê-la ao banquete, já que estava com tanto medo que se escondeu muito bem. Tão bem que ninguém tinha ideia de onde estava. Enfim, como quis Deus, ela veio, e sentada ao lado da irmã, que com muita dificuldade reconheceu, fizeram muita festa.

Mas a miserável velha tinha outro tipo de fome que a estava devorando, pois estava morrendo de inveja dos sedosos cabelos da irmã. E, de tempos em tempos, a puxava pela manga e perguntava:

— O que você fez, minha irmã, o que você fez? Bem-aventurada! Bem-aventurada!

E a irmã respondia:

— Vai comer, depois nós conversamos.

E o rei perguntava o que aquela queria, e a esposa, correndo para protegê-la, respondia que desejava um pouco de molho verde. Então o rei ordenava que trouxessem molho de alho, mostarda, pimenta e mais outros cem tipos de molhinhos para abrir o apetite. Mas a velha, para quem os doces mais tinham gosto de bile de vaca, voltou a puxar a irmã:

— O que você fez, minha irmã, o que você fez? Que vou fazer figas para você por debaixo da manta.

E a irmã respondia:

— Calada, que temos mais tempo que dinheiro. Vai, coma, pode espernear, que depois conversamos!

E o rei, curioso, perguntava se estava tudo bem com a irmã, e a esposa, com pouca desenvoltura, marinheira de primeira viagem e querendo acabar com aquela chatice, respondeu que queria alguma coisa doce. E imediatamente surgiram docinhos e guloseimas em abundância, gostosuras que caíam do céu como chuva em dia de céu claro. Porém a velha, que estava com o faniquito e as vísceras em rebuliço, voltou à carga. A esposa, então, não conseguindo mais resistir e para tirar a irmã de cima dela, respondeu:

— Eu me esfolei, minha irmã!

Assim que a inveja ouviu aquelas palavras, disse a si mesma: "Está bem, você não falou com um surdo, ouvi muito bem! Também quero tentar a sorte, porque todo espírito tem um estômago. E, se eu conseguir, você não será a única a desfrutar. Também quero a minha parte até o último fio de cabelo". Após tirarem a mesa, ela, fingindo ter assuntos para resolver, correu direto para uma barbearia.

Entrou e, ao ver o barbeiro, puxou-o para os fundos e disse:

— Aqui estão cinquenta ducados, me tire a pele dos pés à cabeça.

O barbeiro, achando que estava falando com uma louca, respondeu:

— Vai, minha irmã, que você não está falando coisa com coisa, onde está o enfermeiro?

E a velha, mantendo a expressão séria, replicou:

— Louco é você, que não conhece a própria sorte. Porque, além dos cinquenta ducados, se tudo correr como eu espero, te farei fazer a barba do Sucesso. Por isso, mãos à obra, não perca tempo que você tirou a sorte grande!

O barbeiro, após se opor, brigar e protestar por um bom tempo, enfim, mesmo torcendo o nariz, aceitou. Como se diz o ditado: "Manda quem pode, obedece quem tem juízo". Colocou-a sentada em um banquinho e começou a esfolar aquela casca escura, que pingava sangue. De tempos em tempos, firme como se estivesse sendo barbeada, dizia:

— Uh! Quem quer ficar bonita precisa aprender a sofrer!

O barbeiro continuou então a destruir a velha que, seguindo com aquela canção, teve seu corpo como instrumento daquele ato até chegarem ao umbigo, quando, sem forças e sem sangue, soltou um grande pum de despedida e aventurou-se com o seu dano o verso de Sannazaro:

"A inveja, meu filho, mata."

A mãe morta

W. R. S. RALSTON

Rússia, 1887

Neste conto russo, um pai viúvo pede ajuda a uma velha senhora para descobrir por que o bebê não para de chorar.

Era uma vez um marido e uma esposa que viviam em uma aldeia, com harmonia, amor e alegria. Todos os vizinhos os invejavam, e as pessoas boas, ao olharem para eles, alegravam-se. Eis que a dona da casa deu à luz um filho e morreu no parto.

O pobre mujique[4] ficou de luto e chorava. Acima de tudo, sofria por conta do bebê. E agora, como alimentá-lo, criá-lo sem sua mãe? Contratou uma velha para cuidar dele, era melhor assim.

Mas que história é essa? Durante o dia, o bebê não comia, estava sempre gritando, nada o confortava. Mas, quando chegava a noite, era como se não existisse, dormia tranquilo e em paz.

Por que isso?, pensava a velha. *Deixe-me passar a noite aqui, talvez eu descubra.*

À meia-noite, eis que ela ouviu: alguém abriu lentamente a porta e se aproximou do berço. O bebê ficou em silêncio, como se estivesse mamando.

Na noite seguinte, e na outra, a mesma coisa.

Ela foi contar ao mujique. Ele reuniu seus parentes e ouviu conselhos. Então, tiveram a ideia de ficar uma noite sem dormir e observar quem é que estava indo alimentar o bebê. À noite, todos ficaram deitados no chão, colocaram uma vela acesa próxima às suas cabeças e a cobriram com um pote de barro.

À meia-noite, abriu-se a porta da isbá[5]. Alguém se aproximou do berço, e o bebê ficou em silêncio. Neste momento, de súbito, um dos parentes descobriu a vela e puderam ver: era a falecida mãe, com o mesmo vestido com que a enterraram, de joelhos, inclinada sobre o berço, alimentando o filho com seu peito morto.

Assim que iluminaram a isbá, a mulher imediatamente se levantou, olhou com um ar de tristeza para seu bebê e partiu em silêncio, sem dizer uma palavra sequer. Todos os que a viram se transformaram em pedra, e o bebê foi encontrado morto.

---

4 Camponês russo, assim chamado no período tzarista. [N.T.]
5 Casa típica dos camponeses russos, geralmente feita de madeira. [N.T.]

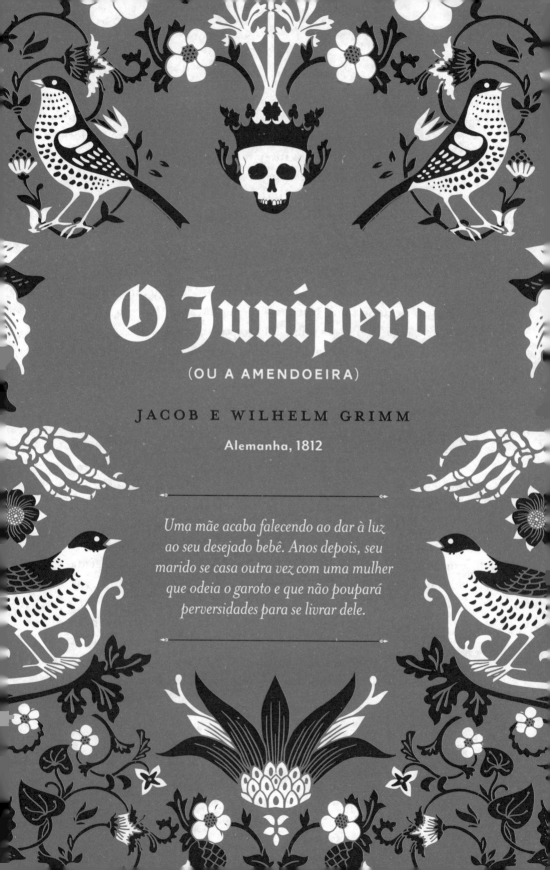

O Junípero

(OU A AMENDOEIRA)

JACOB E WILHELM GRIMM

Alemanha, 1812

Uma mãe acaba falecendo ao dar à luz ao seu desejado bebê. Anos depois, seu marido se casa outra vez com uma mulher que odeia o garoto e que não poupará perversidades para se livrar dele.

á muito tempo, dois mil anos no mínimo, havia um homem rico casado com uma bela e devota esposa, e ambos se amavam muito. Entretanto, não tinham filhos, apesar de muito desejarem, e a mulher rezava para engravidar dia e noite, mas o tempo passava e continuavam sem filho algum.

Em frente à casa deles, havia um pátio com um junípero. Em certo dia de inverno, a mulher estava debaixo dele, descascando uma maçã e, enquanto o fazia, cortou o dedo, e o sangue caiu na neve.

— Ah — disse a mulher. Suspirou fundo, olhou para o sangue diante de si e ficou extremamente triste. — Se ao menos eu tivesse um bebê rubro como o sangue e branco como a neve. — E conforme dizia isso, foi ficando muito satisfeita e sentiu a certeza de que seu pedido se realizaria.

Voltou para casa e, um mês depois, a neve tinha ido embora. Dois meses depois, tudo ficou verde. Três meses depois, todas as flores floresceram da terra. Quatro meses depois, todas as árvores do bosque ficaram mais espessas e cheias de novas folhas, os galhos verdes haviam se entrelaçado, as aves cantavam até o bosque retumbar, e as flores caíam das árvores. Passou o quinto mês, e a mulher ficava abaixo do junípero, que tinha um cheiro tão doce que fazia seu coração bater de alegria e se ajoelhar em êxtase. Ao fim do sexto mês, os frutos estavam grossos e grandes, e ela sentia quietude. Depois do sétimo mês, colheu as bagas do junípero, comeu-as avidamente e ficou doente e pesarosa. Passou o oitavo mês, e ela chamou o marido aos prantos e disse:

— Se eu morrer, enterre-me debaixo do junípero. — E assim ficou muito satisfeita e feliz até o fim do mês seguinte, quando teve um bebê branco como a neve e rubro como o sangue e, ao vê-lo, ficou tão feliz que faleceu.

O marido a enterrou debaixo da árvore e começou a chorar copiosamente. Depois de certo tempo, ficou mais em paz e, apesar de ainda chorar, conseguia suportar a dor e, pouco tempo depois, casou-se de novo.

Ele teve uma filha com a segunda esposa, mas teve um filhinho com a primeira, que era rubro como o sangue e branco como a neve. Quando a mulher olhava para a filha, sentia muito amor, mas, ao olhar para o garotinho, seu coração apertava, pois achava que ele sempre atrapalharia sua filha e ficava sempre pensando em como poderia fazer com que a menina herdasse absolutamente tudo. O Demônio encheu a mente dela de tais pensamentos até ela ficar muito zangada com o menininho e levá-lo de um lado para outro e estapeá-lo aqui e amarrá-lo acolá, até a pobre criança viver com medo, pois não havia paz em casa quando voltava da escola.

Certo dia, a mulher subira até seu quarto, quando a filha também subiu e fez o seguinte pedido:

— Mamãe, quero uma maçã.

— Sim, minha filha — disse a mãe, que lhe deu uma linda maçã tirada de um baú que tinha uma tampa grande e pesada com uma grande fechadura afiada de ferro.

— Mamãe — perguntou a filhinha —, meu irmão não vai ganhar uma maçã também?

A pergunta aborreceu a mulher, mas ela respondeu:

— Vai quando ele voltar da escola.

Pela janela, ao vê-lo chegar, foi como se o Demônio se apossasse dela, e ela pegou a maçã, tirando-a da menina e disse:

— Você não comerá antes do seu irmão.

Ela jogou a maçã no baú e o trancou. O garotinho entrou no quarto, e o Demônio a fez perguntar com uma voz doce:

— Meu filho, quer uma maçã? — E olhou para ele intensamente.

— Mamãe — respondeu o menino —, a senhora parece zangada, mas, sim, quero uma maçã.

Parecia que ela tinha de persuadi-lo.

— Venha comigo — convidou, abrindo a tampa do baú. — Pegue uma maçã.

E enquanto o menininho estava se inclinando, o Demônio a instigou, e "slam!", ela bateu a tampa com força, e a cabeça dele voou e caiu entre as maçãs vermelhas. Em seguida, ela foi tomada pelo medo e pensou: "Talvez eu consiga sair impune desta situação". Subiu as escadas até o quarto, foi até a cômoda, pegou um cachecol branco na gaveta mais alta e encaixou a cabeça no pescoço novamente, amarrou o cachecol em volta dele para que ninguém percebesse o ocorrido, e então sentou o menino em uma cadeira diante da porta e colocou a maçã na mão dele.

Depois disso, Marlene entrou na cozinha para falar com a mãe, que estava junto ao fogo com um frasco de água quente em sua frente e que ela ficava mexendo sem parar.

— Mamãe — disse Marlene —, meu irmão está na porta do quarto, com a cara completamente branca e uma maçã na mão. Pedi para ele me dar, mas ele não me respondeu, e fiquei com muito medo.

— Volte até ele e, caso não lhe responda, dê-lhe um murro na orelha.

Marlene lhe obedeceu e pediu a ele:

— Irmão, me dá a maçã.

Ele permaneceu em silêncio, então ela lhe deu um murro na orelha que fez a cabeça dele cair no chão. Marlene ficou aterrorizada e começou a chorar e a gritar, correu até a mãe e disse:

— Mamãe, eu derrubei a cabeça do meu irmão. — E ela chorou sem parar e nada a consolava.

— Marlene — disse a mulher—, o que você fez? Fique quieta e não deixe ninguém ficar sabendo disso. Não há mais nada a fazer, então vamos preparar um guisado com seu irmão.

A mãe buscou o garotinho e cortou-o em pedacinhos, colocou-o no tacho e preparou um guisado com ele. Marlene, contudo, ficou parada chorando sem parar, e todas as suas lágrimas caíram no tacho, dispensando assim o uso do sal.

Em seguida, o pai chegou em casa, sentou-se à mesa e perguntou:

— Onde está meu filho?

A mãe serviu um prato muito, muito farto de ensopado, e Marlene não conseguia parar de chorar. O homem perguntou outra vez:

— Onde está meu filho?

— Ah — respondeu a mãe —, ele foi para o outro lado do país ficar com o tio-avô materno e ficará por lá durante um tempo.

— O que ele foi fazer lá? Nem se despediu de mim.

— Ah, ele queria ir e me perguntou se poderia passar seis semanas lá. Cuidarão muito bem dele.

— Ah, estou triste, isso não está certo. Ele deveria ter se despedido de mim. — Logo depois, começou a comer e disse: — Marlene, por que está chorando? Com certeza, seu irmão voltará. Minha esposa, esta comida está uma delícia. Eu quero um pouco mais. — E quanto mais comia, mais queria e dizia: — Eu quero um pouco mais. Vocês duas não comeram nada. Parece que o guisado foi feito só para mim. — E comia sem parar e jogava todos os ossos debaixo da mesa até ter comido tudo.

Marlene foi até sua cômoda, apanhou seu melhor cachecol de seda na gaveta mais baixa, reuniu todos os ossos debaixo da mesa, amarrou-os ao cachecol, e saiu com eles porta afora, chorando lágrimas de sangue. Colocou-os abaixo do junípero, na grama verde e, depois de deixá-los ali, subitamente, sentiu-se melhor e parou de chorar.

Em seguida, a árvore começou a se mexer. Os galhos se separavam e se juntavam continuamente, como se alguém estivesse feliz e batendo as mãos. Ao mesmo tempo, parecia que uma névoa saía da árvore e, no centro, ardia como fogo, e uma linda ave saiu voando das chamas, cantando de um modo magnífico. Ela voou bem alto e, quando sumiu, o junípero ficou exatamente como antes, e o cachecol com os ossos havia desaparecido. Marlene, entretanto, estava feliz e satisfeita, como se o irmão ainda estivesse vivo e, feliz da vida, entrou em casa e sentou-se à mesa para comer.

A ave voou para longe, empoleirou-se na casa de um ourives e começou a cantar:

"Minha mãe, ela me matou,
Meu pai, ele me devorou,
Minha irmã Marlene
Reuniu todos os meus ossos,
Amarrou-os em um cachecol de seda,
Deixou-os abaixo do junípero,
Piu-piu, que belo pássaro eu sou."

O ourives estava sentado em sua oficina, fazendo uma corrente dourada quando ouviu a canção do pássaro que tinha pousado no telhado, canção essa que, para seus ouvidos, era muito bonita. O artífice levantou-se, mas, assim que passou pela entrada da oficina, perdeu uma das pantufas e foi direto para o meio da rua com apenas uma delas e uma meia. Estava com seu avental de couro e, em uma das mãos tinha a corrente dourada, na outra, seus alicates. O sol reluzente já banhava a rua com seu brilho. O homem seguiu em frente, parou diante da ave e disse:

— Pássaro, como seu canto é bonito. Cante para mim novamente.

— Não — rebateu a ave —, eu não canto duas vezes de graça. Dê-me a corrente dourada e depois, sim, cantarei novamente.

O ourives disse:

— Tome a corrente dourada. Agora cante para mim novamente.

O pássaro pegou o objeto com a pata direita, ficou diante do artífice e cantou:

"Minha mãe, ela me matou,
Meu pai, ele me devorou,
Minha irmã Marlene
Reuniu todos os meus ossos,
Amarrou-os em um cachecol de seda,
Deixou-os abaixo do junípero,
Piu-piu, que belo pássaro eu sou."

Em seguida, a ave voou até um sapateiro, empoleirou-se em seu telhado e cantou:

"Minha mãe, ela me matou,

LOUIS RHEAD, 1917

Meu pai, ele me devorou,
Minha irmã Marlene
Reuniu todos os meus ossos,
Amarrou-os em um cachecol de seda,
Deixou-os abaixo do junípero,
Piu-piu, que belo pássaro eu sou."

Ao ouvir a canção, o sapateiro saiu correndo de sua casa, sem casaco, olhou para o telhado e teve de tapar os olhos com as mãos, para que o sol não o cegasse. Ele disse:

— Pássaro, como seu canto é bonito.

Depois chamou a esposa na porta de casa:

— Esposa, venha aqui fora, pois tem um pássaro aqui. Olhe só como ele canta bem.

Em seguida, chamou a filha e os filhos dela, o jornaleiro, seu aprendiz, a criada, e todos foram até a rua, contemplaram o pássaro e viram como ele era lindo, como suas penas verdes e vermelhas eram belas, como seu pescoço parecia ouro puro e como o brilho de seus olhos brilhavam como estrelas na cabeça.

— Pássaro — pediu o sapateiro —, agora cante para mim novamente.

— Não, eu não canto duas vezes de graça. Você tem de me dar alguma coisa.

— Esposa, vá à nossa loja. Nela, há um par de sapatos vermelhos na prateleira superior. Traga-os.

Em seguida, ela voltou com os sapatos.

— Pronto, pássaro — disse o homem —, agora cante para mim de novo.

A ave pegou os calçados com a pata esquerda, voou de volta ao telhado e cantou:

"Minha mãe, ela me matou,
Meu pai, ele me devorou,
Minha irmã Marlene
Reuniu todos os meus ossos,
Amarrou-os em um cachecol de seda,

Deixou-os abaixo do junípero,
Piu-piu, que belo pássaro eu sou."

Quando terminou de cantar, voou. Na pata direita, tinha a corrente, e na esquerda, os sapatos. Voou para longe até um moinho, que fazia clac-clac, clac-clac, clac-clac. Nele, havia vinte aprendizes de moleiro que cortavam uma pedra e a moldavam com a talhadeira, fazendo tec-tec, tec-tec, tec-tec, enquanto o moinho fazia clac-clac, clac-clac, clac-clac.

O pássaro empoleirou-se em uma árvore de tílias, que ficava em frente ao moinho e começou:

"Minha mãe, ela me matou,"

E um deles parou de trabalhar.

"Meu pai, ele me devorou,"

Depois mais dois pararam e escutaram.

"Minha irmã Marlene"

Depois mais quatro pararam.

"Reuniu todos os meus ossos,
Amarrou-os em um cachecol de seda,"

Agora apenas oito moldavam a pedra com a talhadeira.

"Deixou-os abaixo"

Agora apenas cinco.

"do junípero,"

Agora apenas um,
Piu-piu, que belo pássaro eu sou."

Por fim, o último também parou e ouviu só as últimas palavras.

— Pássaro — disse ele —, como seu canto é bonito. Deixe-me ouvir tudo também. Cante mais uma vez para mim.

— Não — rebateu a ave —, eu não canto duas vezes de graça. Dê-me a mó e cantarei novamente.

— Sim, se fosse minha, você a teria.

— Sim — disseram os demais —, se ele cantar novamente, pode ficar com a mó.

EDWARD HENRY WEHNERT

O pássaro desceu, cada um dos vinte moleiros puxou uma alavanca e, ao mesmo tempo, levantaram a pedra. E puxaram, e puxaram, e puxaram!

A ave passou o pescoço pelo buraco e usou a pedra como se fosse um colar, depois retornou à árvore e cantou:

"Minha mãe, ela me matou,
Meu pai, ele me devorou,
Minha irmã Marlene
Reuniu todos os meus ossos,
Amarrou-os em um cachecol de seda,
Deixou-os abaixo do junípero,
Piu-piu, que belo pássaro eu sou."

Quando terminou de cantar, abriu as asas e, na pata direita havia a corrente, na esquerda, os sapatos, e, em volta do pescoço, a mó. Depois voou para longe até a casa de seu pai.

Na sala, ele, a mãe e Marlene estavam sentados à mesa. O homem disse:

— Estou tão satisfeito e tão feliz.

— Eu, não — disse a mulher. — Eu me sinto inquieta, como se uma tempestade se aproximasse.

Marlene, porém, estava sentada e chorava sem parar. A ave voou e, ao empoleirar-se no telhado, o pai disse:

—Ah, eu me sinto felicíssimo. O sol está brilhando tão bonito lá fora. Sinto como se estivesse prestes a rever um velho conhecido.

— Eu, não — rebateu a esposa. — Estou com tanto medo que meus dentes estão rangendo e sinto como se minhas veias estivessem em brasa. — E abriu bem mais seu espartilho.

Marlene chorava em um canto e segurava um lenço diante dos olhos e chorava até ele ficar bem molhado.

O pássaro empoleirou-se no junípero e cantou:

"Minha mãe, ela me matou,"

A mãe tapou os ouvidos e fechou os olhos, não querendo ver nem ouvir, mas havia um estrondo nos ouvidos como a mais aterradora das tempestades, e os olhos ardiam e brilhavam como relâmpagos.

"Meu pai, ele me devorou,"

— Ah, esposa — disse o homem —, que pássaro lindo. Ele canta de forma tão esplêndida, o sol está brilhando tão quentinho, e o ar está cheirando à canela.

"Minha irmã Marlene"

E a menina pôs a cabeça entre os joelhos e chorou sem parar, mas o pai disse:

— Vou sair, pois quero ver o pássaro de perto.

— Ah, não vá — pediu a mulher —, sinto como se toda a casa estivesse tremendo e pegando fogo.

Ele, porém, saiu e olhou para a ave.

"Reuniu todos os meus ossos,
Amarrou-os em um cachecol de seda,
Deixou-os abaixo do junípero,
Piu-piu, que belo pássaro eu sou."

Ao terminar o canto, o pássaro largou a corrente dourada, que caiu meticulosamente em volta do pescoço do homem de forma tão precisa e perfeita que serviu lindamente. Ele entrou em casa e disse:

— Olhem só que pássaro mais lindo, que corrente dourada linda ele me deu, e como ela é bem-feita.

A mulher, no entanto, ficou aterrorizada. Caiu no chão da sala, sua touca caiu da cabeça, e o pássaro cantou mais uma vez:

"Minha mãe, ela me matou,"

— Eu queria estar a milhares de palmos debaixo da terra para não ter de ouvir isso!

"Meu pai, ele me devorou,"

Em seguida, caiu no chão, como se estivesse morta.

"Minha irmã Marlene"

— Ah — disse a menina —, também vou sair e ver se o pássaro me dá alguma coisa. — E saiu.

"Reuniu todos os meus ossos,
Amarrou-os em um cachecol de seda,"

O JUNÍPERO

A ave jogou os sapatos para ela.
"Deixou-os abaixo do junípero,
Piu-piu, que belo pássaro eu sou."
Ela ficou satisfeita e feliz, calçou os novos sapatos vermelhos, dançou e entrou em casa.

— Ah — disse Marlene —, eu estava tão triste quando saí e agora estou tão satisfeita. Que pássaro maravilhoso que me deu um par de sapatos vermelhos!

— Não — exclamou a mulher, sobressaltando-se com o cabelo em pé como labaredas —, sinto como se o mundo estivesse acabando. Sairei também para ver se consigo me sentir melhor.

Assim que passou pela porta, "ploft"!, o pássaro jogou a mó em sua cabeça, e ela morreu esmagada.

O pai e Marlene ouviram o barulho e saíram. Fumaça, chamas e fogo estavam irrompendo do local onde a mulher morrera e, quando tudo passou, o irmãozinho estava parado no lugar da ave. Ele pegou o pai por uma mão e Marlene por outra, e os três ficaram muito felizes, entraram em casa, sentaram-se à mesa e comeram.

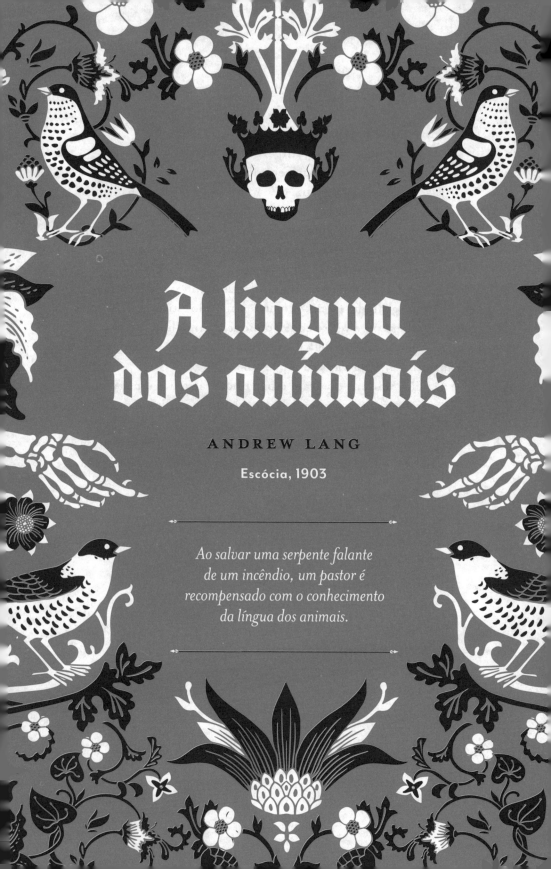

A língua dos animais

ANDREW LANG

Escócia, 1903

Ao salvar uma serpente falante de um incêndio, um pastor é recompensado com o conhecimento da língua dos animais.

ra uma vez um homem que era senhor de um pastor que lhe servia com lealdade e honestidade havia muitos anos. Um dia, enquanto reunia o rebanho, o pastor ouviu um som sibilante vindo da floresta próxima, mas não sabia exatamente de onde. Então, decidiu entrar na floresta e seguir o som para tentar descobrir o que era. Quando se aproximou do lugar, encontrou o mato seco, e as folhas estavam pegando fogo e, em uma árvore, cercada pelas chamas, havia um serpente toda enroladinha, sibilando, cheia de medo.

O pastor ficou parado pensando como aquela pobre serpente poderia escapar, uma vez que o vento soprava as chamas justamente na direção dela, e logo a árvore queimaria junto com todo o resto. De repente, a serpente suplicou:

— Ó, bom pastor, pelo amor dos céus, salve-me deste horrível incêndio!

Então, o pastor estendeu seu cajado por cima das chamas e a serpente foi se enroscando ali, mas não parou. Subiu pela mão, e da mão foi para o braço e, por fim, envolveu o pescoço do pastor, que tremeu de medo, esperando, naquele instante, ser picado para a morte certa.

— Que desgraçado sou! — exclamou ele. — Será que a resgatei só para eu mesmo sucumbir?

Mas a serpente retrucou:

— Não precisa temer deixar seu rebanho, nenhum mal será feito às ovelhas, mas é melhor se apressar o máximo que puder.

Então, ele saiu correndo pela floresta, carregando consigo a serpente e, depois de um tempo, chegou a uma grande passagem, fechada totalmente por serpentes, uma entrelaçada na outra. O pastor ficou paralisado, tamanha a surpresa, mas a serpente enrolada em seu pescoço assoviou e todo o arco se desfez.

— Quando chegarmos à casa do meu pai — disse a serpente que ele salvara do fogo —, ele vai recompensá-lo com o que quer que lhe peça: prata, ouro, joias ou o que quer que esta terra tenha de mais precioso. Mas não peça nada disso. Peça, na verdade, para entender a língua dos animais. Ele vai se recusar por um longo tempo, mas, no fim das contas, vai conceder o pedido.

Finalmente, chegaram à casa do Rei das Serpentes, que se debulhou em lágrimas de alegria ao ver a filha, que acreditara estar morta.

— Por onde andou por todo este tempo? — perguntou ele, de forma direta.

Então, ela explicou que tinha ficado presa em um incêndio na floresta e que fora resgatada das chamas pelo pastor. O Rei das Serpentes se voltou para o visitante e disse:

— Que recompensa deseja por ter salvado a minha filha?

— Quero conhecer a língua dos animais — respondeu o pastor. — Isso é tudo que eu quero.

O rei respondeu:

— Tal conhecimento não traria nenhum benefício a você se eu o concedesse. Além do mais, se contar a qualquer um sobre isso, você morreria na hora. Peça outra coisa que mais deseja, e lhe darei.

Mas o pastor insistiu:

— Vossa Majestade, se deseja me recompensar por salvar sua filha, conceda-me, eu imploro, o conhecimento da língua dos animais. Não há nada mais que eu deseje. — E ele se virou como se estivesse para ir embora.

O rei o chamou de volta e disse:

— Se nada mais o satisfará, abra sua boca. — O homem obedeceu, e o rei cuspiu lá dentro e disse: — Agora é você que deve cuspir na minha boca.

A LÍNGUA DOS ANIMAIS

O pastor assim o fez, e o Rei das Serpentes cuspiu novamente na boca do pastor. Quando repetiram isso por três vezes, o rei declarou:

— Agora você sabe a língua dos animais. Vá em paz. Mas, se valoriza sua vida, fique atento, pois, se contar isso a alguém, você morrerá no mesmo instante.

Então, o pastor pôs-se a caminho de casa e, enquanto atravessava a floresta, ouvia e entendia o que os passarinhos e todos os outros seres vivos diziam. Quando chegou ao seu rebanho, o encontrou pastando calmamente e, como estava muito cansado, resolveu deitar perto delas e descansar um pouco. Mal tinha feito isso quando dois corvos pousaram em uma árvore próxima e começaram a conversa entre si na língua deles.

— Se o pastor soubesse que há um baú cheio de ouro bem embaixo de onde as ovelhas estão descansando, o que ele faria?

Quando o pastor ouviu tais palavras, foi direto ao seu mestre para lhe contar sobre o tesouro. O mestre pegou a carroça e abriu a tampa do baú e o esvaziou. Mas, em vez de ficar com o tesouro, o mestre, homem honrado que era, abriu mão de tudo, dando tudo ao pastor.

— Pode ficar — disse o mestre. — É seu. Os deuses deram isso para você.

Então, o pastor pegou o tesouro e construiu uma casa para ele. Tomou para si uma esposa, e eles viveram uma vida pacífica e feliz, e ele era reconhecido como o homem mais rico, não apenas da sua aldeia nativa, mas de toda a região. Ele tinha rebanhos de ovelhas e de bois e cavalos sem fim, assim como belas roupas e joias.

Um dia, pouco antes do Natal, ele disse para a esposa:

— Prepare tudo para um grande banquete. Amanhã vamos levar as coisas para a fazenda, pois o pastores de lá vão se alegrar.

A mulher obedeceu, e tudo foi preparado como ele desejava. No dia seguinte, os dois seguiram para a fazenda e, naquela noite, o mestre disse para os pastores:

— Venham, venham todos. Comam e bebam e aproveitem, pois sou eu que vou tomar conta do rebanho essa noite em vez de vocês.

Então, ele saiu para passar a noite com o rebanho.

Quando deu meia-noite, os lobos uivaram, e os cães latiram, e os lobos disseram na língua deles:

— Podemos entrar e causar confusão e deixar também que vocês comam carne fresca?

E os cães responderam na língua deles:

— Podem entrar e, pelo menos uma vez, vamos ter o suficiente para comer.

Mas lá havia um cão, bem velho, com apenas dois dentes, e ele falou com os lobos:

— Enquanto eu tiver os meus dois dentes na boca, não permitirei que façam mal ao meu mestre.

E o mestre entendeu tudo o que foi dito. Logo que amanheceu, ele ordenou que todos os cães fossem mortos, exceto o mais velho. Os criados da fazenda estranharam tal ordem, exclamando:

— Mas decerto que isso seria uma pena, não?

O mestre respondeu:

— Façam o que eu digo.

E ele voltou para casa com a mulher. Ele montado em um cavalo, ela em uma égua. Enquanto seguiam o caminho, o marido foi na frente, enquanto a mulher ficou um pouco para trás. O cavalo do marido, ao perceber isso, relinchou e disse para a égua:

— Ande logo. Por que está andando tão devagar?

E a égua respondeu:

— É fácil para você falar, já que carrega apenas o mestre, que é um homem magro. Mas eu... eu tenho que carregar a senhora, que é tão gorda e tão pesada quanto uma árvore.

THE SHEPHERD COMES TO THE ARCH OF SNAKES

H. J. FORD, 1903

Quando o marido ouviu aquilo, olhou para trás e riu. A mulher, ao perceber isso, incitou a égua até alcançar o marido para perguntar do que ele tinha rido.

— De nada — respondeu ele. — Só uma coisa que passou pela minha cabeça.

Mas ela não se deu por satisfeita com a resposta e pediu insistentemente que ele contasse o motivo da risada. Mas ele se controlou e disse:

— Deixe-me em paz, mulher. Qual é o seu problema? Eu nem sei por que foi que eu ri.

Mas quanto mais ele se negava a falar, mas ela o atormentava para contar a causa do riso. Por fim ele disse para ela:

— Pois saiba, então, que se eu contar para você, cairei morto aqui, com certeza.

Mas nem isso a aquietou, e ela continuou insistindo mais e mais para que ele lhe dissesse.

Nesse meio-tempo, chegaram em casa e, antes de descer do cavalo, ele pediu que lhe trouxessem um caixão. E, quando o pedido foi atendido, ele o colocou em frente da casa e disse para a mulher:

— Eu vou me deitar neste caixão e, então, vou contar por que eu ri, pois, assim que contar, hei de morrer.

Então, ele se deitou no caixão e, enquanto lançava um último olhar à sua volta, o velho cão chegou da fazenda, sentou ao lado dele e ganiu. Quando o mestre viu isso, chamou a mulher e disse:

— Pegue um pedaço de pão para o cachorro.

A mulher trouxe o pão e o atirou ao cachorro, mas ele não deu atenção. Então, o galo se aproximou e começou a ciscar o pão, mas o cão disse para ele:

— Olhe a gula. Como consegue comer assim vendo que o mestre está para morrer?

Ao que o galo retrucou:

— Pois que morra se é tão idiota assim. Eu tenho cem esposas, as quais chamo quando encontro um grão de milho, e assim que chegam todas, eu mesmo o engulo. Se uma delas se atrevesse a se zangar, eu logo daria uma lição nela com o meu bico. Ele só tem uma mulher e não consegue controlá-la.

Assim que compreendeu o que foi dito, levantou-se do caixão, pegou uma vara e chamou a mulher para o quarto.

— Venha e vou lhe contar tudo que quer saber.

E, então, começou a bater na mulher com a vara dizendo a cada golpe:

— Foi por isso, minha mulher, e mais isso!

E, dessa forma, ele ensinou a mulher a nunca mais questionar por que ele tinha rido.

O Padrinho

JACOB E WILHELM GRIMM

Alemanha, 1812

Uma água milagrosa dá a um pobre homem o poder de curar enfermos — ou saber quando a Morte está por perto.

Um homem pobre tinha tantos filhos que já pedira a Deus e o mundo para serem padrinhos deles. Quando mais um filho nasceu, não havia mais a quem pedir. Não sabia o que fazer e, afogado em sua tristeza, deitou-se e caiu no sono. Sonhou que deveria ir ao portão de sua casa e pedir à primeira pessoa que encontrasse para ser padrinho. Quando acordou, resolveu obedecer ao sonho, foi ao portão e fez o pedido ao primeiro que passou.

O estranho lhe deu um frasquinho com água e disse:

— Esta é uma água miraculosa. É possível curar os doentes com ela, mas você deve ver onde a Morte está. Se estiver ao lado da cabeça do paciente, dê a ele um pouco d'água e ele será curado, mas, se ela estiver aos pés do paciente, todos os esforços serão em vão, pois o doente em questão deve morrer.

Dali em diante, o homem passou sempre a saber se um paciente poderia ser salvo ou não. Tornou-se famoso por suas habilidades e ganhou muito dinheiro. Certa vez, foi chamado para atender o filho do rei e, ao entrar no recinto, viu a Morte ao lado da cabeça da criança e a curou com a água. O mesmo aconteceu uma segunda vez, mas, na terceira, a Morte estava aos pés da criança, então ela tinha de morrer.

Certa vez, o homem queria visitar seu padrinho e dizer-lhe o que acontecera com a água. Entrou na casa dele, mas coisas estranhíssimas estavam acontecendo. No primeiro lance de escada, a pá de lixo e a vassoura brigavam e se acertavam com violência. Ele perguntou:

— Onde o padrinho mora?

A vassoura respondeu:

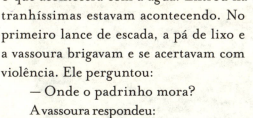

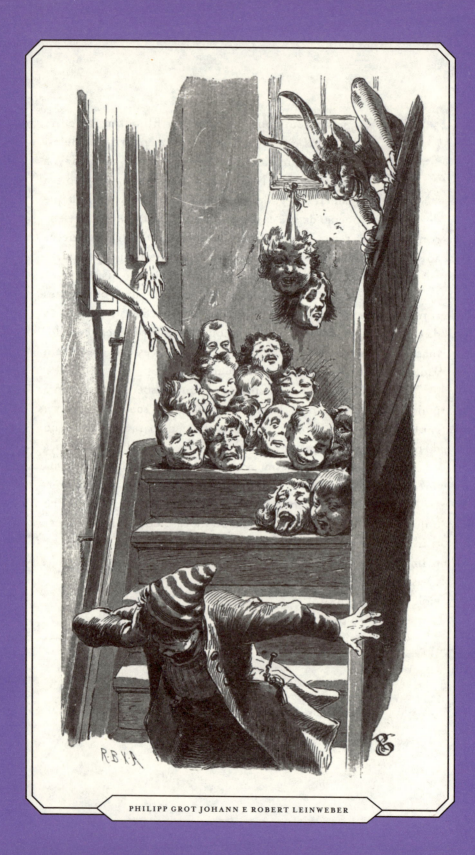

PHILIPP GROT JOHANN E ROBERT LEINWEBER

— Um lance de escada acima.

Quando chegou ao segundo lance, viu um monte de dedos mortos no chão e perguntou:

— Onde o padrinho mora?

Um dos dedos respondeu:

— Um lance de escada acima.

No terceiro lance, havia um monte de cabeças de cadáveres, que o orientaram a subir mais um lance. No quarto, ele viu peixes se fritando em uma panela no fogo, que também disseram:

— Um lance de escada acima.

Quando subiu o quinto lance, chegou à porta de um aposento e espiou pelo buraco da fechadura. Por ele, viu o padrinho, que tinha um par de longos chifres. Quando abriu a porta e entrou, o padrinho rapidamente correu para a cama e se cobriu. O homem, então, disse:

— Padrinho, senhor, estão acontecendo coisas estranhas em sua casa. Quando cheguei ao primeiro lance de escada, a pá de lixo e a vassoura estavam brigando e se acertando com violência.

— Como você é idiota — disse o padrinho. — Eram só o criado e a empregada conversando.

— Mas, no segundo lance, vi dedos mortos.

— Nossa, como você é bobo. Eram raízes de escorcioneira.

— No terceiro lance, havia um monte de cabeças de cadáveres.

— Homem tolo, eram pés de repolho.

— No quarto lance, vi peixes que estavam se fritando em uma panela no fogo.

Ao dizer isso, os peixes chegaram e se serviram como alimento.

— E, quando cheguei ao quinto lance, espiei pelo buraco da fechadura da porta e, por ele, padrinho, vi o senhor com chifres muito, muito longos.

— Ah, isso é mentira.

O homem se assustou e fugiu e, caso não o tivesse feito, quem sabe o que o padrinho teria feito a ele?

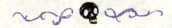

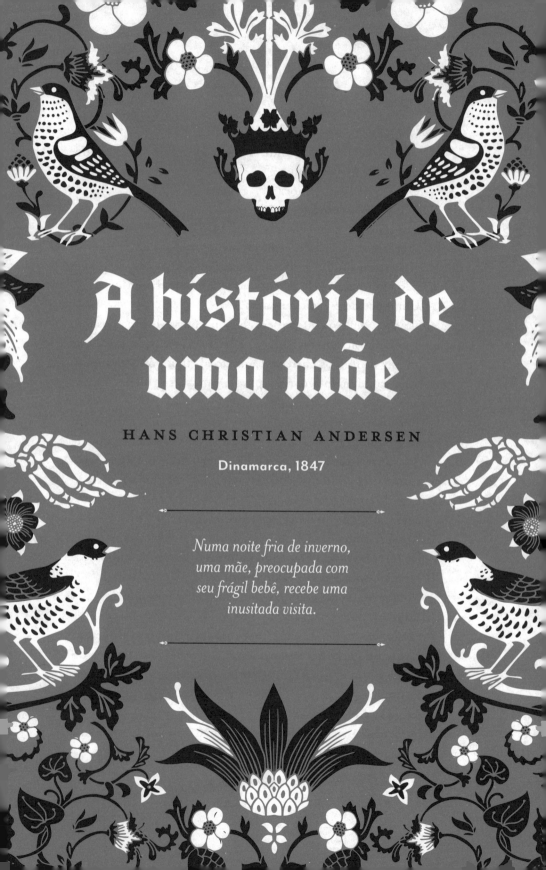

ma mãe estava sentada ao lado do seu bebê, mas estava muito triste, porque achava que ele não iria vingar. A criança estava pálida, os olhinhos fechados e a respiração pesada. Às vezes, puxava o ar tão profundamente que mais parecia um suspiro; e a mãe olhava para a pobre criaturinha com ainda mais tristeza. Ouviu uma batida na porta e um velho entrou. Estava enrolado em algo que parecia um cobertor de cavalos, o que realmente o mantinha aquecido, pois fazia um inverno bem frio. Toda a região estava coberta de neve e gelo, e o vento soprava tão forte que cortava o rosto das pessoas. O bebezinho estava dormindo, e a mãe, ao perceber o estremecimento do velho, levantou-se e colocou uma caneca de cerveja no fogo para aquecê-lo. O velho se sentou e balançou o berço, e a mãe se sentou ao lado dele e olhou para a criança doente, com a respiração pesada, e pegou a mãozinha dela.

— Você acha que devo ficar com ele, não acha? — perguntou ela. — Nosso Deus misericordioso não há de tirá-lo de mim.

O velho, que, na verdade, era a própria Morte, assentiu de forma peculiar, o que poderia tanto significar "sim" quanto "não". E a mãe baixou os olhos enquanto as lágrimas escorriam pelo rosto dela. Então, a cabeça dela ficou pesada, pois ela não pregava os olhos havia três dias e três noites e cochilou por apenas um instante. Tremendo de frio, ela se sobressaltou e olhou em volta do quarto. O velho tinha desaparecido, e seu bebê! Ele também tinha desaparecido! O velho o levara com ele. No canto do quarto, o antigo relógio badalou; as correntes fizeram um barulho e o peso do badalo foi ao chão e o relógio parou. A pobre mãe saiu correndo de casa, gritando pelo filho. Lá fora, sentada na neve, havia uma mulher vestida toda de preto, e ela disse para a mãe:

— A morte esteve no seu quarto. Eu a vi saindo apressada com o seu bebê. Ela tem passos mais rápidos que o vento e nunca traz de volta o que levou.

— Só me diga para onde ela foi — pediu a mãe. — Diga o caminho, e eu hei de encontrá-la.

— Eu sei o caminho — respondeu a mulher de preto. — Mas, antes de lhe dizer, você deve cantar para mim todas as cantigas que já cantou para o seu filho. Eu amo essas cantigas, já as ouvi antes. Eu sou a Noite, e vi suas lágrimas escorrendo enquanto cantava.

— Pois eu as cantarei para você — disse a mãe —, mas não tente me deter agora. Eu preciso alcançar a Morte e encontrar meu filho.

Porém a Noite permaneceu imóvel e em silêncio. Então, a mãe chorou e cantou, enquanto retorcia as mãos. E havia muitas cantigas e ainda mais lágrimas. Em certo ponto, a Noite disse:

— Siga pela direita e entre na floresta escura de abetos, pois eu vi a Morte pegar aquele caminho com seu bebê.

Na floresta, a mãe chegou a uma encruzilhada e não sabia que caminho escolher. Por ali, havia um espinheiro; não tinha folhas nem flores, pois era alto inverno e o gelo pendia nos galhos.

— Você viu a Morte passar com o meu bebezinho? — perguntou ela.

— Eu vi — respondeu o espinheiro. — Mas não vou contar que caminho ela tomou até você ter me aquecido em seu seio. Estou morrendo de frio aqui e virando gelo.

Então, ela pressionou o arbusto contra o seio, bem perto, para que pudesse aquecê-lo, os espinhos rasgaram sua pele e grandes gotas de sangue surgiram. E então o arbusto se ergueu e surgiram folhas verdes que logo floresceram no frio da noite invernal, tão quente é o coração de uma mãe enlutada. E então o arbusto lhe disse que caminho tomar.

Ela chegou às margem de um grande lago, no qual não viu nem barco nem bote à vista. O lago não estava congelado o suficiente para que ela passasse pelo gelo e também não estava aberto o suficiente para que pudesse chegar ao outro lado nadando. Mas precisava atravessá-lo se desejava encontrar o filho. Então, ela se sentou para tomar um pouco da água do lago, o que, é claro, era impossível para qualquer ser humano; mas a mãe enlutada achou que talvez um milagre pudesse acontecer para ajudá-la.

— Você não será bem-sucedida nessa empreitada — disse o lago. — É melhor fazermos um trato. Eu amo colecionar pérolas, e seus olhos são as mais puras que já vi. Se você chorar esses olhos em lágrimas nas minhas águas, então, eu a levarei até a estufa enorme na qual a Morte mora e rega flores e árvores, cada uma representando a vida de um ser humano.

— Ah, mas o que eu não daria para chegar ao meu filho — disse a mãe em prantos, e ela continuou a chorar até os olhos caírem nas profundezas do lago e se transformarem em duas pérolas raras.

Então, o lago a ergueu e a levou até a outra margem como se ela estivesse em um balanço, onde havia uma estrutura enorme de muitos metros de comprimento. Ninguém sabia dizer se era uma montanha coberta de florestas e cheia de cavernas ou se tinha sido construída. Mas a pobre mãe não conseguia enxergar, pois perdera os olhos no lago.

— Onde posso encontrar a Morte que foi embora com meu bebê? — perguntou ela.

— Ele ainda não chegou — respondeu uma velha grisalha que caminhava por ali e estava regando a estufa da Morte. — Como foi que encontrou o caminho até aqui? Quem a ajudou?

— Foi Deus que me ajudou — respondeu a mãe. — Ele é misericordioso. Será que a senhora também terá misericórdia? Onde posso encontrar meu bebê?

— Eu não conheço a criança — disse a velha —, e você é cega. Muitas flores e árvores morreram esta noite, e a Morte logo virá para removê-las. Você já sabe que cada ser humano tem uma árvore ou uma flor aqui, que pode ser ordenada por ele. São parecidas com outras plantas, mas têm corações que batem. O coração das crianças também bate: a partir daí você talvez consiga reconhecer seu próprio filho. Mas o que você me dará se eu lhe contar o que mais precisa fazer?

— Eu não tenho nada mais para dar — disse a mãe aflita. — Mas eu iria aos confins da terra por você.

— Pois de nada me adianta isso — disse a velha. — Mas você pode me dar seu longo cabelo negro. Você mesma sabe que é lindo, e muito me agrada. Você pode ficar com meu cabelo branco em troca.

— Não há nada mais que queira? — perguntou a mãe. — Se é só isso, lhe dou com prazer.

E ela abriu mão do lindo cabelo e recebeu, em troca, os cachos grisalhos da velha.

Ela entrou na enorme estufa da Morte, onde flores e árvores cresciam juntas aos montes. Jacintos floridos, peônias e árvores robustas. Havia plantas aquáticas, algumas bem frescas e outras de aparência doente, com serpentes d'água enroscadas e caranguejos negros agarrados aos caules. Havia nobres palmeiras, carvalhos e bananeiras, e abaixo delas floresciam tomilho e salsa. Cada árvore e cada flor tinham um nome, cada qual representando a vida de um ser humano, que podia estar vivo. Alguns na China, outros na Groenlândia e por todos os cantos do mundo. Algumas árvores grandes tinham sido plantadas em vasos pequenos, então estavam em busca de espaço e pareciam prestes a estourar os vasinhos, enquanto havia várias plantinhas fracas que cresciam em solo fértil, cercadas por musgos e cultivadas com esmero. A mãe enlutada se ajoelhou diante das plantinhas e ouviu o coração de cada uma delas e reconheceu o coração do próprio filho no meio de tantos outros.

— É esse — exclamou, estendendo a mão em direção a uma das flores que estava murcha com o botão caído.

— Não toque na flor — exclamou a velha —, mas fique aqui e, quando a Morte chegar a qualquer momento agora, não permita que ela arranque essa planta, mas a ameace e diga a ela que você vai arrancar as outras plantas do mesmo jeito. Isso vai deixá-la com medo, pois ela precisa dar conta de cada uma delas para Deus. Ninguém pode ser tirado, a não ser com a permissão para isso.

Ouviram um farfalhar pela estufa, um vento gelado, e a mãe cega sentiu que a Morte tinha chegado.

HELEN STRATTON

— Como encontrou o caminho para cá? — perguntou a Morte. — Como conseguiu chegar mais rápido que eu?

— Sou uma mãe — respondeu ela.

E a Morte estendeu a mão em direção à florzinha delicada, mas a mãe a envolveu com firmeza, porém também com todo cuidado para não tocar em nenhuma das folhas. E a Morte respirou sobre as mãos da mãe, que sentiu o ar ainda mais frio que o vento gelado, e as mãos dela caíram sem forças.

— Você não tem como me vencer — declarou a Morte.

— Mas o Deus misericordioso tem — retrucou ela.

— Pois eu só cumpro a vontade Dele — disse a Morte. — Eu sou o jardineiro. Cuido de todas as flores e árvores e as transplanto nos jardins do Paraíso em uma terra desconhecida. Como elas florescem lá e como é o jardim, isso não hei de lhe contar.

— Devolva meu filho — disse a mãe, chorando e implorando. E ela agarrou duas lindas flores e gritou para a Morte: — Vou arrancar todas as suas flores, pois estou sofrendo.

— Não toque nelas — avisou a Morte. — Você diz que está infeliz e faria outra mãe tão infeliz quanto você?

— Outra mãe! — exclamou a pobre mulher soltando as flores.

— Aqui estão seus olhos — disse a Morte. — Eu os peguei no lago para você. Estavam brilhando muito, mas eu não sabia que eram seus. Tome-os de volta. Estão ainda mais claros do que antes. Então, olhe no poço profundo perto daqui. Eu vou dizer a você o nome das duas flores que você queria arrancar e você vai ver todo o futuro nos seres humanos que representa e o que estava prestes a frustrar e destruir.

Então, ela olhou no poço, e era uma visão gloriosa ver como um deles veio feito uma bênção para o mundo e quanta felicidade e alegria ele espalhou. Mas ela viu que a vida do outro era cheia de cuidados, pobreza, sofrimento e desgraça.

— As duas coisas são a vontade de Deus — disse a Morte.

— Qual é a flor infeliz e qual é a abençoada? — ela quis saber.

HELEN STRATTON

— Pois isso não hei de contar — respondeu a Morte. — Mas você pode saber que uma dessas duas flores representa o seu filho. Foi o destino do seu filho que você viu, o futuro do seu próprio filho.

Então a mãe berrou cheia de terror.

— Qual dos dois pertence ao meu filho? Entregue a criança infeliz. Liberte-a de tanto sofrimento. É melhor levá-la. Leve-a ao reino de Deus. Esqueça as minhas lágrimas e minhas súplicas. Esqueça tudo que disse e fiz.

— Não a compreendo — disse a Morte. — Você quer seu filho de volta? Ou devo levá-lo para um lugar que você não conhece?

Então a mãe uniu as mãos, caiu de joelhos e rezou para Deus.

— Não atenda minhas orações quando elas forem contrárias à Sua vontade, que sempre escreve certo por linhas tortas. Ó, não as ouça. — E ela levou a mão ao peito.

A Morte levou o filho dela para a terra desconhecida.

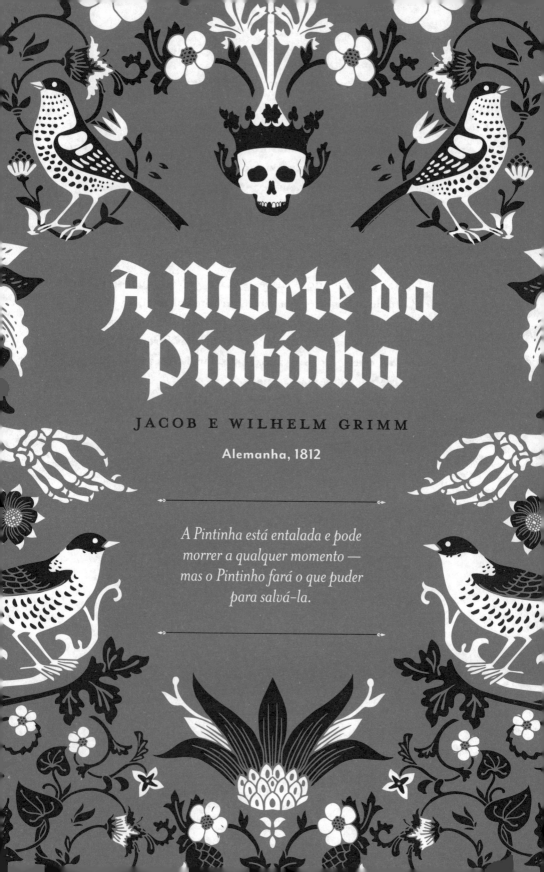

A Morte da Pintinha

JACOB E WILHELM GRIMM

Alemanha, 1812

A Pintinha está entalada e pode morrer a qualquer momento — mas o Pintinho fará o que puder para salvá-la.

erta vez, a pintinha e o pintinho foram à Montanha das Nozes e concordaram que quem achasse uma noz compartilharia com o outro. A pintinha encontrou uma noz bem, bem grande, mas — por querer comer o miolo sozinha — guardou segredo. O miolo, entretanto, era tão grosso que ela não conseguiu engoli-lo. Ficou preso em sua garganta e, temendo morrer sufocada, gritou:

— Pintinho, imploro que corra o mais rápido possível até o poço e me traga um pouco d'água, senão vou morrer sufocada.

Ele correu o mais rápido possível até o poço e pediu:

— Poço, dê-me um pouco d'água, pois a pintinha está de bruços na Montanha das Nozes. Ela engoliu um miolo de noz enorme e está prestes a morrer sufocada.

O poço respondeu:

— Primeiro corra até a noiva e me traga um pouco de seda vermelha.

O pintinho correu até ela e pediu:

— Noiva, dê-me um pouco de seda vermelha, e aí vou levar a seda vermelha até o poço, e o poço vai me dar um pouco d'água, e eu vou levar a água até a pintinha, que está de bruços, na Montanha das Nozes. Ela engoliu um miolo de noz enorme e está prestes a morrer sufocada.

A noiva respondeu:

— Primeiro corra e pegue minha grinalda que ficou presa em um galho de salgueiro.

O pintinho correu até o salgueiro, tirou a guirlanda do galho, levou-a até a noiva, e a noiva lhe deu um pouco de seda vermelha, que ele levou até o poço, que lhe deu um pouco d'água, e depois levou a água até a pintinha, mas, quando chegou, ela já tinha sufocado até a morte e jazia morta, sem mover um único músculo.

O pintinho ficou tão triste que chorou muito alto, e todos os animais foram chorar pela morte da pintinha. Seis camundongos construíram uma pequena carruagem para levar a pintinha até sua cova. Quando a terminaram, atrelaram-se a ela, e o pintinho a conduziu. No caminho, depararam-se com a raposa.

— Aonde está indo, pintinho?

— Estou indo enterrar minha amiga pintinha.

— Posso acompanhá-lo?

— Pode, mas deve se sentar na parte traseira, porque meus cavalinhos não gostam muito que você fique na parte da frente.

A raposa sentou-se na parte de trás, e depois o lobo, o urso, o alce, o leão e todos os animais da floresta fizeram o mesmo. Prosseguiram até se depararem com um córrego:

— Como vamos atravessar? — indagou o pintinho.

Havia uma palha deitada ao lado do córrego, que disse:

— Eu vou servir de ponte, e você pode passar por cima de mim.

No entanto, assim que os seis camundongos passaram em cima dela, ela deslizou, caiu na água, e os seis também caíram e se afogaram. Não sabiam o que fazer até aparecer um carvão, que disse:

— Sou muito grande. Vou servir de ponte e vocês podem passar por cima de mim.

E o carvão assim o fez e ficou sobre a água, mas, infelizmente, tocou nela, soltou um silvo e, ao se apagar, morreu.

Uma pedra viu a cena e, desejando ajudar o pintinho, serviu de ponte para ele passar por cima da água. O pintinho puxou a carruagem sozinho e quase chegou à outra margem com a pintinha morta, mas havia tantos outros animais sentados na traseira da carruagem, que a fizeram retroceder, e todos caíram no córrego e se afogaram.

Sobrou apenas o pintinho com a pintinha morta. Cavou uma cova para ela e a colocou lá dentro. Em seguida, cobriu-a com um monte de terra, sentou-se nele e lastimou por tanto tempo que também morreu.

A serpente e a princesa

A. H. WRATISLAW

Ucrânia, 1889

Para salvar seu pai, o rei, uma princesa inocente aceita se casar com uma serpente.

ra uma vez um imperador e uma imperatriz que tiveram três filhas. O imperador caiu doente e enviou a filha mais velha para buscar água. E lá foi ela atender ao pedido quando uma serpente a interpelou:

— Bem-vinda! Você aceita se casar comigo?

A princesa respondeu:

— Não, eu não aceito.

— Pois então — disse ele —, não vou lhe dar água.

A segunda filha disse:

— Pode deixar que eu vou; ele há de me dar um pouco de água.

E lá foi ela, mas a serpente disse:

— Bem-vinda! Você aceita se casar comigo?

— Não — recusou-se ela. — Eu não aceito.

E ele não lhe deu nem um pouco de água.

Ela voltou e contou:

— Ele não me deu nem um pouco de água. Ele disse "Se você se casar comigo, eu lhe dou a água".

A mais jovem das filhas então disse:

— Eu vou até lá. Ele há de me dar um pouco.

Lá foi ela, e a serpente disse.

— Bem-vinda! Você aceita se casar comigo?

— Aceito.

Então ele jogou água para ela, bem gelada e fresca. Ela a levou para casa e deu ao pai para beber, e o pai se recuperou. Então, no domingo chegou uma carruagem e chamaram:

— Abra a porta, princesa! Por tudo que há de mais sagrado, por que tirou água do rio raso?

Ela ficou aterrorizada, começou a chorar e correu para abrir a porta. E repetiram:

— Abra todos os aposentos, princesa! Por tudo que há de mais sagrado, por que tirou água do rio raso?

Então entraram na casa e colocaram a serpente em uma bandeja sobre a mesa. Lá estava ela, como se fosse feita de ouro! Eles saíram da casa e disseram:

— Acomode-se na carruagem, princesa! Por tudo que há de mais sagrado, por que tirou água do rio raso?

Eles partiram com ela até a moradia da serpente. Lá os dois viveram e tiveram uma filha. Também receberam uma madrinha para morar com eles, mas ela era uma mulher má. A criança logo morreu, e a mãe se foi em seguida. A madrinha saiu uma noite e foi ao túmulo dela e cortou as mãos dela. Voltou para casa e aqueceu a água, escaldou as mãos e tirou os anéis de ouro. Então, a princesa, seguindo a vontade de Deus, foi até ela para recuperar as mãos e disse:

— As aves dormem, os gansos também. Não minha madrinha, porém. Ela faz mingau das minhas alvas mãos para os anéis de ouro roubar.

A madrinha se escondeu embaixo do fogão.

A princesa repetiu:

— As aves dormem, os gansos também. Não minha madrinha, porém. Ela faz mingau das minhas alvas mãos para os anéis de ouro roubar.

No dia seguinte, encontraram a madrinha morta embaixo do fogão. Não lhe deram um funeral, mas a atiraram em um buraco.

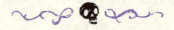

O Osso Cantor

JACOB E WILHELM GRIMM

Alemanha, 1812

Dois irmãos se oferecem para caçar um javali que está aterrorizando o reino, mas apenas um deles pode ser vitorioso e se casar com a princesa.

ra uma vez certo país em que havia uma grande preocupação acerca de um javali selvagem que estava destruindo as plantações dos camponeses, matando o gado e destroçando as pessoas com suas presas. O rei prometeu uma enorme recompensa a quem conseguisse livrar o reino de tal praga, mas a fera era tão grande e forte que ninguém ousava chegar perto dos bosques onde ela habitava. Por fim, o rei anunciou que aquele que conseguisse capturar ou matar o animal desposaria sua única filha.

Naquele país, viviam dois irmãos, filhos de um homem pobre, e ambos se voluntariaram a tentar cumprir a tarefa. O mais velho, astuto e sagaz, habilitou-se por orgulho. O mais jovem, ingênuo e simplório, habilitou-se por causa de seu coração gentil. O rei disse:

— Para uma maior garantia de que acharão a fera, entrem no bosque por lados opostos.

E, assim, o irmão mais velho adentrou os bosques pelo Oeste, e o mais jovem, pelo Leste.

Depois que o mais novo já havia caminhado por um tempo, um anãozinho, que segurava uma lança negra na mão, aproximou-se dele e disse:

— Estou lhe dando esta lança, pois seu coração é puro e bom. Com ela, pode atacar o javali selvagem com confiança, pois ele não lhe fará mal algum.

O irmão agradeceu ao anão, apoiou a lança no ombro e seguiu em frente, sem temor.

Não demorou muito até avistar a fera. Ela o atacou, mas ele empunhou a arma em sua direção, e, cego pela fúria, o animal correu ao encontro da lança com tanta força que seu coração foi retalhado ao meio. Em seguida, o irmão mais novo apoiou o monstro nas costas e foi na direção da casa, com o intuito de levar o javali ao rei.

Saindo do outro lado do bosque, chegou a uma casa onde pessoas estavam se divertindo, gozando de um bom vinho e bailando, e também onde o irmão mais velho se encontrava. Achando que

EDWARD HENRY WEHNERT

o javali não escaparia tão cedo dele, decidira beber para ganhar coragem. Quando viu o irmão mais novo sair do bosque com seu espólio, seu coração maligno e invejoso não o deixou em paz. Ele chamou o irmão:

— Entre, irmão querido. Descanse e refresque-se com um copo de vinho.

O irmão mais novo, sem suspeitar de nada maldoso, entrou e contou-lhe sobre o bom anão que havia lhe dado a lança com a qual matara o javali.

O irmão mais velho o reteve até o anoitecer e depois ambos partiram juntos. Após escurecer, chegaram a uma ponte acima de um córrego, e o irmão mais velho deixou o mais novo passar primeiro. Quando chegou à metade da ponte acima da água, o mais velho o golpeou por trás com tanta força que o fez cair morto.

O irmão mais velho enterrou o outro debaixo da ponte, apanhou o javali e o entregou ao rei, fingindo que fora o responsável por matá-lo, desposando assim a filha do monarca. Quando o irmão mais novo não retornou, o mais velho disse:

— O javali deve tê-lo dilacerado.

E todos acreditaram nele. Como, entretanto, nada permanece escondido de Deus, tal ato pecaminoso também viria à tona.

Depois de muitos e longos anos, um pastor pastoreava suas ovelhas na ponte e viu um pequeno osso branco como a neve jazido na areia debaixo da ponte. Achando que poderia ser uma boa boquilha, ele desceu, pegou o osso e esculpiu nele uma boquilha para sua corneta. Para seu grande espanto, quando soprou nela pela primeira vez, o osso começou a cantar:

"Ó, meu caro pastor,
Você está soprando no meu ossinho.
Meu irmão me matou
E me enterrou debaixo da ponte
Para pegar o javali selvagem
E desposar a filha do rei."

— Que corneta maravilhosa — disse o pastor. — Ela canta sozinha. Devo levá-la ao rei.

Quando colocou a corneta diante do monarca, ela começar a cantar novamente sua musiquinha. O soberano compreendeu muito bem a canção, mandou que escavassem a terra debaixo da ponte e, assim, o esqueleto inteiro do homem assassinado foi descoberto.

O irmão perverso não foi capaz de negar seu feito. Prenderam-no dentro de um saco e foi afogado vivo. Já os ossos do homem assassinado foram colocados para descansar em paz em uma bela cova no cemitério.

O ganso louco

E O TIGRE DA FLORESTA

NORMAN HINSDALE PITMAN

Estados Unidos/China, 1919

Uma menina escravizada e um ganso falante investigam o segredo de um velho avarento.

Hu-lin era uma escrava. Mal tinha saído das fraldas quando o pai a vendeu. Havia cinco anos que morava, junto com várias outras crianças, em um barco decrépito. Seu cruel senhor a tratava muito mal, obrigando-a a ir para as ruas, junto com as outras garotas que comprara, para conseguir dinheiro com a mendicância. Esse tipo de vida era bem difícil para Hu-lin, que desejava brincar nos campos, sobre os quais enormes pipas pairavam no ar como pássaros gigantes. Gostava de ver os corvos e as gralhas-do-campo voando alto, de um lado para outro. Era muito divertido vê-las construir seu ninho no alto dos álamos. No entanto, se o senhor a visse perdendo tempo daquele modo, lhe dava uma sova brutal e a deixava sem comer por um dia inteirinho. Na verdade, ele era tão mau e cruel que todas as crianças o chamavam de Coração Sombrio.

Certo dia, de manhã bem cedo, Hu-Lin estava se sentindo desolada por causa da forma como era tratada e resolveu fugir. Ah, mas não tinha corrido nem cem metros quando notou que Coração Sombrio vinha logo atrás. Ele a capturou, deu-lhe uma bronca horrível e uma surra tão intensa que ela desmaiou.

Ficou caída no chão por várias e várias horas, sem conseguir mexer um músculo sequer, enquanto gemia como se o coração estivesse se partindo. *Se ao menos alguém pudesse me salvar,* pensou ela, *eu seria boazinha pelo resto da minha vida!*

Pois bem, não muito longe do rio, vivia um velho em uma choupana caindo aos pedaços. A única companhia que tinha era um ganso, chamado Ch'ang, que tomava conta do portão à noite e berrava bem alto se qualquer estranho se atrevesse a aparecer por ali. Hu-lin fez amizade com o ganso e, sempre que passava pela choupana, a escravinha parava para conversar com o sábio pássaro. Desse modo, descobriu que o dono do ganso era um velho avarento que guardava uma fortuna no quintal. Ch'ang tinha um pescoço bem comprido, o que lhe permitia tomar conta da vida do seu dono. Como o pássaro não tinha ninguém com quem conversar, contava tudo que sabia para Hu-lin.

Justo na manhã que Coração Sombrio deu uma surra em Hu-lin por tentar fugir, Ch'ang fez uma descoberta assustadora. Seu senhor e mestre não era um velho avarento, mas sim um jovem usando um disfarce. Com fome, Ch'ang entrara na casa no amanhecer para ver se havia restos de comida do jantar da noite anterior. A porta do quarto tinha se aberto no decorrer da noite, e lá estava um jovem adormecido, em vez do velho de barba grisalha que o ganso chamava de mestre. Então, diante dos seus olhos, o jovem se transmutou de repente para a forma anterior, tornando-se o velho novamente.

Em sua animação e esquecendo-se completamente da barriga vazia, o ganso assustado correu para o quintal para matutar sobre o mistério, mas quanto mais pensava, mais estranho tudo lhe parecia. Então, ele pensou em Hu-lin e desejou que ela passasse por lá para que talvez a menina desse sua opinião. Ele tinha a escravinha em alta conta e acreditava que ela entenderia completamente o que havia se passado ali.

Ch'ang foi até o portão. Como sempre, estava trancado, e não havia nada que pudesse fazer, a não ser esperar que o mestre se levantasse. Duas horas depois, o velho avarento saiu para o quintal. Parecia estar de bom humor e deu mais comida do que o usual para Ch'ang. Depois de fumar o cigarro matinal na rua em frente a casa, ele saiu para dar uma volta, deixando o portão entreaberto.

Era justamente o que o ganso estava esperando. Escapuliu sem fazer barulho e seguiu na direção do rio, onde conseguia ver os barcos alinhados na margem. Em um banco de areia próximo, ele viu a amiga.

— Hu-lin — chamou ele, aproximando-se. — Acorde, pois tenho uma coisa para lhe contar.

— Não estou dormindo — respondeu ela, virando o rosto molhado de lágrimas para o amigo.

— Então, qual é o problema? Você está chorando de novo. O velho Coração Sombrio lhe deu outra surra?

— Psiu! Ele está cochilando no barco. Não deixe que o ouça.

— Não é como se ele fosse entender a fala de um ganso — retrucou Ch'ang com um sorriso. — No entanto, é melhor prevenir do que remediar, então, vou sussurrar tudo que tenho para contar.

Aproximando o bico do ouvido dela, o pássaro contou tudo para Hu-lin sobre sua recém-descoberta e terminou pedindo para que ela explicasse o que aquilo significava.

A criança se esqueceu do próprio sofrimento ao ouvir aquela história maravilhosa.

— Tem certeza de que não se trata de algum amigo que o velho avarento convidou para passar a noite? — perguntou ela em tom sério.

— Tenho, claro que tenho certeza, pois ele não tem amigos — respondeu Ch'ang. — Além disso, eu estava na casa antes de ele trancar tudo para passar a noite e não vi nem sombra de alguém mais ali.

— Então, ele deve ser uma fada disfarçada! — anunciou Hu-lin em tom de quem tudo sabe.

— Uma fada! Mas o que é isso? — perguntou o amigo, cada vez mais animado.

— Ora, ora, velho ganso, você não sabe o que é uma fada? — E Hu-lin soltou uma gargalhada. Àquela altura, Hu-lin já tinha se esquecido dos próprios reveses e estava cada vez mais envolvida em tudo que ouvira. — Então — disse ela baixinho e falando bem devagar. — Uma fada é... — Aqui ela baixou ainda mais o tom de voz, que virou um sussurro.

O ganso começou a assentir vigorosamente à medida que ela avançava na explicação e, quando acabou, ele estava sem palavras, tamanho o assombro que sentia. Depois de um tempo, disse:

— Bem, se o meu mestre é esse tipo de ser, suponho que você possa vir comigo sem fazer barulho. Se você diz que ele é uma fada, ele pode salvá-la de todos os seus problemas e fazer com que eu viva feliz pelo resto da vida.

— Será que tenho coragem? — perguntou a menina, olhando, com expressão assustada, na direção da casa do barco de onde vinha um ronco sonoro.

— Decerto que sim! — exclamou Ch'ang. — Ele lhe deu uma surra tão grande que não vai temer que você se levante tão cedo.

Apressados, seguiram para as terras do velho avarento. O coração de Hu-lin batia descompensado enquanto tentava decidir o que diria quando se pusesse diante da fada. O portão ainda estava entreaberto, e os dois amigos entraram cheios de coragem.

— Venha por aqui — disse Ch'ang. — Ele deve estar nos fundos, capinando a horta.

Mas, quando lá chegaram, não havia ninguém entre as hortaliças.

— Que estranho — sussurrou o ganso. — Não entendo, pois nunca o vi se recolher tão cedo do trabalho. Decerto que não deve ter ido descansar.

Seguindo o amigo, Hu-lin entrou na casa na pontinha dos pés. A porta do quarto do velho avarento estava aberta, e eles viram que também não havia ninguém ali, nem em qualquer outro cômodo da choupana miserável.

— Venha! Vamos ver em que tipo de cama ele dorme — disse Hu-lin cheia de curiosidade. — Eu nunca estive no quarto de uma fada. Deve ser diferente do quarto das pessoas comuns.

— Não, não! É apenas uma cama normal de tijolos, como todo o resto — respondeu Ch'ang, adentrando o quarto.

— Ele tem uma lareira para aquecê-lo no frio? — perguntou Hu-lin, agachando-se para examinar o buraco de tijolos.

— Ah, sim, ele acende o fogo bem quente todas as noites, até mesmo na primavera, quando todo mundo já parou de acender. A cama de tijolos fica aquecida todas as noites.

— Que coisa estranha para um velho avarento, não acha? — perguntou a menina. — É mais caro manter o fogo aceso do que alimentar alguém.

— Bem pensado — concordou Ch'ang, cutucando as penas. — Nunca tinha pensado nisso. É muito estranho. Estranhíssimo, na verdade. Hu-lin, você é uma criança sábia. Onde foi que aprendeu tanto?

Naquele instante o ganso empalideceu, pois ouviu o portão bater e o trinco se encaixar no lugar.

— Minha nossa! O que vamos fazer agora? — perguntou Hu-lin. — O que ele há de dizer se nos encontrar aqui?

— Não sei dizer — respondeu o ganso, tremendo. — Mas, minha querida amiga, decerto fomos apanhados, pois não temos como sair daqui sem que nos veja.

— Eu sei e já levei uma surra hoje. E foi tão forte que não acredito que eu vá sobreviver a outra. — A menina suspirou enquanto as lágrimas começaram a escorrer pelo rosto.

— Calma, minha amiga. Não se preocupe. Vamos nos esconder neste canto escuro, atrás dos cestos — sugeriu Ch'ang, bem na hora que ouviram os passos do mestre passando pela porta.

Logo os amigos assustados estavam agachados no chão, tentando se esconder. Para alívio deles, porém, o velho avarento não entrou no quarto e logo o ouviram capinar a horta. Permaneceram ali, escondidos, o dia todo, temendo sair pela porta.

— Nem consigo imaginar o que ele vai dizer se descobrir que seu ganso de guarda trouxe uma estranha para casa — cochichou Ch'ang.

— Talvez ele ache que estávamos tentando roubar o dinheiro que ele tem escondido — disse Hu-lin, rindo, pois ela tinha se acostumado ao esconderijo apertado e estava com menos medo. Pelo menos não tinha tanto medo do velho avarento quanto achava. — Além disso, ele não poderia ser pior que o velho Coração Sombrio.

E assim o dia passou e a noite caiu sobre toda a terra. Àquela altura, a menina e o ganso caíram no sono no canto escuro do quarto do velho avarento e não viram nada do que estava acontecendo.

Quando os primeiros raios do novo dia passaram pela janela coberta com papel, bem acima da cama do velho avarento, Hu-lin acordou com um sobressalto. E, no início, não sabia onde estava. Ch'ang olhava para ela com olhos arregalados e assustados que pareciam perguntar: "Mas o que significa tudo isso? É mais que meu cérebro de ganso consegue entender".

Pois na cama, em vez do velho avarento, havia um jovem, cujos cabelos eram negros como as penas de um corvo. Um sorriso leve iluminava o rosto bonito, como se estivesse tendo um sonho maravilhoso. Uma exclamação de maravilhamento escapou pelos lábios de Hu-lin, antes que conseguisse se segurar. Os olhos do jovem se abriram na hora e se fixaram nela. A menina ficou tão assustada que não conseguiu se mexer, e o ganso começou a tremer quando viu a mudança que se dera em seu mestre.

O jovem estava ainda mais surpreso do que os invasores e, por dois minutos, nada conseguiu dizer.

— O que significa isto? — perguntou ele, por fim, olhando para Ch'ang. — O que está fazendo no meu quarto e quem é essa menina que parece tão assustada?

— Queira me perdoar, bondoso senhor, mas o que fez com o meu mestre? — retrucou o ganso, respondendo à pergunta com outra pergunta.

— E não sou eu o seu mestre? Ficou maluco? — disse o homem, rindo. — Hoje você está mais burro do que nunca.

— Meu mestre era velho e feio, mas você é jovem e bonito — respondeu Ch'ang em tom elogioso.

— O quê? — gritou o outro. — Está dizendo que ainda sou jovem?

— Exatamente. Pode perguntar para Hu-lin se não acredita em mim.

O homem se virou para a menininha.

— Sim, o senhor realmente é jovem — confirmou ela, diante do olhar dele. — Nunca vi um homem tão bonito.

— Até que enfim! Até que enfim! — exclamou ele, rindo, cheio de alegria. — Estou livre, livre! Livre de todos os meus problemas, mas não sei explicar como foi que isso aconteceu!

Por alguns minutos, ele permaneceu parado, mergulhado em pensamentos, estalando os dedos longos, como se estivesse tentando resolver algum problema difícil. Por fim, um sorriso iluminou seu rosto.

— Ch'ang — chamou ele. — Como é que chamou sua amiga agora há pouco?

— Eu me chamo Hu-lin — respondeu a menina. — Hu-lin, a escravinha.

Ele bateu palmas.

— Ah, é isso! É isso! — exclamou ele. — Entendo tudo agora. Claro como o dia. — Então, notando a expressão de curiosidade no rosto dela, ele disse: — É a você que devo minha liberdade do castigo de uma fada má. Talvez você queira que eu lhe conte a história de toda a desgraça que se abateu sobre mim.

— Por favor, senhor — respondeu ela, ansiosa. — Eu disse para Ch'ang que o senhor era uma fada e gostaria de saber se estou certa.

E ele começou:

— Veja bem, meu pai é um homem rico, que vive em uma aldeia distante. Quando eu era criança ele me dava tudo que eu queria. Eu também era mimado e recebia muito carinho desde bem pequeno, até que comecei a pensar que não havia nada no mundo que eu não pudesse ter se assim desejasse e nada que não pudesse fazer se assim quisesse.

"Meu professor costumava chamar minha atenção por ter esse tipo de pensamento e me disse que havia um provérbio: 'Homens morrem pelo lucro, pássaros perecem para conseguir comida'. Ele achava que aqueles homens eram tolos. Ele me disse que o dinheiro não trazia felicidade, mas sempre terminava dizendo que os deuses eram mais poderosos do que os homens. Ele dizia que eu deveria sempre tomar cuidado para não aborrecer os espíritos do mal. Às vezes, eu ria da cara dele, dizendo que eu era rico e que poderia comprar as dádivas dos deuses e das fadas. O bom homem meneava a cabeça e dizia: 'Tome cuidado, meu jovem, ou há de se arrepender dessas falas impensadas'.

"Um dia, depois de me passar um longo sermão desse tipo, estávamos entrando nos jardins da enorme propriedade do meu pai. Eu estava mais atrevido do que de costume e falei que não me importava com as regras que os outros seguiam. Eu disse: 'Você falou que esse poço aqui nos jardins do meu pai é regido por um espírito e que, caso eu o enfureça ao pular por cima dele, ele ficaria chateado e me causaria problemas, não é?'. E ele respondeu: 'Sim, foi exatamente o que eu disse e repito. Cuidado, meu jovem, cuidado com falas sem sentido sobre desrespeitar as leis'. E eu retruquei cheio de desdém: 'E por que tenho que me importar com um espírito que mora nas terras do meu pai? Eu não acredito que exista um espírito neste poço. Se houver, não passa de outro escravo do meu pai'.

"Eu disse isso e, antes que o meu tutor tivesse a chance de impedir, saltei por cima da boca do poço. Assim que meus pés tocaram no chão, tive a sensação estranha do meu corpo se encolhendo. Toda minha força e vigor desapareceram em um piscar de olhos, minha pele ficou amarelada e enrugada. Olhei para o meu rabo de cavalo e vi que meu cabelo estava ralo e branco. Eu tinha me transformado em um velho.

"Meu professor ficou olhando para mim sem acreditar, e, com voz diminuta, perguntei a ele o que tudo aquilo significava. 'Minha nossa, meu querido pupilo', respondeu ele. 'Agora, acredita no que eu disse? O espírito do poço se enfureceu com seu mau comportamento e o puniu. Eu falei cem vezes que é errado pular por cima do poço, ainda assim, foi exatamente o que você fez.' Eu perguntei com desespero: 'Tem alguma coisa que possa ser feita? Existe alguma forma de restaurar minha juventude perdida?'. Ele me lançou um olhar triste e meneou a cabeça.

"Quando meu pai soube da minha triste condição, foi tomado pela angústia, e fez o possível para encontrar alguma forma de eu recobrar minha juventude. Colocou incenso para queimar em mais de dez templos, e ofereceu a si mesmo em oração para vários deuses. Eu era seu único filho, e ele jamais seria feliz sem mim. Por fim, quando tudo já tinha sido feito, meu prestimoso professor pensou em consultar um vidente que era famoso na cidade. Depois de perguntar sobre tudo que resultara no meu triste estágio, o sábio disse que o espírito do poço, como punição, tinha me transformado em um velho avarento e que apenas durante o sono eu voltaria ao meu estado natural e, mesmo que alguém entrasse no meu quarto ou visse o meu rosto, eu logo seria transmutado novamente em um velho."

O ganso interveio:

— Mas eu o vi ontem de manhã, e você estava jovem e bonito e, então, diante dos meus olhos, se transformou novamente em um velho.

O jovem, então, disse:

— Continuando a minha história: o vidente, por fim, anunciou que só havia uma chance de recuperação e que a chance era ínfima. Se, a qualquer momento, enquanto eu estivesse na minha forma real, ou seja, como me veem agora, um ganso louco entrasse, trazendo um tigre da floresta salvo da escravidão, então a maldição se quebraria e o espírito do mal não teria mais controle sobre mim. Quando a resposta do vidente foi levada ao meu pai, ele perdeu as esperanças, assim como eu, pois ninguém conseguiu entender o sentido de uma previsão enigmática e tão sem sentido.

"Naquela noite, deixei minha cidade natal, decidido a não mais lançar desgraças sobre o meu povo ao continuar vivendo entre eles. Vim para este lugar, comprei esta choupana com um pouco do dinheiro que meu pai me deu e comecei imediatamente a viver como um avarento. Nada satisfazia minha ganância por dinheiro. Tudo deveria se transformar em dinheiro. Por cinco anos, tenho guardado dinheiro e, ao mesmo tempo, passando fome de corpo e alma.

"Assim que cheguei aqui, ao me lembrar do que o vidente dissera, decidi manter um ganso de guarda em vez de um cão. Desse modo, comecei a trabalhar na premonição enigmática."

— Mas eu não sou um ganso louco — sibilou Ch'ang, zangado. — Se não fosse por mim, você ainda seria um avarento enrugado.

— Pois você está certo, querido Ch'ang, certíssimo — concordou o jovem com suavidade. — Você não era louco, então eu lhe dei o nome de 'Ch'ang', que significa louco, transformando você em um ganso louco.

— Ah, entendi — disse Hu-lin e Ch'ang em uníssono. — Que inteligente!

— Como podem ver, eu tinha parte da minha cura bem aqui no meu quintal o tempo todo, mas, por mais que eu pensasse, não conseguia imaginar uma forma na qual Ch'ang poderia trazer um tigre da floresta para o meu quarto enquanto eu estivesse dormindo. Tudo parecia tão absurdo que logo desisti de resolver o enigma. Mas hoje, por total acaso, tudo fez sentido.

— Ah, então agora eu sou um tigre da floresta? — Hu-lin deu risada.

— Na verdade, é exatamente o que você é, minha querida menina, uma linda tigresa da floresta, pois Hu significa tigre, enquanto lin significa, no bom e velho chinês, um bosque de árvores. Então, você me disse também que é uma escrava. Logo, Ch'ang a tirou da escravidão.

— Ah, como estou feliz! — disse Hu-lin, esquecendo-se da própria pobreza. — Tão feliz por você não precisar mais ser um velho avarento.

Bem nessa hora, ouviram uma batida forte no portão de entrada.

— Quem será que está batendo no portão desse jeito? — perguntou o jovem com uma expressão de surpresa.

— Minha nossa! Deve ser Coração Sombrio, meu mestre — disse Hu-lin, começando a chorar.

— Não tenha medo — disse o jovem com voz tranquila, acariciando o cabelo da menina. — Você me salvou e decerto farei o mesmo por você. Se esse tal de Coração Sombrio não concordar com uma proposta justa, ele terá um olho roxo para se lembrar desta visita.

Não demorou muito para que o jovem grato comprasse a liberdade de Hu-lin, principalmente depois de oferecer para o mestre dela o que ele esperaria ganhar quando ela tivesse catorze ou quinze anos.

Quando Hu-lin soube da negociação, ficou frenética de felicidade. Ela fez uma reverência profunda para o novo mestre e, então, se ajoelhou e levou a testa ao chão nove vezes. Levantando-se, exclamou:

— Ah, como estou feliz, pois serei sua para todo sempre, e o bom e velho Ch'ang será meu companheiro.

— Sim, decerto — assegurou ele. — E, quando for um pouco mais velha, você será minha esposa. Por ora, vai voltar comigo para as terras de meu pai como minha futura noiva.

— E eu nunca mais vou ter que mendigar por migalhas na rua? — perguntou ela, maravilhada.

— Não! Nunca! — ele respondeu com uma risada. — E você não precisa nunca mais temer levar uma surra.

O Noivo Ladrão

JACOB E WILHELM GRIMM

Alemanha, 1812

Prometida a um jovem rico, uma bela moça fará de tudo para evitar o casamento.

ra uma vez um moleiro que tinha uma linda filha. Quando ela atingiu a maioridade, ele desejou que ela fosse bem-casada e bem-cuidada. Pensou: *Se um pretendente respeitável vier e pedir a mão dela em casamento, minha filha será dele.*

Pouco tempo depois, apareceu um pretendente, que aparentava ser muito rico, e, como o moleiro não conseguiu encontrar defeitos nele, prometeu-lhe a mão de sua filha.

A garota, entretanto, não gostava dele como uma noiva deveria gostar do noivo. Não confiava nele e, sempre que o via ou pensava nele, sentia uma sensação de horror no coração.

Certa vez, ele lhe disse:

— Você é minha noiva, mas nunca me visitou.

A garota retrucou:

— Não sei onde fica sua casa.

O noivo rebateu:

— Minha casa fica no bosque escuro.

Forjando uma desculpa, ela disse que não conseguiria achar o caminho até a casa.

Ele continuou:

— Você deve me visitar no próximo domingo, pois já tenho até convidados. Deixarei uma trilha de cinzas para não se perder no bosque.

Quando o domingo chegou e estava na hora de a garota começar a viagem, ficou com medo, apesar de não saber exatamente o motivo. Para marcar o caminho, encheu os bolsos de ervilhas e lentilhas. Na entrada da floresta, havia uma trilha de cinzas, a qual ela seguiu, mas, a cada passo, jogava algumas ervilhas no chão, tanto à direita quanto à esquerda. Passou praticamente o dia todo andando até chegar ao meio do bosque, onde era a parte mais escura e havia uma casa isolada. Não gostou do lugar, porque tinha uma aparência muito sombria e agourenta. Entrou na casa, mas não havia ninguém e estava um silêncio absoluto.

De chofre, uma voz gritou:

ARTHUR RACKHAM

"Volte agora, volte agora, jovem noiva.
Está na casa de um assassino."
A garota olhou para cima e viu que a voz vinha de um pássaro que estava em uma gaiola pendurada na parede. Ele gritou de novo:
"Volte agora, volte agora, jovem noiva.
Está na casa de um assassino."
A bela noiva foi de quarto em quarto, caminhando por toda a casa, mas estava completamente vazia, e não havia uma alma sequer. Por fim, foi à adega, e nela havia uma senhora bem idosa sentada e balançando a cabeça.

— Pode me dizer — questionou a garota — se meu noivo mora aqui?

— Ah, pobrezinha — respondeu a senhora —, de onde você veio? Está no antro de um assassino. Você acha que é uma noiva que, em breve, será desposada, mas se casará com a morte. Veja, me fizeram colocar uma grande caldeira com água para ferver. Uma vez que tiverem capturado você, vão cortá-la em pedacinhos sem piedade, cozinhá-la e devorá-la, pois são canibais. Se eu não

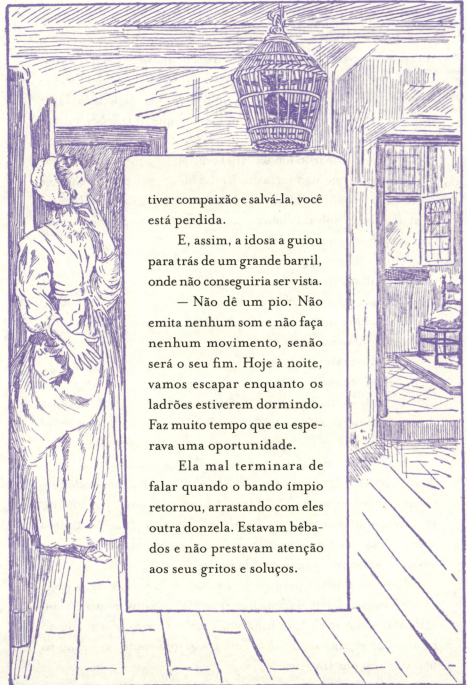

tiver compaixão e salvá-la, você está perdida.

E, assim, a idosa a guiou para trás de um grande barril, onde não conseguiria ser vista.

— Não dê um pio. Não emita nenhum som e não faça nenhum movimento, senão será o seu fim. Hoje à noite, vamos escapar enquanto os ladrões estiverem dormindo. Faz muito tempo que eu esperava uma oportunidade.

Ela mal terminara de falar quando o bando ímpio retornou, arrastando com eles outra donzela. Estavam bêbados e não prestavam atenção aos seus gritos e soluços.

Deram-lhe vinho para beber em três taças cheias, uma com vinho branco, outra com tinto e outra com amarelo, o que fez o coração dela parar. Depois despiram-na de suas roupas elegantes, colocaram-na sobre uma mesa, cortaram seu belo corpo em pedaços e o temperaram com sal. A pobre noiva atrás do barril tremia agitada, pois viu muito bem o destino que os ladrões haviam planejado para ela.

Um deles reparou em um anel dourado no mindinho da garota morta. Como não saía com facilidade, pegou um machado e cortou seu dedo, mas ele voou, passou por cima do barril e caiu bem no colo da noiva. O ladrão pegou uma vela e o procurou, mas não conseguiu encontrá-lo.

Outro ladrão sugeriu:

— Já olhou atrás do barril grande?

A idosa, contudo, chamou todos:

— Venham comer. Podem continuar procurando de manhã, pois o dedo não vai fugir de vocês.

Eles disseram:

— A velhota tem razão.

Desistiram da busca e sentaram-se para comer. A senhora despejou uma poção do sono no vinho deles, e não tardou até se deitarem no chão da adega e roncarem enquanto dormiam.

Quando a noiva ouviu os roncos, saiu de trás do barril e teve de passar pelos dorminhocos, evitando pisar neles, pois todos estavam enfileirados no chão. Ela tinha medo de despertar algum, mas Deus a ajudou, e ela conseguiu passar em segurança. A idosa subiu as escadas com a jovem, abriu a porta e ambas fugiram do antro do assassino o mais rápido possível.

O vento soprara para longe a trilha de cinzas, mas as ervilhas e lentilhas haviam brotado e crescido e, assim, mostraram o caminho sob o luar. Caminharam a noite inteira, chegando ao moinho na manhã seguinte e, então, a garota contou tudinho ao pai, tim-tim por tim-tim.

THE ROBBER BRIDEGROOM

"Turn back, turn back, thou pretty bride,
Within this house thou must not bide,
For here do evil things betide."

WALTER CRANE, 1914

Quando chegou o dia do casamento, o noivo apareceu. O moleiro convidara todos os seus parentes e conhecidos e, conforme sentavam-se à mesa, a cada um era solicitado contar alguma história. A noiva sentou-se e nada disse.

O noivo, então, disse-lhe:
— Vamos, querida, não sabe nenhuma história? Conte-nos alguma, tal como os demais.

Ela retrucou:
— Pois então contarei meu sonho. Estava caminhando sozinha pelo bosque, quando, enfim, cheguei a uma casa. Dentro dela,

não havia uma alma sequer, mas havia um pássaro em uma gaiola pendurada na parede, que gritou:

"'Volte agora, volte agora, jovem noiva.

Está na casa de um assassino.'

"Depois gritou a mesma coisa. Querido, foi apenas um sonho. Em seguida, percorri todos os quartos. Estavam todos vazios e havia alguma coisa muito arrepiante na casa. Por fim, desci até a adega e nela estava sentada uma senhora bem idosa, que balançava a cabeça. Perguntei:

"— Meu noivo mora nesta casa?

"Ela respondeu:

"— Ah, pobrezinha, você adentrou o antro de um assassino. Seu noivo mora aqui, mas pretende cortá-la em pedaços e matá-la, para depois comê-la e devorá-la.

"Querido, foi só um sonho. Depois a senhora me escondeu atrás de um barril enorme. Eu mal tinha acabado de me esconder quando os ladrões retornaram, arrastando uma mulher com eles. Deram para ela beber três tipos de vinho, branco, tinto e amarelo, e isso fez o coração dela parar de bater. Querido, foi só um sonho. Depois a despiram de suas roupas finas e cortaram o lindo corpo dela em pedaços em cima de uma mesa e o temperaram com sal. Querido, foi só um sonho. Depois um dos ladrões viu que ainda havia um anel no mindinho dela. Como estava difícil tirá-lo, pegou um machado e cortou o dedo, que voou e caiu atrás do barril enorme, em cima do meu colo. E aqui está o dedo com o anel."

Com essas palavras, pegou o dedo e mostrou-o a todos os presentes.

O ladrão, que durante a história ficara branco como giz, levantou-se sobressaltado e tentou fugir, mas os convidados o seguraram rapidamente e o entregaram às autoridades. Em seguida, ele e todo o seu bando foram executados devido a seus atos vergonhosos.

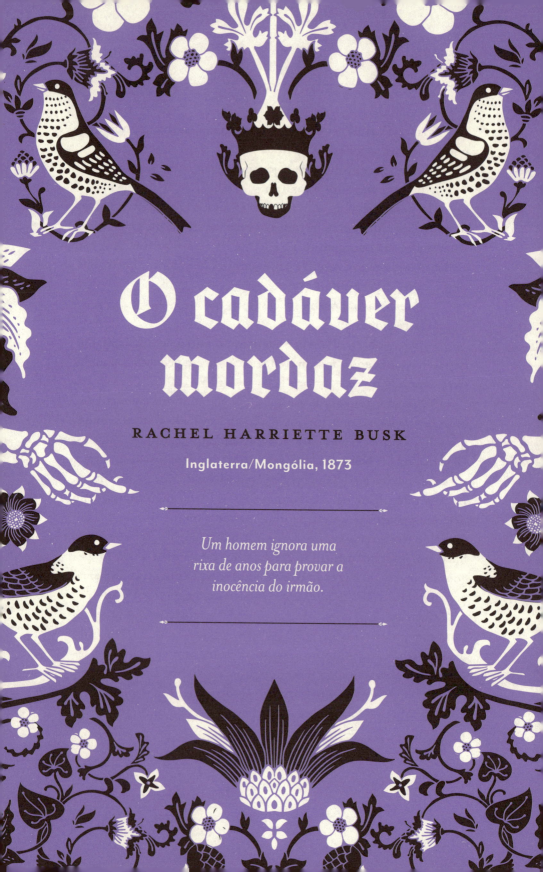

ra uma vez, há muitas e muitas eras, dois irmãos que se casaram com duas irmãs. No entanto, por algum motivo qualquer, os dois irmãos não se davam bem. Além do mais, o primogênito era extremamente avarento e rabugento. Tinha também juntado muitas riquezas, mas não as compartilhava com o irmão caçula. Certo dia, o primogênito começou a organizar os preparativos para um banquete e convidou todos os conhecidos e vizinhos da região. O caçula confidenciou para a esposa em tal ocasião:

— Embora meu irmão nunca tenha agido de modo fraternal para conosco, agora que está organizando esse banquete para vizinhos e conhecidos, decerto que não deixará de convidar o sangue do seu sangue.

Mas o convite não chegou.

No dia seguinte, repetiu para a mulher:

— Embora ele não tenha nos convidado ontem, tenho certeza de que, neste segundo dia de festividades, ele há de nos convidar.

Mas o convite não chegou.

No terceiro dia, o caçula ainda tinha esperanças de que seria convidado. Mas também não o foi no terceiro dia. Ao perceber isso, ficou com raiva e disse para si mesmo:

— Como ele não me convidou, eu vou entrar de penetra e ainda vou roubar a minha parte do banquete.

Portanto, assim que escureceu, quando todas as visitas da casa do primogênito, tendo se embriagado do conhaque que havia sido servido, estavam profundamente adormecidas, o caçula deslizou furtivamente pela casa do irmão e se escondeu na despensa. No entanto, o primogênito, tendo tomado também bastante conhaque, foi tomado por uma forte sonolência, sua esposa o ajudou a se levantar e o levou até a despensa e lá se deitou para dormir com ele. Depois de um tempo, porém, ela se levantou de novo, escolheu a melhor carne e as melhores iguarias e as preparou com todo cuidado, e saiu, levando consigo, tudo que tinha preparado. Quando o caçula viu aquilo, ficou surpreso e abandonou, por um momento, sua intenção de se apossar de uma porção de boas coisas e saiu, decidido a seguir a mulher do irmão. Atrás da casa, havia uma rocha íngreme e, do outro lado, um cemitério sombrio e lúgubre. E foi para lá que ela se dirigiu. No meio de um caminho gramado daquele cemitério, havia um trecho pavimentado. E lá estava o corpo de um homem, atrofiado e seco, o corpo do antigo marido ela. Fora para ele, então, que ela trouxera todos aqueles pratos deliciosos. Depois de beijá-lo, abraçá-lo e chamá-lo pelo nome, ela abriu a boca do homem e tentou enfiar a comida ali. Então, veja só! De repente a boca do morto se fechou de novo, quebrando a colher de cobre em duas. E, quando ela a abriu novamente, tentando alimentá-lo uma vez mais, ela se fechou novamente, de forma tão violenta quanto antes, dessa vez arrancando a ponta do nariz da mulher. Depois disso, ela juntou todos os pratos e voltou para casa e para a cama. E agora fingia ter acordado, com um grito de lamento, acusando o marido de ter arrancado a ponta do nariz dela enquanto dormia. O homem declarou que nunca tinha feito aquilo, mas, como a mulher precisava explicar o machucado no nariz, continuou afirmando que ele era o culpado. A briga foi ficando cada vez mais violenta entre eles, e, pela manhã, a mulher levou o caso ao Khan, acusando o marido de ter arrancado a ponta do nariz com uma dentada. Como todos os vizinhos eram testemunhas de que o nariz estava intacto na noite anterior e agora a ponta tinha evidentemente sido arrancada, o Khan não teve escolha, mas decidir a favor da mulher, e o marido foi, assim, condenado a queimar na fogueira pela lesão intencional e maliciosa.

Depois de muitas horas, chegou aos ouvidos do caçula que o primogênito tinha sido condenado à fogueira. Ao ouvir toda a questão, apesar de ter sido mal tratado pelo irmão, ele foi até o Khan e se colocou diante dele, contando todo o relato de como a mulher realmente se machucou e que seu irmão não tinha culpa nenhuma na questão.

Então, o Khan declarou:

— Que queiras salvar a vida do teu irmão é muito bom. Mas a história que constaste aqui, quem há de acreditar? Os mortos realmente arreganham os dentes e mordem os vivos? Desse modo, tu prestaste falso testemunho contra a mulher e também serás castigado.

E o caçula recebeu como castigo ter todos os bens confiscados e que se tornasse um mendigo na porta dos inimigos, com a cabeça raspada.

— Pois permita-me a palavra novamente — disse o caçula. — E hei de provar ao Khan a verdade do que relatei.

E, ao receber a permissão do Khan para falar, ele disse:

— Pois que o Khan mande alguém ao cemitério atrás da rocha e lá, na boca do corpo, hão de encontrar a ponta do nariz desta mulher.

E assim o Khan fez e descobriu que era como o caçula tinha contado. Então, ordenou que os irmãos fossem postos em liberdade e que a mulher fosse amarrada à estaca da fogueira.

— Que bom seria se o Khan sempre tivesse provas para guiar seu julgamento — exclamou Khan, o bom e sábio andarilho.

E, quando ele disse tais palavras, Siddhî-kür retrucou:

— Esquecendo sua saúde, o bom andarilho Khan abriu a boca.

— E exclamou: — Escapar deste mundo é bom!

Ele o acelerou pelo ar e desapareceu velozmente de vista.

Chapeuzinho Vermelho

CHARLES PERRAULT

França, 1697

Variando entre um alerta e uma história de terror, o conto acompanha uma garotinha enganada por um lobo no caminho da casa da avó e reforça as origens da expressão "Não fale com estranhos".

Fra uma vez uma menina de um povoado, a mais linda que você já viu ou conheceu. Sua mãe era fascinada por ela e sua avó era ainda mais, tendo feito um casaco vermelho com capuz para a menina, que lhe cabia tão bem que, aonde quer que ela fosse, era conhecida como Chapeuzinho Vermelho.

Certo dia, a mãe tinha feito alguns bolos e disse a ela:

— Vá ver como sua avó está, pois eu soube que ela estava doente; leve um bolo e este potinho de manteiga para ela.

Logo em seguida, Chapeuzinho Vermelho saiu sem demora em direção ao povoado em que a avó morava. No caminho, precisava passar por uma floresta, e lá encontrou aquele velho camarada astuto, o sr. Lobo, que achou que deveria comê-la imediatamente, mas tinha medo de fazer isso, pois havia lenhadores por perto. Ele perguntou para onde ela ia, e a pobre menina, sem saber como era perigoso parar e ouvir um lobo, respondeu:

— Estou indo ver minha avó e estou levando um bolo e um potinho de manteiga que minha mãe mandou.

— Ela mora longe daqui? – perguntou o Lobo.

— Ah, sim! – respondeu Chapeuzinho Vermelho. — No lado mais distante daquele moinho que você vê ali; a casa dela é a primeira do povoado.

— Bem, eu estava pensando em visitá-la também – retrucou o Lobo —, então vou pegar este caminho e você pega o outro, e vamos ver quem chega lá primeiro.

O Lobo começou a correr o mais rápido possível pelo caminho mais curto, que ele havia escolhido, enquanto a menina seguia pelo caminho mais comprido e se divertia colhendo nozes ou perseguindo borboletas e fazendo pequenos ramalhetes com todas as flores que encontrava.

Não levou muito tempo para o Lobo chegar à casa da avó. Ele bateu: *toc, toc.*

— Quem está aí?

W. HEATH ROBINSON

— É sua netinha, Chapeuzinho Vermelho – respondeu o Lobo, imitando a voz da menina. — Trouxe um bolo e um potinho de manteiga que minha mãe mandou.

A boa avó, que estava doente na cama, gritou:

— Puxe o carretel e o trinco vai subir.

O Lobo puxou o carretel e a porta se abriu. Ele pulou em cima da pobre velhinha e a comeu em pouco tempo, pois estava sem comer havia três dias. Em seguida, fechou a porta e se deitou na cama da avó para esperar Chapeuzinho Vermelho. Nesse instante, ela chegou e bateu à porta: *toc, toc.*

— Quem está aí?

Chapeuzinho Vermelho ficou com medo no início, ao ouvir a voz rouca do Lobo, mas, pensando que a avó estava resfriada, respondeu:

— É sua netinha, Chapeuzinho Vermelho. Trouxe um bolo e um potinho de manteiga que minha mãe mandou.

CHAPEUZINHO VERMELHO

W. HEATH ROBINSON

W. HEATH ROBINSON

O Lobo gritou, desta vez com uma voz mais suave:
— Puxe o carretel e o trinco vai subir.
Chapeuzinho Vermelho puxou o carretel e a porta se abriu.
Quando o Lobo a viu entrar, se escondeu embaixo das cobertas e disse:
— Coloque o bolo e o potinho de manteiga no armário e venha para a cama comigo.
Chapeuzinho Vermelho tirou o casaco e foi para o lado da cama, mas ficou perplexa ao ver como a avó parecia diferente de quando estava de pé e vestida.
— Vovozinha – exclamou ela –, que braços compridos você tem!
— É para abraçar você melhor, minha menina.
— Vovozinha, que pernas compridas você tem!
— É para correr melhor, querida.
— Vovozinha, que orelhas compridas você tem!

— É para ouvir melhor, querida.
— Vovozinha, que olhos enormes você tem!
— É para ver melhor, querida.
— Vovozinha, que dentes enormes você tem!
— É para comer você melhor! – E, ao dizer essas palavras, o Lobo malvado pulou em cima da Chapeuzinho Vermelho e a comeu.

Ora, crianças, tomem cuidado e, principalmente, eu rezo
Vocês mocinhas tão delicadas e belas,
Quando encontram todo tipo de gente, tenham cuidado
Para não ouvir o que eles podem dizer;
Pois não se pode achar estranho se você o fizer,
Se o Lobo decidir comer algumas.
O Lobo, digo aqui, pois vocês vão descobrir
Que existem muitos lobos de raças diferentes;
Alguns têm modos calmos e são domesticados,
Sem malícia ou temperamento, iguais,
A maioria prestativos e doces do seu jeito,
Gostam de seguir suas presas jovens,
E vão rastreá-las até suas casas — todo dia!
Quem, entre nós, não aprendeu até agora a saber,
Os lobos mais perigosos são inimigos gentis e de língua afiada!

A sombra

HANS CHRISTIAN ANDERSEN

Dinamarca, 1847

A sombra de um homem ganha vida e fará de tudo para tomar o lugar dele.

m climas muito quentes, nos quais o calor do sol
é forte demais, as pessoas costumam ser marrons
como o mogno. E, nos países ainda mais quentes, elas são negras com pele preta. Certa vez, um
homem erudito viajou para uma dessas regiões,
vindo diretamente de lugares frios ao norte, acreditando que iria
perambular pelas ruas como fazia na terra dele, mas logo mudou
de opinião. Descobriu que, assim como todas as pessoas sensatas,
ele deveria permanecer em casa durante o dia todo, com todas as
janelas e portas fechadas para fazer com que parecesse que todos
estavam dormindo ou que não tinha ninguém em casa. As casas
da rua estreita na qual ele morava eram tão altas que o sol brilhava sobre elas desde cedo de manhã até o fim da tarde, e o calor era quase insuportável. Esse homem erudito das regiões frias
era jovem e inteligente, mas a sensação que tinha era que estava
sentado em um forno e logo começou a se sentir exausto e fraco
e foi ficando tão magro que sua sombra murchara e ele se tornou
muito menor do que fora na sua terra. O sol arrancou dele tudo
que restava, e ele não via nada até o início da noite, depois do pôr
do sol. Era realmente um prazer, assim que as luzes se acendiam
no aposento, ver a sombra se alongar na parede, chegando até o
teto, tão alta era; e ela realmente queria se alongar todinha para
recuperar as forças. O homem erudito às vezes ia até a varanda e se
alongava também. E, assim que as estrelas apareciam no céu lindo
e limpo, ele se sentia revigorado. Naquela hora, as pessoas começavam a aparecer em todas as sacadas da rua; pois, em regiões de
clima quente, todas as janelas contam com uma sacada ou varanda,
na qual podem respirar o ar fresco da noite, o que era muito necessário, mesmo para aqueles já acostumados ao calor que os torna
marrons como o mogno; então a rua parecia bastante movimen-
tada. Ali estavam os sapateiros e os alfaiates, e todo tipo de gente
sentada. Na rua lá embaixo, as pessoas levavam mesas e cadeiras,
acendiam centenas de velas, conversavam e cantavam e pareciam
muito felizes. Havia pessoas caminhando, carruagens passando e

mulas trotando pelo caminho, com sininhos nos arreios, tocando blim-blom, enquanto passavam. Então, os mortos eram carregados até as sepulturas ao som de música solene e o ressoar dos sinos da igreja. Eram realmente cenas de vidas variadas na rua. Havia apenas uma casa, que ficava em frente à do estrangeiro erudito, que contrastava com tudo aquilo por toda a tranquilidade e quietude que ali reinava. Ainda assim, alguém morava ali, pois havia flores na sacada, florescendo lindamente no sol quente, e aquilo não seria possível a não ser que alguém as regasse com diligência. Desse modo, alguém deveria morar na casa para fazer isso. As portas para a sacada ficavam entreabertas de noite, e embora o salão da frente estivesse escuro, dava para ouvir uma música vinda da casa. O estrangeiro erudito achou a música deveras agradável, mas talvez ele gostasse dela, pois tudo naqueles países de clima quente o agradavam, a não ser pelo sol quente.

O senhorio disse que não sabia quem morava na casa em frente, não havia ninguém para verem lá e, em relação à música, ele achou que parecia muito entediante, para ele, de forma bastante incomum inclusive.

— É como se alguém estivesse ensaiando uma música, mas fracassando. Imagino que a pessoa acredite que vai conseguir se treinar muito, mas acho que isso nunca vai acontecer.

Certa vez, o estrangeiro acordou de madrugada. Tinha deixado a porta que levava à sacada aberta. O vento soprava a cortina e dava para ver um brilho maravilhoso iluminando a sacada da casa em frente. As flores pareciam chamas das

A SOMBRA

cores mais maravilhosas, e entre as flores, havia uma linda moça esguia. A ele, parecia que ela emanava uma luz e encantava seus olhos; mas ele tinha acabado de abri-los, despertando do sono. Com um salto, ele se levantou da cama e se postou silenciosamente atrás da cortina. Mas ela não estava mais ali, o brilho desaparecera; as flores não pareciam mais chamas, embora continuassem mais lindas do que nunca. A porta continuava entreaberta e, do aposento interno, vinha uma música tão doce e adorável que provocava os pensamentos mais encantadores e agia nos sentidos dele com um poder mágico. Quem poderia morar ali? Onde ficava a entrada da casa? Pois tanto na rua da frente quanto na lateral, todo o térreo era ocupado por uma fileira de lojas, e não dava para imaginar as pessoas sempre passando por elas.

Uma noite, o estrangeiro se sentou na sacada. A luz iluminava o quarto atrás dele. Era uma coisa bem natural, e sua sombra aparecia na parede da casa em frente, como se ele mesmo estivesse sentado entre as flores na sacada: quando ele se mexia, a sombra também o fazia.

— Acho que minha sombra é a única coisa viva a ser vista do outro lado — disse o erudito. — Veja como se sente à vontade entre as flores. A porta está apenas entreaberta. A sombra bem que poderia ser esperta o bastante para entrar e dar uma olhada e depois voltar para me contar tudo que viu. Você bem que poderia ser útil assim. — O tom era de brincadeira. — Agora veja se faz algo de útil e entre logo por favor. — Ele assentiu para a sombra, que assentiu de volta para ele. — Agora pode ir, mas não vá muito longe.

Então, o estrangeiro se levantou, e a sombra na outra varanda fez o mesmo; o estrangeiro se virou, a sombra também; e se houvesse ali alguém observando, a pessoa talvez a tivesse visto passando direto pela porta entreaberta da sacada do outro lado, enquanto o erudito entrava no próprio quarto e fechava a cortina. Na manhã seguinte, ele foi tomar café e ler o jornal.

— Como pode? — perguntou em tom exclamativo, enquanto estava parado no sol. — Perdi a minha sombra. Ela realmente foi embora ontem e ainda não voltou. Isso é muito irritante.

E decerto que o inquietava, não tanto pelo fato de a sombra ter partido, mas porque ele conhecia a história de um homem sem sombra. Todos na sua terra, no seu país natal, conheciam tal história. E, quando ele voltasse e relatasse as próprias aventuras, eles diriam que se tratava apenas de uma imitação, e ele não desejava que uma coisa daquelas fosse dita a seu respeito. Então, decidiu não falar sobre o assunto de forma alguma, o que foi uma decisão bastante sensata.

À noite, ele foi novamente para a sacada, tomando o cuidado de acender a luz atrás de si; pois sabia muito bem que uma sombra sempre desejava que seu mestre lhe desse uma tela, mas não conseguiu atraí-la. Ele se encolheu e se esticou, mas a sombra não deu as caras, nem o ar de sua graça. Chegou a pigarrear, mas de nada adiantou. Aquilo era inquietante ao extremo. Porém, nos países quentes, tudo cresce muito rápido e, depois que uma semana tinha se passado, percebeu, para sua grande alegria, que uma nova sombra estava crescendo a partir dos pés quando ele saía ao sol, de forma que a raiz deve ter permanecido. Depois de três semanas, tinha uma sombra bastante respeitável, a qual, na sua volta às terras ao norte, continuou a crescer e se tornou tão grande que ele poderia muito bem abrir mão de metade dela. Quando esse homem erudito chegou em casa, escreveu livros sobre a verdade, a bondade e a beleza que eram encontradas neste mundo, e assim os dias e anos se passaram, muitos e muitos anos.

Em uma noite, quando estava sentado em seu escritório, ouviu uma batida bem fraca na porta.

— Pode entrar — disse ele. Mas ninguém entrou.

Ele abriu a porta e lá, diante dele, havia um homem tão magro que sentiu um incômodo diante da aparência dele. Mas o homem estava muito bem-vestido e parecia ser um cavalheiro.

— Com quem tenho a honra de falar? — perguntou o erudito.

— Ah, eu tinha a esperança que me reconhecesse — respondeu o elegante estranho. — Eu ganhei tanta coisa e agora tenho um corpo de carne e osso e roupas para usar. O senhor nunca esperou me ver dessa forma. Não reconhece sua velha sombra? Ah, nunca esperou que eu voltasse. Foi tudo tão próspero para mim desde a última vez que estivemos juntos. Fiquei muito rico de todas as formas que importam e, se eu tivesse tais inclinações, nem precisaria trabalhar.

E, enquanto falava, vários adornos caros tilintavam na corrente grossa de ouro do relógio de bolso que usava em volta do pescoço. Diamantes brilhavam nos dedos, e tudo era bem real.

— Não consigo me recuperar de tamanha surpresa — declarou o erudito. — O que significa tudo isso?

— Algo bastante incomum — respondeu a sombra. — Mas o senhor mesmo é um homem incomum, e sabe muito bem que segui seus passos desde que o senhor era criança. Assim que descobriu que eu tinha viajado o suficiente para poder confiar em mim para me deixar sozinho, parti na minha própria jornada e agora me encontro em excelentes circunstâncias. Mas senti um tipo de saudade e uma necessidade de voltar a vê-lo novamente antes de sua morte. Queria ver este lugar de novo, pois existe algo que nos atrai para nossa terra natal. Sei que agora tem outra sombra. Eu lhe devo alguma coisa? Caso positivo, poderia me informar quanto é?

— Não! É você mesmo? — perguntou o erudito. — Que coisa notável!

Jamais imaginei que seria possível que a sombra antiga de alguém pudesse se tornar um ser humano.

— Apenas me diga quanto lhe devo — repetiu a sombra. — Pois não gosto de dever nada a ninguém.

— Como pode falar dessa forma? — perguntou o erudito. — Que tipo de dívida pode haver entre nós? Você é tão livre quanto qualquer pessoa. Fico muitíssimo feliz de saber da sua boa sorte. Sente-se, velho amigo, e conte-me um pouco sobre como tudo aconteceu e o que viu na casa em frente à minha enquanto estávamos naquelas terras tão quentes.

— Ah, sim, vou contar tudo sobre isso — disse a sombra, sentando-se. — Mas só se prometer nunca dizer nada nesta cidade, onde quer que me encontre, que já fui sua sombra. Estou pensando em me casar, pois tenho mais que o suficiente para sustentar uma família.

— Pois fique tranquilo — disse o erudito. — Não contarei a ninguém quem você é. Aqui está minha mão. Dou minha palavra de honra e juro, de homem para homem.

— De homem para sombra — retrucou o outro, pois não conseguia evitar.

Era bastante notável que tivesse realmente conseguido ter a aparência de um homem. Estava usando um terno do mais elegante tecido preto, botas engraxadas e uma cartola que poderia ser colocada de forma que não permitia ver nada além da aba, dos adornos, até a corrente de ouro e os diamantes já mencionados. A sombra estava, na verdade, muito bem-vestida, pisando com a bota de couro tão firme quanto possível no braço da nova sombra do erudito, que estava deitada preguiçosamente ao pés dele como um poodle. Aquilo foi feito talvez por orgulho ou quem sabe a nova sombra pudesse se agarrar a ele, mas a sombra prostrada se manteve tranquila e descansando, pois queria saber como uma sombra poderia ser libertada do seu mestre e se tornar um homem de verdade.

A sombra começou:

— Sabia que, naquela casa, em frente à sua na época, morava a mais gloriosa criatura do mundo? Era a poesia. Fiquei lá por três semanas, e foi como se mais de três mil anos tivessem se passado, pois li tudo que já foi escrito em poesia e prosa; e posso dizer a verdade que vi e aprendi tudo.

— Poesia! — exclamou o erudito. — Sim. Ela vive como uma eremita nas grandes cidades. Poesia! Bem, eu a vi uma vez por um breve instante, enquanto o sono ainda pesava nas minhas pálpebras. Ela apareceu na sacada como uma aurora boreal radiante, cercada de flores que pareciam chamas de fogo. Conte-me sobre aquela noite em que estava na sacada e passou pela porta. O que foi que viu?

— Eu me vi em uma antessala — revelou a sombra. — O senhor ainda estava sentado em frente a mim, olhando a sala. Não havia luz ou era o que parecia na penumbra, pois as portas da suíte estavam abertas e havia uma luz brilhando lá dentro. Uma luz tão forte que teria me matado se eu me aproximasse da jovem, mas fui cauteloso e esperei a hora certa, que é o que todo mundo deveria fazer.

— E o que você viu? — perguntou o erudito.

— Eu vi tudo, como o senhor há de ouvir. Mas... Na verdade, não me orgulho muito dessa parte, como homem livre e de posse de todo conhecimento que adquiri, além da minha posição, não querendo mencionar minha riqueza, gostaria de pedir que me chamasse de "senhor" em vez de "você".

— Queira me desculpar — disse o erudito. — É um velho hábito, difícil de quebrar. O senhor está certo. Tentarei prestar atenção a essas formalidades. Mas agora conte-me tudo que viu.

— Tudo — respondeu a sombra. — Pois eu vi e sei tudo.

— Como eram os aposentos? — perguntou o erudito. — Havia algum recanto frio? Ou era mais como um templo sagrado? Havia câmaras como o céu estrelado visto do alto de uma montanha?

— Era tudo como descreveu — disse a sombra. — Mas não cheguei a entrar. Continuei na penumbra da antessala, mas em uma posição bastante vantajosa. Eu conseguia ver e ouvir tudo que acontecia na corte da poesia.

— Mas o que foi que viu? Os deuses da Antiguidade passaram pelos aposentos? Os antigos heróis travaram suas batalhas novamente? Havia crianças adoráveis brincando e contando seus sonhos?

— Pois eu lhe conto que estive lá e, dessa forma, o senhor pode ter certeza de que vi tudo que havia para se ver. Se tivesse ido até lá, não teria continuado humano, ao passo que eu me tornei um; e, naquele momento, eu me tornei muito ciente do meu ser interior, da minha afinidade inata com a natureza da poesia. É bem verdade que eu não pensava muito nisso quando estava com você, mas você há de se lembrar que eu sempre era maior no nascer do sol e no pôr do sol, e, ao luar, ainda mais visível do que você, mas, na época, eu não entendia a minha existência interior. E, naquela antessala, tudo me foi revelado. Eu me tornei homem, cheguei à maturidade plena. Mas o senhor já tinha deixado os países quentes. Como homem, eu me senti envergonhado de sair sem botas nem roupas e todo aquele polimento exterior que os homens conhecem tão bem. Então, segui meu caminho. Posso lhe contar porque sei que não escreverá isso em um livro. Eu me escondi sob a capa de uma boleira, mas ela não deu muita atenção a quem escondia. Só me aventurei a sair à noite. Corri pelas ruas ao luar. E atingi minha altura nas paredes que faziam cócegas nas minhas costas. Corri de um lado ao outro, olhando para os aposentos mais altos e até sobre os telhados. Eu olhava e via o que ninguém mais conseguia ver. Na verdade, o mundo é ruim, eu não queria ser homem, mas os homens têm sua importância. Vi as coisas mais horríveis acontecendo entre marido e mulher, pais e filhos, crianças doces

A SOMBRA

e incomparáveis. Vi tudo que nenhum ser humano tem o poder de saber, embora eles bem que gostassem de saber, o comportamento podre dos vizinhos. Se eu escrevesse para um jornal, as pessoas o leriam com avidez! Em vez disso, escrevi para as próprias pessoas, causando grande furor em todas as cidades pelas quais passava. Eles me temiam imensamente e, ainda assim, como me amavam. O professor me tornou um professor. O alfaiate fez novas roupas para mim. É assim que sou cuidado. O superintendente da casa da moeda cunhava moedas para mim. As mulheres declararam que eu era bonito e assim me tornei o homem que agora veem. E agora devo dizer adeus. Aqui está o meu cartão. Moro no lado ensolarado da rua e sempre fico em casa quando chove.

— Que coisa incrível — disse o erudito.

Passaram-se anos, dias e anos, e a sombra apareceu novamente.

— Como tem passado? — perguntou a sombra.

—Ah, estou escrevendo sobre a verdade, a beleza e a bondade, mas ninguém se importa nada com isso. Estou bastante desesperado, pois levo tudo muito a sério.

— Isso é o que nunca faço — disse a sombra. — Estou engordando e encorpando, o que todo mundo deveria fazer. O senhor não compreende o mundo. Vai acabar adoecendo com isso. É melhor fazer uma viagem. Partirei em uma viagem no verão. Não quer vir comigo? Eu adoraria ter um companheiro de viagem. O senhor poderia viajar comigo como minha sombra? Seria um grande prazer. Tudo por minha conta, é claro.

— Está indo para muito longe? — perguntou o erudito.

— Isso é uma questão de opinião. De qualquer forma, a viagem há de lhe fazer muito bem, e, se for como minha sombra, a sua viagem estará toda paga.

— Parece-me uma coisa absurda — retrucou o erudito.

— Mas é assim que o mundo funciona — disse a sombra. — E sempre vai ser.

E partiu.

Tudo começou a dar errado para o erudito. Tristeza e problemas o perseguiam, e o que ele dizia sobre a bondade, a beleza e a verdade era de tanto valor para a maioria das pessoas quanto uma noz-moscada seria para uma vaca. Por fim, caiu doente.

— Você está parecendo uma sombra — as pessoas lhe diziam, fazendo com que ele se arrepiasse, pois tinha os próprios pensamentos sobre o assunto.

— O senhor realmente deveria visitar algum lugar de fontes naturais — disse a sombra na visita seguinte. — Não há outra chance para melhorar. Vou levá-lo comigo como um gesto de um velho amigo. Pagarei os custos da viagem, e o senhor há de escrever uma descrição para nos distrair no caminho. Eu bem que gostaria de visitar as fontes naturais, já que minha barba não cresce como deveria, o que é uma fraqueza, e preciso ter uma barba. Agora tome a decisão sensata e aceite minha proposta. Vamos viajar como amigos íntimos.

Por fim, começaram juntos a viagem. A sombra era o mestre agora, e o mestre se tornara a sombra. Seguiram juntos, de veículo, a cavalo e caminhando, lado a lado, um fazendo companhia ao outro, ou um na frente e o outro atrás, de acordo com a posição do sol. A sombra sempre sabia quando tomar o lugar de honra, mas o erudito nunca prestava atenção, pois tinha bom coração e era excessivamente tranquilo e amigável.

Um dia, o mestre disse para a sombra:

— Crescemos juntos desde a infância e agora nos tornamos companheiros de viagem, será que não deveríamos beber a uma boa amizade e deixarmos de lado as formalidades de nos chamarmos de senhor?

— O senhor é bem direto no que diz e tem boas intenções — disse a sombra, que agora era o mestre. — E serei igualmente bondoso e direto. O senhor, como homem erudito que é, sabe como a natureza humana é maravilhosa. Existem homens que não conseguem suportar o cheiro de papel de jornal, pois lhes provoca enjoo. Outros sentem um arrepio na espinha quando passam a unha em um painel de vidro. Eu mesmo tenho uma sensação semelhante quando alguém me chama de *você*. Eu me sinto humilhado, como costumava me sentir na minha antiga posição como sua sombra. Note que isso é uma questão de sensação, não de orgulho. Não posso permitir que seja informal comigo, embora eu o possa ser com o senhor e, dessa forma, atender parcialmente o seu pedido.

E, então, a sombra se dirigiu ao antigo mestre como *você*.

— Isso é ir longe demais — disse o erudito. — Que eu me dirija ao senhor com formalidade e o senhor se dirija a mim com informalidade. — No entanto, ele aceitou.

Chegaram às fontes naturais, onde havia muitos estranhos, entre os quais uma linda princesa, cuja verdadeira doença consistia em ter uma visão muito acentuada, o que deixava todos muito desconfortáveis. Ela logo percebeu que o recém-chegado era diferente de todo mundo. "Dizem que ele está aqui para fazer a barba crescer", pensou ela. "Mas sei o verdadeiro motivo. Ele não consegue ter uma sombra." Isso despertou a curiosidade dela e, um dia, quando estava no passeio, entrou em conversa com o estranho cavalheiro. Sendo uma princesa, não era obrigada a seguir as formalidades, então, abordou o assunto sem hesitação:

— Sua doença consiste no fato de não conseguir ter uma sombra.

— Vossa Alteza já deve estar a caminho da cura de vossa doença — disse ele. — Sei que vossa condição surgiu de ter uma visão acentuada demais e, nesse caso, ela falhou totalmente. Pois eu tenho uma sombra muito incomum. Vossa Alteza não está vendo a pessoa ao meu lado? As pessoas costumam dar aos servos librés de tecido melhor do que os que elas mesmas usam; pois eu vesti a minha própria sombra como um homem. Não apenas isso, Vossa Alteza pode até observar que eu dei a ele uma sombra própria. Foi bem caro, mas gosto de ter coisas que são peculiares.

Como pode?, pensou a princesa. *Será que estou curada de verdade? Essa deve ser a melhor fonte de águas da existência. A água nesses nossos tempos certamente tem poderes maravilhosos. No entanto, não vou embora ainda. Não agora que tudo está*

HELEN STRATTON

A SOMBRA

começando a ficar divertido. *Esse príncipe estrangeiro, pois ele deve ser um príncipe, muito me agrada. Só espero que a barba dele não cresça, ou ele irá embora na hora.*

Naquela noite, a princesa e a sombra dançaram juntos no grande salão. Ela era leve, mas ele era ainda mais. Nunca ela tinha visto um dançarino como ele. Ela contou a ele de que país vinha e descobriu que ele conhecia o lugar e já tinha morado lá, mas não no mesmo período que ela. Ele tinha espiado na janela do palácio do pai dela, tanto as janelas altas quanto as baixas; vira muitas coisas e, dessa forma, conseguia dar as respostas para a princesa e fazer alusões que a deixaram boquiaberta. Ela achou que ele devia ser o homem mais inteligente do mundo e sentiu grande respeito pelo conhecimento dele. Quando dançaram novamente, ela se apaixonou por completo, o que a sombra logo descobriu, pois ela tinha olhado para ele por inteiro. Dançaram de novo e de novo, e ela estava quase confessando os sentimentos para ele, mas precisava ser discreta. Ela pensou no país dela, em seu reino e no número de pessoas sobre quem teria de reinar. *Ele é um homem inteligente,* pensou ela. *E isso é muito bom, e ele dança maravilhosamente bem, o que também é bom. Mas ele tem um conhecimento justo? Essa é uma pergunta importante e devo testá-lo.* Então, ela fez a ele a pergunta mais difícil que nem ela mesma poderia ter respondido, e a sombra fez uma careta quase incontrolável.

— Você não pode responder — disse a princesa.

— Eu aprendi sobre isso na minha infância — respondeu ele. — E acredito que mesmo a minha própria sombra, que está parada ali perto da porta, poderia responder.

— A sua sombra? — disse a princesa. — Isso realmente seria muito notável.

— Não digo isso de forma tão positiva — observou a sombra —, mas sou inclinado a acreditar que ele pode. Ele me serviu por muitos e muitos anos e já ouviu tanto a meu respeito que acredito que isso é bem provável. Vossa Alteza deve permitir que eu alerte que ele é muito orgulhoso por ser considerado um homem, e, para deixá-lo de bom humor para que responda de forma correta, ele deve ser tratado como homem.

— Será um prazer fazer isso — respondeu a princesa.

Então, ela foi até o erudito, que estava perto da porta e conversou com ele sobre o sol, a lua, as florestas verdejantes e as pessoas perto da terra dela e muito além, e o erudito conversou com ela de forma agradável e sensata.

Que homem maravilhoso ele deve ser por ter uma sombra tão inteligente!, pensou ela. *Se eu o escolher, será uma grande bênção para meu país e meus súditos, e é isso que vou fazer.* Então, a princesa e a sombra logo ficaram noivos, mas não contaram a ninguém até que retornassem ao reino.

— Ninguém pode saber — disse a sombra. — Nem mesmo minha própria sombra. — E ele tinha um bom motivo para dizer aquilo.

Depois de um tempo, a princesa voltou para as terras onde reinava e a sombra a acompanhou.

— Ouça bem, meu amigo — disse a sombra para o erudito. — Agora que sou tão afortunado e poderoso quanto um homem pode ser, vou fazer algo muito bom para você. Você pode morar no meu palácio, andar comigo na carruagem real e receber cem mil dólares por ano; mas terá de permitir que todos o chamem de sombra e nunca se aventurar a dizer que já foi um homem. E, uma vez por ano, quando eu me sentar em uma sacada sob o sol, você deve se deitar aos meus pés como cabe a uma sombra fazer, pois vou lhe contar que vou casar com a princesa, e o nosso casamento vai acontecer esta noite.

— Que despautério — disse o erudito. — É claro que não posso e não vou me submeter a uma coisa dessas. Isso seria enganar um país inteiro, e a princesa também. Eu vou contar tudo e vou dizer que eu sou o homem e que o senhor não passa de uma sombra usando roupas de homem.

— Ninguém vai acreditar em você — disse a sombra. — Seja razoável ou vou chamar os guardas.

— E eu vou falar direto com a princesa — avisou o erudito.

— Mas eu vou chegar primeiro — retrucou a sombra. — E você vai ser mandado para a prisão.

E foi o que aconteceu, pois os guardas lhe obedeceram porque sabiam que ele ia se casar com a filha do rei.

— Você está trêmulo — disse a princesa, quando a sombra apareceu diante dela. — Aconteceu alguma coisa? Você não pode adoecer logo no dia do nosso casamento.

— Eu passei pelo pior problema que alguém pode enfrentar — disse a sombra. — Imagine só, minha sombra enlouqueceu. Acho que aquele pobre cérebro raso não conseguiu aguentar tanta coisa. Ele acredita que se tornou um homem de verdade e que eu sou a sombra dele.

— Que horror — exclamou a princesa. — Ele está preso?

— Ah, decerto que sim, pois temo que ele jamais vá se recuperar.

— Pobre sombra! — disse a princesa. — Que infelicidade para ele. Seria muito bom libertá-lo de sua frágil existência. E, realmente, quando penso em quantas vezes as pessoas de baixa classe se voltam contra as de alta classe hoje em dia, deveria ser lei nos livrarmos deles de forma discreta.

— Com certeza deve ser difícil para ele, pois ele foi um servo fiel — disse a sombra, fingindo suspirar.

— Você é um homem de caráter nobre — disse a princesa, fazendo uma mesura diante dele.

Naquela noite, a cidade toda estava iluminada, e os canhões atiraram e os soldados apresentaram as armas. Foi realmente um casamento grandioso. A princesa e a sombra saíram para a sacada para receberem mais aplausos. Mas o homem erudito não ficou sabendo de nada, pois já tinha sido executado.

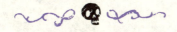

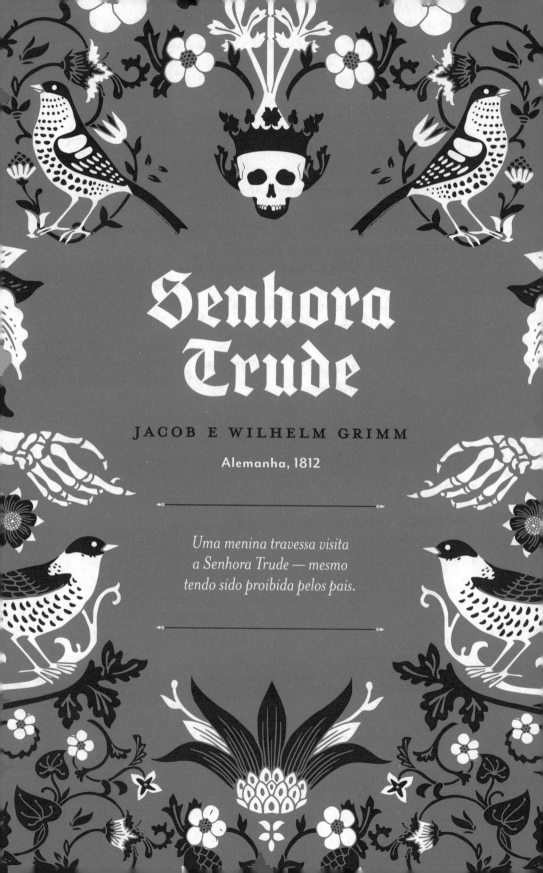

Senhora Trude

JACOB E WILHELM GRIMM

Alemanha, 1812

Uma menina travessa visita a Senhora Trude — mesmo tendo sido proibida pelos pais.

Era uma vez uma menininha teimosa, atrevida e que vivia desobedecendo aos pais. Como coisas boas poderiam acontecer a ela? Certo dia, ela disse a eles:

— Já ouvi falar muito da Senhora Trude. Eu quero visitar a casa dela um dia. Dizem que muitas coisas incríveis foram vistas lá e muitas coisas estranhas acontecem lá que fiquei muito curiosa.

Os pais a proibiram terminantemente e disseram:

— A Senhora Trude é uma mulher perversa que comete atos ímpios. Se for visitá-la, não será mais nossa filha.

A garota, entretanto, ignorou os dois e foi à casa da Senhora Trude mesmo assim. Quando lá chegou, a Senhora Trude disse:

— Por que tão pálida?

— Ah — respondeu a garota, tremendo de cima a baixo —, vi uma coisa que me assustou.

— O que você viu?

— Vi um homem negro na escada do lado de fora da casa da senhora.

— Era um fogão a carvão.

— Depois vi um homem verde.

— Era um caçador.

— E depois vi um homem vermelho-vivo.

— Era um açougueiro.

— Ah, Senhora Trude, fiquei assustada quando olhei pela sua janela, não consegui vê-la e, em vez disso, vi o demônio com uma cabeça de fogo.

— Ahá! — exclamou a mulher. — Então viu a bruxa vestida adequadamente. Eu estava esperando e desejando você há muito tempo. Ilumine o caminho para mim agora!

E, assim, transformou a menina em madeira e jogou-a no fogo. Quando a lareira já estava completamente incandescente, a bruxa sentou-se ao lado dela, aqueceu-se e disse:

— Nossa, que luz intensa!

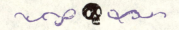

ra uma vez uma bruxa velha terrível, que tinha uma filha e uma neta. Chegou a hora da morte da velha, então ela invocou a filha e ordenou:

— Preste atenção, minha filha! Quando eu morrer, não lave meu corpo com água morna; encha um caldeirão, deixe ferver até ficar bem quente e me escalde com essa água regularmente.

Depois disso, a bruxa ficou doente por dois ou três dias e então morreu. A filha correu por toda a vizinhança, implorando que viessem ajudá-la a lavar a velha, e enquanto isso a pequena neta foi deixada sozinha na cabana. E isto é o que ela viu lá: de repente, de debaixo do fogão saíram dois demônios — um grande e um pequenino —, que correram até a bruxa morta. O demônio velho a pegou pelo pé e a puxou com tanta força que arrancou toda a pele dela de uma vez. Em seguida, disse ao demoniozinho:

— Pegue a carne para você, e a arraste para debaixo do fogão.

Então o demoniozinho abraçou a carcaça e a arrastou para debaixo do fogão. Sobrou apenas a pele da velha. O demônio mais velho a vestiu e se deitou bem ali. Por fim, a filha voltou, trazendo consigo uma dúzia de mulheres, e elas começaram a preparar o cadáver.

— Mamãe — disse a criança —, tiraram a pele da vovó enquanto você não estava.

— Por que você está mentindo?

— É verdade, mamãe! Um demônio saiu de debaixo do fogão, arrancou a pele da vovó e a vestiu.

— Vigie essa língua, criança malcriada! Você está falando bobagens! — repreendeu a filha da velha.

Ela pegou um caldeirão, encheu de água fria e o colocou no fogão, onde ferveu furiosamente. Em seguida, as mulheres ergueram a velha, deitaram-na em uma tina, pegaram o caldeirão e despejaram a água quente nela de uma só vez. O demônio não aguentou. Ele pulou para fora da tina, correu pela porta e sumiu, com pele e tudo.

As mulheres encararam, boquiabertas.

— Que feitiçaria foi essa? — gemeram. — Havia uma mulher morta, e agora ela não está mais aqui. Não sobrou ninguém para velar ou enterrar. Os demônios a levaram para o inferno diante de nossos olhos!

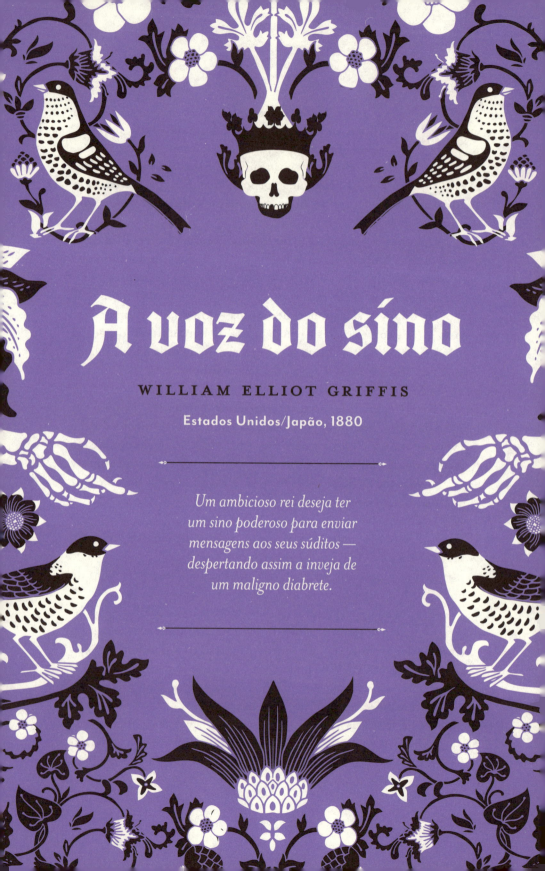

A voz do sino

WILLIAM ELLIOT GRIFFIS

Estados Unidos/Japão, 1880

Um ambicioso rei deseja ter um sino poderoso para enviar mensagens aos seus súditos — despertando assim a inveja de um maligno diabrete.

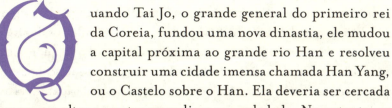uando Tai Jo, o grande general do primeiro rei da Coreia, fundou uma nova dinastia, ele mudou a capital próxima ao grande rio Han e resolveu construir uma cidade imensa chamada Han Yang, ou o Castelo sobre o Han. Ela deveria ser cercada por muros altos e pontes movediças em cada lado. No entanto, as pessoas costumavam chamar a cidade de Seul ou Capital. Todas as estradas do reino seguiam até ela.

Ele teve muita sorte quando os trabalhadores, escavando para estabelecer as fundações da Ponte Oriental, encontraram um sino. Tratava-se de um sinal de sorte e logo eles o levaram até o rei. Ele mandou que o pendurassem sobre a entrada do seu palácio, onde ainda se encontra.

Mas as badaladas do tal sino eram baixas, e o rei Tai Jo queria um que escoasse forte e por muito tempo. Ficou particularmente ansioso em relação a isso, pois em Silla, um estado rival, houvera, por séculos e séculos, um dos maiores sinos do mundo, e Tai Jo queria um que fosse ainda melhor e que tivesse a fama de badalar por horas a fio. Ele teria um sino ainda maior para pendurar na praça central no coração de Seul, um que pudesse ser ouvido por todos os homens, todas as mulheres e todas as crianças da cidade. Depois disso, ele deveria ser capaz de inundar quilômetros de montanhas e vales com sua melodia. Com o seu som, as pessoas saberiam quando acordar, quando preparar o desjejum, quando se sentar para o jantar ou ir para a cama. Em ocasiões especiais, seus súditos saberiam que a procissão do rei estava passando ou que um príncipe ou princesa real estavam se casando. Ele soaria um tom de lamento quando Sua Majestade Real falecesse, e todos os cidadãos ficariam de luto e usariam roupas brancas por três anos, e a Coreia se transformaria na terra dos enlutados. O espírito guardião da cidade tornaria o sino o seu lar.

A mensagem foi passada por emissários montados em grandes cavalos, pequenos pôneis, jumentos e búfalos para todas as províncias, publicando o comando do rei que todos os governadores, magistrados e chefes de aldeia deveriam coletar cobre e latão para produzir o metal de bronze. O sino deveria ter três metros de altura e dois metros e meio de largura; ou seja, tão alto e largo quanto um quarto coreano. Em cima, formando a estrutura que seria usada para pendurar o sino, deveria haver dois dragões de aparência assustadora. Pesando tantas toneladas que equilibrariam quinhentos homens gordos em uma gangorra, apenas pesadas vigas feitas de troncos inteiros seriam capazes de sustentá-lo no campanário, que deveria ser forte o suficiente para suportar o tremor quando o instrumento imenso tocasse. Não teria badalo por dentro, mas, sim, por fora, pendendo por pesadas cordas nas roldanas acima, haveria um longo tronco, o qual os homens puxariam e depois soltariam, atingindo a saliência na superfície do sino. Isso despertaria a música do sino, fazendo-o soar, estrondear, ribombar, bradar, bramir, proclamar ou tocar uma doce melodia, conforme o velho sineiro desejasse.

Desse modo, começaram as procissões de carroças de boi seguindo para Seul lotadas de lingotes de cobre. Muitos jumentos tomaram tigelas e mais tigelas de sopa de feijão nas pousadas das estradas antes de descarregar o metal na cidade, enquanto centenas de touros urravam sob o peso do mato e das toras de madeira empilhados em suas costas para alimentar os fornos, que deveriam derreter a liga para a fundição do poderoso sino.

Fundo foi o poço cavado para conter o núcleo e o molde, e centenas de potes e conchas de argila refratária foram preparados para uso quando a corrente incandescente estivesse pronta para fluir. Todos os garotos de Seul aguardavam para ver o fogo acender, a fumaça se elevar, os foles trovejarem, o metal correr, e o contramestre dar o sinal para bater.

Quando o diabrete do fogo no vulcão ouviu o que estava acontecendo, foi tomado de imensa inveja, não imaginando que seria possível que homens comuns fossem capazes de lidar com aquela quantidade de metal, direcionar de forma adequada a chamas potentes e fundir um sino tão grande. Debochou da ideia de que os homens do rei Tai Jo pudessem fazer sinos melhores do que os que pendiam nos imensos templos chineses ou nos pagodes do reino de Silla.

No entanto, quanto ainda não havia o suficiente e os coletores ainda estavam fazendo seu trabalho, um deles chegou a uma aldeia e bateu na porta de uma casa na qual morava uma idosa que carregava um bebê amarrado nas costas. Não tinha moeda, dinheiro, metal nem combustível para doar, mas estava pronta para oferecer a si mesma e ao bebê. Em um tom que demonstrava sua disposição, ela disse:

— Posso lhe dar este menino?

O coletor não lhe deu atenção, mas seguiu adiante, sem levar nada da idosa. Ao chegar em Seul, porém, contou a história, de modo que muitos a ouviram e se lembraram depois.

Então, quando tudo estava pronto, os cadinhos de argila foram colocados sobre as brasas. A explosão rugiu até que o bronze derretesse e passasse para a forma líquida. Depois, à ordem do mestre, o fluxo sibilante derretido escorreu e encheu o molde. Esperaram pacientemente até que o metal esfriasse. Ah, mas que pena! O sino saiu rachado.

Um pesado equipamento ergueu, com dificuldade, a fundição, e o sino foi desmantelado por fortes ferreiros, empunhando martelos pesados. Em seguida, fizeram uma segunda fundição, mas novamente, quando o metal esfriou, descobriram que a estrutura estava rachada.

Por três vezes, isso aconteceu, até que o preço de um palácio tivesse sido usado para pagar pelo trabalho, pelo combustível e pelas taxas e, ainda assim, não havia sino. O rei Tai Jo ficou desolado. Mas, em vez de chorar ou puxar os cabelos ou brigar com os artesãos, que tinham se esforçado o máximo possível, ele ofereceu uma grande recompensa para qualquer um que pudesse apontar o problema ou mostrasse o que precisava ser feito para se obter uma fundição perfeita. Diante disso, o trabalhador da companhia que contara a história da idosa disse que o sino racharia depois de esfriar até que a proposta dela fosse aceita. Ele disse que a idosa era uma feiticeira e que, se a criança não fosse humana de verdade, não haveria problema.

Então, buscaram o menino e, quando o líquido já tinha enchido metade do poço, ele foi jogado no meio. Houve algum incômodo por "alimentar o demônio do fogo com uma criança", mas, quando levantaram o sino frio do molde, a fundição estava perfeita, e todos aparentemente se esqueceram da vida humana que entrara no sino. Logo com lixa e talhadeira o grandioso trabalho foi concluído. Foi impressionante a cerimônia para erguer o sino na praça central da cidade, onde as ruas largas da ponte sul e as voltadas para o leste e o oeste se encontravam. Suspenso por pesados elos de ferro presos a uma sólida estrutura de madeira, a boca do sino ficava exatamente trinta centímetros acima do chão. Então, à sua volta e sobre ele, construíram um campanário. O nome dos artesãos foi gravado no metal, assim como o dos funcionários reais que supervisionaram a cerimônia de instalação do sino. Ficou decidido, porém, que não deveriam tocar o sino até que estivesse completamente alocado e que o badalo ou o tronco suspenso de madeira, grosso como o mastro de um navio, estivesse pronto para soar a trovejante badalada inicial.

Nesse meio-tempo, dezenas de milhares de pessoas aguardavam para ouvir a primeira música do sino. Todos acreditavam que seria um sinal de boa sorte e que viveriam mais por causa disso. As crianças não queriam ir para a cama, pois queriam esperar para ouvir, e algumas temiam estar dormindo quando o sino finalmente trovejasse. Os pequeninos, que costumavam cair no sono logo depois de o sol se pôr, imploravam para ficar acordados até tarde para poderem ouvir o sino, mas alguns dormiram, porque não conseguiram se segurar e os olhos fecharam antes que percebessem.

— Como devemos chamar o sino, Vossa Majestade? — perguntou um sábio conselheiro.

— Vamos chamá-lo de In Jung — respondeu o rei Tai Jo. — Isso significa "O homem decide", pois todas as noites, às nove horas, cada homem ou rapaz ou menino deve decidir ir para a cama. A não ser os magistrados, que não devem permitir que nenhum homem seja visto nas ruas sob pena de espancamento. Dessa hora até a meia-noite, as mulheres terão toda a rua para si para caminharem.

A lei real foi proclamada pelos clarins e foi ordenado que, ao amanhecer e ao anoitecer, uma banda de música deveria tocar na abertura e fechamento das pontes para a cidade.

Desse modo, In Jung, ou "Decisão Masculina", é o nome do sino até hoje.

No entanto, o sino ainda estava silencioso. Não tinha falado. Mas, quando soou, o povo de Seoul descobriu que era o sino mais maravilhoso já feito. Ele trazia uma lembrança e uma voz. Ele podia chorar e podia cantar. Na verdade, até hoje, alguns declaram que ele pode chorar; pois seja na infância, na juventude, na meia idade ou na velhice, em alegria ou felicidade, o sino expressa os próprios sentimentos ao mudar as notas, alegre ou animado, em aviso ou em comemoração.

Às nove horas da primeira noite da sétima lua, no mês da Donzela da Estrela do Tear e do Boiadeiro, com todo seu séquito, em lados opostos do Rio do Céu e sobre a Ponte dos Pássaros, o grande sino de Seul seria tocado. Todos os homens já estavam nos respectivos quartos, prontos para se despir e ir para a cama, enquanto todas as mulheres, totalmente vestidas com a melhor roupa, aguardavam no degrau da porta, prontas para sair, com sua lanterna na mão, para o passeio ao ar livre.

Quatro homens fortes agarraram a corda, puxaram o tronco para trás por mais de um metro e o soltaram para a liberdade e em direção ao sino, que emitiu um badalo melodioso que ecoou pela cidade, espalhando-se em todas as direções, subindo pelas colinas e seguindo por léguas e mais léguas, enchendo ar com a doce melodia. As crianças aplaudiram e dançaram de alegria. Sabiam que viveriam muito, pois tinham ouvido o primeiro badalo do doce sino. Os idosos também sorriram, contentes.

Mas qual foi a surpresa dos adultos ao ouvir que o sino podia falar. Sim, seus sons realmente formaram uma frase.

— *Mu-u-u-ma-ma-ma-la-la-la-la-la-la...* — E terminava com algo semelhante a um choro de bebê.

Realmente não havia dúvidas quanto àquilo. Foi isso que o sino disse:

— Culpa da minha mãe. Culpa da minha mãe.

E até os dias de hoje, as mães de Seul abraçam os filhos junto ao seio, decididas a jamais carregar a culpa pela falta de amor ou de cuidado. Elas se regozijam com seus pequeninos e lhes dedicam o mais terno amor, porque ouvem o grande sino falar, alertando os pais a guardar o que o Céu confiou ao seus cuidados.

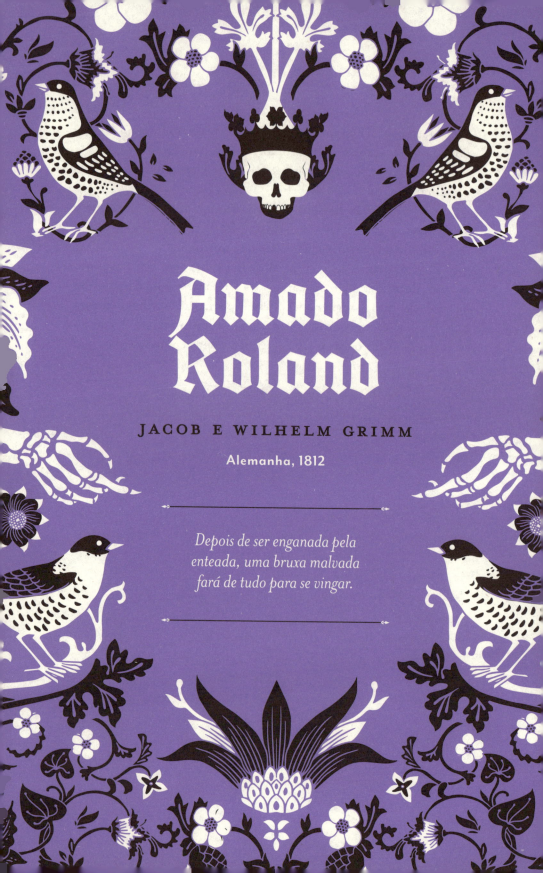

Amado Roland

JACOB E WILHELM GRIMM

Alemanha, 1812

Depois de ser enganada pela enteada, uma bruxa malvada fará de tudo para se vingar.

ra uma vez uma mulher que era uma verdadeira bruxa. Tinha duas filhas, uma feia e perversa, a quem amava por ser sua filha de sangue, e outra bela e boa, que odiava por ser sua enteada. A segunda tinha um lindo avental, muito desejado pela meia-irmã e que a deixou com tanta inveja que contou à mãe que queria o avental.

— Acalme-se, minha filha — dizia a mulher —, e você o terá. Faz tempo que minha enteada merece morrer e, esta noite, quando estiver dormindo, eu a decapitarei. Apenas certifique-se de deitar-se na parte da cama que encosta na parede e empurrar sua meia-irmã para a frente.

Teria sido o fim para a pobre coitada, mas, naquele instante, estava em um canto e entreouviu tudo. Ela ficou o dia todo proibida de sair de casa e, na hora de dormir, sua madrasta perversa mandou a filha dormir primeiro, de modo que ficasse encostada na parede. Contudo, depois que a filha da bruxa dormiu, a enteada empurrou-a gentilmente para a parte da frente da cama, e ficou no lugar dela, junto à parede.

À noite, a mulher entrou sorrateiramente no quarto segurando um machado com a mão direita, enquanto tateava, com a esquerda, em busca de quem estava deitada na frente da cama. Segurou o machado com as mãos e decapitou a própria filha.

Depois que a bruxa saiu do quarto, a garota se levantou, foi até a casa de seu amado, cujo nome era Roland, e bateu na porta. Quando ele saiu, ela lhe disse:

— Escute, meu amado Roland, temos de fugir agora. Minha madrasta tentou me matar, mas, em vez disso, matou a própria filha. Quando o sol raiar e ela vir o que fez, estaremos liquidados.

— Seria bom se tivesse roubado a varinha mágica dela — sugeriu Roland —, senão não conseguiremos fugir se ela vier atrás de nós.

A enteada pegou a varinha mágica, pegou a cabeça da garota morta e despejou três gotas de sangue no chão, uma em frente à cama, uma na cozinha, a terceira nos degraus e depois fugiu para longe com o amado.

Na manhã seguinte, quando a velha bruxa acordou, chamou a filha com o intuito de dar-lhe o avental, mas a filha não respondeu. A mulher gritou:

— Onde você está?

— Estou varrendo os degraus — respondeu a primeira gota de sangue.

A mulher foi até os degraus, mas, como não viu ninguém, gritou de novo:

— Onde você está?

— Estou na cozinha me aquecendo — respondeu a segunda gota de sangue.

Entrou na cozinha, mas não viu ninguém, então gritou de novo:

— Onde você está?

— Estou dormindo na cama — exclamou a terceira gota de sangue.

Ela entrou no quarto e chegou perto da cama. O que ela viu? A própria filha, banhada em sangue, e cuja cabeça fora cortada por ela. A bruxa ficou possessa de raiva, correu até a janela e, como sua vista alcançava até os confins do mundo, viu a enteada fugindo para longe com seu amado Roland.

— Não vai adiantar! — gritou a bruxa. — Mesmo que já tenha ido muito longe, não vai escapar de mim!

Ela calçou suas botas de muitos quilômetros, com as quais era capaz de percorrer uma hora de caminhada a cada passo, e não demorou muito até alcançar o casal. Porém, quando a garota viu a velha andando a passos largos na direção deles, usou a varinha mágica para transformar seu amado Roland em um lago e se transformou em um pato nadando no meio dele.

A bruxa ficou na margem e jogou pedacinhos de pão, tentando, com grande esforço, atrair o pato até ela. O animal, porém, não cedeu, e a velha teve de voltar para casa, sem êxito. Mais tarde, a garota e seu amado Roland voltaram às suas formas naturais e

ARTHUR RACKHAM

passaram a noite inteira caminhando até o amanhecer. Depois a garota se transformou em uma linda flor no meio de uma sebe de plantas espinhosas, e seu amado Roland em um violinista.

Não demorou muito até a bruxa ir andando a passos largos na direção de ambos, e ela perguntar ao músico:

— Caro músico, posso ficar com esta flor?

— Ah, pode — respondeu ele. — E tocarei para a senhora enquanto a colhe.

Ela rastejou na direção da sebe e estava prestes a colher a flor, sabendo perfeitamente de quem se tratava, quando ele começou a tocar. Foi forçada a dançar, mesmo contra a vontade, pois a música era encantada. Quanto mais rapidamente ele tocava, com mais violência ela era forçada a pular. As roupas do corpo dela foram rasgadas pelos espinhos, que a espetaram até sangrar e, como ele não parou de tocar, ela teve de dançar até cair morta. Agora que estavam livres, Roland disse:

— Agora vou até meu pai preparar nosso casamento.

— Ficarei aqui esperando você — disse a garota. — Vou me transformar em um pedregulho vermelho, para que ninguém me reconheça.

Roland partiu e a garota, em forma de pedregulho, ficou parada à espera de seu amado, mas, quando ele chegou em casa, foi enredado por outra mulher, que o fez se esquecer da primeira. A pobrezinha ficou esperando por muito tempo e, ao ver que ele não retornou, ficou triste, transformou-se em uma rosa e pensou: *Com certeza, alguém vai passar por aqui e me pisotear.*

Contudo, calhou de um pastor, que estava pastoreando suas ovelhas no campo, ver a flor. Diante de tamanha beleza, ele a apanhou, levou-a para casa e guardou-a em seu baú. Daquele momento em diante, coisas estranhas aconteceram na casa dele. Quando acordava de manhã, todo o trabalho doméstico havia sido feito. O quarto havia sido varrido, a mesa e os bancos limpos, o fogo da lareira aceso, a água trazida e, ao meio-dia, quando chegava em casa, a mesa já estava posta e com uma boa refeição servida. Não sabia como tudo aquilo acontecia, pois nunca viu outra pessoa em sua casa e não teria como alguém conseguir se esconder nela.

É claro que ficou satisfeito com todo aquele bom serviço prestado, mas, com o passar do tempo, ficou com tanto medo que foi até uma sábia pedir um conselho. Ela lhe disse:

— Há magia envolvida nesta história. Fique atento de manhãzinha cedo e, se alguma coisa se mover no quarto, se vir alguma coisa, não importa o que seja, jogue um pano branco sobre ela, e assim a magia cessará.

O pastor lhe obedeceu e, na manhã seguinte, bem cedinho, viu o baú se abrir e a flor sair dele. Rapidamente, pulou na direção dela e jogou um pano branco sobre ela. No mesmo instante, a transformação cessou, e uma bela garota ficou diante dele e admitiu ser a flor e a responsável pelo trabalho doméstico. Ela lhe contou sua história, e ele, por gostar dela, pediu-a em casamento, mas ela respondeu "Não", pois queria permanecer fiel ao seu amado Roland, apesar de ele tê-la abandonado. Prometeu, todavia, não ir embora e continuar a cuidar da casa do pastor.

Aproximava-se da época em que Roland se casaria. Segundo uma antiga tradição do país, anunciaram que todas as mulheres deveriam comparecer ao casamento e cantar em homenagem aos noivos. Quando a mulher fiel à Roland soube disso, ficou tão triste que achou que seu coração se partiria. Não queria comparecer, mas as demais garotas a levaram. Ao chegar na sua vez de cantar, negou-se até não restar outra, o que a deixou sem poder recusar.

No entanto, quando sua canção chegou aos ouvidos de Roland, ele sobressaltou-se e gritou:

— Conheço essa voz. É a minha noiva verdadeira e não quero outra!

De repente, tudo o que ele havia esquecido, e que havia desaparecido de sua mente, voltou e fez morada novamente em seu coração e, assim, a garota fiel casou-se com seu amado Roland. Sua tristeza chegou ao fim, e sua alegria teve início.

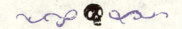

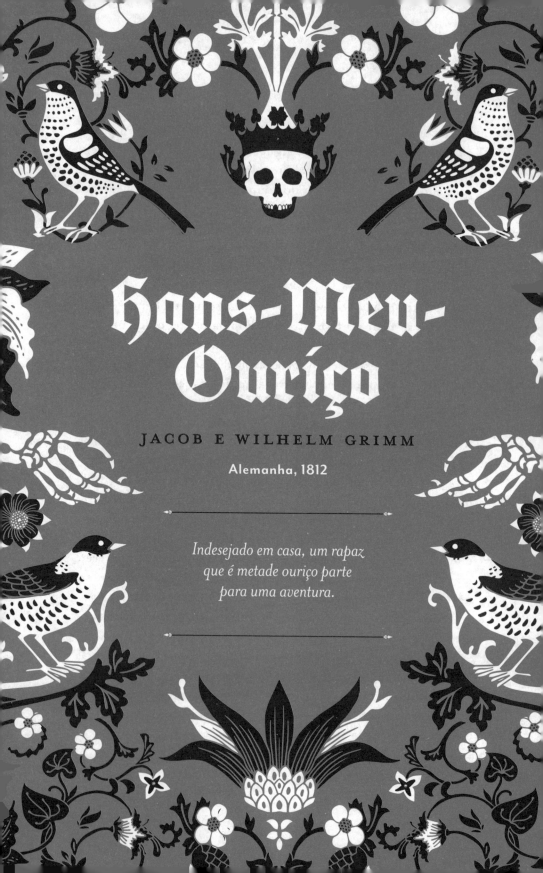

Era uma vez um camponês que tinha dinheiro e terras de sobra, mas, mesmo com sua riqueza, ainda lhe faltava uma coisa para sua felicidade ser completa: ele não tinha filhos com a esposa. Com frequência, quando ia até a cidade com outros camponeses, zombavam dele e lhe perguntavam por que não tinha filhos. Por fim, ficou zangado e, quando voltou para casa, decretou:

— Eu terei um filho, mesmo que seja um ouriço.

Sua mulher teve um bebê, sendo que era um ouriço, da metade para cima, e um menino, da metade para baixo. Quando viu o bebê, ela ficou horrorizada e exclamou:

— Veja o que você desejou para nós!

O homem rebateu:

— Não há o que fazer. O menino deve ser batizado, mas não podemos pedir que ninguém seja padrinho dele.

— E o único nome que podemos lhe dar é Hans-Meu-Ouriço.

Quando foi batizado, o pastor disse:

— Por causa de seus espinhos, ele não pode se deitar em uma cama comum.

Diante disso, os pais pegaram um pouco de palha, colocaram atrás do fogão e deitaram Hans nela. Sua mãe também não podia amamentá-lo, pois os espinhos dele a espetariam. Ele passou oito anos atrás do fogão, e seu pai cansou-se dele e pensou: *Ah, se ele morresse*. O menino, contudo, não morria e continuava deitado no mesmo lugar.

Um dia, aconteceu de haver uma feira na cidade, à qual o camponês queria ir. Ele perguntou à esposa o que deveria trazer para ela.

— Carne, alguns pães franceses e utensílios para a criadagem — listou ela.

Em seguida, perguntou o mesmo à criada, que queria um par de sapatilhas e meias elegantes. Por fim, também perguntou ao filho:

— Hans-Meu-Ouriço, do que você gostaria?
— Papai, eu quero uma gaita de foles.

Quando o camponês voltou para casa, deu à esposa o que trouxera, carne e pães franceses. Depois deu as sapatilhas e meias elegantes à criada e, finalmente, foi para trás do fogão e deu a gaita de foles a Hans-Meu-Ouriço.

Quando o filho a pegou, disse:
— Pai, vá até o ferreiro e peça para ele colocar ferraduras no meu galo, para eu ir embora e nunca mais voltar.

O pai ficou feliz em livrar-se dele, então fez o que o filho pediu e, quando terminou, Hans-Meu-Ouriço subiu no animal, foi embora e levou porcos e burros consigo para cuidar na floresta.

Lá, o galo voou até uma árvore alta com Hans, onde ficou e passou a vigiar os animais. Passou anos na árvore até que, finalmente, o gado cresceu bastante. Seu pai não sabia mais nada a seu respeito e, enquanto ficava na árvore, o menino tocava sua gaita de foles e compunha belas músicas.

Certo dia, passou um rei perdido, na floresta, que ouviu uma música. Ficou impressionado ao ouvi-la e mandou um criado olhar em volta para ver de onde vinha. Olhou em todo canto, mas viu apenas um animalzinho, sentado no alto de uma árvore, que aparentava ser um galo com um ouriço em cima dele tocando a música.

O monarca pediu ao servo para perguntar por que ele estava sentado na árvore e se sabia o caminho de volta para seu reino. Hans-Meu-Ouriço desceu da árvore e disse ao rei que lhe mostraria o caminho certo, caso prometesse, por escrito, dar-lhe a primeira coisa que o recebesse na corte real, assim que chegasse em casa. O monarca pensou: *Eu posso fazer isso facilmente. Hans-Meu-Ouriço não sabe ler, e posso escrever o que eu quiser.*

O soberano, então, pegou pena e tinta, escreveu alguma coisa e, depois de tê-lo feito, Hans mostrou-lhe o caminho certo, fazendo-o chegar a salvo em casa. Sua filha viu o pai aproximar-se ao longe e transbordou tanto de alegria que correu ao seu encontro e o encheu de beijos. O monarca pensou em Hans-Meu-Ouriço e contou a ela o que acontecera, ou seja, que ele prometera dar a

HANS-MEU-OURIÇO

primeira coisa que o recebesse àquele animal estranho que montava em um galo e compunha belas músicas. Ele, em vez disso, escrevera que isso não aconteceria, pois Hans-Meu-Ouriço não sabia ler. A princesa ficou feliz e disse que o ato do pai tinha sido bom, pois ela não teria ido sob nenhuma circunstância.

Hans-Meu-Ouriço cuidava dos burros e porcos, estava de bom humor e sentado na árvore tocando sua gaita de foles, quando aconteceu de outro rei passar por aquele caminho com seus criados e mensageiros. Ele também se perdeu e não sabia o caminho certo para voltar para casa, já que a floresta era enorme. Ao longe, também ouviu uma bela música e pediu a um dos seus mensageiros para ver o que era e de onde vinha. O mensageiro correu até a árvore, onde viu Hans-Meu-Ouriço montado no galo e lhe perguntou o que estava fazendo no topo dela.

— Estou cuidando dos meus burros e porcos. O que você quer? — rebateu ele.

O mensageiro disse que ele e os demais estavam perdidos, sem saber como voltar para seu reino, e perguntou a Hans se não poderia mostrar o caminho certo. Ele desceu da árvore com seu galo e disse ao velho rei que lhe mostraria o trajeto, caso lhe desse a primeira coisa que o recebesse em casa, na frente do castelo real.

O rei aceitou e confirmou sua promessa por escrito a Hans-Meu-Ouriço.

Depois disso, Hans-Meu-Ouriço foi na frente em cima do galo, mostrando-lhes o caminho certo, e o soberano chegou a salvo em seu reino. Quando o monarca chegou à corte, foi recebido com muita alegria. Ele tinha uma única filha, que era muito bonita e que correu em sua direção, abraçou-o, encheu-o de beijos e estava pulando de felicidade com a volta de seu velho pai.

Ela lhe perguntou onde ele estivera em sua longa ausência, e o monarca contou como havia se perdido e quase não conseguira voltar para casa, mas que, conforme atravessava uma grande floresta, deparara-se com um ser meio-ouriço, meio-humano montado em um galo, sentado em uma árvore alta e que compunha belas músicas. Fora ele quem mostrara o trajeto certo, mas o rei havia prometido dar a ele a primeira coisa que viesse ao seu encontro na corte real e que a tal coisa era ela. O soberano ficou terrivelmente arrependido, mas a filha prometeu que iria com Hans quando ele viesse e faria isso pelo amor a seu velho pai.

Hans-Meu-Ouriço cuidou dos porcos, que deram à luz outros, até que havia tantos que a floresta ficou sem espaço. Avisou ao pai que era para esvaziar todos os estábulos do vilarejo, porque estava voltando com uma vara tão grande que todo mundo que quisesse poderia participar do abate deles.

O pai ficou triste ao saber disso, pois achava que o filho já morrera havia muito tempo. Hans-Meu-Ouriço, porém, montou em seu galo, guiou os porcos que iam na frente para dentro do vilarejo e abateu todos. Que abate! Que alvoroço! Era possível ouvir o barulho a duas horas de distância dali! Logo depois, Hans disse:

— Papai, peça de novo para o ferreiro colocar ferraduras em meu galo. Depois, vou embora e nunca mais vou voltar até o fim dos meus dias.

E o pai obedeceu ao filho e ficou feliz, porque ele nunca mais voltaria.

Hans-Meu-Ouriço entrou no primeiro reino. O rei ordenara que atirassem, matassem e perfurassem qualquer ser que se aproximasse com uma gaita de foles e montado em um galo, de modo a prevenir sua entrada no castelo. Assim que Hans chegou, atacaram-no com baionetas, mas ele incitou o galo, sobrevoou o portão e chegou à janela do monarca. Ao pousar, gritou para ele lhe dar o que prometera, caso contrário, tal ato custaria a vida dele e de sua filha.

O soberano, então, pediu à princesa para ir com Hans, de modo a salvar sua vida e a dela. A princesa vestiu um vestido branco, e seu pai lhe deu uma carruagem com seis cavalos, criados magníficos, dinheiro e bens. Ela entrou na carruagem, e Hans-Meu-Ouriço ficou ao seu lado, montado no galo com sua gaita de foles. Ambos se despediram e partiram.

O monarca achou que nunca mais os veria, contudo, as coisas não saíram como imaginava, pois, quando tinham percorrido uma

HANS-MEU-OURIÇO

H. J. FORD, 1892

curta distância já saindo da cidade, Hans-Meu-Ouriço despiu a princesa de suas belas vestes e a espetou com seus espinhos até ela ficar completamente ensanguentada.

— Esta é a recompensa por ter me enganado. Vá embora. Eu não desejo você.

E assim, mandou-a para casa, e ela foi amaldiçoada até o fim dos seus dias.

Hans, montado em seu galo e com sua gaita de foles, partiu para o segundo reino, onde também ajudara o rei a achar o caminho certo. Já esse monarca havia ordenado que, caso alguém parecido com Hans-Meu-Ouriço chegasse, era para ser saudado e levado ao castelo real com pompa e uma escolta.

Quando a princesa o viu, ficou horrorizada, pois a aparência dele era muito triste, mas pensou que nada poderia ser feito quanto àquela situação, pois prometera ao pai ir com ele. Deu as boas-vindas a Hans, e ambos se casaram. Depois, ele foi levado até uma mesa real, e ela sentou-se ao seu lado, enquanto comiam e bebiam.

À noite, quando chegou a hora de dormir, ela ficou com medo dos espinhos dele, mas ele disse para não temer, pois não a machucaria. Pediu ao velho rei para que quatro homens vigiassem a porta do quarto dos dois e que era para fazerem uma grande fogueira, pois Hans disse que tiraria sua pele de ouriço depois de entrar no quarto e antes de se deitar. Os homens deveriam pegar a pele imediatamente, jogá-la na fogueira e ficarem assistindo até ela ser completamente consumida pelo fogo.

Quando o relógio bateu onze horas da noite, Hans foi até o quarto, tirou sua pele de ouriço e a deixou ao lado da cama. Os homens entraram no aposento correndo, pegaram-na e jogaram-na na fogueira. Assim que o fogo a consumiu, ele foi redimido e ficou deitado na cama completamente em sua forma humana. Entretanto, era negro como carvão, como se tivesse sido chamuscado. O monarca chamou seus médicos, que o banharam com bons emplastros e unguentos, e assim ele ficou branco, um verdadeiro cavalheiro belo e jovem.

Quando a princesa viu o que acontecera, transbordou de alegria, e os dois se levantaram, comeram e beberam. Finalmente o casamento deles foi, de fato, celebrado, e Hans-Meu-Ouriço herdou o reino do velho rei.

Alguns anos depois, Hans viajou com a esposa até a casa do pai e disse que era seu filho. O pai, contudo, disse que não tinha

H. J. FORD, 1892

filho algum. Contou do filho que tivera e nascera com espinhos, como um ouriço, e que saíra mundo afora. Em seguida, Hans disse que tal filho se tratava dele, e o pai regozijou-se e voltou com ele para seu reino.

"Meu conto acabou,
E ele voltou
Para a casa dos contos de fada."

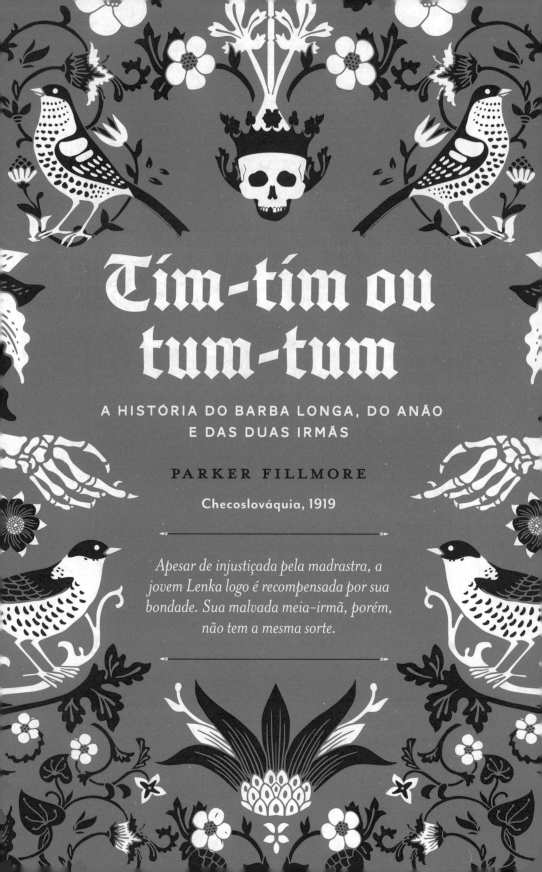

ra uma vez um homem pobre, cuja esposa morreu deixando-o sozinho com um filha. A menina se chamava Lenka e era muito boazinha, alegre, obediente e muito habilidosa, fazendo tudo que podia para o conforto do pai.

Depois de um tempo, o homem se casou novamente. A segunda esposa também tinha uma filha, da mesma idade de Lenka. Ela se chamava Dorla e era preguiçosa, malcriada, sempre arrumando briga e implicando. Mas nada disso importava, já que a mãe achava que Dorla era perfeita e vivia elogiando a filha para o marido.

— Veja só que filha maravilhosa é a minha Dorla — dizia ela. — Ela trabalha e fia e nunca reclama. Muito diferente da sua Lenka, que sempre quebra tudo que toca e nada faz para retribuir a boa comida que colocamos na mesa!

A mulher nunca parava de reclamar da pobre enteada e vivia brigando com ela e reclamando dela com o marido. Lenka era paciente e continuava a vida fazendo em silêncio o que era certo e sempre era educada com a madrasta e a irmã malcriada.

Ela e Dorla costumavam ir juntas às feiras das fiandeiras. Dorla ficava brincando e perdia tempo e, no final, mal tinha conseguido completar um carretel. Lenka sempre trabalhava com afinco e, em geral, conseguia completar duas ou três bobinas. Ainda assim, quando as meninas voltavam para casa, a mãe sempre pegava o carretel minguado de Dorla e dizia para o pai:

— Veja só que lindo fio minha Dorla fiou! — Ela escondia as bobinas de Lenka e comentava: — A sua Lenka nada fez, além de brincar e perder tempo!

E era exatamente o que dizia diante de outras pessoas também, fingindo que Dorla fazia tudo que não fazia e dizendo que a habilidosa Lenka não passava de uma preguiçosa e não servia para nada.

Uma noite, quando as duas meninas estavam voltando para casa da feira de fiandeiras, elas se depararam com uma vala na estrada. Dorla saltou rapidamente e se virou, estendendo a mão e dizendo:

— Irmãzinha querida, deixe que seguro seu carretel para você não cair e se machucar.

A pobre Lenka, sem desconfiar de nenhuma maldade, entregou para Dorla seu carretel cheio, o qual Dorla pegou e correu para casa, gabando-se para a mãe e o padrasto de quanto fio ela tinha feito e ainda disse:

— Já a Lenka não fez nada. Não trouxe nenhum fio. Não fez nada além de brincar e perder tempo.

— Está vendo? — disse a mulher para o marido. — É o que eu vivo dizendo, mas você nunca me dá ouvidos. Essa sua Lenka é preguiçosa e não serve para nada, sempre esperando que eu e minha pobre filha façamos todo o trabalho. Não vou mais aturá-la nesta casa. Amanhã mesmo ela vai embora para encontrar seu rumo na vida. Assim, talvez aprenda o valor do bom lar que eu dava para ela.

O pobre homem bem que tentou defender Lenka, mas a mulher não arredou pé. Lenka tinha que ir embora e ponto final.

Na manhã seguinte, bem cedinho, quando ainda estava escuro, a mulher mandou Lenka embora. Deu a ela um saco que disse estar cheio de comida boa e carne defumada e pão. Mas, em vez de comida, ela colocara cinzas; em vez de carne defumada, palha; em vez de pão, pedras.

— Aqui está uma refeição com carne defumada e pão para sua viagem — disse ela. — Pois você verá que demorará muito para encontrar alguém tão bom quanto fui para você. Agora, vá embora e nunca mais apareça aqui. Deixe que seu pai encontre alguma serventia para você.

O pobre homem apoiou o machado no ombro e partiu com Lenka. Não sabia para onde levá-la nem o que fazer. Seguiu, então, para as montanhas, onde construiu para ela uma cabana de dois aposentos. Ficou com vergonha de dizer a ela que a deixaria sozinha, então lhe disse:

— Fique aqui, minha querida filha, enquanto eu vou para a floresta cortar um pouco de lenha.

TIM-TIM OU TUM-TUM

JAN MATULKA

No entanto, em vez de cortar lenha, ele pendurou o martelinho em uma árvore e, sempre que ventava, ele batia na árvore. Durante toda aquela tarde, a pobre Lenka, ouvia o som das batidas e pensava com seus botões: "Lá está meu querido pai, cortando lenha para mim".

Quando a noite chegou e ele não tinha voltado, Lenka saiu para procurá-lo, mas tudo que encontrou foi o martelinho batendo na árvore. Foi quando a pobre menina percebeu que o pai a tinha enganado, mas ela o perdoou na hora, pois sabia que a culpa era toda da madrasta.

Ela voltou para a cabana para comer, mas, quando abriu a sacola que a madrasta lhe dera, em vez da carne defumada e pão, ela só encontrou cinzas, palha e pedras. Foi só então que a menina realmente se sentiu abandonada e se sentou e chorou de solidão e de fome.

Enquanto chorava, um velho mendigo com uma barba comprida apareceu na cabana.

— Que Deus a abençoe, menina — disse ele.

— Que Ele o abençoe também, senhor — disse Lenka se levantando e fazendo uma saudação educada com a cabeça.

— Eu agradeço, menina, muito obrigado. E agora, você poderia lavar o meu rosto e me dar um pouco de comida?

— Decerto, senhor, que eu adoraria lavar seu rosto e lhe dar comida, mas não há água aqui nem nada que eu possa usar para carregá-la. Quanto à comida, minha madrasta encheu a sacola com cinzas, palha e pedras.

— Isso não é nada, menina. Contorne a cabana e você vai ver um córrego.

Lenka assim o fez e, de fato, lá havia um córrego borbulhante e, na margem, um balde. Ela o encheu e o levou de volta para a cabana.

Quando passou pela porta, mal conseguiu acreditar nos olhos, pois na parede ela viu uma fileira de pratos brilhantes, pratos grandes e pratos pequenos, e copos e tudo mais que deveria haver em uma cozinha. O velho mendigo havia acendido o fogo, então Lenka colocou a água para ferver.

— Olhe no saco — disse o mendigo.

Lenka o abriu novamente, e ele estava cheio com uma deliciosa refeição: pão e carne defumada!

A menina não perdeu tempo e logo preparou um bom jantar. Ela lavou o rosto e as mãos do mendigo e juntos eles comeram. Depois do jantar, Lenka estendeu suas roupas esfarrapadas no chão do quarto e colocou o mendigo para dormir ali, enquanto ela se acomodou no banco da cozinha. Era uma cama dura, mas Lenka não reclamou e logo adormeceu.

Meia-noite, ela ouviu batidas na porta e uma voz ressoando:
— Sou um homem astuto
Mesmo que diminuto
Mas minha barba é comprida
No meu queixo estendida.
Abra a porta e me convida
Porque eu sou uma visita.

Lenka se levantou e abriu a porta. E ali, diante dela, havia mesmo um anão diminuto com uma barba bem comprida. Era o Barba Longa, que vivia nas montanhas, e sobre quem Lenka já tinha ouvido muitas histórias.

Ele entrou arrastando um saco pesado de moedas de ouro.

— Aquele velho mendigo era eu — revelou ele. — E você lavou meu rosto e minhas mãos e compartilhou o seu jantar. Essas moedas são a recompensa por tamanha bondade. Agora, vá para o seu quarto e durma com conforto.

Ele disse isso e desapareceu.

Lenka foi para o quarto e lá, em vez de roupas esfarrapadas no chão, havia uma boa cama com colchão e colcha de penas e um baú cheio de roupas. Lenka se deitou na cama de penas e logo adormeceu.

No terceiro dia, o pai apareceu, supondo que, àquela altura, Lenka já teria morrido de fome ou sido devorada por algum animal selvagem. Pelo menos, pensou ele, poderia recolher os ossos.

No entanto, quando chegou à cabana, precisou esfregar os olhos, tamanha surpresa. Em vez da cabana rústica, havia uma linda casinha e, em vez de um punhado de ossos, havia uma garotinha feliz cantarolando enquanto fiava.

— Minha filha, minha filha! — exclamou ele. — Como vai?

— Muito bem, querido pai. Você não poderia ter encontrado melhor lugar para mim.

Ela contou para ele como ela estava feliz e como passava o tempo com alegria, enquanto fiava, cantava e trabalhava. Então, ela pegou uma toalha e encheu com moedas de ouro, fechou como uma trouxinha e entregou a ele.

O pai foi embora, muito feliz, dando graças a Deus pela boa sorte que Lenka tivera.

Quando estava quase chegando em casa, o velho cão, deitado na porta, disse para a madrasta:

— Au-au, minha dona, o senhor se aproxima. E estou ouvindo o tim-tim de moedas.

— Não mesmo, velho cão! — exclamou a madrasta. — É o tum-tum de ossos na sacola!

Assim que o homem entrou na casa ele disse:

— Mulher, dê-me um cesto para eu colocar o que trago enrolado nesta toalha.

— O quê! — exclamou ela. — Você acha mesmo que vou lhe dar um cesto para colocar os ossos da sua filha?

Mas ele começou a sacudir a trouxinha e, ao ouvir o tilintar, ela correu para buscar um cesto.

Depois de guardar todas as moedas, ela disse:

— É bem a sua cara encontrar um lugar como aquele para sua Lenka! Mas o que foi que já fez pela minha pobre Dorla? Amanhã mesmo você vai levá-la embora para encontrar um bom lugar para ela.

Então, ela comprou para Dorla uma boa roupa de cama e roupas da moda e arrumou uma sacola de comida para a filha levar. No dia seguinte, o homem levou Dorla para as montanhas e construiu para ela uma cabana de dois aposentos.

Dorla se sentou ali e ficou pensando no ótimo jantar que prepararia para si.

Naquela noite, o mesmo mendigo apareceu e disse para ela:

— Que Deus a abençoe, menina — disse ele. — Você poderia lavar o meu rosto e me dar um pouco de comida?

— Imagina se vou lavar o seu rosto! — exclamou Dorla, possessa. — É isso que vou fazer com você! — E ela pegou uma vara e expulsou o velho mendigo.

— Pois muito bem! — murmurou ele. — Pois muito bem!

Então, Dorla preparou para si um ótimo jantar. Depois de ter comido tudo sozinha, ela foi se deitar na cama e logo caiu no sono.

Meia-noite, o Barba Longa bateu na porta e chamou:

— Sou um homem astuto

Mesmo que diminuto

Mas minha barba é comprida

No meu queixo estendida.

Abra a porta e me convida

Porque eu sou uma visita.

Então, Dorla, muito amedrontada, se escondeu em um canto. O Barba Longa abriu a porta, pegou Dorla e a sacudiu até arrancá-la da própria pele. Era o que merecia por ser maldosa e odiosa e nunca ter sido bondosa com ninguém na vida.

O Barba Longa deixou os ossos amontoados no chão e pendurou a pele dela em um prego atrás da porta. E deixou o crânio sorridente na janela.

No terceiro dia, a mãe de Dorla deu ao marido uma toalha de mesa novinha em folha e disse:

— Vá ver como a minha Dorla está se saindo. Aqui está a toalha para trazer as moedas.

E lá foi o homem, seguindo para as montanhas. Quando se aproximou da cabana, viu algo na janela, parecia alguém sorrindo. E ele disse para si mesmo:

— Dorla deve estar muito feliz para sorrir desse modo para mim.

Mas, quando chegou à cabana, tudo que encontrou foram os ossos da menina empilhados no chão, a pele pendurada no prego atrás da porta e o crânio sorridente na janela.

Sem dizer palavra, juntou os ossos e os colocou na toalha e fechou como uma trouxa antes de voltar.

Quando estava chegando, o velho cão disse:

— Au-au, minha dona, aqui vem o senhor. E estou ouvindo o tum-tum de ossos.

— Não mesmo, velho cão! — exclamou a mulher. — É o tim-tim de moedas no bolso!

Mas o velho cão continuou latindo e dizendo:

— Não, não, au-au, é o tum-tum de ossos na sacola.

Tomada de ódio, a mulher pegou uma vara e surrou o cachorro.

Assim que o homem entrou na casa, a mulher trouxe o cesto para as moedas. Mas, quando ele abriu a toalha, tudo que ouviram foi o tum-tum de ossos.

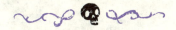

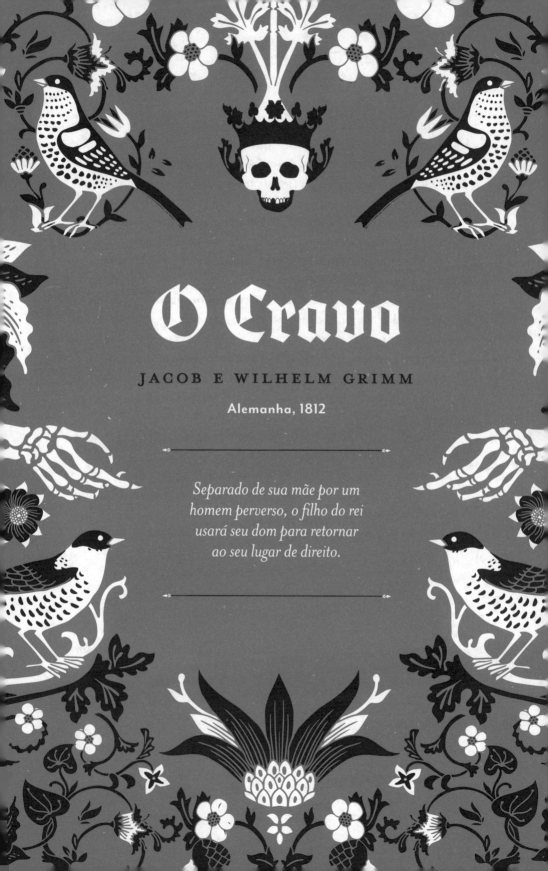

O Cravo

JACOB E WILHELM GRIMM

Alemanha, 1812

Separado de sua mãe por um homem perverso, o filho do rei usará seu dom para retornar ao seu lugar de direito.

ra uma vez uma rainha que não foi abençoada com filhos. Toda manhã, ela ia ao jardim e rezava para Deus lhe conceder um filho ou uma filha. Um anjo vindo do céu foi até ela e disse:

— Fique em paz, você terá um filho com o poder de fazer pedidos, então tudo aquilo no mundo que pedir, ele terá.

Em seguida, ela foi até o rei e contou-lhe as boas-novas e, quando chegou a hora certa, deu à luz um filho, e seu marido encheu-se de alegria.

Toda manhã, ela ia com o filho até o jardim, onde ficavam os animais selvagens, e banhava-se em um córrego cristalino. Certa vez, quando a criança já tinha crescido um pouco, ela estava nos braços da rainha, que acabou adormecendo. Em seguida, apareceu o velho cozinheiro, que sabia do poder de fazer pedidos do menino, roubou-o da mãe, apanhou uma galinha, cortou-a em pedacinhos e jogou um pouco do sangue nas vestes reais da rainha e no vestido dela. Depois levou consigo a criança para um lugar secreto, onde uma enfermeira foi obrigada a amamentá-la, e depois correu até o rei e acusou a rainha de ter permitido que seu filho fosse morto pelos animais selvagens. Quando o soberano viu o sangue nas vestes dela, acreditou e foi tomado pela ira de tal forma que ordenou que uma torre alta fosse construída, de onde não se pudesse ver nem o sol nem a lua, e mandou trancafiar lá a esposa e fechar as janelas com alvenaria. Ela foi sentenciada a ficar na torre por sete anos, sem comer nem beber até morrer de fome. Deus, entretanto, enviava dois anjos do céu, em forma de pombas brancas, que iam até ela duas vezes por dia e levavam comida até o fim dos sete anos.

O cozinheiro, entretanto, pensou: *Se a criança tem o poder de fazer desejos, e eu estou aqui, ela pode, facilmente, deixar-me em apuros.* Ele deixou o palácio, foi até o garoto, que já tinha idade para falar e lhe disse:

— Peça um belo palácio com jardim e tudo aquilo que faz parte dele.

Mal as palavras tinham saído da boca do menino quando tudo o que ele pediu apareceu. Pouco tempo depois, o cozinheiro lhe disse:

— Não é bom que você fique só, peça uma bela companheira.

O filho do rei assim o fez e, imediatamente, apareceu uma donzela diante dele, mais bonita do que qualquer pintor seria capaz de pintar. Ambos brincavam juntos e se amavam de todo o coração, enquanto o velho cozinheiro saía para caçar como um aristocrata. Ocorria-lhe o pensamento, entretanto, de que o filho do monarca, algum dia, pudesse pedir para estar com seu pai de novo e, assim, colocá-lo em perigo. Ele chamou a donzela para conversar em particular e lhe disse:

— Esta noite, quando o garoto estiver dormindo, vá até a cama dele, finque esta faca no coração e me traga o coração e a língua dele. Se não o matar, você morrerá.

Em seguida, afastou-se e, quando voltou no dia seguinte, ela não havia lhe obedecido e perguntou a ele:

— Por que devo matar um menino inocente que nunca machucou ninguém?

Novamente, o homem a ameaçou:

— Se não o matar, sua decisão lhe custará a vida.

Quando o homem tinha ido embora, ela mandou trazer e abater uma corcinha, extraiu dela o coração e a língua, colocou-os em um prato e, quando viu o velho voltar, ela disse ao menino:

— Deite-se e cubra-se com a roupa de cama.

O malvado miserável entrou no quarto e perguntou:

— Onde estão o coração e a língua do menino?

A garota estendeu-lhe o prato, mas o filho do rei jogou a roupa de cama para o lado e indagou:

— Velho pecador, por que queria me matar? Agora pronunciarei sua pena. Você se tornará um poodle preto e ficará com uma coleira dourada no pescoço e deverá comer carvões em brasa até que chamas saiam de sua garganta.

Quando proferiu tais palavras, o velho transformou-se em um poodle, com uma coleira dourada no pescoço, e o menino ordenou que os cozinheiros trouxessem carvões em brasa e fizessem o cão comer todos até chamas irromperem de sua garganta. O filho do

H. J. FORD, 1892

rei permaneceu parado por mais um tempo e pensou em sua mãe, perguntando-se se ainda estava viva. Finalmente, disse à donzela:

— Voltarei para o meu lar no meu país. Se estiver disposta a me acompanhar, cuidarei de você e nada lhe faltará.

— Ah — retrucou ela —, o caminho é muito longo, e o que farei em uma terra onde sou desconhecida?

Como ela não parecia muito disposta e como não conseguiam ficar longe um do outro, ele pediu para que ela se transformasse em um belo cravo e a levou consigo. Em seguida, partiu para seu país natal, e o poodle tinha de correr atrás dele. O garoto foi à torre onde sua mãe estava confinada e, como era muito alta, pediu uma escada capaz de chegar até o topo. Ele subiu, olhou para dentro da torre e gritou:

— Mãe amada, senhora rainha, ainda está viva ou está morta?

Ela respondeu:

— Acabei de comer e estou satisfeita. — Pois pensou que os anjos estivessem com ela.

O filho disse:

— Sou seu filho querido, aquele que disseram que os animais selvagens arrancaram dos seus braços, mas estou vivo e a libertarei em breve.

Ele desceu da torre, foi até o pai e fez com que o anunciassem como um estranho caçador e perguntou se poderia oferecer seus serviços. O rei aceitou e, se ele fosse habilidoso e pudesse encontrar gamos, aceitaria seus serviços, apesar de, em todo reino, nunca encontrarem tal animal em parte alguma. O caçador prometeu proporcionar ao monarca o maior número possível de gamos, de modo que o rei pudesse fazer uso na mesa real. O garoto convocou todos os caçadores e os fez acompanhá-lo até a floresta. Foi com eles e os fez formar um grande círculo, aberto de um lado, onde se posicionou e começou a fazer seu pedido. Duzentos gamos e outros mais apareceram correndo para dentro do círculo, e os caçadores atiraram neles. Em seguida, os animais foram enviados ao rei em sessenta carroças, e ele, para variar, foi capaz de encher sua mesa de gamos, depois de ter passado muitos anos sem nem um sequer.

O soberano alegrou-se muito com tudo isso e ordenou que toda sua criadagem se juntasse a ele para comer no dia seguinte, e um grande banquete foi preparado. Quando estavam todos reunidos, disse ao caçador:

— Como é inteligente, você se sentará ao meu lado.

O filho replicou:

— Senhor rei, Majestade, por favor, perdoe-me, sou um pobre caçador.

O rei, porém, continuou a insistir até ele aceitar:

— Você se sentará ao meu lado.

Enquanto estava sentado, o filho pensou em sua mãe tão querida e pediu para que um dos principais servos do rei começasse a falar dela e perguntasse como a rainha estava na torre e se ainda estava viva ou se havia morrido. Mal acabara de formular o pedido,

PHILIPP GROT JOHANN E ROBERT LEINWEBER

o marechal da corte começou a perguntar:

— Majestade, vivemos alegremente aqui, mas como está a rainha que mora na torre? Ainda está viva ou já faleceu?

O monarca retrucou:

— Ela deixou meu filho ser estraçalhado por animais selvagens e não quero ouvir seu nome.

Foi quando o caçador se levantou e disse:

— Meu gracioso pai e senhor, ela ainda está viva, sou seu filho e não fui morto por animais selvagens, mas foi aquele miserável, o velho cozinheiro, que me arrancou dos braços da rainha enquanto ela dormia e jogou sangue de galinha nas vestes reais dela. — Em seguida, pegou o cachorro com a coleira dourada e continuou: — É este o miserável! — E fez com que trouxessem carvões, e o animal foi forçado a devorá-los diante de todos até chamas irromperem de sua garganta.

Diante disso, o caçador perguntou ao rei se ele gostaria de ver o cachorro em sua forma verdadeira e pediu para que ele voltasse à forma de cozinheiro, sob a qual levantou-se no ato, de avental branco e com a faca ao lado. Quando o rei pôs seus olhos nele, foi tomado pela ira, ordenou que o criminoso fosse jogado na masmorra mais profunda e, em seguida, o caçador prosseguiu:

— Pai, deseja ver a donzela que me criou com tanta ternura e que tentou me matar, mas não conseguiu, mesmo com a vida em risco?

O soberano respondeu:

— Sim, eu gostaria de vê-la.

— Ó pai grandioso, eu a mostrarei na forma de uma bela flor. — E pôs a mão no bolso para pegar o cravo, colocou-o na mesa real e era tão lindo como nenhum outro que o rei já tinha visto. O filho continuou: — Agora eu a mostrarei em sua forma verdadeira. — E pediu para que ela voltasse à forma de donzela, a mais bonita do que qualquer pintor seria capaz de pintar.

Em seguida, o soberano mandou duas damas de companhia e dois empregados até a torre para buscar a rainha e levá-la até a mesa real, mas, quando ela chegou à mesa, não comeu nada e disse:

— O Deus gracioso e misericordioso que me amparou na torre me libertará em breve.

Ela viveu por mais três dias e morreu feliz em seguida. Quando foi enterrada, as duas pombas brancas que lhe levavam comida na torre e eram anjos do Céu acompanharam seu corpo e acomodaram-se em sua cova. O rei, já com idade, ordenou que o cozinheiro fosse despedaçado em quatro partes, mas o luto consumiu tanto o seu coração que morreu pouco tempo depois. Seu filho se casou com a bela donzela que trouxera consigo como uma flor no bolso, e só Deus sabe se ainda estão vivos.

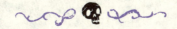

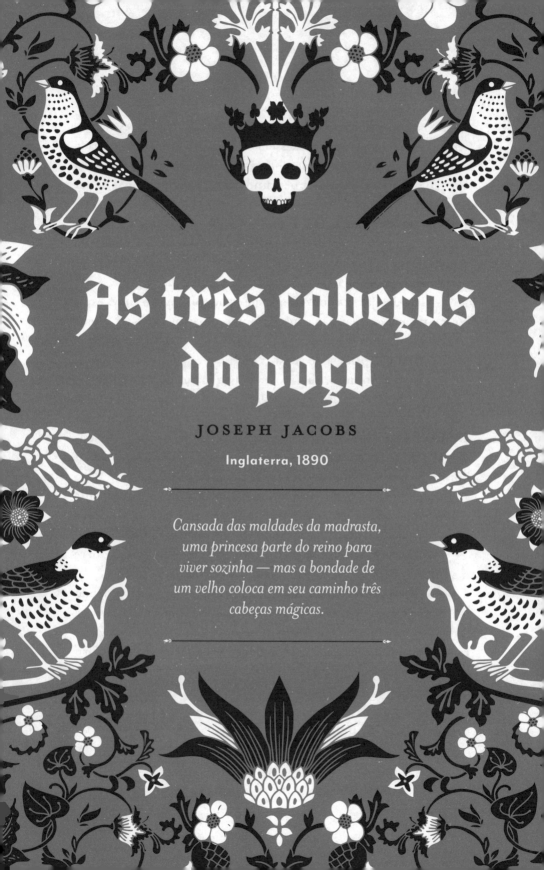

As três cabeças do poço

JOSEPH JACOBS

Inglaterra, 1890

Cansada das maldades da madrasta, uma princesa parte do reino para viver sozinha — mas a bondade de um velho coloca em seu caminho três cabeças mágicas.

ra uma vez, muito antes de Artur e os Cavaleiro da Távola Redonda, um rei de uma parte oriental da Inglaterra, cuja corte ficava em Colchester.

No meio de toda sua glória, a rainha morreu, deixando para trás uma única filha, de quinze anos, que, por toda beleza e bondade, encantava a todos que a rodeavam. O rei, porém, ao ouvir falar de uma dama, que também só tinha uma filha, decidiu se casar com ela, pois apesar da feiura, do nariz aquilino e da corcunda, tinha muitas riquezas. A filha era uma garota desleixada, de pele amarelada, que também era invejosa e de índole ruim; em suma, era bem parecida com a mãe. Em alguns semanas, porém, o rei diante da corte e da nobreza, trouxe a noiva deformada para o palácio, onde os ritos matrimoniais se realizaram. Não havia muito tempo que a mulher estava na corte, quando começou a jogar o rei contra sua linda filha, usando a artimanha de falso relatos. A jovem princesa, tendo perdido o amor do pai, começou a se sentir enfadada na corte e, um dia, ao se encontrar com o pai nos jardins, implorou, com lágrimas nos olhos, que ele permitisse que ela saísse em busca da própria sorte, ao que o rei consentiu, ordenando que a madrasta desse para a enteada o que quisesse. A princesa foi até a rainha, que lhe deu uma sacola de lona com pão integral e queijo duro e uma garrafa de cerveja. Embora aquilo fosse um dote miserável para a filha de um rei, a princesa aceitou a sacola com um agradecimento e partiu para sua jornada, passando por bosques, florestas e vales até que viu um velho sentado em uma pedra na entrada de uma caverna. Ele disse:

— Bom dia, senhorita, indo embora tão rápido?

— Bom, senhor — respondeu ela —, estou partindo em busca da minha sorte.

— E o que leva nessa sacola e na garrafa?

— Na sacola, tenho pão e queijo e, na garrafa, uma boa cerveja. Gostaria que lhe desse um pouco?

— Sim — aceitou ele. — Com todo meu coração.

Ao ouvir a resposta, a jovem dama tirou as provisões e o chamou para comer, o que ele fez de bom grado e com muitos agradecimentos:

— Mais adiante, existe uma cerca de espinhos, a qual não conseguirá atravessar, mas leve essa varinha e toque com ela três vezes na cerca dizendo: "Por favor, deixe-me passar", e a cerca há de se abrir na hora. Então, um pouco mais além, você encontrará um poço; sente-se na beirada e três cabeças de ouro aparecerão e elas hão de lhe falar, e o que quer que peçam, faça.

Prometendo que assim o faria, ela partiu, deixando o velho para trás. Chegando à cerca espinhosa, ela usou a varinha do velho e, exatamente como ele dissera, ela se abriu, permitindo sua passagem. Logo depois, chegou ao poço e, assim que se sentou, uma cabeça dourada apareceu cantando:

Lave-me e penteie-me
E, com cuidado, coloque-me
Na margem para me secar
Para bonito eu ficar
Quando alguém por aqui passar!

— Claro — disse ela, pegando a cabeça no colo e penteando o cabelo com um pente de prata para, em seguida, colocá-la nas margens de prímulas.

Foi quando surgiu a segunda e a terceira cabeças, pedindo o mesmo que a primeira. E ela fez o mesmo por elas. Em seguida, ela se sentou e pegou as provisões para o jantar.

Então, uma das cabeças perguntou para as outras:

— Que sorte vamos dar a essa dama que foi tão gentil conosco?

A primeira respondeu:

— Eu lhe concedo tanta beleza que há de conquistar o príncipe mais poderoso do mundo.

A segunda disse:

— Eu lhe concedo uma voz tão melodiosa que ela cantará ainda melhor que o rouxinol.

A terceira declarou:

— Minha graça para ela não será menor do que a de vocês, pois ela é a filha de um rei. Eu lhe concedo que tenha tamanha sorte que logo virará rainha do maior príncipe que aqui reina.

A princesa, então, as colocou no poço outra vez e seguiu seu caminho. Não demorou muito antes de ver um rei caçando no parque acompanhado por seus nobres. Ela preferia ter desviado dele, mas o rei a viu e se aproximou. Ficou encantado com tamanha beleza e voz melodiosa que se apaixonou desesperadamente por ela e logo a induziu a se casar com ele.

Esse rei, ao descobrir que ela era filha do rei de Colchester, ordenou que providenciassem carruagens para que pudesse fazer uma visita ao sogro. A carruagem na qual o rei e a rainha viajavam era adornada com pedras preciosas e ouro. Em um primeiro momento, o pai ficou surpreso ao ver que a filha tinha tido tamanha sorte, até o jovem rei contar a ele tudo que havia acontecido. Grande foi a alegria em toda a corte, com exceção da rainha e a filha de pés tortos, que já estava explodindo de inveja. As celebrações, com banquetes e bailes seguiram por muitos dias. Então, depois de um tempo, voltaram para casa com o dote que o pai lhe dera.

A princesa corcunda, ao perceber como a irmã tinha tido sorte ao buscar o próprio destino, quis fazer o mesmo e informou tal desejo à mãe. Todos os preparativos foram feitos e ela recebeu lindos vestidos, açúcar, amêndoas e compotas, em grande quantidade e uma grande garrafa de vinho de Málaga. Com tudo isso, ela partiu pelo mesmo caminho que a irmã e, ao se aproximar da caverna, o velho disse:

— Minha jovem, aonde vai com tanta pressa?

— Não é da sua conta — retrucou ela.

— Tudo bem — disse ele. — E o que tem na bolsa e na garrafa?

Ao que ela respondeu:

— Tudo do bom e do melhor, mas não é para o seu bico.

JOHN D. BATTEN, 1902

— A senhorita não vai me dar um pouco? — perguntou ele.

— Não, nem um pouco, nem uma gota. Pode tirar o cavalinho da chuva.

O velho franziu o cenho e declarou:

— Que os ventos da má sorte a carreguem!

Chegando à mesma cerca, ela viu uma pequena abertura e achou que conseguiria passar por ela; mas a cerca se fechou, e os espinhos feriram a pele dela e foi com grande dificuldade que conseguiu atravessar. Agora toda ensanguentada, procurou água para se lavar. Foi quando viu o poço. Ela se sentou na beirada e uma das cabeças logo apareceu.

— Lave-me e penteie-me e, com cuidado coloque-me na margem para me secar — pediu, exatamente como antes.

Mas a jovem pegou a garrafa e respondeu:

— Pois tome isto para se lavar.

Foi quando a segunda e a terceira cabeças apareceram e não receberam melhor tratamento do que a primeira. Então as cabeças começaram a conversar que males lançariam contra a jovem por tal comportamento.

A primeira disse:

— Que o rosto dela seja tomado pela lepra.

A segunda:

— Que a voz seja rouca e estridente como a de um corvo.

A terceira:

— Que ela tenha como marido um pobre sapateiro.

Depois de deixar o poço para trás, ela chegou à cidade no início do dia de feira, as pessoas olhavam para ela e, ao se depararem com rosto tão horrendo e ouvirem voz tão estridente, fugiram dela, exceto pelo pobre sapateiro da região. Não muito tempo antes, ele consertara os sapatos de um velho eremita, que, não tendo dinheiro, deu-lhe uma caixa de unguento para curar a lepra e uma garrafa de aguardente para curar a rouquidão. Então, o sapateiro, pensando em agir com caridade, se aproximou dela para perguntar quem ela era.

— Eu sou a enteada do rei de Colchester.

— Pois muito bem — disse o sapateiro —, se eu a restaurar ao seu estado natural, curando tanto o seu rosto quanto sua voz, você me dá sua mão em casamento?

— Claro, meu amigo — respondeu ela. — Com todo meu coração.

Com isso, o sapateiro aplicou os medicamentos e, em poucas semanas, ela ficou boa. Depois disso, eles se casaram e seguiram para a corte de Colchester. Quando a rainha descobriu que a filha tinha casado com um pobre sapateiro, enforcou-se de tamanha raiva. A morte da rainha deixou o rei feliz por ter se livrado tão rápido dela, e ele decidiu dar ao sapateiro cem libras para deixar a corte, levando consigo a mulher, e morar em uma parte remota do reino, onde eles viveram por anos e anos; ele consertando sapatos, e ela fiando a linha para ele.

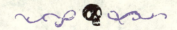

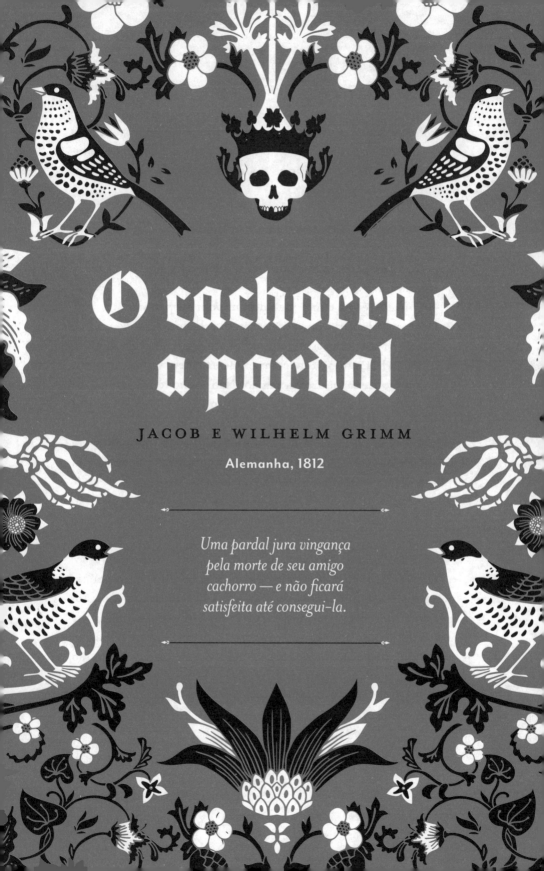

O cachorro e a pardal

JACOB E WILHELM GRIMM

Alemanha, 1812

Uma pardal jura vingança pela morte de seu amigo cachorro — e não ficará satisfeita até consegui-la.

cachorro de um pastor tinha um dono que não lhe dava amor e o deixava sofrer de tanta fome. Por fim, ele não conseguia mais suportar aquela situação, então fugiu e partiu para longe, muito triste e pesaroso. Na estrada, conheceu uma pardal, que lhe perguntou:

— Por que está tão triste, meu amigo?

— Porque — respondeu o cão — estou muito, muito faminto e não tenho nada o que comer.

— Se é só isso — rebateu a ave —, venha comigo até a próxima cidade e acharei muita comida para você.

Ambos partiram para a cidade e, assim que passaram por um açougue, a pardal disse ao amigo:

— Espere um pouco aqui até eu apanhar para você um pedaço de carne com o meu bico.

Em seguida, a pardal empoleirou-se na estante e, depois de ter olhado com cuidado ao redor para ver se a observavam, apanhou um bife com o bico e o puxou, pois estava na beirada da estante até, por fim, ele cair. O cachorro o arrebatou e correu às pressas com a carne até um canto, onde logo tratou de comê-lo inteirinho.

— Bem — disse a ave —, se quiser, pode comer mais. Venha comigo até o próximo estabelecimento, e eu apanharei outro bife com o meu bico para você.

Quando o cachorro tinha terminado de comer a segunda carne, a ave lhe perguntou:

— E então, meu bom amigo, já está satisfeito?

— Já comi muita carne, mas também gostaria de comer um pouco de pão.

— Venha comigo, então — chamou a pardal —, e logo também vai poder comer pão.

O pássaro o levou até a padaria e empurrou dois pãezinhos que estavam na janela até ambos caírem. Conforme o cachorro desejava comer mais, a ave o levava a outro estabelecimento e apanhava mais comida. Assim que terminava de comer, a pardal perguntava se ele estava satisfeito.

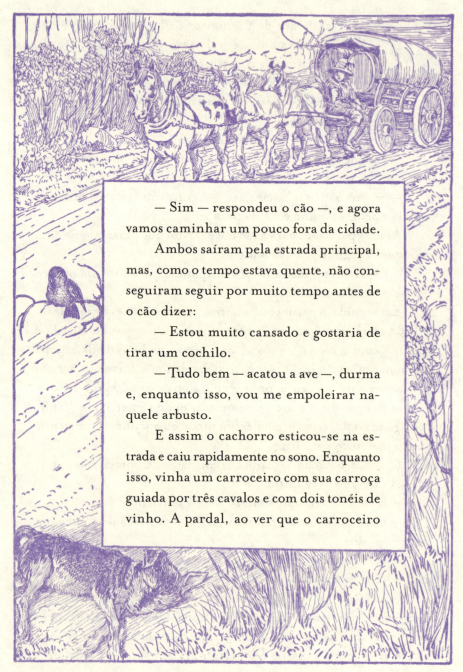

— Sim — respondeu o cão —, e agora vamos caminhar um pouco fora da cidade.

Ambos saíram pela estrada principal, mas, como o tempo estava quente, não conseguiram seguir por muito tempo antes de o cão dizer:

— Estou muito cansado e gostaria de tirar um cochilo.

— Tudo bem — acatou a ave —, durma e, enquanto isso, vou me empoleirar naquele arbusto.

E assim o cachorro esticou-se na estrada e caiu rapidamente no sono. Enquanto isso, vinha um carroceiro com sua carroça guiada por três cavalos e com dois tonéis de vinho. A pardal, ao ver que o carroceiro

LOUIS RHEAD, 1917

O CACHORRO E A PARDAL

não desviava do caminho e que seguia na pista em que o cachorro estava, com o objetivo de atropelá-lo, gritou:

— Pare! Pare, senhor carroceiro, senão será pior para o senhor.

O carroceiro, entretanto, resmungou para si: "Vai ser pior para mim, até parece! O que você pode fazer?". Ele estalou seu chicote e passou a carroça por cima do cachorro, de modo que as rodas o esmagaram e o mataram.

— Pronto, vilão cruel, você matou o meu amigo cão — gritou a pardal. — Guarde bem o que vou dizer: o que você fez vai fazê-lo perder tudo!

— Pois venha se for capaz! Fique à vontade! — desafiou o bruto. — Que mal pode me fazer? — E seguiu seu caminho.

A ave, contudo, passou sorrateira por baixo do toldo da carroça e bicou a rolha de um dos tonéis até afrouxá-la, fazendo o vinho todo derramar, sem o carroceiro perceber. Por fim, ele olhou em volta, viu que a carroça pingava e o tonel estava praticamente vazio.

— Que infeliz azarado eu sou! — gritou o homem.

— Ainda não infeliz o bastante! — exclamou a pardal, enquanto pousava na cabeça de um dos cavalos e o bicava até ele empinar-se e dar coices.

Quando o carroceiro viu isso, sacou sua machadinha e mirou um golpe na pardal, no intuito de matá-la, mas ela voou, e o golpe foi dado na cabeça do pobre cavalo com tanta força que ele caiu morto.

— Que infeliz azarado eu sou!
— Ainda não infeliz o bastante!

E conforme o carroceiro prosseguiu com os outros dois cavalos, novamente, a pardal passou sorrateira por baixo do toldo da carroça e bicou a rolha do segundo tonel, para que todo o vinho derramasse. Quando o homem viu isso, gritou mais uma vez:

— Que infeliz azarado eu sou!

A pardal, no entanto, respondeu:

— Ainda não infeliz o bastante! — E pousou na cabeça do segundo cavalo para bicá-lo também.

O carroceiro apressou-se e a golpeou de novo com sua machadinha, mas ela voou, e o golpe foi dado no cavalo, que morreu no ato.

— Que infeliz azarado eu sou!

— Ainda não infeliz o bastante! — exclamou a ave, que pousou no terceiro cavalo e começou a bicá-lo também.

O carroceiro ficou fora de si de tanta raiva e, sem olhar em volta, golpeou novamente a pardal, mas matou o terceiro cavalo, tal como os outros dois.

— Ai de mim! Que infeliz azarado eu sou!

— Ainda não infeliz o bastante! — retrucou a pardal enquanto voava para longe. — Agora vou atormentá-lo e castigá-lo na sua própria casa.

Por fim, o carroceiro foi obrigado a abandonar a carroça e ir para casa, transbordando de raiva e aborrecimento.

— Ai de mim! — queixou-se à esposa. — Que azar recaiu sobre mim! Meu vinho todo se derramou, e meus três cavalos morreram.

— Que horror, marido — rebateu ela —, e uma ave travessa entrou em nossa casa, e tenho certeza de que trouxe com ela todos os pássaros do mundo, que assaltaram nosso trigo que está no sótão e o estão comendo muito rapidamente!

O marido subiu as escadas e viu milhares de aves ocupando o chão e devorando seu trigo, com a pardal no meio deles.

— Que infeliz azarado eu sou! — berrou o carroceiro, pois viu que não tinha sobrado praticamente trigo algum.

— Ainda não infeliz o bastante! — ameaçou a pardal. — Sua crueldade lhe custará a vida! — E ela voou.

O homem, ao ver que perdera tudo, desceu até a cozinha. Ainda não tinha se arrependido de seu ato, mas sentou-se zangado e amuado no canto da lareira. A ave, contudo, estava do lado de fora da janela e gritava:

— Carroceiro! Sua crueldade lhe custará a vida!

Ao ouvi-la, levantou-se sobressaltado e raivoso, pegou a machadinha e jogou-a na pardal, mas a errou e acabou quebrando só a janela. A ave saltitava, empoleirada no peitoral da janela, e gritava:

— Carroceiro! Sua crueldade lhe custará a vida!

Ele ficou irado, cego pela raiva e acertou o peitoral da janela com tanta força que o rachou ao meio e, conforme a pardal voava

O CACHORRO E A PARDAL

PHILIPP GROT JOHANN E ROBERT LEINWEBER

de um lugar para outro, o carroceiro e a esposa estavam tão furiosos que quebraram toda a mobília, copos, cadeiras, bancos, a mesa e, por fim, as paredes, mas sem sequer tocar na ave. No fim, entretanto, eles a apanharam, e a esposa perguntou:

— Devo matá-la de uma vez?

— Não — exclamou o homem —, matá-la é a saída mais rápida e fácil. Ela deve sofrer uma morte muito mais cruel: eu vou devorá-la.

A pardal, contudo, começou a se agitar, esticou o pescoço e exclamou:

— Carroceiro! Sua crueldade lhe custará a vida!

Ao ouvi-la, ele não pôde mais esperar, então deu a machadinha à mulher e berrou:

— Esposa, acerte essa ave e mate-a na minha mão.

Ela deu o golpe, mas mirou errado e acertou a cabeça do marido, que caiu morto, e a pardal voou quietinha para seu ninho.

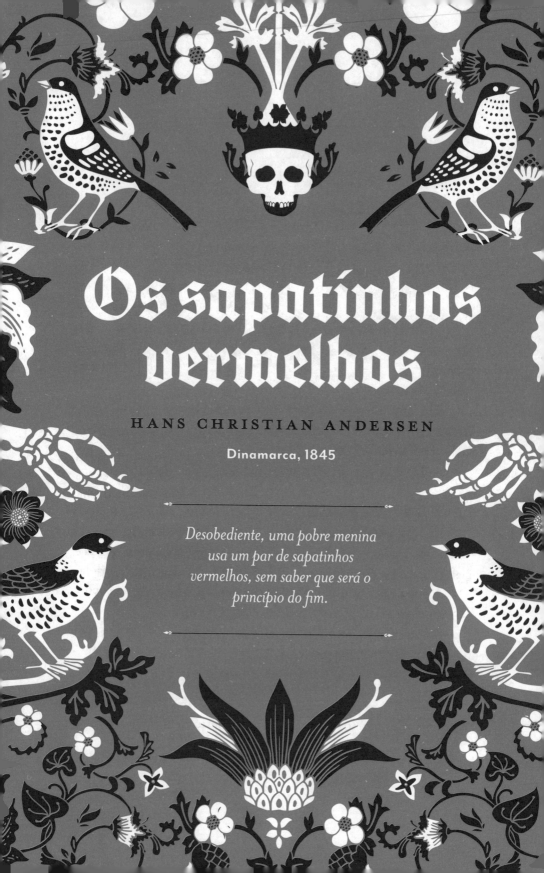

Era uma vez uma menininha, muito bondosa e bonita, mas tão pobre que tinha de andar descalça no verão. E, no inverno, precisava usar sapatos grossos de lã que apertavam as canelas até ficarem vermelhas, ah, tão vermelhas quanto possível.

No centro da vila, morava a "Velha Sapateira". Ela pegou alguns retalhos antigos de tecido vermelho e se esforçou para fazer um par de sapatinhos. Eram um pouco toscos, mas feitos de coração, pois ela queria dá-los à menininha, que se chamava Karen.

A primeira vez que Karen usou os sapatinhos vermelhos foi no dia do enterro da própria mãe. Obviamente não eram o tipo de sapato para ser usado no enterro, mas eram tudo que ela tinha, então ela os calçou e foi caminhando, sem meias, atrás do cortejo fúnebre.

Foi quando passou uma enorme carruagem levando uma enorme dama idosa. Ela olhou para a menininha e ficou com pena dela. Procurou o pároco e disse:

— Dê essa menininha para mim, e eu hei de cuidar muito bem dela.

Karen teve certeza de que aquilo só aconteceu porque estava usando os sapatinhos vermelhos, mas a dama idosa disse que os sapatinhos eram horrendos e ordenou que fossem queimados. Karen ganhou roupas novas, aprendeu a ler e a costurar. As pessoas diziam que ela era bonita, mas o espelho lhe dizia:

— Você é mais do que bonita. Você é linda.

Aconteceu de a rainha estar viajando pelo interior com sua filhinha, que era uma princesa. Karen acompanhou todo o povo para vê-las no castelo. A princesinha, toda vestida de branco, foi até a janela para que todos a admirassem. Ela não usava um vestido com cauda nem uma coroa de ouro, mas um esplêndido par de sapatos vermelhos de couro. É claro que eram muito mais bonitos do que o que a "Velha Sapateira" fizera para Karen, mas não existia nada no mundo como um par de sapatos vermelhos!

Quando Karen tinha idade suficiente para ser crismada, ganhou roupas novas e um novo par de sapatos. Procuraram um sapateiro famoso para que ele tirasse a medida dos pezinhos dela. Na loja havia muitos expositores de vidro, com os mais lindos sapatos e as botas mais lustrosas. Todos eram bonitos, mas, como a dama idosa já não enxergava muito bem, não conseguia vê-los direito. Entre os sapatos, havia um par feito de couro vermelho, exatamente como os que a princesinha usara. Que perfeitos eram! O sapateiro disse que os fizera para a filha de um conde, mas que não tinham servido direito.

— Devem ser de um couro muito especial para brilharem tanto assim — disse a dama idosa.

— Sim, eles brilham muito — concordou Karen.

Como os sapatinhos serviram em Karen, a dama idosa os comprou para ela, mas não fazia ideia de que eram vermelhos. Se soubesse, jamais teria permitido que Karen os usasse para ser crismada, que foi exatamente o que a menina fez.

Todos os olhos foram atraídos para os pés dela quando ela caminhou pela nave da igreja, e a menina sentiu que até mesmo os olhos dos quadros de falecidos ministros e suas mulheres, com vestidos pretos e engomados de babado, fixavam o olhar nos sapatos vermelhos. Ela não conseguia pensar em mais nada, mesmo quando o pastor colocou a mão na cabeça dela e lhe deu o sacramento sagrado do batismo e fez seus votos com Deus e lhe disse sua obrigação como cristã. O órgão solene começou a tocar, as crianças cantaram com doçura, e a líder do coral também cantou, mas Karen não conseguia pensar em nada além dos sapatinhos vermelhos.

Antes que a tarde chegasse ao fim, a dama idosa ouviu de todos na paróquia que os sapatos eram vermelhos e admoestou Karen, dizendo que ela tinha sido desrespeitosa ao usar sapatos vermelhos para ir à igreja. Aquilo era completamente inadequado! No futuro, ela sempre tinha que usar sapatos pretos para ir à igreja, mesmo que fossem os sapatos velhos.

OS SAPATINHOS VERMELHOS

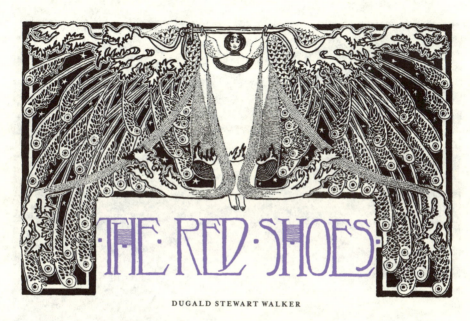

DUGALD STEWART WALKER

No domingo seguinte, na hora de ir para o serviço sagrado, Karen olhou para os sapatos pretos. Olhou para os vermelhos e continuou olhando para eles até calçá-los.

Era um dia claro e ensolarado. Karen e a dama idosa seguiram caminho pelo milharal, onde a estrada era bem poeirenta. Na porta da igreja, encontraram um velho soldado, que estava de muletas e tinha uma barba bastante peculiar. Era mais avermelhada do que branca. Na verdade, era bem vermelha. Ele fez uma reverência até o chão e perguntou à dama idosa se poderia lustrar os sapatos dela. Karen também estendeu o pezinho.

— Ah, mas que lindos sapatos para um baile — elogiou o soldado. — Nunca hão de sair quando você dançar — disse ele, olhando para os sapatos, antes de dar um tapinha na sola de cada um.

A dama idosa deu uma moeda para ele e entrou na igreja com Karen. Todos voltaram a encarar os sapatinhos vermelhos da menina, além de todas as pessoas nos quadros também. Quando Karen se ajoelhou no altar e mesmo quando o cálice foi levado aos seus

DUGALD STEWART WALKER

OS SAPATINHOS VERMELHOS

lábios, tudo no que conseguia pensar era nos sapatinhos vermelhos. Era como se eles a fizessem flutuar em volta do cálice, e ela se esqueceu de cantar os salmos e se esqueceu de orar ao Senhor.

Quando a missa acabou e a dama idosa entrou na carruagem, Karen levantou os pés para entrar atrás dela, quando o velho soldado disse:

— Ah, que lindos sapatos para dançar.

Karen não resistiu e fez alguns passos de dança e, quando começou, os pés não pararam mais. Era como se os sapatos a controlassem. Ela dançou em volta da igreja e simplesmente não conseguia parar. O cocheiro correu atrás dela, a pegou e a colocou na carruagem. Mas mesmo ali, os pés continuaram dançando e ela acabou acertando um chute na dama idosa. Foi só quando tirou os sapatos que as pernas se aquietaram. Quando chegaram em casa, os sapatinhos foram guardados em um armário, mas Karen ainda ia até lá olhar para eles.

Um pouco depois, a dama idosa caiu doente e não melhorava por nada, necessitando de cuidados constantes e acompanhamento leal e, para isso, dependia de Karen. No entanto, um grande baile aconteceria na cidade e Karen foi convidada. Ela olhou para a dama idosa, que não iria sobreviver mesmo. Olhou para os sapatinhos vermelhos, pois acreditava que não havia mal nenhum em olhar. Ela os calçou, pois achou que não havia mal naquilo também. Mas, então, foi ao baile e começou a dançar. Quando tentava virar para a direita, os sapatos a puxavam para a esquerda. Quando queria seguir para a frente do salão, os sapatos a levaram para o fundo. Eles a fizeram descer dançando pela escada, sair dançando pela rua e pela ponte da cidade. E ela foi dançando, pois dançar era o que deveria fazer, e os sapatinhos a levaram até a floresta sombria.

De repente, algo brilhou por entre as árvores, e ela achou que fosse a lua, mas era, na verdade, o soldado de barba vermelha. Ele assentiu e disse:

— Ah, que lindos sapatos para dançar.

Karen foi tomada pelo terror, tentou arrancar os sapatos. Rasgou as meias, mas os sapatos continuavam presos aos seus pés. E dançar foi o que fez, dançar era o que deveria fazer, pelos campos e vales, na chuva e no sol, de dia e de noite. O pior eram as noites. Ela dançava por cemitérios sem cerca, mas os mortos não se juntavam a ela para dançar. Tinham coisas melhores a fazer. Tentou se sentar em um túmulo de um mendigo, no qual crescia o funcho amargo, mas não havia descanso nem paz para ela ali. E, quando ela dançou em direção às portas abertas da igreja, viu que estava protegida por um anjo com longas vestes brancas e asas que iam dos ombros até o chão. A expressão no rosto era grave e severa, e em sua mão ele segurava uma espada grande e brilhante.

— Dançar é o que deve fazer — disse ele. — Dance com seus sapatinhos vermelhos até ficar sem cor e com frio e sua pele se soltar do seu esqueleto. Dance de porta em porta e onde quer que haja uma criança orgulhosa e fútil, você deve bater na porta até que elas a ouçam e a temam. É dançar o que você tem que fazer. Dance para sempre.

— Tenha piedade de mim — gritou Karen.

Mas ela não ouviu a resposta do anjo, pois os sapatos já a tinham levado pelas portas e pelos campos, passando por estradas e ruas, sempre dançando.

Um dia passou dançando por uma porta que conhecia bem. Ouviu o som de um canto de louvor e um caixão coberto de flores foi levado para fora. Foi quando soube que a dama idosa tinha partido. Ela estava totalmente sozinha no mundo agora e amaldiçoada por um anjo de Deus.

E dançar foi o que ela fez, pois dançar era o que tinha que fazer pela noite escura. Os sapatos a levavam pelos espinhos que a arranhavam até arrancar sangue. Ela dançou por desertos até chegar a uma casinha solitária. Ela sabia que era ali que o carrasco morava e bateu de leve na vidraça da janela.

— Venha aqui fora! — chamou ela. — Venha aqui! Pois não posso entrar porque estou dançando.

DUGALD STEWART WALKER

O carrasco saiu e respondeu:

— Parece que não sabe quem eu sou. Eu corto fora a cabeça de pessoas ruins e sinto meu machado começando a se agitar aqui.

Ela confessou seu pecado e o carrasco desceu o machado cortando fora os sapatinhos, que foram embora dançando, levando consigo os pés da menina pelos campos e mergulhando na floresta. Mas o carrasco fez pés de madeira para ela e um par de muletas. Ensinou a ela o louvor que os prisioneiros cantavam quando se arrependiam do que tinham feito. Ela beijou a mão dele e voltou pelo deserto.

— Já sofri o suficiente por causa dos sapatos vermelhos — disse ela. — Agora vou voltar para me verem novamente na igreja.

Foi mancando até lá o mais rápido que conseguiu, mas, ao chegar, se deparou com os sapatinhos vermelhos dançando diante dela e, amedrontada, Karen retrocedeu.

Durante toda a semana, ela se arrependeu e chorou lágrimas de arrependimento. Mas, quando o domingo chegou novamente, ela disse:

— Já sofri e chorei o suficiente. Acho que sou tão boa quanto todos que sentam na igreja com a cabeça erguida.

Ela saiu destemida, mas, assim que chegou à porta da igreja, viu os sapatinhos dançando diante dela. Mais aterrorizada do que nunca, ela se virou e se arrependeu com todo o coração.

Seguiu até a casa do pastor e implorou que lhe desse um emprego de criada. Prometeu trabalhar duro e fazer tudo que pudesse. Não se importava com quanto receberia, só queria ter um teto sobre a cabeça e estar entre pessoas de bem. A mulher do pastor ficou com pena e lhe deu um emprego na casa paroquial. Karen era fiel e séria. Ficava sentada em silêncio à noite e ouvia cada palavra que o pastor dizia enquanto lia a Bíblia em voz alta. As crianças eram devotas a ela, mas quando falavam de futilidades e babados e em serem lindas como uma rainha, Karen meneava a cabeça.

Quando foram à igreja no domingo seguinte, eles a convidaram para ir também, mas, com olhos marejados, ela olhou para as muletas e meneou a cabeça. Os outros foram para ouvir a palavra de Deus, e ela ficou sozinha no quartinho, que era grande o suficiente apenas para acomodar a cama e uma cadeira. Ela se sentou com o hinário nas mãos e o leu com coração constrito e ouviu o órgão tocar. O vento carregava o som da igreja pela janela. O rosto dela estava molhado de lágrimas e ela ergueu o rosto e pediu:

— Ajude-me, Senhor!

O sol brilhou forte e o anjo de túnica branca apareceu diante dela. Era o mesmo que ela tinha visto naquela noite, perto da porta da igreja. Mas ele não mais segurava uma espada afiada, e sim um ramo verde coberto de rosas. Ele tocou o teto com ele. Apareceu um estrela dourada onde ele tocou e o teto começou a subir. Ele tocou as paredes e elas se abriram. Ela viu o órgão escuro de tons graves novamente. Viu os quadros de ministros e suas esposas. Viu a congregação sentada nos bancos de madeira e ouviu o canto dos hinos. Ou a igreja tinha ido à pobre garota em seu quartinho, ou ela tinha sido levada à igreja. Ela se sentou no banco junto com a família do pastor. Quando terminaram de cantar o hino, eles olharam para ela e disseram:

— Você fez a coisa certa ao vir, pequena Karen.

— Foi a misericórdia do Senhor — respondeu ela.

O órgão começou a tocar e as crianças do coral cantaram em um tom suave e lindo. Os raios de sol passavam pela janela, iluminando bem o banco no qual Karen estava, de modo que ela se encheu de luz, com tanta alegria e paz que seu coração se partiu. Sua alma viajou pelo raio de luz até o céu, onde ninguém a questionou sobre os sapatinhos vermelhos.

A Ursa

GIAMBATTISTA BASILE

Itália, 1634

Um rei deseja se casar com a própria filha, que se transforma em ursa para escapar — e logo é encontrada por um príncipe, que se apaixona por ela. Um conto ao estilo de Pele de Asno (Charles Perrault).

omo bem disse o sábio, não se pode responder a ordens amargas com a doce subordinação. O homem que faz reivindicações razoáveis é agraciado com a obediência; a resistência nasce das ordens inconvenientes, como ocorreu ao rei de Roccaspra, que, ao fazer exigências impróprias à filha, levou-a a fugir e arriscar a própria honra e vida.

Era uma vez um rei de Roccaspra, cuja esposa era a própria mãe da beleza, mas que, em meio aos melhores anos de sua vida, caiu do cavalo da saúde e fraturou o fio da vida. Mas antes que a chama de sua vida se apagasse no encanto de seus anos,[6] a moribunda chamou o marido e disse:

— Sei que sempre me amou com toda sua devoção; mostra-me, então, agora que estou com as honras contadas, a efervescência de seu amor e prometa-me que nunca mais se casará, a não ser que encontre outra mulher tão bela quanto fui. Se não o fizer, deixar-lhe-ei uma maldição, espremida de minhas mamas com todas as minhas forças,[7] e carregarei comigo meu ódio por você até o outro mundo.

O rei, que a amava mais do que tudo, começou a chorar ao ouvir o último pedido feito por sua esposa; durante algum tempo, não conseguiu pronunciar uma palavra sequer. Quando enfim parou de soluçar, disse:

— Antes de interessar-me por outra mulher, prefiro a morte, prefiro ser mortalmente atingido por uma lança, prefiro que me façam aos pedaços. Meu bem, esqueça já essa ideia. Nem ao menos sonhe que eu possa um dia amar outra mulher. Meu amor foi sempre teu e para sempre será, com toda minha devoção! — E

....

6 As velas eram acesas durante os leilões e apagadas para representar a aposta final. [N. T.]

7 Acreditava-se que uma maldição era ainda mais intensa quando se espremiam os seios, apontando os mamilos para a pessoa amaldiçoada.

enquanto dizia estas palavras, a pobre jovem, que agonizava, revirou os olhos e esticou os pés.

O rei, ao ver as barragens da vida de sua amada se abrirem, deixou abrir também as barragens de seus olhos; os gritos e murros afugentaram toda a corte, enquanto o soberano berrava a plenos pulmões o nome daquela boa alma, blasfemando contra o destino que a levara. Puxava a própria barba e culpava as estrelas por enviarem-lhe tamanha desgraça. Mas fez como dizia o ditado: "a dor de cotovelo e a perda de uma mulher são ambos doloridos, mas duram pouco" e aquele outro "uma na cova e outra em sua cama". A noite nem ao menos havia caído dos terrenos do céu para passar em revista aos morcegos quando ele começou a fazer as contas:

— Cá estou sem minha mulher; viúvo, aflito e sem esperanças de conseguir um herdeiro a não ser a desaventurada filha que ela me deixou. Por isso, será necessário encontrar um bom partido que me dê um filho homem. Mas onde procurar? Onde encontrar uma mulher tão bela quanto a minha se, em comparação a ela, todas mais parecem harpias? Agora quero ver! Como encontrar outra, basta cutucar com uma vareta? Como encontrar outra, basta tocar um sino? Como se ao fazer Nardella, que descanse em paz, a natureza jogou fora o molde? Tenha piedade, em qual labirinto, em qual beco sem saída me colocou a promessa que fiz a ela! Mas calma, ainda não cheguei a ver o lobo e já estou fugindo dele: procuremos, observemos e escutemos! Será possível que não haja outra mula no estábulo além de Nardella? Estará tudo perdido? Será que houve uma epidemia que aniquilou todas as mulheres? Ou estará a semente perdida para sempre?

Com estas reflexões, imediatamente ordenou que o mestre Chiomento proclamasse seu decreto: todas as belas mulheres do mundo deveriam vir ao reino para serem julgadas através da pedra de toque da beleza, pois se casaria com a mais bela entre elas, dando-lhe o reino como dote. A notícia se espalhou por toda parte e mulheres do mundo inteiro vieram tentar a sorte. Não houve uma única donzela, independentemente de quão deformada fosse, que não achasse que poderia ser ela a escolhida. Quando se trata de beleza, nem mesmo a mais feia entre todas as mulheres se deixa derrotar, nem mesmo um monstro marinho irá ceder. Cada mulher sentia orgulho de sua amabilidade, cada mulher acreditava ser a merecedora do prêmio. E, se o espelho dissesse a verdade, culparia o vidro por não reproduzir sua imagem real, ou a cinta que não foi ajustada do modo correto.

Quando o reinado estava repleto de mulheres, o rei ordenou que se organizassem em fila e começou a passear entre elas, como faz o sultão quando entra no harém para escolher a mais bela pedra de quartzo para afiar seu cutelo de damasco. E, andando e observando, para cima e para baixo, como macaco que não para quieto, encarava e media essa e aquela; uma parecia ter a testa proeminente, outra ostentava um nariz demasiado grande, outra tinha a boca grande demais, outra exibia lábios mais grossos do que o desejado, aquela era muito alta, esta era muito baixa e malfeita, aquela outra era bastante gorda, enquanto outra ainda era magra demais. Não lhe agradava a palidez da espanhola, não gostava da napolitana por que precisava de muletas para caminhar, a alemã tinha aspecto frio e gélido, a francesa era desmiolada, a veneziana, demasiado comprida e com cabelos muito loiros. Em suma, seja por um motivo ou outro, mandou todas embora com uma mão na frente e outra atrás.

Já que nenhum daqueles belos rostos lhe agradou, e estava decidido a encontrar uma mulher, acabou por voltar a atenção para a própria filha, refletindo: "Por que insistir nesta busca supérflua quando minha filha, Preziosa, foi feita com o mesmo molde que a mãe? Já tenho este belo rosto em casa, por que ir até o fim do mundo para encontrar equivalente?". Quando anunciou à filha suas intenções, ela vociferou, desaprovando e condenando fortemente aquela decisão. Mas ele replicou com fúria:

— Abaixe a voz e segure essa língua! Tem até hoje de noite para decidir casar-se comigo; caso contrário, tudo o que sobrará de você será sua orelha!

Ao ouvir tal resolução paterna, Preziosa foi para seu quarto. Lamentando-se da própria falta de sorte, arrancou os cabelos até que não sobrasse um único tufo. Enquanto sucumbia à tristeza, surgiu uma velha que costumava trazer-lhe cosméticos. Ao vê-la tomada por tamanho desespero e depois de ouvir a explicação para aquilo, a velha a consolou:

— Anime-se, minha filha, não se desespere, que para tudo há um remédio, menos para a morte. Agora me escute: esta noite, quando seu pai, que mais se assemelha a um asno, quiser agir como garanhão, coloque este graveto na boca e imediatamente você se transformará em uma ursa. Depois fuja. Seu pai estará com tanto medo que deixará você fugir. Então, corra diretamente para o bosque, onde haverá um destino reservado para você pelo Céu. Por fim, quando quiser voltar a ter a aparência de uma mulher, tire o graveto da boca e voltará a ter o aspecto de antes.

Preziosa agradeceu imensamente e, ao se despedir, deu um saco de farinha e dois pedaços de presunto e toucinho. E, quando o sol, como uma meretriz falida que vai de casa em casa, começou a se mover para outra parte do mundo, o rei mandou chamar os músicos e deu uma grande festa a todos os senhores vassalos. Depois de cinco ou seis horas de farra, os convidados se acomodaram na mesa e devoraram a comida. Então, o rei se retirou para ir deitar, dizendo à moça para trazer a caderneta para saldarem as dívidas amorosas. Mas Preziosa, diante de sua presença, colocou o graveto na boca e imediatamente se transformou em uma ursa terrível, avançando ameaçadora contra ele. O rei, apavorado ao presenciar tal milagre, se escondeu embaixo da cama, de onde não saiu nem mesmo com a chegada da manhã.

Enquanto isso, Preziosa fugiu do palácio e trotou até o bosque, onde as sombras conspiravam entre si como se pudessem, contra as vinte e quatro horas, ofender o sol. E no bosque permaneceu juntamente com a doce conversa dos outros animais, até que chegou para caçar naquelas bandas o filho do rei de Acquacorrente. Ele, ao se deparar com a ursa, quase morreu de medo, mas, ao ver que o animal andava ao seu redor agachado e abanando o rabo como um filhote, se acalmou. E respondendo aos carinhos com "isso-isso, vem-vem, muito bem-muito bem", levou-a até sua casa. Ali, ordenou que cuidassem dela como cuidavam dele próprio e mandou que a colocassem no jardim próximo ao palácio real para poder observá-la da janela sempre que quisesse.

Então, certo dia, quando todos tinham saído de casa e o príncipe estava sozinho, foi até a janela para ver a ursa. E em vez da ursa viu Preziosa, que para arrumar os cabelos, tirara o graveto da boca, penteando suas tranças de ouro. Diante daquele espetáculo proporcionado pela beleza desconcertante da jovem, o príncipe maravilhado correu escada abaixo em direção ao jardim. Só que Preziosa, percebendo o problema, rapidamente recolocou o graveto na boca e voltou a ser ursa.

O príncipe, ao entrar no jardim e não encontrar o que tinha visto lá do alto, ficou desapontado. A desilusão foi tamanha que sobre ele abateu-se uma grande melancolia, e em quatro dias ficou doente, sempre chamando: "Minha ursa, minha ursa!". A mãe, ao ouvir tais lamúrias, imaginou que a ursa tinha lhe causado algum mal e ordenou que fosse morta. Mas os empregados, todos fascinados com a doçura daquele animal, que encantava até mesmo as pedras das ruas, tiveram dó de matá-la e a levaram até o bosque, dizendo depois à rainha que a tinham estripado.

Quando a história chegou aos ouvidos do príncipe, ele ficou ensandecido e, mesmo doente, levantou-se da cama e quis fazer picadinho dos empregados. Porém, ao descobrir como as coisas ocorreram de fato e mesmo se assemelhando a um morto-vivo, subiu em seu cavalo e pôs-se a procurar pela ursa. Procurou tanto que enfim a achou e a reconduziu de volta para casa. Ali, a colocou em um quarto e começou a invocá-la freneticamente:

— Oh, bela refeição digna de um rei, que está escondida nesta pele! Oh, vela do amor, que está fechada dentro deste candeeiro peludo! Por que está fazendo estes joguinhos comigo? Para me ver suspirando e me consumindo pouco a pouco? Vou morrer de fome, de desejo ou alucinado por causa de tamanha beleza, e sei que vê as provas com exatidão. Fui reduzido a um terço do homem que já fui um dia, estou pele e osso, porque a febre tomou posse de meu corpo! Por isso, remova a lona desta pele cerdosa e mostre-me o artefato de sua beleza! Tire, tire a fronda desta cesta e deixe-me dar uma olhadinha nas belas frutas! Abra a porteira e deixe os olhos entrarem e contemplarem a esplendorosa maravilha! Quem prendeu em uma prisão de pelos tamanha obra de arte? Quem trancou em um baú de couro tão belo tesouro? Deixe que eu veja esta criatura graciosa e receba como pagamento todos os meus desejos, pois somente a gordura desta ursa pode remediar o ataque de nervos que me aflige!

Contudo, após ter dito e repetido e perceber que suas palavras eram solenemente ignoradas, se jogou de novo na cama e ficou tão desesperado que os médicos lhe deram um sombrio prognóstico. Então a mãe, que não possuía bem maior no mundo todo, sentou-se em sua cama e disse:

— Meu filho, o que partiu seu coração? Que humor melancólico lhe apossou? Tão jovem, tão amado, tão importante, tão rico. Do que sente falta, meu filho? Diz-me. Pedinte tímido fica de bolsos vazios. Se quiser uma mulher, escolha e pago o dote;

basta escolher e eu pago. Não vê que o que lhe faz mal também faz a mim? Meu coração bate no ritmo da sua pulsação. Se uma febre lhe aflige, tenho um edema no cérebro, porque não tenho outro suporte à minha velhice além de você, filho amado! Por isso fique feliz, para fazer feliz este meu coração e para que este reino não seja desgraçado, esta casa arruinada e esta mãe desolada!

Ao ouvir as dóceis palavras de sua mãe, o príncipe respondeu:

— Nada pode me consolar a não ser ver aquela ursa. Por isso, se quiser que eu me cure, faça com que ela esteja neste quarto. Não quero outro cuidador, não quero que ninguém faça minha cama ou cozinhe para mim a não ser ela. Se este prazer me for dado, em pouco tempo estarei curado.

A mãe, por mais que achasse um despropósito que uma ursa cozinhasse e cuidasse do filho e desconfiasse que ele estivesse doido, mesmo assim, para contentá-lo, ordenou que trouxessem a ursa. E ela, ao aproximar-se da cama do príncipe, levantou a pata e tocou o pulso do doente, assustando a rainha, que temia que ela arrancasse o nariz do filho. Então o príncipe disse:

— Minha ursinha, você não quer cozinhar, me dar de comer e cuidar de mim? — E a ursa abaixou a cabeça, demonstrando aceitar a proposta.

A mãe então mandou trazerem duas galinhas e acenderem um pequeno fogo dentro do quarto onde, então, colocaram uma panela de água para ferver. A ursa pegou uma galinha e a mergulhou na água fervente, depenando-a com maestria e, após limpar e cortar o animal, colocou parte da carne em um espeto e com a outra preparou um delicioso gratinado. O príncipe, que antes não conseguia nem engolir água com açúcar, lambeu até os dedos. Ao terminar de comer, a ursa o ajudou com a bebida de modo tão gracioso que a rainha quis lhe dar um beijo na testa. Terminada a refeição, o príncipe saiu da cama para esvaziar-se, e a ursa aproveitou para arrumar a cama. Correu até o jardim e preparou um belo ramo de rosas e de flores de laranja-azeda, espalhando-as depois pela cama. A rainha, encantada, disse que a ursa valia ouro e que o filho tinha toda a razão em adorá-la tanto.

O príncipe, acompanhando com o olhar este carinho da mãe, decidiu acender ainda mais o debate. Se antes estava sofrendo, agora já não resistia mais e suplicou à rainha:

— Mamãe, minha senhora, se eu não beijar esta ursa, meu espírito vai fugir do meu peito!

A rainha, vendo o príncipe a ponto de desmaiar, se dirigiu à ursa:

— Beije-o, beije-o, meu belo animal, não deixe que meu pobre filho morra de desejo!

A ursa se aproximou e o príncipe a pegou pelas bochechas e não parou de beijá-la. Enquanto estavam com os rostos grudados, não se sabe muito bem como, o graveto caiu da boca de Preziosa, que se transformou em uma belíssima criatura humana nos braços do príncipe. Ele então soltou um grito enquanto a envolvia com seus tentáculos amorosos:

— Você conseguiu, minha passarinha, e não vai fugir de mim nunca mais!

Preziosa, com a cor da vergonha espalhada por aquele quadro de beleza natural, respondeu:

— Já estou em seus braços. Eu lhe concedo a minha honra. Me vire de ponta-cabeça, faça de mim o que quiser!

A rainha então tomou a palavra e interrogou a bela jovem para saber quem era ela e o que a tinha condenado àquela vida selvagem. Preziosa então contou tim-tim por tim-tim a história de suas desventuras. A rainha a exaltou como boa e honrada filha e perguntou ao príncipe se ele gostaria de tê-la como mulher. Ele, que não queria outra coisa nesta vida, imediatamente disse que sim. A mãe então, abençoando o casal, ordenou que se celebrasse

aquela bela união com festejos e um estupendo festival de luzes. E Preziosa foi a fiel da balança do julgamento dos homens, que disse:
"Quem planta o bem, colhe o bem."

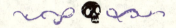

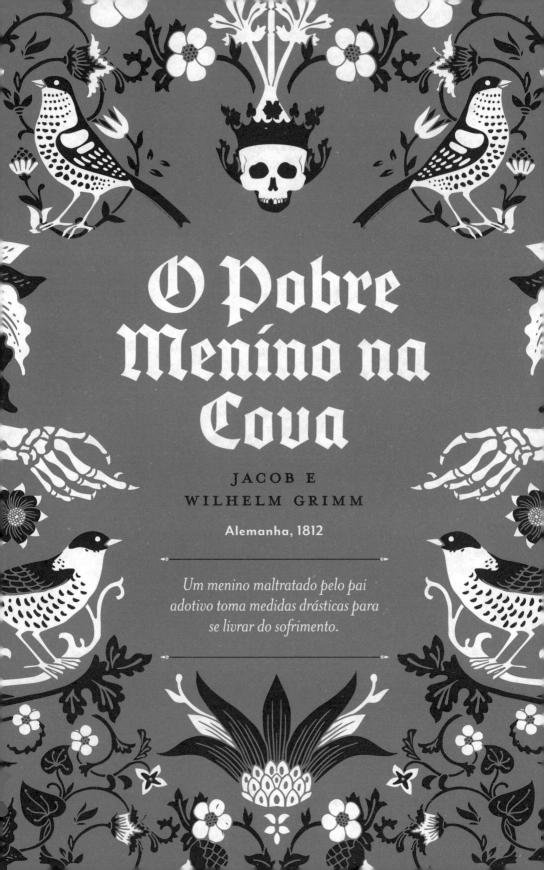

O Pobre Menino na Cova

JACOB E WILHELM GRIMM

Alemanha, 1812

Um menino maltratado pelo pai adotivo toma medidas drásticas para se livrar do sofrimento.

Era uma vez um pobre pastorzinho cujos pais morreram e que foi posto pelas autoridades na casa de um homem rico, que deveria alimentá-lo e cuidar dele. O homem e a esposa, entretanto, tinham corações malignos e eram gananciosos e ansiosos em relação às suas riquezas e amolavam qualquer um que desse um pedacinho de pão ao menino. Ele poderia fazer o que quisesse, mas tinha pouco o que comer e muitas surras para levar.

Certo dia, teve de cuidar de uma galinha e seus pintinhos, mas ela correu com eles por uma sebe, e um gavião a pegou no ato e a levou pelos ares. O garoto gritou a plenos pulmões:

— Ladrão! Ladrão! Safado!

Mas o que adiantaria? O animal não devolveu a presa. O homem ouviu o barulho, correu até o local e, assim que viu que sua galinha havia sumido, ficou possesso de raiva e deu uma surra tão grande no garoto que ele não conseguiu se mexer por dois dias. Depois disso, o pastorzinho teve de cuidar dos pintinhos sem a galinha, mas foi muito mais difícil, pois cada um corria para um lado. Achou que estivesse sendo muito esperto ao amarrar todos os pintinhos com uma corda, pois assim o gavião não seria capaz de roubar nenhum. Contudo, enganou-se redondamente. Depois de dois dias, desgastado de tanto correr e passar fome, caiu no sono. A ave de rapina apareceu, roubou um dos pintinhos e, como os demais estavam bem-amarrados, levou todos os outros, empoleirou-se em uma árvore e os devorou. O fazendeiro estava chegando em casa e, quando viu o infortúnio, ficou zangado e bateu no garoto sem dó, o que o obrigou a ficar de cama por vários dias.

Quando o pastorzinho conseguiu ficar de pé outra vez, o fazendeiro lhe disse:

— Você é muito estúpido e não serve para ser um pastor, então será um mensageiro.

Ele, então, enviou o menino ao juiz, a quem deveria entregar uma cesta cheia de uvas e deu-lhe uma carta também. No caminho, a fome e a sede atormentaram de forma tão violenta o garoto infeliz que ele comeu dois dos cachos de uva. Levou a cesta ao juiz, mas, quando o homem leu a carta e contou os cachos, disse:

— Estão faltando dois.

Com toda a sinceridade do mundo, o menino confessou que, movido pela fome e pela sede, devorara os cachos que faltavam. O juiz escreveu uma carta ao fazendeiro e, novamente, pediu o mesmo número de uvas. O pastorzinho teve de levar os cachos que levara consigo e uma carta. Mais uma vez, como estava extremamente faminto e com sede, não conseguiu evitar e, de novo, comeu dois cachos. Antes, contudo, tirou a carta da cesta e colocou-a debaixo de uma pedra e sentou-se nela para que a carta não pudesse vê-lo nem o trair. O juiz, entretanto, o fez mais uma vez dar uma explicação sobre os cachos que faltavam.

— Ah — disse o garoto —, como sabe disso? Não tinha como a carta saber, porque eu a deixei debaixo de uma pedra antes de comê-los.

O juiz não conseguiu deixar de rir da simplicidade dele e enviou uma carta ao fazendeiro, na qual o advertia a cuidar melhor do menino, não o deixar à míngua sem comer nem beber e a ensiná-lo a diferença entre o certo e o errado.

— Em breve, vou lhe ensinar a diferença — ameaçou o homem severo. — Se quiser comer, terá de trabalhar, e, se fizer alguma coisa errada, as surras irão lhe ensinar muito bem.

No dia seguinte, deu uma tarefa difícil ao pastorzinho: era para ele cortar dois fardos de palha para dar de comer aos cavalos, e, logo depois, ameaçou-o:

— Em cinco horas, estarei de volta, e, se os fardos de palha não estiverem cortados até lá, vou lhe dar uma surra até você não conseguir mexer um músculo.

O fazendeiro saiu com a esposa e seus dois criados para a feira anual, e não deixaram nada para o menino comer além de um pouco de pão. Ele sentou-se no banco e começou a trabalhar com todas as suas forças. Conforme foi sentindo calor, tirou seu

PHILIPP GROT JOHANN E ROBERT LEINWEBER

casaquinho e jogou-o no meio da palha. Com medo de não terminar a tempo, continuou a cortá-la sem parar e, por causa da pressa e sem perceber, cortou o casaquinho que estava na palha. Deu-se conta de seu azar tarde demais, quando não havia mais jeito de remendá-lo.

— Ah — gritou —, é o meu fim! Aquele homem malvado não me ameaçou da boca pra fora. Se ele voltar e vir o que eu fiz, vai me matar. É melhor então que eu mesmo me mate.

Certa vez, ouviu a esposa do fazendeiro dizer: "Tenho um frasco com veneno debaixo da cama". Ela, porém, só dizia isso para afastar gente gananciosa, pois, na verdade, havia mel nele. O garoto arrastou-se para baixo da cama, pegou o frasco, ingeriu todo o conteúdo e disse:

— Não sei, não, as pessoas dizem que a morte é amarga, mas, para mim, é bem docinha. Não é à toa que a esposa do fazendeiro anseia pela morte com tanta frequência.

Sentou-se em uma cadeirinha, pronto para morrer, mas, em vez de ficar mais fraco, sentiu-se mais fortalecido pelo alimento

EDWARD HENRY WEHNERT

nutritivo. Pensou: "Não pode ter sido veneno, mas, certa vez, o fazendeiro disse que tinha um frasquinho de veneno para moscas no guarda-roupas. Com certeza, é lá onde está o veneno de verdade que vai me fazer morrer". Entretanto, não era veneno para moscas, mas sim vinho húngaro. O menino pegou a garrafa e bebeu tudo.

— Esta morte também é docinha — comentou, mas, pouco tempo depois, quando o vinho começou a se acumular em seu cérebro e entorpecê-lo, achou que seu fim estava se aproximando. — Sinto que vou morrer. Vou até o cemitério procurar uma cova.

Cambaleou para fora da casa, chegou ao cemitério, deitou-se em uma cova recém-cavada e perdeu cada vez mais os sentidos. Na vizinhança, havia uma estalagem onde um casamento estava sendo celebrado; ao ouvir a música, o menino imaginou já estar no Paraíso até que, por fim, perdeu completamente a consciência. O pobre garoto nunca mais despertou; o calor do vinho forte somado ao frio sereno da noite esvaiu a vida de seu corpo, e ele permaneceu na cova em que havia deitado.

Quando o fazendeiro soube da morte do menino, ficou aterrorizado e com muito medo de ser levado à justiça, tanto que sua aflição o dominou com tamanha força que caiu desmaiado no chão. Sua esposa, que estava de pé, junto ao fogão, com uma panela de banha quente, correu para ajudá-lo. As chamas, no entanto, atingiram a banha na panela, e a casa toda pegou fogo. Em poucas horas, ficou carbonizada e, pelos anos vindouros de suas vidas, o casal teve de viver na pobreza e na miséria, atormentado pela dor da consciência.

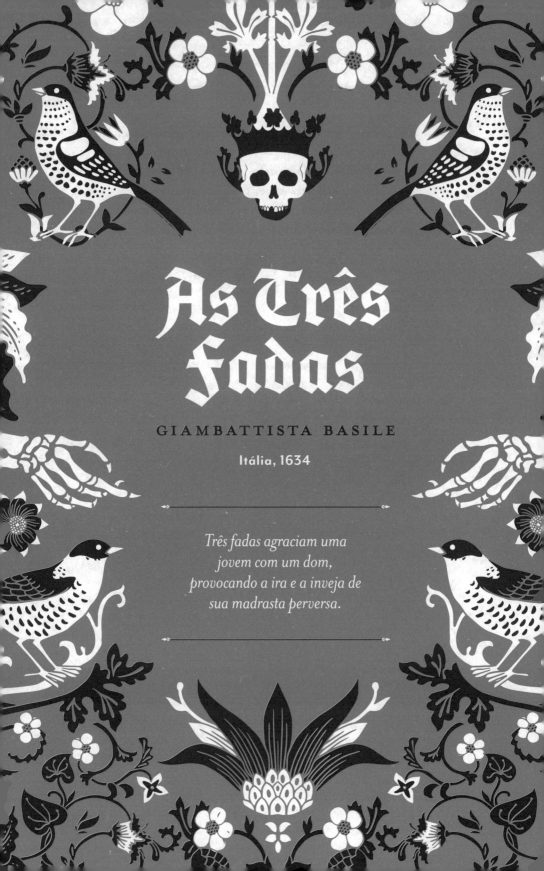

As Três Fadas

GIAMBATTISTA BASILE

Itália, 1634

Três fadas agraciam uma jovem com um dom, provocando a ira e a inveja de sua madrasta perversa.

e não fosse a ordem do príncipe e da princesa, que é um guincho que me puxa e um carro que me arrasta, colocaria um ponto final nas minhas conversas, parecendo-me muita presunção colocar o bandolim partido que é minha boca próximo ao contrabaixo das palavras de Ciommetella. Bem, já que este é o desejo deste senhor, vou me esforçar e contar a vocês um pouco sobre o castigo de uma mulher invejosa que, querendo colocar a filha sob os holofotes, em vez disso a levou até as estrelas.

Era uma vez, na fazenda de Marcianise, uma viúva chamada Caradonia, mãe da inveja, que ficava com um nó na garganta sempre que via algo de bom acontecer a uma de suas vizinhas. Não podia nunca ouvir a boa sorte de algum conhecido que não lhe descia bem. Bastava ver qualquer mulher ou homem feliz que já sentia um aperto no peito.

Ela tinha uma filha chamada Grannizia, que era a representação da feiura, a mais imponente entre as orcas, o barril partido mais feio dos barris partidos, com a cabeça cheia de piolhos, os cabelos desgrenhados, as têmporas carecas, testa de martelo, os olhos inchados, o nariz protuberante, os dentes tortos, boca de garoupa, o queixo em formato de casco, pescoço de corvo, os peitos murchos, as costas arqueadas, os braços de carretel e as pernas em formato de gancho. Enfim, da cabeça aos pés era uma digna bruxa, uma peste exótica, um verdadeiro acidente e, sobretudo, uma anãzinha, um patinho feio, uma mostrenga. Apesar de tudo isso, a mamãe achava esta baratinha lindinha.

Acontece que esta cara viúva se casou novamente com um certo Micco Antuono, rico agricultor de Panicocoli, que tinha sido por duas vezes oficial de justiça e prefeito daquela fazenda, muito admirado por todos os panicocoleses, que o estimavam muito. Micco Antuono tinha uma filha chamada Cicella, que era a coisa mais linda desse mundo. Tinha um olhar amoroso que encantava a todos, uma boquinha perfeita que deixava todos em êxtase, um pescoço branquíssimo pelo qual todos fraquejavam. Era, enfim, suculenta, saborosa, brincalhona e gulosa. Tinha tantas peculiaridades, era carinhosa, amável e meiga, que arrancava os corações dos peitos. Mas por que tantas palavras? Basta dizer que parecia um quadro. Ao examiná-la, não se via nenhum defeito.

Caradonia, ao ver que Cicella, em comparação com sua filha, parecia um travesseiro de veludo fino ao lado de um trapo de cozinha, um espelho de Veneza ao lado de um fundo de panela engordurada, uma fada Morgana em frente a um monstro, começou a enxergá-la com desdém e a ficar com ela atravessada na garganta. E a coisa não terminou aqui, porque rompido o cisto formado em seu coração e não conseguindo mais estar de bom humor, começou a atormentar abertamente a azarada jovem. Vestia a filha com saia de sarja e espartilho de seda, enquanto isso, à miserável enteada ficavam reservados os trapos e farrapos da casa. Dava à filha pão branco de semolina e à enteada cascas de pão duro e mofado. A filha era tratada como a ampola do Salvador, enquanto a enteada andava para cima e para baixo varrendo a casa, lavando os pratos, arrumando as camas, lavando as roupas sujas, alimentando os porcos, cuidando do asno e esvaziando os penicos. A todas estas tarefas a brava jovem, solícita e eficiente, se dedicava com muita atenção, não economizando esforços para agradar a malvada madrasta.

Certo dia, o destino sorriu para ela quando a pobre garota foi jogar o lixo fora de casa, num local onde havia um grande precipício, e deixou cair sua cesta. Enquanto procurava de longe, tentando adivinhar onde estava a cesta, o que é, o que não é, viu uma coisa deformada. Não sabia se era um original de Esopo ou uma imitação do diabo. Era um ogro que tinha cabelos como cerdas de porco, muito escuros, compridos até seus tornozelos. Tinha a testa enrugada, sendo que cada ruga parecia um sulco feito por um arado. As sobrancelhas peludas e despenteadas, olhos fundos e cheios daquela tal coisa que pareciam lojas imundas sob duas coberturas de pálpebras. A boca torta e cheia de baba, de onde despontavam duas presas como de javali. O peito cheio de protuberâncias envoltas em um bosque de pelagem suficiente para encher um colchão. E, sobretudo, era corcunda, pançudo, tinhas as pernas finas e os pés tortos, tanto que quem o via contorcia a boca devido ao espanto.

Cicella, mesmo que só conseguisse ver uma sombra maligna, mantendo o bom tom, disse:

— Meu bom homem, por favor me passe aquele cesto que deixei cair. Desejo que você encontre uma mulher muito rica!

O ogro respondeu:

— Venha aqui, minha jovem, e pegue-a você mesma.

E a boa garota, se agarrando às raízes, segurando nas rochas, deu um jeito de descer. E lá no fundo do precipício, o que ela encontrou? Três fadas. Uma mais bonita do que a outra. Tinham cabelos dourados, rostos como de uma lua cheia, os olhos que falavam, bocas que faziam petições, de acordo com o contrato, para serem saciadas de beijos açucarados. O que mais? Pescoços macios, peitos delicados, mãos suaves, pés graciosos e tamanha elegância que feliz era a moldura que hospedava magnífica beleza.

As fadas foram tão gentis e carinhosas com Cicella que não se pode imaginar. Então a pegaram pela mão e a levaram até onde moravam, naquela gruta onde poderia muito bem morar um rei coroado. Fizeram a jovem sentar em tapetes turquesa e almofadas de veludo e fibras de cânhamo. Em seguida, uma após a outra, deitaram suas cabeças no colo de Cicella e pediram que as penteasse. Enquanto se ocupava de tal pedido com um pente reluzente de chifre de búfala, as fadas perguntaram:

— Minha bela jovem, o que você enxerga nesta cabecinha?

E Cicella, com muita elegância, respondeu:

— Vejo ovinhos de pulga, pulguinhas, pérolas e cristaizinhos.

As fadas gostaram da criatividade de Cicella; então estas magnânimas mulheres, com os cabelos entrelaçados, a levaram para um passeio. Mostraram com detalhes todas as maravilhas que existiam naquele palácio encantado: baús com belíssimos entalhes de castanha e carvalho, com tampas feitas de pele de cavalo e fechaduras de estanho. Mesas de nogueira, tão brilhantes que mais pareciam espelhos, dispensas com deslumbrantes castelinhos de cumbucas, cortinas verdes com estampas floridas, cadeiras de couro com encosto e muitos e muitos outros ornamentos que encantariam qualquer outra pessoa. Mas Cicella, como se não fosse de sua conta, observava as grandezas daquela casa sem gritar diante de tamanhos milagres, sem "ah!" e "uh!" típicos de uma pessoa mal-educada.

Por último, a fizeram entrar em um guarda-roupa cheio de roupas luxuosas e mostraram a ela vestidos com detalhes em prata e ouro espanhol, mantos com mangas bufantes de veludo com um fundo dourado, cobertas enfeitadas com pontinhos de esmalte, túnicas de seda cortadas diagonalmente, tiaras de flores naturais e pequenos brincos e joias feitos das folhas de carvalho, de conchinhas, em formato de lua crescente, de língua de serpente, gargantilhas com fechos de vidro turquesa e branco, espigas de grão, lírios e plumas para ornar a cabeça, pequenas vassouras de esmalte com detalhes de prata e tantas outras coisinhas e besteirinhas para enfeitar o pescoço. As fadas então disseram para Cicella escolher qualquer coisa que ela quisesse e pegar tudo que ela pudesse.

Mas ela, que era muito humilde, deixando de lado os objetos de maior valor, escolheu uma sainha desgastada que não valia nada. Diante disso, as fadas perguntaram:

— Por qual porta você quer sair, cara graciosa?

Cicella, se curvando toda, a ponto de quase se esfregar inteira no chão, disse:

— Sair pelo estábulo é suficiente.

Então as fadas abraçaram e beijaram Cicella mil vezes, em seguida dando a ela um vestido magnífico, todo de ouro. Arranjaram seus cabelos à escocesa, como uma pequena cesta, com tantos laços e fitas que parecia um prado de flores, com tranças que circundavam sua cabeça, e depois a acompanharam até a porta, que era de ouro maciço com os batentes incrustados com rubis. Lá disseram:

— Vai, cara Cicella, que possamos um dia te ver bem casada. E, quando chegar naquela porta, levante os olhos e veja o que terá em cima de você.

A jovenzinha, após fazer uma bela reverência, partiu. Ao chegar na porta, levantou a cabeça e uma belíssima estrela dourada caiu sobre sua testa. Então, estrelada como um cavalo, bela e elegante, foi de encontro à madrasta, contando a esta até os mínimos detalhes do que tinha acabado de lhe acontecer.

AS TRÊS FADAS

Mas a história foi como uma pancada na cabeça para aquela mulher invejosa, que não teve paz e imediatamente, após receber as indicações daquele local encantado, enviou sua horripilante filha. Esta, ao chegar ao palácio encantado e encontrar as três graciosas fadas, recebeu o pedido de ajeitar os cabelos delas. As fadas então perguntaram o que ela tinha encontrado, e a filha respondeu:

— Piolhos, grandes como um grão-de-bico, e ovos de piolho, grandes como uma colher de pau.

As fadas se aborreceram pelos modos grosseiros daquela mal-educada feiosa. Mesmo cientes desde a manhã do péssimo dia que tinham pela frente, disfarçaram e a levaram até a sala com as coisas de luxo, dizendo para escolher a melhor das melhores coisas. Grannizia, ao ser oferecida a mão, pegou logo todo o braço, escolhendo o sobretudo mais belo que tinha naquele armário. As fadas, diante de seguidas malcriações, ficaram chateadas, todavia queriam ver até onde ela era capaz de ir e perguntaram:

— Por qual porta você gostaria de sair, ó, bela garota? Pela porta dourada ou pela porta do jardim?

Grannizia, com muita cara de pau, respondeu:

— Pela melhor que tiver.

Diante de tanta presunção daquela mulherzinha, as fadas não lhe deram nem mesmo um grão de sal e a mandaram embora com a seguinte instrução:

— Ao chegar na porta do estábulo, levante a cabeça em direção ao céu e veja o que acontece.

Caminhando em meio ao estrume, levantou a cabeça ao chegar à porta, e então um testículo de asno caiu-lhe sobre a testa, ficando preso na pele. Parecia um desejo que a mãe tivera quando estava grávida dela.

Com este nada belo presente, muito desanimada, voltou até Caradonia, que ao vê-la e ouvir a história, soltou espuma pela boca. Raivosa como uma cadela que acabou de dar à luz, imediatamente disse à Cicella para tirar suas roupas, envolvendo a garota em panos sujos e ordenando que fosse cuidar dos porcos. Enquanto isso, trajou a filha com as roupas da enteada. Cicella, com muita compostura e paciência para dar e vender, suportou a triste vida que lhe tinha sido atribuída. Ó, crueldade de retirar pedras das ruas que aquela boca, digna de declamar poemas de amor, fosse forçada a tocar uma trompa e a gritar: "Isso, isso. Venham, venham!". Que aquela beleza, digna de estar entre mais de cem nobres pretendentes, estava agora entre os porcos imundos. Que aquela mão, digna de puxar pelo cabresto cem almas, devesse tocar cem porcos com uma varinha. Malditos sejam os vícios de quem a mandou até estes bosques, onde, sob a proteção das sombras, o Medo e o Silêncio estavam abrigados do Sol!

Mas o céu, que pisa nos presunçosos e consagra os humildes, fez com que aparecesse ali um senhor de alto escalão chamado Cuosemo, que, ao ver no meio do lamaçal uma joia, entre os porcos uma fênix e por entre as aberturas nas nuvens daqueles trapos o esplêndido Sol, ficou tão chocado que mandou que perguntassem quem era ela e onde morava. Tão logo ouviu tais informações, se apresentou à madrasta e pediu a mão de Cicella em casamento, prometendo um contradote de centena de milhares de ducados.

Caradonia logo cresceu os olhos naquele bom partido, pensando, porém, em sua filha. Por isso disse a Cuosemo que voltasse no início da noite porque queria convidar os parentes. Ele foi embora radiante, e parecia que cada hora eram mil anos, levando toda a vida mais seis meses para que pudesse se deitar com aquele Sol que ardia seu coração. A outra, no meio disso tudo, enfiou Cicella em um barril e a fechou lá com o objetivo de fervê-la. E já que esta tinha abandonado os porcos, queria cozinhá-la, assim como se faz carne de porco.

O ar tinha escurecido e o céu parecia uma boca de lobo quando Cuosemo, que estava agoniado e ansioso para, com um aperto às belezas amadas, dar um pouco de espaço ao coração apaixonado, dirigia-se com grande alegria até a casa dela e dizia:

— É chegada a hora de ir cortar a árvore que o Amor plantou neste peito para que jorre o maná das doçuras amorosas! É chegada a hora de escavar o tesouro que o Destino me prometeu! Por isso, não perca tempo, Cuosemo. Quando te é oferecido o leitão, corra com a cordinha! Ó, noite, ó, feliz noite, ó, amiga dos amantes, ó, alma e corpo, ó, panela e concha de Amor, corra rapidinho até o precipício para que embaixo da tenda de suas sombras eu possa me abrigar do calor que me consome!

Com estes pensamentos, chegou à casa de Caradonia, mas no lugar de Cicella encontrou Grannizia, uma coruja em troca de um pintassilgo, uma erva imunda em troca de uma rosa florescida. Apesar de ela estar vestida com as roupas de Cicella e de existir o ditado "Vista-se mal e notarão o vestido, vista-se bem e notarão a mulher", mesmo assim ela parecia uma barata em uma tela de ouro. Nem os ornamentos, os emplastros e o puxa daqui, estica dali feitos por sua mãe tinham tirado a caspa da cabeça, a remela dos olhos, as sardas do rosto, a sujeira dos dentes, as verrugas do pescoço, as espinhas do peito, a grossura dos calcanhares e o calor fétido como o de um porão, que era sentido a quilômetros de distância.

O marido, ao ver tais características, não entendeu o que acontecera. Deu um passo atrás como se tivesse visto o diabo e falou consigo mesmo: "Estou acordado ou vendo as coisas do avesso? Sou eu ou não sou eu? O que estou vendo? Cuosemo, seu miserável, você se deu mal! Este não é o rosto que esta manhã me agarrou pelo pescoço, esta não é a imagem que ficou pintada em meu coração. O que você quer dizer com isso, ó, Destino? Onde, onde está a beleza, o gancho que me agarrou, a grua que me puxou, a flecha que me varou? Sei bem que nem mulher nem tela à luz de velas, mas esta eu adquiri sob a luz do sol. Minha nossa, esta noite o ouro desta manhã se transformou em cobre, e o diamante, em vidro!".

Estas e outras palavras murmurava e resmungava, mas, no fim, obrigado pela necessidade, deu um beijo em Grannizia, mas como se beijasse um vaso antigo, aproximando e afastando os lábios mais de três vezes antes de tocar o rosto da esposa. Ao encostar nela, teve a sensação de estar na marina de Chiaia à noite, quando aquelas belas mulheres homenageiam o mar em vez de perfumes da Arábia. Nesse meio-tempo, o Céu, para parecer jovem, tinha tingido de preto a barba branca e, sendo as terras deste senhor muito distantes, foi obrigado a levar a esposa até uma casa não tão longe dos limites de Panicocoli, onde ajeitou um grande saco de estopa por cima de duas caixas e se deitou com ela.

Porém, a péssima noite que passaram juntos é quase indescritível. Embora fosse verão e o relógio ainda não tivesse batido oito horas, para eles foi como a mais longa das longas noites de inverno. De um lado a esposa, inquieta, tossia, escarrava, chutava, suspirava e murmurava, perguntando qual o valor da casa alugada. Mas Cuosemo fingia que estava roncando e se virou para o lado da cama para não ter que encostar em Grannizia, que, sem o saco de estopa, caiu em cima de um urinol; assim, aquela situação terminou em fedor e vergonha. Ó, quantas vezes o marido blasfemou os mortos do Sol, que demorava tanto para nascer apenas para que ele ficasse mais tempo preso naquele inferno! Quanto rezou para que a Noite corresse em direção a um precipício e partisse o pescoço, e que as estrelas afundassem para encerrarem, com a chegada de um novo dia, aquele dia horrível!

Assim que o Amanhecer chegou para expulsar as galinhas e acordar os galos, ele pulou da cama, com dificuldade vestiu as calças e correu até a casa de Caradonia para renunciar à filha e pagar pelo período de prova com um cabo de vassoura. Ao chegar lá não encontrou ninguém. Ela tinha ido até o bosque recolher lenha com a intenção de colocar a água no fogo para ferver a enteada. Cicella estava tapada dentro da tumba de Baco, enquanto merecia estar exposta ao berço do Amor.

Cuosemo procurou inutilmente por Caradonia pela casa. Notando que ela tinha desaparecido, começou a gritar:

— Olá, onde está todo mundo?

Então um gato rajado que dormia próximo ao fogo de repente falou:

— Miau, miau, sua mulher está fechada e pregada dentro do barril, miau, miau!

Cuosemo se aproximou do barril e ouviu sombrias, quase imperceptíveis lamentações. Pegou então uma machadinha que estava pendurada próxima à lareira e destruiu o barril. O cair das tábuas mais pareceu o cair de uma cortina de teatro, onde uma Deusa se posta e começa a recitar o prólogo.

Não sei como explicar como Cuosemo, diante de tanto esplendor, não caiu morto. Por um tempo ficou paralisado, como se tivesse visto um fantasma. Depois, ao cair em si, foi correndo abraçar Cicella, fazendo perguntas sem parar:

— Quem te colocou neste triste lugar, joia de meu coração? Quem te escondeu de mim, esperança da minha vida? O que é isto? Tão graciosa pombinha presa em uma gaiola? E veio ao meu lado aquele abutre em vez de você? Como alguém faz isso? Responda, minha boquinha linda, console este espírito, permita a este peito que se esfoge!

Cicella assim contou tudo o que tinha acontecido, sem deixar uma vírgula de fora. Contou o quanto tinha sofrido no passado, desde o dia em que a madrasta tinha fincado pés naquela casa, chegando até o dia em que, para lhe tirar a vida, a tinha prendido em um barril. Ao ouvir a história, Cuosemo disse para que ela se escondesse atrás da porta. Consertou o barril e chamou Grannizia, para em seguida a colocar dentro do barril, dizendo:

— Fique aqui um pouco, vou fazer um encanto para que o mau olhado não possa te atingir.

Logo depois abraçou Cicella, a colocou em um cavalo e a levou com ele até Pascarola, sua terra natal.

Ao voltar para casa com um grande feixe de lenha, Caradonia acendeu uma grande fogueira e colocou em cima um grande caldeirão de água. Quando a água começou a ferver, derramou tudo através de um buraco lá dentro do barril e escaldou a filha inteirinha, que cerrou os dentes como se tivesse comido uma erva venenosa. Sua pele se descolou e saiu, como uma serpente quando troca de pele. Acreditando que Cicella tivesse partido desta para uma melhor, Caradonia quebrou o barril. Contudo, encontrou (ó, vida, ó, desgraça!) a própria filha cozida por uma mãe cruel. Arrancou os cabelos, arranhou a cara, espancou o peito, bateu as mãos, amassou a cabeça nas paredes, golpeou os pés no chão, lamentou tanto a morte e ficou de luto tão intensamente que toda a fazenda reparou. Depois que disse e fez coisas de outro mundo e não bastando os confortos para consolá-la nem conselho algum para mitigar sua dor, correu até um poço e ali se jogou de cabeça para baixo, quebrando o pescoço e mostrando o quão real é o dito: "Quem cospe para cima na cara lhe cai".

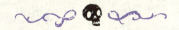

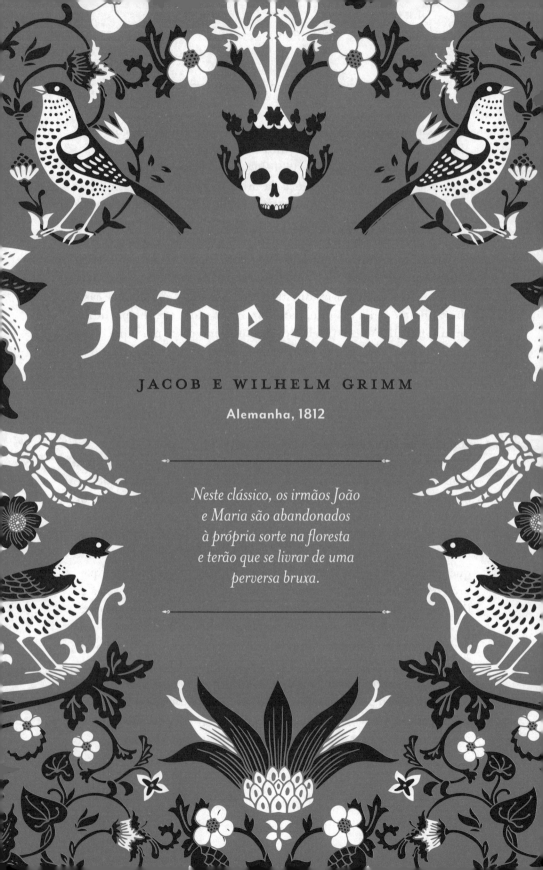

João e Maria

JACOB E WILHELM GRIMM

Alemanha, 1812

Neste clássico, os irmãos João e Maria são abandonados à própria sorte na floresta e terão que se livrar de uma perversa bruxa.

erto de uma grande floresta, viviam um pobre lenhador com sua esposa e seus dois filhos. O nome do menino era João, e o da menina, Maria. Ele tinha pouco para comer e, certa vez, quando uma grande penúria acometeu o reino, ficou sem ser capaz de prover até o pão de cada dia.

Certa noite, deitado na cama e remoendo seus problemas, o lenhador suspirou e perguntou à esposa:

— O que será de nós? Como vamos alimentar nossos filhos se nem há comida para nós dois?

— Sabe do que mais, homem? — respondeu a mulher. — Amanhã de manhã bem cedinho, vamos levar as crianças até a parte mais densa do bosque, fazer uma fogueira para elas, dar a cada uma um pedacinho de pão e depois deixá-las sozinhas para irmos trabalhar. Elas não vão saber voltar para casa, e nos livraremos delas.

— Não, mulher — negou o homem. — Não farei isso. Como eu seria capaz de abandonar meus próprios filhos no bosque? Animais selvagens apareceriam e estraçalhariam os dois.

— Ah, seu tolo, mas assim, nós quatro vamos morrer de fome. Só o que você pode fazer é preparar os nossos caixões. — E ela não o deixou em paz até ele concordar.

— Mas coitadinhas das crianças — comentou o pai.

Por causa da fome que sentiam, as crianças não conseguiram dormir e ouviram o que a madrasta dissera.

Maria chorou amargamente e disse ao irmão:

— É o nosso fim!

— Silêncio, Maria — pediu João —, e não se preocupe. Já sei o que fazer.

Assim que os adultos dormiram, ele se levantou, vestiu o casaco, abriu a porta traseira e rastejou para fora de casa. O luar estava intenso, e os seixos brancos em frente a casa resplandeciam como moedas de prata. O menino se abaixou e encheu os bolsos do casaco com o máximo de pedrinhas que conseguiu. Em seguida, entrou em casa e disse:

— Não se preocupe, Maria. Durma bem. Deus não vai nos desamparar. — E voltou para a cama.

Ao despontar do dia, antes do nascer do sol, a mulher acordou as duas crianças:

— Levantem-se, seus preguiçosos. Vamos até o bosque pegar lenha. — Ela deu um pão a cada um e disse: — É o almoço de vocês. Não o comam antes da hora, pois não vai ter mais.

Maria colocou seu pão debaixo do avental, pois os bolsos do irmão estavam cheios de pedras e, em seguida, todos partiram para o bosque. Depois de já terem caminhado um pouco, João começou a parar mais de uma vez e a ficar olhando para casa.

O pai disse:

— João, por que está parando e olhando para trás? Preste atenção agora e continue andando.

— Ah, pai — respondeu —, estou olhando meu gato branco no telhado que quer se despedir de mim.

A mulher disse:

— Garoto tolo, não é seu gato. É só o sol da manhã brilhando na chaminé.

João, contudo, não estava olhando para o gato, mas sim jogando ao longo do caminho os seixos reluzentes em seu bolso.

Quando chegaram no meio do bosque, o pai disse:

— Crianças, peguem madeira para eu fazer uma fogueira e assim não deixar vocês congelarem de frio.

Os irmãos cataram alguns galhos e formaram uma pilha tão grande quanto uma pequena montanha. Puseram fogo nos galhos e, quando as chamas estavam bem vivas, a mulher disse:

— Deitem-se perto da lareira e descansem. Vamos cortar a lenha no bosque e, quando tivermos terminado, voltaremos para buscar vocês.

João e Maria sentaram-se perto da fogueira. Quando deu meio-dia, cada um comeu seu pão. Por conseguirem ouvir os golpes de um machado, achavam que o pai ainda estava por perto. No entanto, não era um machado, e sim um galho que ele amarrara a uma árvore morta e que o soprar do vento fazia o galho ir para a

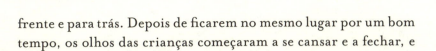

frente e para trás. Depois de ficarem no mesmo lugar por um bom tempo, os olhos das crianças começaram a se cansar e a fechar, e ambas caíram no sono.

Por fim, quando finalmente acordaram, já havia anoitecido. Maria começou a chorar e perguntou:

— Como vamos sair do bosque?

O irmão a tranquilizou:

— Vamos esperar até a lua surgir, e assim vamos encontrar o caminho.

Depois que a lua cheia surgiu, João deu a mão para sua irmãzinha. Seguiram os seixos resplandecentes no chão como moedas recém-cunhadas e que apontavam o caminho. Passaram a noite inteira caminhando e, enquanto a manhã despontava, chegaram à casa do pai. Bateram na porta, e quando a mulher a abriu e viu que eram João e Maria, disse:

— Crianças arteiras, por que dormiram durante tanto tempo no bosque? Achamos que não quisessem mais voltar.

O pai, contudo, transbordou de alegria quando viu os filhos outra vez, pois não queria tê-los deixado sozinhos.

Pouco tempo depois, a penúria espalhou-se novamente e, certa noite, as crianças ouviram a madrasta dizer ao pai:

— De novo comemos toda a comida. Só temos a metade de um pão, e será nosso fim. Temos que nos livrar das crianças. Vamos levá-las a uma parte bem mais densa do bosque, de forma que não achem o caminho de volta, caso contrário, será nosso fim.

O homem ficou muito desanimado e pensou: *Seria melhor compartilhar o último pedaço de pão com as crianças.*

A mulher, porém, não lhe deu ouvidos, repreendeu-o e criticou-o. Quem faz "A" também deve fazer "B" e, por ter cedido na primeira vez, ele teve de ceder uma segunda.

As crianças ainda estavam acordadas e entreouviram a conversa. Quando os adultos já estavam dormindo, João levantou-se de novo e quis apanhar seixos como fizera antes, mas a mulher trancara a porta, e o menino não conseguiu sair de casa. Ele, porém, consolou a irmãzinha e disse:

PHILIPP GROT JOHANN E ROBERT LEINWEBER

— Não chore, Maria. Durma bem. Deus vai nos ajudar.

Bem cedo na manhã seguinte, a mulher tirou as crianças da cama. Receberam pedacinhos de pão, mas bem menos do que da última vez. No caminho para o bosque, João amassou o pão em seu bolso e, com frequência, parava e jogava migalhas no chão.

— João, por que está sempre parando e olhando em volta? — questionou o pai. — Continue andando.

— Dá pra ver meu pombo empoleirado no telhado, que quer se despedir de mim.

— Tolo — rebateu a mulher —, não é seu pombo. É só o sol da manhã na chaminé.

De pouco em pouco, o garoto jogou todas as migalhas ao longo do caminho. A mulher levou os irmãos para uma parte muito mais

JOÃO E MARIA

densa do bosque em que nunca estiveram na vida. Novamente, fizeram uma nova fogueira, e a madrasta disse:

— Sentem-se aqui, crianças. Se ficarem cansadas, podem dormir um pouquinho. Vamos até o bosque cortar lenha e voltar para buscar vocês de noite quando tivermos terminado.

Quando deu meio-dia, Maria dividiu seu pão com o irmão, que tinha espalhado o dele ao longo do caminho. Em seguida, os dois dormiram, a noite chegou e ninguém foi buscar as pobres crianças. Já havia anoitecido quando acordaram, e João consolou Maria, dizendo:

— Espere, quando a lua surgir, vou conseguir ver as migalhas que espalhei, e elas vão nos apontar o caminho de casa.

Quando a lua surgiu, ambos se levantaram, mas não encontraram migalha alguma, pois os milhares de pássaros que voam pelo bosque e pelos campos pegaram todas. João disse à irmã:

— Vamos achar o caminho de volta.

Mas não acharam.

Passaram a noite inteira caminhando e o dia seguinte também, desde o amanhecer até o anoitecer, mas não conseguiram achar a saída do bosque. As crianças estavam mortas de fome, pois tinham comido apenas algumas frutinhas que cresciam no chão e, por estarem muito cansadas, suas pernas não conseguiam mais aguentá-las e se deitaram debaixo de uma árvore e caíram no sono. Já era a terceira manhã que passavam fora da casa do pai. Começaram a andar novamente, mas apenas adentraram mais e mais no bosque. Se a ajuda não chegasse logo, ambos morreriam. Ao meio-dia, viram uma pequena ave branca como a neve, pousada em um galho, que cantava tão lindamente que pararam para ouvi-la. Quando terminou o canto, ela abriu as asas e voou na frente dos dois. Os irmãos a seguiram até chegar a uma casinha. A ave pousou no telhado e, quando se aproximaram, viram que a casinha era completamente feita de pão, tinha telhado de bolo, e as janelas eram feitas de puro açúcar.

— Vamos desfrutar de uma boa refeição — disse João. — Vou comer um pedaço do telhado, e você, Maria, um pedaço da janela. Vai ser muito gostoso!

João subiu no telhado e quebrou uma pequena parte para prová-lo, enquanto Maria ficou ao lado das vidraças das janelas e as estava mordiscando. Em seguida, uma voz suave chamou do lado de dentro da casa:

"Mordisque, mordisque, camundonguinho,
Quem está mordiscando minha casa e fazendo este barulhinho?"
As crianças responderam:
"É o vento, é o vento
Que sopra sempre muito violento."

Elas continuaram a comer sem se distrair. João, que gostou muito do sabor do telhado, arrancou mais um grande pedaço, e Maria arrancou uma vidraça circular inteira. A porta da casa abriu-se de chofre, e uma mulher, mais velha que andar para a frente, apoiada em uma bengala, saiu de mansinho. Os irmãos ficaram tão assustados que derrubaram o que estavam segurando. A senhora, contudo, balançou a cabeça e perguntou:

— Ah, crianças, quem trouxe vocês aqui? Entrem e fiquem comigo. Nada de mal vai acontecer a vocês.

Ela as pegou pela mão e as guiou para dentro de casa. Em seguida, serviu-lhes uma boa refeição: leite e panquecas com açúcar, maçãs e nozes. Mais tarde, preparou duas camas confortáveis para os irmãos com roupas de cama brancas. João e Maria foram dormir, achando que estavam no Paraíso, mas a idosa apenas fingira ser amistosa. Era uma bruxa malvada que vivia de tocaia esperando crianças. Construíra a própria casa de pão apenas

WALTER CRANE, 1914

com o intuito de atraí-las e, se capturasse uma, ela a matava, a cozinhava e a devorava; por isso, aquele dia era de comemoração.

As bruxas têm olhos vermelhos e não conseguem ver à distância, mas têm o olfato parecido com o dos animais e sabem quando humanos estão se aproximando. Quando João e Maria aproximaram-se dela, ela riu perversamente e disse com desdém:

— Agora eles são meus. Não vão escapar de mim outra vez.

Bem cedo na manhã seguinte, antes de acordarem, a bruxa levantou-se, foi até a cama dos dois e os observou deitados, dormindo muito tranquilamente com as bochechas rosadas. "Ambos darão um banquete e tanto!", dizia para si entre dentes. Em seguida, com sua mão atrofiada, pegou João e o levou a um pequeno estábulo, onde trancou-o em uma jaula. Não importava o quanto ele chorasse, não havia como ajudá-lo. Depois a bruxa sacudiu Maria e gritou:

— Acorde, sua preguiçosa! Pegue água e cozinhe uma comida gostosa para seu irmão. Ele está preso lá fora no estábulo e deverá ser engordado, pois, quando estiver gordinho, vou devorá-lo.

Maria começou a chorar, mas era em vão, pois tinha de obedecer a ordem da bruxa. João passou a receber tudo o que havia de melhor para comer todo santo dia, e Maria recebia apenas carapaças de lagostim.

Toda manhã, a senhora ia sorrateiramente até o estábulo e gritava:

— João, estique seu dedo para que eu possa sentir se você já está gordo.

Ele, porém, esticava apenas um ossinho, e a idosa, que tinha má visão e não conseguia enxergá-lo, achava que fosse o dedo do menino e se perguntava por que ele não engordava.

Depois de quatro semanas terem se passado, e João ainda continuar magro, a bruxa foi tomada pela impaciência e não aguentava mais esperar:

— Venha, Maria! — gritou para a menina. — Vá depressa buscar água. Gordo ou magro, amanhã vou matar e cozinhar o João.

Nossa, como a pobre irmãzinha soluçava conforme era forçada a carregar a água, e como as lágrimas escorriam por suas bochechas!

— Meu Deus, por favor, nos ajude — chorou. — Se ao menos os animais selvagens no bosque tivessem nos devorado, teríamos morrido juntos.

— Poupe seu chororô — mandou a bruxa. — Não vai ajudar em nada.

Na manhã seguinte, Maria teve de levantar-se cedo, montar o caldeirão sobre a lenha, enchê-lo com água e acender a lenha.

— Primeiro vamos assá-lo — anunciou a idosa. — Já acendi a lenha do forno e sovei a massa.

Ela levou a pobre Maria até o forno, que ficava fora de casa e de onde as chamas já saltitavam.

— Suba até lá dentro — mandou a mulher — e veja se já está quente o suficiente para colocar o pão.

Quando Maria entrasse, a bruxa tinha a intenção de fechar o forno, cozinhá-la e devorá-la também, mas a menina percebeu o que a bruxa tinha em mente e disse:

— Eu não sei fazer isso. Como faço para entrar nele?

— Garota pateta e estúpida — reclamou a idosa. — A abertura é grande o suficiente. Veja como eu mesma consigo entrar. — E subiu e pôs a cabeça no forno.

Em seguida, Maria a empurrou, fazendo-a cair dentro do forno, fechou a porta de ferro e a trancou com uma barra. A mulher começou a urrar de forma assustadora, mas a menina fugiu, e a bruxa ímpia carbonizou completamente. Maria correu imediatamente até João, destrancou o celeiro e exclamou:

— João, estamos salvos. A velha bruxa morreu.

O irmão saiu com um salto, tal como um pássaro sai da gaiola quando abrem a porta. Como estavam felizes! Ambos se abraçaram, pularam de alegria e trocaram beijos de irmãos. Por não terem mais nada a temer, entraram na casa da bruxa e, em cada canto, havia baús com pérolas e pedras preciosas.

— Muito melhor do que seixos — comentou João, enchendo os bolsos.

Sua irmã disse:

— Também vou levar algumas comigo para casa. — E encheu seu avental.

— Mas agora temos que ir — sugeriu o menino — e sair do bosque da bruxa.

Depois de algumas horas caminhando, chegaram a um grande corpo d'água, e João disse:

— Não tem como atravessar, pois não estou vendo nenhuma passagem e nem uma ponte.

— Não tem barcos aqui — retrucou Maria —, mas tem um pato branco nadando. Se eu pedir, ele vai nos ajudar a atravessar.

Ela o chamou:
"Patinho, patinho,
Somos Maria e João.
Não tem nenhuma passagem nem uma ponte para cruzar,
Em suas costas brancas, podemos atravessar."

O patinho aproximou-se, João subiu nele e, em seguida, pediu para a irmãzinha sentar-se ao seu lado.

— Não — recusou Maria. — Vai ficar muito pesado para o patinho. Ele deve levar um por vez.

Assim fez o bom animal, e quando chegaram a salvo na outra margem e caminharam mais um pouco, o bosque foi ficando cada vez mais familiar e ambos, finalmente, avistaram a casa do pai ao longe. Começaram a correr, entraram em casa apressados e abraçaram o pai.

O homem não tivera um minuto sequer de felicidade desde que deixara as crianças no bosque. A mulher, contudo, havia morrido. Maria sacudiu o avental, espalhando pérolas e pedras preciosas pelo cômodo, e João também espalhou mais ao jogar um punhado após o outro de seus bolsos.

As preocupações de todos acabaram e viveram felizes para sempre.

"Minha história acabou,
Um rato escapou."
E quem o apanhar pode fazer para si um grande barrete de pele.

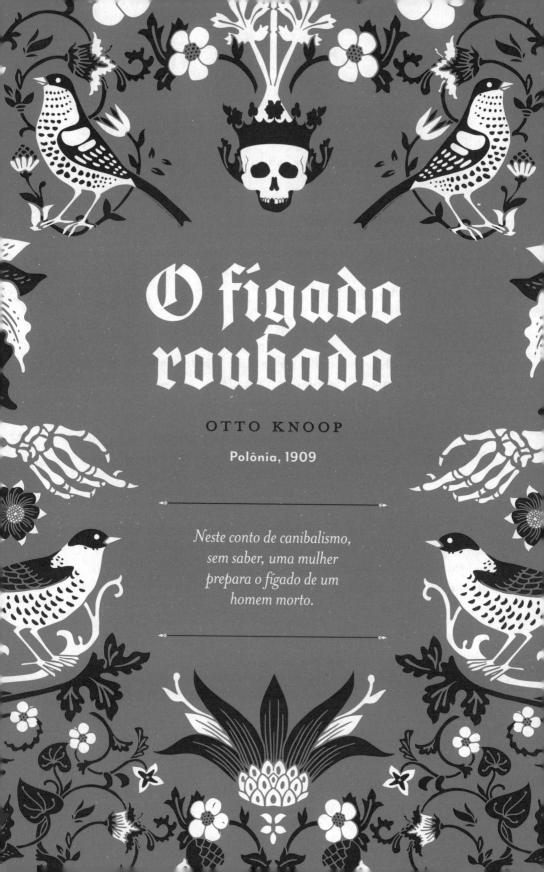

O fígado roubado

OTTO KNOOP

Polônia, 1909

Neste conto de canibalismo, sem saber, uma mulher prepara o fígado de um homem morto.

Fra uma vez, há muitos e muitos anos, na vila de Hammer, próxima a Czernikowo, um jovem casal. A mulher amava comer fígado e não suportava a ideia de ficar um dia sequer sem comer seu prato preferido. Um dia, pediu que o marido fosse novamente à cidade para comprar mais fígado. No entanto, em Czernikowo, o marido encontrou um grupo de jovens festeiros e foi com eles para uma taverna, onde gastou todo o dinheiro com bebida.

Triste e sem o fígado, colocou-se a caminho de casa. Era tarde e ele precisava passar pela grande floresta. Ali, conheceu um caçador que perguntou porque ele estava tão triste. O homem contou tudo, e o caçador retrucou:

— No meio da floresta tem uma clareira com uma forca, na qual há alguns corpos pendurados. Tire um de lá, corte fora o fígado e dê para sua mulher. Diga para ela que é bife de fígado.

E foi o que o marido fez.

Quando chegou, a mulher estava zangada por ele ter passado tanto tempo fora, mas ela logo se acalmou ao ver o fígado e começou a fritá-lo. O homem foi se deitar para dormir.

De repente, apareceu uma figura branca na janela, gritando no aposento.

— Todo mundo está dormindo. Os cachorros estão vigiando o quintal e você está aí fritando o meu fígado.

O homem ficou aterrorizado e seu medo o fez chamar a mulher para ir para cama. Mas ela queria primeiro mergulhar um pedaço de pão no molho para prová-lo.

Nesse meio-tempo, o fantasma, um esqueleto branco, já tinha entrado na casa e ficava repetindo as mesmas palavras.

A mulher não ficou com medo, mas perguntou ao fantasma:

— Agora me conte, camarada, o que foi que aconteceu com a carne?

O fantasma respondeu:

— Os corvos comeram, e o vento soprou o que restou.

Então, a mulher perguntou:

— E, então, camarada, o que foi que aconteceu com seus olhos e seus ouvidos?

E o fantasma respondeu:

— Os corvos comeram, e o vento soprou o que restou.

E a mulher perguntou:

— Então, camarada o que foi que aconteceu com o seu fígado?

Foi quanto o fantasma berrou:

— Está com você!

E ele agarrou a mulher e a estrangulou até matá-la.

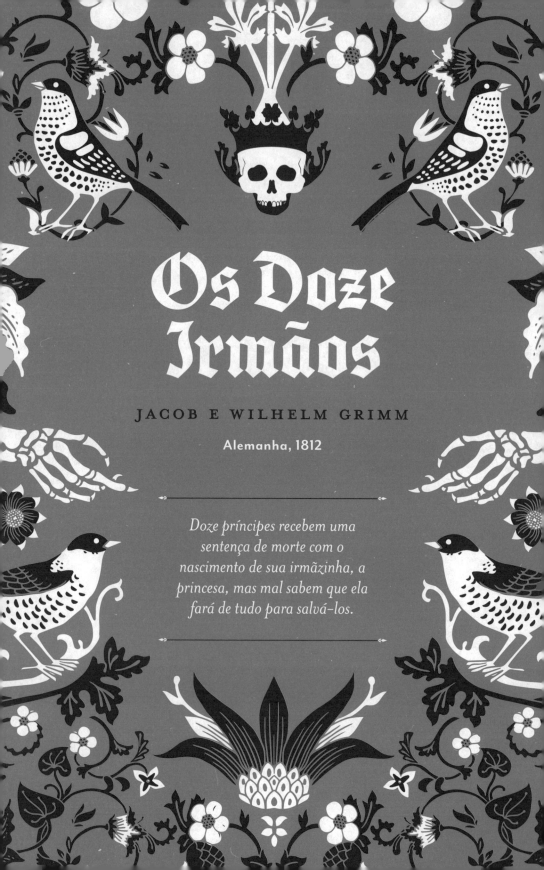

Os Doze Irmãos

JACOB E WILHELM GRIMM

Alemanha, 1812

Doze príncipes recebem uma sentença de morte com o nascimento de sua irmãzinha, a princesa, mas mal sabem que ela fará de tudo para salvá-los.

ra uma vez um rei e uma rainha que viviam felizes juntos e tinham doze filhos, todos homens. Certo dia, o rei disse à esposa:

— Se nosso décimo terceiro filho que, em breve, virá ao mundo for uma menina, os outros doze deverão morrer, para que a riqueza dela seja abundante e ela, sozinha, possa herdar o reino.

De fato, o rei mandou que confeccionassem doze caixões, que estavam repletos de maravalhas e havia um travesseiro em cada um deles. O monarca mandou que os colocassem em um cômodo trancado, deu a chave à rainha e pediu para que ela não contasse a ninguém da existência dos caixões.

A mãe passou o dia todo sentada e chorosa até que o filho mais novo — sempre grudado nela e chamado Benjamim, em homenagem ao nome bíblico — perguntou-lhe:

— Mamãe querida, por que está tão triste?

— Filho querido — respondeu ela —, não posso lhe contar.

Ele, porém, não deu sossego à mãe até ela destrancar o cômodo e lhe mostrar os caixões, já repletos de maravalhas. Em seguida, ela revelou:

— Meu querido Benjamim, seu pai mandou preparar estes caixões para você e seus onze irmãos. Se de mim nascer uma menina, todos vocês serão mortos e enterrados neles.

Conforme falava e chorava, o filho a consolava e disse:

— Não chore, mamãe querida. Vamos cuidar de nós mesmos e fugir daqui.

A rainha sugeriu:

— Vá para o bosque com seus irmãos. Um de vocês deve subir na árvore mais alta que encontrar e ficar de vigia, olhando para a torre do castelo. Se eu der à luz um filhinho, erguerei uma bandeira branca. Se eu der à luz uma filhinha, erguerei uma bandeira vermelha e depois vocês devem escapar o mais rápido possível, e que Deus os proteja. Levantar-me-ei toda noite e rezarei por vocês

ROBERT ANNING BELL

para que, no inverno, consigam se aquecer junto a uma fogueira e para que, no verão, não sofram com o calor.

Depois de ter abençoado os filhos, eles foram até o bosque. Um após o outro ficou de vigia no topo do carvalho mais alto e olhando em direção à torre. Depois de onze dias terem se passado e a vez de Benjamim ter chegado, ele viu que uma bandeira fora levantada. Não era a branca, mas sim a vermelha cor de sangue, que decretava a morte de todos eles.

Quando os demais irmãos souberam, ficaram nervosos e exclamaram:

— Nós vamos morrer por causa de uma garota! Juramos vingança e sempre que uma menina cruzar nosso caminho, faremos o sangue dela jorrar.

Em seguida, adentraram mais ainda o bosque e, bem no meio dele, na parte mais escura, acharam uma casinha encantada e desocupada. Disseram:

— Moraremos aqui. Você, Benjamim, é o mais novo e o mais fraco. Deve ficar aqui e cuidar da casa. Nós, os demais, vamos em busca de alimentos.

Em seguida, adentraram o bosque e atiraram em coelhos, cervos selvagens, aves, pombas e tudo o que desse para comer. Levaram tudo para Benjamim, que teve de cozinhar tudo para satisfazer a

OS DOZE IRMÃOS

fome deles. Moraram sozinhos naquela casinha durante dez anos, mas, para eles, o tempo passou muito rapidamente.

A filhinha parida da mãe deles, a rainha, crescera. Tinha um bom coração, um belo rosto e uma estrela dourada na testa. Certa vez, em um dia de lavar roupa, viu doze camisas na lavanderia e perguntou à mãe:

— De quem são estas doze camisas? São pequenas demais para serem do papai.

A rainha respondeu com um grande pesar:

— Meu bem, elas são dos seus doze irmãos.

A garota indagou:

— Onde eles estão? Nunca ouvi falar deles.

— Só Deus sabe onde estão. Estão vagando pelo mundo.

A rainha levou a filha até o cômodo, destrancou-o para ela e mostrou-lhe os doze caixões com as maravalhas e os travesseiros. Ela disse:

— Estes caixões eram para seus irmãos, mas eles fugiram em segredo antes de você nascer. — E contou como tudo tinha acontecido.

Em seguida, a princesa disse:

— Mãe querida, não chore. Eu vou procurar meus irmãos.

E assim pegou as doze camisas e partiu para o grande bosque. Caminhou o dia inteiro e, à noite, chegou à casinha encantada. Entrou nela e encontrou um rapaz, que lhe perguntou:

— De onde vem e para onde está indo?

Ele ficou boquiaberto pela beleza dela e por ela estar com vestes reais e ter uma estrela na testa.

— Sou uma princesa à procura de meus doze irmãos. Vou percorrer os quatro cantos do mundo até encontrá-los. — Ela também lhe mostrou as doze camisas pertencentes aos irmãos.

Benjamim viu que era sua irmã e anunciou:

— Sou Benjamim, seu irmão mais novo.

Ambos começaram a chorar de alegria, trocaram beijos de irmãos e se abraçaram com muito amor. Em seguida, ele disse:

— Irmã querida, devo alertá-la de que concordamos em matar toda menina que cruzasse nosso caminho.

Ela disse:

— Morro com prazer se assim eu conseguir salvar meus doze irmãos.

— Não — rebateu Benjamim —, você não morrerá. Esconda-se debaixo desta caixa até nossos irmãos chegarem, e eu resolverei a situação com eles.

Ela obedeceu e, quando a noite caiu, eles voltaram para casa depois da caça. Conforme sentavam-se à mesa e comiam, perguntaram:

— Qual é a novidade?

Benjamim rebateu:

— Não sabem de nada?

— Não — responderam.

O irmão prosseguiu:

— Vocês estavam no bosque, enquanto eu estava em casa, mas sei mais do que vocês.

— Então nos conte! — gritaram.

— Só se me prometerem que a próxima garota que cruzar nosso caminho não será morta.

— Sim! — gritaram todos. — Seremos piedosos, conte de uma vez.

E assim Benjamim contou:

— Nossa irmã está aqui! — E levantou a caixa.

A princesa saiu, com suas vestes reais e com a estrela dourada na testa, muito bonita, delicada e fina. Todos se alegraram, abraçaram-na e trocaram beijos de irmãos e a amaram de todo o coração.

Ela passou a ficar em casa com Benjamim e a ajudá-lo no trabalho doméstico. Os onze irmãos iam ao bosque e caçavam gamos selvagens, cervos, pássaros e pombas para terem o que comer, e a irmã e Benjamim preparavam tudo. Pegavam lenha para cozinhar, ervas para o guisado e punham o tacho no fogo, de modo a sempre ter uma refeição pronta quando os onze chegassem em casa. Ela também mantinha a casa em ordem e deixava as camas sempre limpas e, assim, os irmãos sempre estavam satisfeitos e viviam felizes com a irmã.

Certa vez, os dois irmãos haviam preparado uma boa refeição, sentaram-se juntos, comeram e beberam e estavam radiantes de felicidade. Havia um jardinzinho ao lado da casa encantada e nele havia doze lírios, da espécie chamada "estudantes". Querendo levar um agrado aos irmãos, a princesa colheu doze flores, com o intuito de dar uma para cada um quando estivessem comendo. Entretanto, no mesmo instante em que as apanhou, os doze irmãos foram transformados em doze corvos que voaram alto, para longe, acima do bosque, ao passo que a casa e o jardim também desapareceram.

A pobre menina ficou sozinha no bosque e, olhando em volta, viu uma senhora parada ao seu lado, que disse:

— Meu bem, o que você fez? Por que não deixou as doze flores brancas em paz? Eram seus irmãos, e agora foram transformados em corvos para sempre.

Chorando, a garota perguntou:

— Há algum jeito de salvá-los?

— Não — respondeu a idosa. — Só há um jeito no mundo e é tão difícil que você nunca os salvará. Você deve permanecer em silêncio durante sete anos, sem falar e sem rir. Se disser uma única palavra, mesmo que falte apenas uma hora para acabar o prazo, tudo será em vão, e seus irmãos morrerão por causa dessa única palavra.

Em seguida, a menina disse em seu coração: "Tenho certeza de que vou salvar meus irmãos". Encontrou uma árvore alta e subiu até o topo, onde sentou-se e aguentou firme, sem falar e sem rir.

Certo dia, aconteceu de um rei estar caçando no bosque. Tinha um grande galgo que correu até a árvore onde a menina estava sentada e ficou pulando, uivando e latindo para a árvore. O soberano aproximou-se, viu a bela princesa com a estrela na testa e ficou tão encantado com sua beleza que a chamou e a pediu em casamento. Ela não lhe respondeu, mas fez que sim com a

LOUIS RHEAD, 1917

cabeça. O monarca subiu a árvore, desceu com ela, montou-a em seu cavalo e levou-a para casa com ele. O casamento foi celebrado com toda pompa e circunstância, mas a noiva nem falou, nem riu.

Depois de viverem alguns anos felizes juntos, a mãe do rei, uma mulher maldosa, começou a difamar a jovem rainha, dizendo ao filho:

— Você trouxe para casa uma plebeia como esposa. Quem sabe as coisas profanas que ela faz em segredo? Mesmo sendo muda, ela poderia rir no mínimo. Qualquer pessoa que não ri tem consciência maligna.

No começo, o rei não queria acreditar na mãe, mas a velha rainha insistiu durante tanto tempo e acusou a jovem rainha de tantas perversidades que, por fim, o rei deixou-se convencer e sentenciou a esposa à morte.

Uma grande fogueira foi acesa no pátio, onde a jovem rainha viria a ser queimada até a morte. O monarca contemplava pela janela, com os olhos marejados, pois ainda a amava imensamente. Ela já havia sido amarrada ao poste, e o fogo lambia suas roupas com sua língua vermelha, quando o último instante dos sete anos acabou.

O ar zumbiu, e doze corvos se aproximaram e pousaram juntos. Assim que tocaram a terra, tratava-se dos doze irmãos que ela salvara. Destruíram a fogueira, apagaram as chamas e libertaram a irmã, dando-lhe beijos e abraços de irmãos.

Agora que podia abrir a boca e falar, contou ao rei por que permanecera em silêncio e nunca rira. O rei regozijou-se ao saber da inocência dela, e viveram felizes para sempre até morrer. A madrasta malvada foi julgada pelas autoridades, colocada em um barril, cheio de óleo fervente com cobras venenosas, e sofreu uma morte horrível.

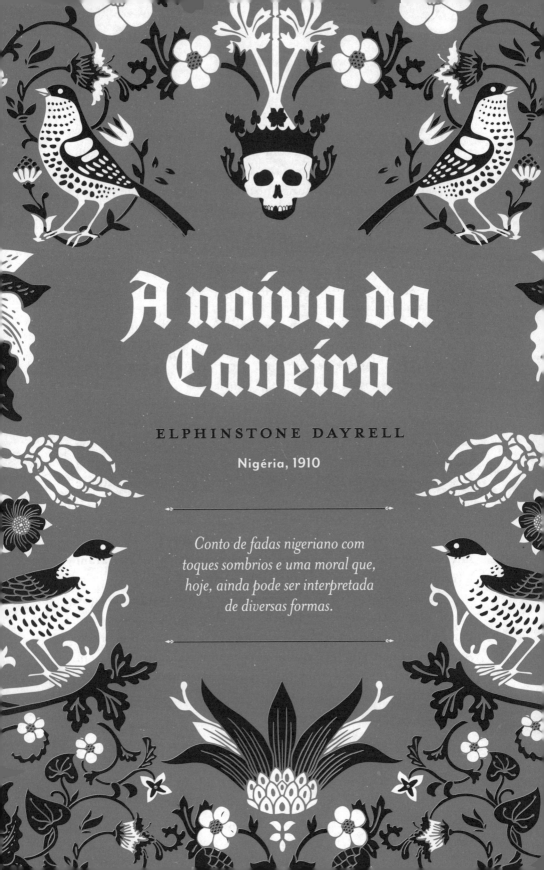

A noiva da Caveira

ELPHINSTONE DAYRELL

Nigéria, 1910

Conto de fadas nigeriano com toques sombrios e uma moral que, hoje, ainda pode ser interpretada de diversas formas.

Ffiong Edem era morador de Cobham Town. Ele tinha uma filha muito bonita, que se chamava Afiong. Todos os jovens da cidade queriam se casar com ela devido a sua beleza, mas ela recusava todos os pedidos de casamento — apesar das insistentes súplicas de seus pais —, pois era muito vaidosa e dizia que só se casaria com o homem mais bonito da região, que teria que ser jovem e forte, e capaz de amá-la como ela merecia. Quase todos os homens com quem seus pais queriam que ela se casasse, apesar de ricos, eram velhos e feios, por isso a moça continuava a desobedecê-los, deixando-os muito magoados. Uma caveira, que vivia na terra dos espíritos, soube da beleza da virgem negra e decidiu que queria tê-la. Por isso pegou emprestado de seus amigos diversas partes do corpo deles, só as melhores. De um, ele pegou uma boa cabeça, de outro, um corpo, e de um terceiro, braços fortes; de um quarto amigo, pegou um belo par de pernas. Por fim, ficou completo e se tornou uma espécie masculina totalmente perfeita.

Então, deixou a terra dos espíritos e foi à feira de Cobham, onde viu Afiong e ficou maravilhado. Afiong já tinha ouvido falar de um homem muito bonito que tinha sido visto na feira, mais bonito do que qualquer um dos moradores da região. Ela decidiu ir à feira, e assim que viu Caveira com sua beleza emprestada, apaixonou-se por ele e o convidou para ir a sua casa. Encantado, Caveira aceitou o convite. Chegando lá, Afiong apresentou seus pais a ele, que imediatamente pediu a mão da moça em casamento. A princípio, os pais negaram, já que não desejavam que a filha se casasse com um desconhecido, mas por fim acabaram concordando.

Ele passou dois dias com Afiong na casa dos pais dela, e então disse que queria levar a esposa para sua cidade, que ficava longe dali. A moça concordou prontamente, pois ele era um homem lindo, mas seus pais tentaram convencê-la a não ir. Mas por ser muito teimosa, ela decidiu que iria e eles partiram juntos. Depois de alguns dias, o pai consultou um bruxo — Ju Ju Man — que, com sua clarividência, logo descobriu que o marido da moça pertencia ao mundo dos espíritos, e que certamente ela seria morta. Então, todos eles sofreram como se ela já tivesse morrido.

Depois de caminhar durante muitos dias, Afiong e Caveira atravessaram a fronteira entre a terra dos espíritos e a cidade dos seres humanos. Tão logo pisaram na terra dos espíritos, um homem abordou Caveira e exigiu suas pernas de volta. Em seguida, outro apareceu pedindo a cabeça, e o seguinte quis seu corpo, e assim por diante, até que, em poucos minutos, Caveira ficou sem nada, nu com sua feiura natural. Afiong ficou muito assustada, desejando voltar para casa, mas Caveira não permitiu, e ordenou que ela ficasse ali. Quando chegaram à casa de Caveira, encontraram a mãe dele, uma idosa incapaz de realizar as tarefas de casa, que só conseguia se arrastar. Afiong fez o melhor que pôde para ajudá-la, fazia a comida, levava água e lenha para a senhora. A velha criatura se sentiu muito grata pela atenção e logo passou a gostar muito de Afiong.

Um dia, a senhora disse a Afiong que sentia muita pena dela, mas que todas as pessoas na terra dos espíritos eram canibais, e quando soubessem que havia um ser humano entre eles, chegariam para matá-la e comê-la. Então, a idosa escondeu Afiong, e como a moça havia sido muito boa, prometeu que a mandaria de volta a sua terra o mais rápido possível, desde que ela prometesse que deixaria de ser desobediente. Afiong concordou sem pestanejar. A senhora mandou buscar a aranha, que era uma cabeleireira muito sábia, e fez com que ela arrumasse os cabelos de Afiong num penteado muito moderno. Também deu tornozeleiras à moça, além de outros objetos, em agradecimento por sua gentileza. Depois, preparou um feitiço chamando os ventos para virem e levarem Afiong para casa. Primeiro, veio um tornado forte, com trovão, raio e chuva, mas a mãe de Caveira o mandou embora, pois era inadequado. Em seguida, veio o vento, em forma de brisa leve, então a idosa pediu à brisa que levasse Afiong para a casa da mãe dela, e se despediu da moça. Pouco tempo depois, a brisa colocou Afiong diante da porta de sua casa, e ali a deixou.

Quando os pais viram a filha, ficaram muito felizes, já que há alguns meses eles tinham perdido a esperança de revê-la. O pai estendeu peles macias de animais no chão, desde onde a filha estava até a casa, para que seus pés não se sujassem. Afiong caminhou até lá, e o pai convidou todas as amigas da filha para irem dançar. O banquete e a festa duraram oito dias e oito noites. Quando a comemoração terminou, o pai contou o que havia acontecido ao líder da região. Então, o líder criou uma lei estabelecendo que os pais não deveriam permitir que suas filhas se casassem com desconhecidos de localidades distantes. O pai aconselhou a filha a se casar com um amigo dele, e ela logo aceitou, e os dois viveram juntos por muitos anos e tiveram muitos filhos.

O garoto que saiu de casa
PARA APRENDER O QUE É O MEDO

JACOB E WILHELM GRIMM

Alemanha, 1812

Um garoto, tido como inútil pela própria família, embarca em uma jornada para aprender como é se arrepiar.

m pai tinha dois filhos. O mais velho era astuto e inteligente e sabia como resolver tudo, já o mais novo era estúpido e não conseguia entender nem aprender nada. Quando as pessoas o viam, diziam:

— Ele será um peso para o pai!

Quando alguma coisa precisava ser feita, era sempre o mais velho que tinha de fazê-la. Se, contudo, o pai lhe pedia para buscar alguma coisa quando estava tarde, ou pior, já de noite, e se o caminho passasse por dentro do cemitério ou por outro lugar assustador, ele sempre dizia: "Ah, não, pai, eu não vou! Esses lugares me dão arrepios!", pois tinha medo.

À noite, ao redor da fogueira, quando se contavam histórias que faziam o corpo tremer de medo, os ouvintes, às vezes, diziam:

— Nossa, isso me dá arrepios!

O filho mais novo se sentava em um canto e ouvia as histórias com os demais, mas não conseguia imaginar o que eles queriam dizer.

— Eles vivem dizendo: "Isso me dá arrepios! Isso me dá arrepios!". Mas eu não sinto arrepios, então arrepiar-se deve ser outra habilidade que não compreendo!

Certo dia, aconteceu de o pai dizer ao filho caçula:

— Escute, você aí no canto! Você está crescendo e ficando mais forte e também terá de aprender alguma coisa para ganhar o pão de cada dia. Veja como seu irmão trabalha, enquanto você parece não ter jeito.

— Bem, pai, quero aprender uma coisa. Na verdade, se possível, gostaria de aprender a me arrepiar, pois ainda não faço ideia do que seja isto.

O filho mais velho caiu na risada quando ouviu isso e pensou: *Santo Deus, como é burro este meu irmão. Ele não vai conseguir ser nada na vida. É de pequenino que se torce o pepino.*

O pai suspirou e disse:

— Você pode até aprender a se arrepiar, mas não é com isso que vai conseguir seu sustento.

Pouco tempo depois, o sacristão foi visitar a casa da família, e o pai se queixou de seus problemas para ele, dizendo-lhe como o filho caçula era estúpido em tudo e como não sabia nada e não aprendia nada.

— Imagine só — disse o pai — que quando eu lhe perguntei como ele ganharia o pão de cada dia, na verdade, ele pediu para aprender a se arrepiar!

— Se for somente isso — rebateu o sacristão —, ele pode aprender comigo. Mande-o para mim e vou aparar as arestas dele.

O pai concordou, pois pensou: *Isso será bom para o garoto*.

E assim, o sacristão levou o filho caçula para sua casa e, nela, seu trabalho era tocar o sino da igreja. Alguns dias depois, o sacristão o acordou à meia-noite e lhe disse para levantar-se, subir até o campanário e tocar o sino.

"Logo você aprenderá o que é se arrepiar", pensou o sacristão que, em segredo, foi na frente até o campanário. Depois de o garoto já ter chegado ao topo da torre, ter se virado e estar prestes a pegar a corda do sino, viu uma figura branca, parada nos degraus opostos à janela da torre.

— Quem está aí? — gritou o garoto, mas a figura não respondeu, nem deu um passo, nem moveu um músculo. — Responda ou saia daqui! Você não tem nada o que fazer aqui à noite.

O sacristão, todavia, continuou de pé onde estava, imóvel, para que o menino achasse que era um fantasma. O garoto gritou pela segunda vez:

— O que você quer aqui? Diga alguma coisa se for uma pessoa honesta ou empurrarei você escada abaixo.

O sacristão pensou: *Ele não está falando sério*. E não fez som algum e ficou imóvel como se fosse feito de pedra.

O garoto gritou pela terceira vez, mas como, novamente, não adiantou, correu até o fantasma e o empurrou escada abaixo. A entidade caiu dez degraus, ficou caída em um canto e, em seguida, o garoto tocou o sino, voltou para casa e, sem dizer nada, deitou-se na cama e dormiu.

A esposa do sacristão esperou um longo tempo por seu marido, que não voltou. Por fim, ficou apavorada, acordou o garoto e lhe perguntou:

— Sabe onde está meu marido? Ele subiu a torre antes de você.

— Não sei — respondeu o menino —, mas alguém estava de pé, próximo à janela, do outro lado das escadas e, como não me respondia nem se afastava, acreditei que fosse um ladrão e o empurrei escada abaixo. Vá até lá e verá se era seu marido. Se for, peço desculpa.

A mulher saiu correndo e encontrou o marido, que gemia caído em um canto e tinha quebrado a perna. Ela desceu os degraus carregando-o e depois foi correndo e aos prantos até o pai do garoto.

— Seu filho causou um imenso infortúnio — gritou ela. — Empurrou meu marido escada abaixo, o que o fez quebrar a perna. Tire aquele imprestável da nossa casa.

Muito alarmado, o pai correu até a casa do sacristão e repreendeu o filho:

— Que maldades foram essas que você fez? O Diabo deve ter incitado você a fazê-las.

— Pai — retrucou o garoto —, me escute. Sou completamente inocente. Ele estava parado, no meio da noite, como alguém mal--intencionado. Eu não sabia quem ele era e avisei três vezes para dizer alguma coisa ou se afastar de mim.

— Ah, você não me deu nada além de infelicidade. Saia da minha frente, pois não quero mais ver você.

— Sim, pai, com prazer. Só espere amanhecer e depois vou partir para aprender a me arrepiar e então vou ter uma habilidade para prover meu sustento.

— Aprenda o que quiser. Para mim, é indiferente. Tome estes cinquenta táleres. Pegue-os e vá para o mundo, não conte a ninguém de onde veio, nem quem é seu pai, pois tenho vergonha de você.

— Sim, pai, farei como deseja. Se isso é tudo o que quer de mim, posso me lembrar facilmente.

E assim, ao despontar do dia, o garoto pôs os cinquenta táleres no bolso e seguiu pela estrada principal, repetindo para si sem parar: "Se, ao menos, eu conseguisse me arrepiar! Se, ao menos, eu conseguisse me arrepiar! Se, ao menos, eu conseguisse me arrepiar!".

Um homem deparou-se com ele, ouviu a conversa que o menino tinha consigo e, depois de terem andado o suficiente para ver um cadafalso, o homem disse a ele:

— Veja, ali está a árvore sob a qual sete homens se casaram com a filha do cordoeiro e agora estão aprendendo a voar. Sente-se embaixo dela, espere a noite chegar, e aprenderá a se arrepiar.

— Se só isso basta — comentou o menino —, consigo facilmente. Mas, se eu aprender a me arrepiar tão rápido, pode ficar com meus cinquenta táleres. Volte amanhã de manhã.

O garoto, então, foi ao cadafalso, sentou-se embaixo dele, esperou até de noite, mas, por fazer frio, acendeu uma fogueira. À meia-noite, porém, surgiu um vento tão frio que o menino não conseguiu se esquentar, apesar da fogueira. Ademais, conforme o vento fazia os homens enforcados esbarrarem uns nos outros, fazendo-os balançar para lá e para cá, ele pensou: "Você está congelando aqui perto do fogo, mas aqueles homens lá em cima devem realmente estar congelando e sofrendo". Por sentir pena deles, o garoto pegou uma escada, subiu, desamarrou-os um por um e trouxe os sete até o chão. Em seguida, avivou a fogueira, assoprou-a e dispôs os sete ao redor do fogo para aquecê-los. Eles, porém, ficaram imóveis, e suas roupas pegaram fogo, o que fez o menino dar uma advertência:

— Tenham cuidado, senão vou pendurar vocês de novo.

Os cadáveres, no entanto, não ouviram nada, não disseram nada, e seus trapos continuaram a queimar, o que deixou o garoto raivoso, fazendo-o dizer:

— Se não tomarem cuidado, não posso ajudá-los, pois não quero queimar com vocês. — Em seguida, pendurou-os de novo em sequência e, por fim, sentou-se ao lado da fogueira e dormiu.

Na manhã seguinte, o homem que queria receber os cinquenta táleres foi até o garoto e disse:

— E então? Já sabe se arrepiar?

— Não. Onde eu aprenderia isso? Aqueles homens pendurados não abriram a boca. Eram tão estúpidos que deixaram os poucos trapos que vestiam pegar fogo.

O homem percebeu que sairia de mãos abanando naquele dia e foi embora dizendo:

— Jamais encontrei alguém como esse garoto.

O menino também seguiu seu caminho e, mais uma vez, começou a repetir para si: "Ah, se, ao menos, eu conseguisse me arrepiar! Ah, se, ao menos, eu conseguisse me arrepiar!".

Um carroceiro, que estava atrás dele, ouviu-o e perguntou:

— Quem é você?

— Não sei — respondeu o menino.

— De onde você é?

— Não sei.

— Quem é seu pai?

— Não tenho permissão para dizer.

— O que você não para de murmurar para si?

— Ah — respondeu o garoto —, quero aprender a me arrepiar, mas ninguém consegue me ensinar como se faz isso.

— Chega de conversa fiada. Venha comigo e arrumarei um lugar para você.

O menino foi com o carroceiro e, à noite, chegaram a uma estalagem, onde resolveram passar a noite. Ao entrar no cômodo principal, o garoto disse mais uma vez, bem alto:

— Se, ao menos, eu conseguisse me arrepiar! Se, ao menos, eu conseguisse me arrepiar!

Quando ouviu isso, o estalajadeiro riu e disse:

— Se é o seu desejo, pode haver uma boa oportunidade para você aqui.

— Ah, cale-se — rebateu sua esposa. — Muita gente intrometida já perdeu a vida. Seria uma pena e uma vergonha se os olhos lindos deste menino nunca mais vissem a luz do dia.

O garoto, porém, retrucou:

— Quero aprender a me arrepiar, por mais difícil que seja. Foi por isso que saí de casa.

Ele não deu um segundo de paz ao estalajadeiro até o homem contar que havia um castelo assombrado não muito longe dali, onde uma pessoa poderia facilmente aprender a se arrepiar, caso ficasse de guarda por três noites. O rei prometera que, a quem quer que ousasse fazer isso, concederia a mão de sua filha em casamento, e ela era a donzela mais bonita do mundo. Ademais, havia no castelo grandes tesouros, protegidos por espíritos malignos, que, se fossem resgatados, seriam suficientes para enriquecer qualquer homem pobre. Muitos entraram no castelo, mas ninguém nunca saíra.

Na manhã seguinte, o garoto foi até o monarca e pediu:

— Se me permitir, vou ficar de guarda por três noites no castelo assombrado.

O rei olhou para ele e, por ter gostado do que viu, disse:

— Pode pedir três coisas para levar com você para o castelo, mas devem ser coisas que não estão vivas.

A isso, o menino solicitou:

— Solicito uma fogueira, um torno e uma bancada de madeira com uma faca.

Ao longo do dia, o soberano ordenou que as coisas solicitadas pelo garoto fossem para o castelo. Quando a noite estava chegando, o menino entrou e fez uma fogueira incandescente em um dos cômodos, ao lado da qual botou a bancada de madeira com a faca e se sentou no torno.

— Ah, se, ao menos, eu conseguisse me arrepiar! — lamentou-se. — Mas também não vou aprender aqui.

Perto da meia-noite, decidiu avivar a fogueira. Mal começou a assoprá-la, quando um lamento súbito veio de um dos cantos: "Au! Miau! Como estamos com frio!".

— Seus tolos — gritou ele —, por que estão se lamentando? Se estão com frio, venham se sentar perto da fogueira e se aquecer.

Ao dizer isso, dois grandes gatos pretos apareceram após um grande salto, e cada um ficou em um dos lados do garoto, encarando-o com olhos ferozes.

Pouco tempo depois, após terem se esquentado, sugeriram:

— Camarada, que tal um jogo de cartas?

— Por que não? Mas antes me mostrem as patas.

Ambos estenderam as garras.

— Ah — comentou ele —, que garras longas vocês têm. Esperem, pois antes vou ter que cortá-las.

E o menino agarrou-os pelo pescoço, colocou-os na mesa de talhar madeira e prendeu-os no torno pelas patas traseiras. Ele disse:

— Observei seus dedos, e minha vontade de jogar cartas passou. — Em seguida, matou os gatos e os jogou na lagoa.

Depois de matá-los, estava prestes a se sentar perto da fogueira de novo, quando, de todos os lados e de todos os cantos, surgiram gatos e cachorros pretos com correntes incandescentes. Apareciam cada vez mais até o garoto não conseguir mais se mover. Gritavam terrivelmente e então pularam na fogueira e a desmontaram, na tentativa de apagá-la.

Por um tempo, o garoto os observou com calma, até que chegou ao limite, pegou a faca de talhar e exclamou:

— Fora, seus vilões! — E desferiu golpes violentos contra eles.

Alguns fugiram, e os mortos por ele foram arremessados na lagoa. Quando ele voltou, assoprou as brasas da fogueira até o fogo voltar a se avivar e conseguir se aquecer.

À medida que o menino permanecia sentado, seus olhos não conseguiam mais ficar abertos, pois já queria dormir. Olhando em volta, viu uma cama enorme no canto.

— É exatamente isso o que eu quero — disse ele, e deitou-se nela.

Porém, quando estava prestes a fechar os olhos, a cama começou a se mover sozinha e a passear por todo o castelo.

— Ótimo — disse ele —, mas vamos mais rápido.

Ao dizer tais palavras, a cama prosseguiu como se seis cavalos estivessem atrelados a ela, passando por entradas e escadas e indo para cima e para baixo. Entretanto e subitamente, pula, pula, a cama virou de ponta-cabeça em cima do garoto como uma montanha. Ele, porém, jogou os cobertores e travesseiros no ar, conseguiu se desvencilhar e ironizou:

— Agora, quem quiser conduzi-la que fique à vontade. — E deitou-se perto da fogueira e dormiu até o dia raiar.

De manhã, o rei foi ao castelo e, quando viu o menino deitado no chão, achou que os fantasmas o tivessem matado e disse:

— É mesmo uma lástima perder uma pessoa tão bonita.

O garoto ouviu o monarca, levantou-se e anunciou:

— Eu ainda não morri.

O soberano ficou atônito, mas satisfeito, e lhe perguntou como ele se saíra.

— Muito bem — respondeu. — Uma noite já passou, e as outras vão passar também.

Quando o menino voltou ao estalajadeiro, este o olhou perplexo e disse:

— Não achei que fosse vê-lo vivo de novo. Aprendeu a se arrepiar?

— Não, foi tudo em vão. Ah, se, ao menos, alguém me dissesse como conseguir.

Na segunda noite, voltou novamente ao antigo castelo, sentou-se perto da fogueira e começou a cantar sua música mais uma vez: "Se, ao menos, eu conseguisse me arrepiar!".

Conforme a meia-noite se aproximava, ouviu um barulho e um alvoroço. No início, começou baixinho, mas foi ficando cada vez mais alto. Em seguida, tudo ficou um pouco quieto e, enfim, com um grito alto, metade de um homem caiu pela chaminé em frente ao garoto.

— Ô! — exclamou o menino. — Está faltando a sua metade, isto é muito pouco.

O barulho recomeçou e, com rugidos e uivos, a outra metade também caiu pela chaminé.

— Espere, vou assoprar minha fogueira para aquecer você um pouco mais.

Depois de fazê-lo e de se virar para as metades de novo, elas haviam se unido, e um homem horroroso estava sentado no lugar do garoto.

— Isso não fazia parte do nosso acordo. Esse lugar aí é meu.

O homem queria empurrá-lo para o lado, mas o garoto não deixava e o empurrava com força para o lado e sentava-se de novo em seu lugar. Em seguida, mais homens caíram, um depois do outro. Trouxeram nove ossos de homens mortos e dois crânios, organizaram tudo e começaram a jogar boliche com eles.

O garoto quis jogar também e perguntou:
— Escutem, posso jogar com vocês?
— Sim, se tiver dinheiro.
— Tenho o suficiente — respondeu ele —, mas suas bolas de boliche não são redondas de fato. — E pegou os crânios, botou-os no torno e os arredondou. — Pronto, agora vão rolar melhor. Isso vai ser divertido!

Jogou com os homens e perdeu um pouco de dinheiro, mas, ao soar da meia-noite no relógio, tudo desapareceu diante de seus olhos. Ele deitou-se e pegou no sono serenamente.

Na manhã seguinte, o monarca foi saber o que acontecera e perguntou:
— Como foi desta vez?
— Joguei boliche — respondeu o garoto — e perdi algumas moedas.
— Você se arrepiou?
— Como? Eu me diverti muito, mas se eu, ao menos, conseguisse me arrepiar.

Na terceira noite, sentou-se em sua bancada e disse, com muita tristeza:
— Se eu, ao menos, conseguisse me arrepiar!

Quando já era bem tarde, seis homens enormes, que carregavam um caixão, apareceram, e o menino disse:
— Ahá, com certeza, é o meu priminho, que morreu há alguns dias. — Em seguida, mexeu o dedo e chamou: — Venha, priminho, venha!

Os homens puseram o caixão no chão, e o garoto foi até ele e tirou a tampa. Dentro do caixão, jazia um homem morto, cujo rosto o garoto sentiu e estava frio como gelo. Ele disse:
— Espere, vou aquecer você um pouco.

Ele foi até a fogueira aquecer a mão e então tocou no rosto do cadáver, que permaneceu gelado. Em seguida, tirou-o do caixão, sentou-se perto da fogueira, pôs o corpo no colo e esfregou os braços do morto para fazer o sangue circular de novo.

Quando tampouco isso ajudou, ele pensou: "Quando duas pessoas se deitam na cama juntas, elas se aquecem mutuamente".

Ele carregou o cadáver até a cama, colocou-o debaixo dos cobertores e deitou-se ao seu lado. Pouco tempo depois, o homem morto se aqueceu também e começou a se mexer. O garoto disse:

— Viu, priminho, esquentei você, não esquentei?

O cadáver, entretanto, vociferou:

— Vou estrangular você.

— Quê? — indagou o menino. — É assim que me retribui? Volte para o caixão! — Então o garoto o pegou, jogou-o no caixão e fechou a tampa.

Em seguida, os seis homens apareceram e o levaram embora.

— Não consigo me arrepiar — lamentou o garoto. — Nunca vou conseguir aprender isso.

A seguir, entrou um homem, maior do que todos os outros e com uma aparência apavorante, mas era velho e tinha uma longa barba branca.

— Seu miserável — bradou —, logo, logo aprenderá o que é se arrepiar, pois está prestes a morrer.

— Não tão rápido — rebateu o menino. — Se vou morrer, não vou ficar parado.

— Vou matar você em breve — ameaçou o monstro.

— Ora, ora, não se gabe. Sou tão forte quanto você, quiçá até mais.

— Veremos — disse o velho. — Se for mais forte, deixarei você ir. Venha, vamos pôr sua força à prova.

Em seguida, o idoso o conduziu por passagens escuras até a forja de um ferreiro, pegou um machado e, com um só golpe, lançou uma das bigornas ao chão.

— Consigo fazer melhor que isso — disse o garoto, e foi até a outra bigorna.

O velho ficou por perto, pois queria assistir. Sua barba branca pendia. O garoto apanhou o machado e, com um só golpe, partiu a bigorna ao meio ao mesmo tempo em que prendeu a barba do idoso.

— Peguei você — ameaçou o menino. — Agora é sua vez de morrer. — E então pegou uma barra de ferro e surrou o velho até ele gemer e implorar que o jovem parasse, prometendo lhe dar riquezas. O garoto retirou o machado e soltou o idoso, que o conduziu de volta ao castelo e lhe mostrou três baús cheios de ouro em uma adega.

— Destes — disse o velho —, um é para os pobres, o outro é para o rei, e o terceiro é seu.

Nisso, o relógio deu meia-noite, e o espírito desapareceu, deixando o menino no escuro, que disse:

— Eu consigo achar a saída.

Tateando o caminho à sua volta, achou o caminho até o quarto e dormiu perto da fogueira. Na manhã seguinte, o rei apareceu e disse:

— A esta altura, já deve ter aprendido a se arrepiar.

— Não — respondeu o garoto. — O que foi tudo isso? Meu primo morto estava aqui, e um homem barbudo apareceu e me mostrou uma grande quantidade de riquezas lá embaixo, mas ninguém me mostrou como me arrepiar.

Então, o monarca declarou:

— Você salvou meu castelo e desposará minha filha.

— Que maravilha — disse o menino —, mas ainda não sei como me arrepiar.

Em seguida, trouxeram o ouro, e o casamento foi celebrado, mas, por mais que o jovem rei amasse sua esposa e por mais feliz que fosse, não parava de dizer: "Se, ao menos, eu conseguisse me arrepiar. Se, ao menos, eu conseguisse me arrepiar". Com o tempo, sua esposa passou a ficar irritada, mas sua camareira lhe disse:

— Posso ajudar, pois já sei como ele pode aprender a se arrepiar.

Ela foi até o riacho que corria pelo jardim e pegou um balde cheio de peixinhos. À noite, enquanto o jovem rei dormisse, era para a esposa tirar as cobertas dele e despejar o balde cheio de água fria e de peixinhos sobre ele, para que se retorcessem por todo o seu corpo. Ao fazer isso, ele acordou, gritando:

— Ah, o que está me arrepiando? O que está me arrepiando, querida esposa? Sim, agora eu sei me arrepiar.

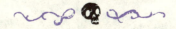

Biancabella

GIANFRANCESCO STRAPAROLA

Itália, 1550

A jovem e gentil Biancabella recebe de sua madrasta uma sentença de morte, mas contará com a bondade de uma cobra para se recuperar.

É louvável e muito necessário que a mulher, em qualquer estado e condição, aja com prudência, sem a qual nada se administra bem. E, se uma madrasta, cuja história tenho a intenção de contar, tivesse sido modesta, talvez, achando que iria matar o outro, não teria sido, por justiça divina, morta por esse outro, como agora explicarei a vocês.

Em Monferrato já há muito tempo reinava um poderoso marquês, rico e influente, mas sem filhos. Ele atendia pelo nome de Lamberico. Desejava muitíssimo ter filhos, mas Deus negava-lhe essa graça. Aconteceu que um dia a marquesa estava em seu jardim recreativo e, vencida pelo sono, adormeceu aos pés de uma árvore. Enquanto dormia suavemente, veio uma pequena serpente, que se aproximou, enfiou-se por baixo de suas roupas sem que ela sentisse coisa alguma e entrou em suas partes íntimas. Com delicadeza, subiu e aninhou-se no ventre da mulher, onde ficou com tranquilidade. Não passou muito tempo, e a marquesa, para deleite e alegria de toda a cidade, engravidou. Ao fim do parto, deu à luz uma garotinha e uma serpente que deu três voltas em torno de seu pescoço. Ao ver tal cena, as parteiras que cuidavam da recém-nascida se assustaram muito. Mas a serpente, sem fazer mal algum à menina, desenrolou-se de seu pescoço e serpenteou até o chão, rastejando para fora, para o jardim. Depois de a menina ser limpa e adornada no banheiro iluminado e envolta em paninhos branquíssimos, as enfermeiras descobriram, pouco a pouco em seu pescoço, um colar de ouro delicadamente trabalhado. Era tão belo, tão delicado, que parecia se alojar entre a pele e a carne, como a mais preciosa das joias habituadas a brilhar como um cristal transparente. Circundava o seu pescoço tantas vezes quanto a serpente o havia feito. A garota, que era tão bela que foi chamada de Biancabella, crescia com tantas qualidades e gentileza que parecia mais divina do que humana.

Já com dez anos, da varanda a menina viu o jardim cheio de rosas e flores das mais diversas e se dirigiu à ama que cuidava dela, perguntando o que era aquilo que nunca havia visto antes. A ama respondeu-lhe que aquele era um jardim onde, por vezes, caminhava. A garota, então, disse:

— É a coisa mais linda que já vi, adoraria ir até lá.

A ama a pegou pela mão e a levou até o jardim. Após se separarem, a ama adormeceu sob a sombra de uma frondejante faia, deixando a garota divertir-se nos arredores. Apaixonada pelo lugar encantador, Biancabella ia por todo o lado recolhendo flores até que, cansada, sentou-se sob a sombra de uma árvore. Não tinha ainda nem se acomodado no chão quando inesperadamente aproximou-se uma serpente. Ao vê-la, Biancabella se assustou e, quando estava para gritar, a serpente disse-lhe:

— Por favor, fique quieta. Não se mova nem tenha medo. Sou sua irmã, nasci no mesmo dia e do mesmo parto que você. Meu nome é Samaritana. Se você for obediente às minhas ordens, eu a tornarei bem-aventurada. Do contrário, será a mulher mais infeliz e insatisfeita que já existiu. Vá então sem medo algum e amanhã traga aqui ao jardim dois vasos, um cheio de leite puro e outro com água de rosas puríssima. Venha sozinha, sem nenhuma companhia, até mim.

Após a serpente partir, a garota levantou-se e foi até a ama, que ainda repousava. Acordou-a e, sem dizer nada, voltaram juntas para casa.

Chegado o dia seguinte, Biancabella estava sozinha no quarto com a mãe, que, notando a melancolia da filha, perguntou:

— O que você tem, Biancabella, por que está aborrecida? Você é sempre alegre e animada, agora parece deprimida e amargurada.

E a filha respondeu:

— Não tenho nada, apenas gostaria que dois vasos fossem levados até o jardim, um com leite e outro cheio de água de rosas.

— É por isso que você está se lamentando, minha filha? — disse a mãe. — Não sabe que tudo que há aqui pertence a você?

E mandou levarem até o jardim dois grandes e belíssimos vasos, um com leite e outro com água de rosas. Biancabella, chegada a hora, e seguindo as ordens da serpente, foi até o jardim sem que nenhuma ama a acompanhasse. Ao abrir a porta, fechou-se ali dentro e sentou-se próxima aos vasos. Logo que Biancabella se sentou, a serpente se aproximou e fez a garota imediatamente se despir, ordenando que entrasse nua no vaso com leite branquíssimo. Banhou-a com leite da cabeça aos pés, usando a língua para lambê-la e limpá-la de qualquer defeito que pudesse ter. Depois a tirou daquele leite e a colocou na água de rosas, propiciando à garota um perfume que conferia muitíssimo frescor. Em seguida vestiu-a, ordenando que ficasse quieta e que nenhuma pessoa descobrisse, nem mesmo o pai e a mãe, se a garota quisesse que nenhuma outra mulher jamais se igualasse a ela em beleza e gentileza. E, após conceder infinitas virtudes à menina, a serpente partiu.

Após sair do jardim, Biancabella retornou para casa. A mãe, ao vê-la cheia de graça e formosura, com beleza de sobra, ficou de boca aberta, sem conseguir pronunciar uma palavra. Pegou então um pente para pentear as tranças loiras da garota e pedras preciosas e pérolas caíram de sua cabeça. E, ao lavar as mãos, saíam rosas, violetas e flores das mais variadas cores e com perfumes tão suaves que fazia com que se assemelhasse ao paraíso terrestre. Ao ver tal cena, a mãe correu até Lamberico, seu marido, e, com maternal alegria, disse:

— Meu senhor, nós temos uma filhinha que é a mais gentil, a mais bela e a mais graciosa que a natureza já criou. E além da divina beleza e graciosidade que saltam aos olhos de todos, dos seus cabelos brotam pérolas, pedras preciosas e as mais lindas joias. De suas cândidas mãos, ó, que coisa maravilhosa, jorram rosas, violetas e flores das mais variadas que emanam um doce perfume, inebriando todos que a olham. Se eu não tivesse visto com meus próprios olhos, não teria acreditado.

O marido, que era incrédulo por natureza, não acreditou com facilidade no que a esposa dizia, pondo-se a zombar e rir de sua cara. Entretanto, as palavras da mulher despertaram sua curiosidade, fazendo com que decidisse investigar. Ordenou que a filha viesse até ele e testemunhou em pessoa que era tudo verdade. Ficou extremamente feliz, afirmando não existir no mundo um único homem sequer que fosse digno de se casar com a filha.

A fama da notável e imortal beleza de Biancabella já havia se espalhado por todo o universo, e muitos reis, príncipes e marqueses de todas as partes competiam para conquistar seu amor e ganhá-la como esposa. Mas nenhum deles tinha virtude o suficiente para tê-la, sempre faltava algo. Até que finalmente surgiu Ferrandino, rei de Nápoles, cuja valentia e nobreza de nome resplendiam como o Sol dentre as minúsculas estrelas. Indo até o marquês, pediu a mão de sua filha em casamento. O marquês, ao ver como o rei era formoso, de boa formação e muito poderoso, seja de riquezas ou títulos, concordou com as núpcias. E chamada a filha, sem mais delongas, se tocaram as mãos e se beijaram. Tão logo o contrato de matrimônio se concretizou, Biancabella lembrou-se das palavras amáveis que sua irmã Samaritana tinha dito. Inventou uma desculpa para o marido e foi até o quarto. Fechada lá dentro, saiu por uma portinha secreta e entrou no jardim. Com a voz baixa, começou a chamar por Samaritana. Mas ela não apareceu. Ao perceber tal coisa, Biancabella admirou-se. Não a encontrou em nenhum lado do jardim e ficou muito triste, pensando que isso só tinha acontecido porque não obedecera às ordens da serpente. Lamentando-se, voltou para o quarto. Ao abrir a portinha, sentou-se junto do marido, que há muito a esperava. Logo após as núpcias, Ferrandino organizou a mudança da esposa para Nápoles, onde toda a cidade a recebeu com grande pompa, sonoras trombetas e muita festa.

A madrasta de Ferrandino tinha duas filhas sujas e feias e desejava que uma delas se unisse em matrimônio com ele. Mas, ao ser desprovida de qualquer esperança de ter seu desejo atendido, despertou dentro de si tanta raiva e desdém contra Biancabella que não queria vê-la nem ouvir sua voz. Entretanto, fingia que a amava e que a queria bem. Quis o destino que o rei da Tunísia organizasse pessoal e material, por terra e por mar, para iniciar uma guerra contra Ferrandino (se o fez porque Ferrandino tomara Biancabella como esposa ou por outro motivo, não se saberia dizer). Então o potentíssimo exército tunisiano entrou nos confins de seu reino, de modo que fez-se necessário que Ferrandino pegasse em armas para defender seu território e afrontar o inimigo. Assim, ao tomar tal resolução e cuidar para que Biancabella, agora grávida, tivesse tudo de que precisava, entregou-a para a madrasta e partiu com seu exército.

Não se passaram muitos dias até que a madrasta malvada e soberba deliberasse que Biancabella tinha que morrer. Chamou alguns de seus servos mais leais e lhes disse para levarem-na para alguma atividade ao ar livre, enfatizando que só poderiam voltar depois que ela fosse morta. Como prova de que o serviço tinha sido feito, exigiu que lhe trouxessem alguma coisa. Os servos, obedientes à senhora, estavam prontos para fazer o mal: fingindo sair para uma caminhada, conduziram-na para um bosque onde já tinham tudo pronto para assassiná-la. Mas, ao verem a beleza e a graciosidade de Biancabella, tiveram piedade e pouparam sua vida. Não a mataram, mas deceparam as mãos[8] da garota e também arrancaram seus olhos do rosto, levando-os em seguida à madrasta como prova de que o serviço fora feito. Ao ver as provas, a cruel e desumana madrasta ficou muito contente. E, pensando em colocar em prática seus planos malignos, a perversa madrasta espalhou pelo reino a notícia de que as suas duas filhas tinham morrido, uma de febre contínua e a outra por um cisto inflamado próximo ao coração, que causou sua morte por sufocamento. Indo além, declarou que Biancabella, devido ao sofrimento pela partida do rei, havia perdido o filho, tendo sido acometida por uma febre terçã que a estava destruindo tanto que seria melhor desejar sua morte do que esperar que se recuperasse. Mas a malvada e perversa

8 A temática de mãos decepadas é comum em diversos contos, seja de Jacob e Wilhelm Grimm, Giambattista Basile, Alexander Afanasyev e Edward Steere. [N. E.]

'HOW THE GIRL LOST HER HAND'

HENRY J. FORD PARA A VERSÃO DE E. STEERE

mulher, colocou uma de suas filhas na cama do rei, para que fingisse ser Biancabella deformada pela grave febre.

Ferrandino, que já havia derrotado e dispersado o exército inimigo de maneira triunfante, retornava para casa. Esperava reencontrar sua amada Biancabella toda festiva e alegre, porém deparou-se com ela de cama, magra, pálida e deformada. Aproximou-se dela e olhou fixamente em seu rosto. Ao vê-la de tal modo destruída, ficou perplexo, não conseguia acreditar que aquela fosse Biancabella. Ao ser penteada, em vez de caírem pedras preciosas e joias de sua cabeleira loira, saíam enormes piolhos que a devoravam a todo momento. E das mãos, de onde antes rosas e flores perfumadas saíam, agora desprendiam-se sujeira e imundice que embrulhavam o estômago de quem estava por perto. Ainda assim, a perversa mulher o confortava, dizendo que aqueles eram sintomas causados devido ao período prolongado da enfermidade.

Então, a solitária e pobre Biancabella, com as mãos mutiladas e cega de ambos os olhos, longe de tudo naquele lugar deserto, desesperadamente clamava pela ajuda de sua irmã Samaritana, mas ninguém respondia, a não ser a própria voz que ecoava pelo ar. Enquanto a infeliz mulher permanecia ali em seu calvário, privada de qualquer ajuda humana, eis que então entrou no bosque um homem muito idoso, de aspecto amável e muito misericordioso. Ele, ouvindo aquela voz triste e lastimável, a seguiu com os ouvidos e, pé ante pé, aproximou-se devagar, encontrando a jovem cega e com as mãos amputadas se lamentando ferozmente por seu trágico destino. O bom senhor, vendo Biancabella naquela situação, entre troncos, galhos e espinhos, não pôde deixá-la ali sofrendo. Vencido por sua compaixão paterna, a levou até sua casa e, firme, disse à esposa que cuidasse muito bem da garota. Virou-se para as três filhas, que se assemelhavam a três brilhantes estrelas, e calorosamente ordenou que fizessem companhia a Biancabella. Deveriam a todo momento lhe dar carinho e cuidar para que nada lhe faltasse. A mulher, que era mais fria do que piedosa, com uma raiva furiosa se voltou para o marido e disse:

— Ah, marido meu, o que espera que façamos com esta mulher cega e mutilada como está? É provável que tenha sido tratada desta forma como punição por seus pecados, e não por comportar-se bem.

Ao que, com desdém, o velhote respondeu:

— Faça aquilo que digo, caso contrário, não espere por mim em casa.

Biancabella foi então recebida pela mulher e pelas três filhas. Conversaram sobre as mais variadas coisas e, pensando em seus desfortúnios, perguntou a uma das filhas se ela gostaria de penteá-la um pouco. A mãe, ao ouvir aquilo, se irritou. Não queria de forma alguma que a filha se transformasse em uma das servas de Biancabella. Entretanto a filha, mais benevolente do que a mãe, lembrando-se das ordens que o pai dera e sentindo algo emanar de Biancabella que demonstrava sinal de grandeza, tirou o avental e, após colocá-lo no chão, começou a penteá-la carinhosamente. Mal tinha começado e das tranças loiras começaram a brotar pérolas, rubis, diamantes e outras pedras preciosas. Ao presenciar tal cena, a mãe, mesmo com um pouco de medo, ficou abismada. O grande ódio que sentia transformou-se em puro amor. Ao chegar em casa, o velhote foi recebido com abraços por todas elas, felizes pela sorte que os alcançara em meio a tanta pobreza e infortúnio. Biancabella pediu para trazerem um balde de água fresca e começou a lavar o rosto. Diante de todos, das mãos mutiladas caíam uma abundância de rosas, violetas e flores, motivo pelo qual ganhou de todos a reputação de ser uma divindade em vez de uma humana.

Acontece que Biancabella decidiu voltar ao lugar onde tinha sido encontrada pelo velhote. Mas o velhote, a esposa e as filhas, vendo o quão lucrativa a garota poderia ser para eles, a mimavam e imediatamente imploraram para que não partisse, tentando de todo modo convencê-la a não ir. Mas ela, firme em sua decisão, quis partir, prometendo todavia que voltaria. O velhote, sem tardar, a levou de volta ao lugar onde a havia encontrado. Biancabella ordenou que partisse e voltasse de noite, que ela então iria para casa com ele. Assim sendo, o velhote partiu e a desaventurada Biancabella começou a andar pela selva chamando por Samaritana. Os gritos e lamentações alcançaram o céu. Mas Samaritana, ainda que estivesse próxima e não a tivesse abandonado, não queria responder. A desafortunada, vendo suas palavras dissolverem-se no vento, disse:

— O que me resta para fazer no mundo, uma vez que estou desprovida de olhos e mãos e, por fim, não recebo nenhum socorro humano?

E, impulsionada por um furor que acabava com qualquer fio de esperança, desesperada, quis se matar. Mas não havendo modo algum de acabar com a própria vida, andou em direção às águas que estavam nas cercanias para se jogar. Ao chegar às margens, prestes a se jogar, ouviu uma voz estrondosa que dizia:

—Ai de mim, não se jogue, não queira ser a própria assassina! Reserve sua vida para algo mais digno.

Então Biancabella, chocada com a voz poderosa, sentiu os pelos do corpo se arrepiarem. Mas a voz parecia-lhe familiar, então tomou coragem e disse:

— Quem é você que vai errante por estas bandas e demonstra com voz doce piedade por mim?

— Eu sou — respondeu a voz — Samaritana, sua irmã, por quem você insistentemente chama.

Ao ouvi-la, Biancabella interrompeu efusivos soluços e disse:

— Ah! Minha irmã, me ajude, por favor. Se eu por acaso me desviei dos conselhos que me deu, peço-lhe perdão. Portanto, se errei, confesso minha falha, mas o fiz por ignorância, não por malícia. Se tivesse sido por malícia, a divina providência não teria se sustentado por tanto tempo.

Samaritana, ouvindo suas compadecidas lamentações, e vendo-a tão maltratada, deu a ela um pouco de conforto. Colheu algumas ervas de notáveis qualidades e as colocou sobre os olhos de Biancabella. Uniu duas mãos aos braços e imediatamente as curou. Em seguida, livrando-se da esquálida pele de cobra, Samaritana se transformou em uma belíssima jovem.

Os fúlgidos raios de sol já começavam a dar lugar às trevas da noite quando o velhote, com passos apressados, chegou à selva e encontrou Biancabella sentada junto a outra ninfa. Ficou espantado ao vê-la, quase sem acreditar que fosse real. Mas, depois que a reconheceu, disse:

— Minha filha, esta manhã você estava cega e mutilada. Como se recuperou tão rapidamente?

E Biancabella respondeu:

— Não por minha causa, mas sim graças a esta sentada aqui comigo, que é minha irmã.

Então ambas levantaram-se e foram alegremente para casa com o velho, onde foram recebidas com felicidade pela esposa e filhas. Passados muitos e muitos dias, Samaritana e Biancabella, juntamente do velhote, da esposa e das três filhas, foram para Nápoles para ali viver. Encontraram um local vazio em frente ao palácio do rei e sentaram-se. No calar da noite escura, Samaritana apanhou um ramo de folhas de louro e percorreu o terreno por três vezes dizendo algumas palavras. Logo após terminar de dizê-las, surgiu o mais belo e grandioso palácio jamais visto. Ao olhar pela janela de manhã, o rei Ferrandino ficou boquiaberto e abismado ao ver palácio tão rico e maravilhoso. Chamou a esposa e a madrasta para ver; elas, contudo, ficaram bastante descontentes e logo suspeitaram que algo macabro tivesse acontecido. Enquanto contemplavam o dito palácio, examinando tudo muito bem, os olhos do rapaz encontraram a janela de um quarto onde viu duas damas tão belas que faziam inveja ao sol. Assim que as viu, sentiu muita raiva no coração ao reparar que uma delas se assemelhava ao que sua amada Biancabella um dia fora. Questionou então quem eram e de onde vinham. Responderam que eram duas mulheres exiladas que vinham da Pérsia para viver naquela gloriosa cidade. Depois perguntou se cortesmente aceitariam uma visita sua e de suas mulheres. Elas responderam que ficariam honradas, porém que seria mais oportuno e decoroso que elas, como súditas, fossem até eles.

HENRY J. FORD PARA A VERSÃO DE E. STEERE

Ferrandino chamou a rainha e as outras mulheres e, mesmo que estas estivessem receosas de ir por temerem a própria ruína, se dirigiram ao palácio das duas damas, que honradamente receberam todos com cordialidade e benevolência. Mostraram as amplas galerias, as espaçosas salas e os bem decorados quartos, cujas paredes eram de alabastro e elegante pórfiro, onde se viam figuras que pareciam ter vida.

Após verem o palácio muito pomposo, a bela jovem, aproximando-se do rei, pediu com doçura que lhe desse a honra, com sua mulher, de um dia ir lá almoçar. O rei, que não tinha o coração de pedra e era, como é de se esperar, muito generoso e liberal, graciosamente aceitou o convite. E, após as mulheres agradecerem por ele ter aceitado o convite, partiu com a rainha e voltou para seu palácio. Chegado o dia designado ao convite, o rei, a rainha e a madrasta, adequadamente vestidos e acompanhados por diversas damas, foram honrar o magnífico almoço já com a mesa tão farta posta. Após lavarem as mãos, o mordomo acomodou o rei e a rainha em uma mesa proeminente, porém próxima às outras. Depois, de maneira ordenada, acomodou os outros. Enfim, todos almoçaram alegres e descontraídos. Terminado o suntuoso banquete e retirada a mesa, Samaritana levantou-se e, dirigindo-se ao rei e à rainha, disse:

— Senhor, para que não fiquemos envoltos no ócio, alguém proponha algo para fazer que seja agradável a todos.

Todos concordaram com a ideia, contudo ninguém ousou propor nada. Samaritana, ao ver todos em silêncio, então falou:

— Já que ninguém se prontifica a dizer algo, com a licença de Vossa Majestade, chamarei uma de nossas donzelas para nos deleitar.

Chamou então uma jovem chamada Silveria. Ordenou que apanhasse a cítara e que cantasse algo em homenagem ao rei que fosse digno de louvor. Ela então, obedientíssima à sua ama, pegou a cítara e posicionou-se em frente ao rei. Tocando as cordas com a palheta, com sua voz suave e delicada, narrou ao rei a história de Biancabella, todavia sem mencionar seu nome. Chegado o fim da história, Samaritana levantou-se e perguntou ao rei qual seria a pena mais oportuna, o suplício mais digno, para alguém que tivesse cometido tal excesso. A madrasta, que julgou que poderia talvez ter a chance de ser perdoada por sua maldade ao responder rapidamente, não esperou que o rei dissesse o que pensava e gritou em um tom confiante:

— Ser jogada em uma fornalha incandescente é o mínimo que esta pessoa merece.

Então Samaritana, com o rosto em chamas, disse:

— Você é a culpada, mulher cruel, é a razão pela qual tantos erros foram cometidos. Você, malvada e maldita, condenou a si mesma com a própria boca. — E dirigindo-se ao rei, com muita alegria disse: — Esta é a sua Biancabella! Esta é a sua tão amada mulher! Esta é aquela sem a qual você não consegue viver!

Para demonstrar que dizia a verdade, ordenou às três donzelas, filhas do velhote, que penteassem os loiros e ondulados cabelos de Biancabella na presença do rei. Como já dito, brotavam as caras e estimadas joias, e das mãos surgiam belas rosas e flores cheirosíssimas. E, como prova final e irrefutável, mostrou ao rei o cândido pescoço de Biancabella, contornado por um pequeno colar feito de ouro puríssimo, que naturalmente transparecia como cristal entre a carne e a pele. O rei, convencido pelos indícios verdadeiros e sinais claros de que aquela era a sua Biancabella, a abraçou com ternura e começou a chorar. E dali não partiram. O rei ordenou que uma fornalha fosse acesa e dentro jogou a madrasta e as filhas que, ao se arrependerem de seus pecados demasiado tarde, tiveram suas vidas miseravelmente extinguidas. Em seguida, as três filhas do velhote casaram-se de maneira muito honrada, e o rei Ferrandino, junto de sua Biancabella e de Samaritana, por muito tempo viveu, deixando legítimos herdeiros do reino.

Barba Azul

CHARLES PERRAULT

França, 1697

Neste clássico, o perverso Barba Azul faz um alerta à sua jovem esposa que, se ignorado, trará terríveis consequências.

ra uma vez um homem que tinha lindas casas na cidade e no campo, baixelas de ouro e prata, móveis estofados e bordados e carruagens douradas; porém, infelizmente, esse homem tinha a barba azul. A barba o tornava tão feio e tenebroso que toda donzela e criança fugia dele.

Uma de suas vizinhas, uma dama de qualidade, tinha duas filhas perfeitamente belas. Ele pediu por uma em casamento e deixou que a mãe das moças escolhesse qual seria. Nenhuma das duas donzelas queria casar-se com ele e iam e vinham na discussão, sem conseguir decidir-se por casar-se com um homem que tinha a barba azul. Além do mais, elas sentiam asco pelo fato de ele já ter se casado diversas vezes, sem que ninguém soubesse o que acontecera com as esposas. O Barba Azul, para conhecê-las melhor, levou as donzelas, a mãe, três ou quatro de suas melhores amigas, além de outros jovens da vizinhança, a uma de suas casas de campo, onde passaram oito dias inteiros. O tempo era todo ocupado por caminhadas, caça, pesca, bailes, festas e refeições. Ninguém dormia, e as noites eram passadas com brincadeiras e pegadinhas. Tudo correu tão bem que a caçula começou a acreditar que o senhor não tinha a barba tão azul assim, afinal, e que era um homem muito honesto.

Logo após a volta à cidade, deu-se o casamento. Ao fim de um mês, o Barba Azul disse à esposa que precisaria viajar ao interior, onde passaria no mínimo seis semanas, para resolver negócios de extrema importância. Ele rogou que ela se divertisse bastante durante sua ausência, que convidasse suas amigas para a casa deles, que as levasse ao campo se quisesse e que se fartasse de boa comida.

— Eis — disse ele — as chaves dos dois guarda-móveis, do armário de louças e baixelas de ouro e prata que não usamos no dia a dia, dos meus cofres, onde guardo o ouro e o dinheiro, dos baús de pedras preciosas e de todas as casas. Esta chavinha aqui, a menor, é da saleta no final do corredor comprido do térreo; abra

DESCONHECIDO, 1883

tudo, vá aonde quiser, mas proíbo que entre nesta saleta e proíbo com tanta convicção que, se abrir a porta, deve esperar o pior de minha fúria.

Ela prometeu obedecer exatamente a todas as ordens dele E, após um beijo, ele subiu na carruagem e partiu em viagem.

As vizinhas e as amigas nem esperaram convite para visitar a jovem noiva de tanta impaciência para admirar as riquezas de seu novo lar, apesar de não ousarem entrar enquanto o marido estava presente, por medo de sua barba azul. Elas logo começaram a percorrer os quartos, as salas, os armários, um lugar mais lindo e rico que o outro. Em seguida, subiram aos guarda-móveis, onde se espantaram com a quantidade e a beleza de tapeçarias, de leitos, de sofás, de armários, de aparadores, de mesas e de espelhos, nos quais se viam de corpo inteiro e cujas molduras, algumas de vidro e outras de prata e de ouro, eram as mais lindas e magníficas. Elas não cansavam de exagerar e invejar a felicidade da amiga, que, enquanto isso, não se divertia em nada na admiração de tamanha riqueza, pois sofria de impaciência para abrir a saleta do térreo. A curiosidade lhe era tanta que, sem considerar a falta de educação de abandonar as convidadas, desceu por uma escadinha escondida com tanta pressa que mais de uma vez temeu cair e quebrar o pescoço.

Ao chegar à porta da saleta, hesitou por alguns instantes, pensando na proibição feita pelo esposo e considerando que poderia lhe acontecer algo de ruim por sua desobediência, mas a tentação era tão forte que ela não resistiu. Assim, pegou a menor chave e abriu, tremendo inteira, a porta da saleta. De início, não viu nada, porque as janelas estavam fechadas. Após alguns momentos, porém, começou a notar que o assoalho estava todo recoberto de sangue seco e que, no sangue, se refletiam os corpos de diversas mulheres mortas, atadas nas paredes (eram todas as mulheres com quem Barba Azul se casara e que degolara em sequência).

Ela praticamente morreu de medo, e a chave da saleta, que acabara de tirar da fechadura, caiu-lhe da mão.

Depois de recuperar certa força, ela recolheu a chave, fechou a porta e subiu ao quarto para se recompor. Porém, de tanta emoção, não conseguia se acalmar. Ao notar que a chave da saleta estava manchada de sangue, a esfregou duas ou três vezes, mas o sangue não saía; por mais que a lavasse e até a esfregasse com areia e cascalho, o sangue não saía, pois a chave era encantada pelas fadas, e não havia modo de limpá-la completamente — quando saía sangue de um lado, ressurgia do outro.

Barba Azul voltou de viagem na mesma noite, e disse que, no caminho, recebera uma carta informando que os negócios que fora resolver tinham se decidido a seu favor. A esposa fez todo o possível para provar a ele que estava feliz por seu retorno tão rápido. No dia seguinte, ele pediu as chaves, e ela as devolveu, mas sua mão tremia tanto que ele adivinhou imediatamente tudo que ocorrera.

— Por que a chave da saleta não está no molho? — perguntou ele.
— Acho que esqueci lá em cima — disse ela — na minha mesinha.
— Não deixe de me devolver logo — pediu Barba Azul.

Após diversas insistências, ela precisou devolver a chave. Barba Azul, depois de pensar bem, perguntou à esposa:

— Por que há sangue nesta chave?
— Não sei — respondeu a pobre esposa, mais branca que um fantasma.
— Não sabe? — retrucou Barba Azul. — Pois eu sei: quis entrar na saleta! Bem, minha senhora, entrará e tomará seu lugar junto às damas que lá viu.

Ela se jogou aos pés do marido, suplicando perdão aos prantos, com todos os sinais de verdadeiro arrependimento por sua desobediência.

De tanta beleza e aflição, até um rochedo teria se apiedado dela; porém, o coração de Barba Azul era mais duro do que um rochedo.

— Vai morrer, minha senhora — disse ele —, e já é hora.
— Já que morrerei — respondeu ela, com os olhos marejados de lágrimas —, me dê um pouco de tempo para orar a Deus.
— Darei quinze minutos — retrucou Barba Azul —, e nem um segundo a mais.

Quando ficou sozinha, ela chamou pela irmã.

— Anne — implorou, pois era o nome dela —, minha irmã, eu imploro, suba na torre para ver se meus irmãos estão a caminho. Eles prometeram que viriam me visitar hoje e, se notá-los, faça sinal para que se apressem.

Anne, a irmã, subiu ao alto da torre, e a pobre sofredora lhe gritava, de tempos em tempos:

— Anne, minha irmã, não vê ninguém?

Anne, a irmã, respondia:

DESCONHECIDO, 1883

— Vejo apenas o sol reluzente e a grama verdejante.

Enquanto isso, Barba Azul, trazendo um facão, urrava com toda a força para a esposa:

— Desça logo, ou eu subirei.

— Mais um instante, por favor — respondia a esposa, e abaixava um pouco a voz para chamar a irmã. — Anne, minha irmã, Anne, não vê ninguém?

— Vejo apenas o sol reluzente e a grama verdejante — respondia Anne, a irmã.

— Desça logo — gritou Barba Azul —, ou eu subirei.

— Já vou — respondeu a esposa, e continuou a falar com a irmã. — Anne, minha irmã, Anne, não vê ninguém?

— Vejo — respondeu Anne, a irmã — muita poeira vindo deste lado.

— São meus irmãos?

W. HEATH ROBINSON

— Infelizmente, não, minha irmã, é um rebanho de ovelhas.
— Não vai descer? — gritou Barba Azul.
— Mais um segundo — respondeu a esposa. — Anne, minha irmã, Anne — chamou —, não vê ninguém?
— Vejo — respondeu a irmã — dois cavaleiros vindo deste lado, mas ainda distantes. Deus nos abençoe — exclamou, depois de um instante —, são nossos irmãos, e farei sinal para se apressarem.

Barba Azul começou a gritar com tanta força que a casa inteira tremeu. A pobre esposa desceu e se jogou a seus pés, debulhando-se em lágrimas e descabelada.

— Não adianta — disse Barba Azul —, é a hora de sua morte.

Ele a puxou pelo cabelo e, com o facão na outra mão, preparou-se para cortar-lhe a cabeça. A pobre esposa se virou para ele e, com os olhos de súplica, rogou mais um instante para se recompor.

— Não, não — disse ele —, pode fazer as pazes com Deus.

Assim, ele ergueu o facão...

No mesmo instante, alguém bateu com tanta força na porta que Barba Azul parou bruscamente. A porta se abriu, e dois cavaleiros irromperam no ambiente, de espadas em punho, e correram atrás de Barba Azul. Ele reconheceu os irmãos da esposa, um deles dragão, e o outro, mosqueteiro, e fugiu, para se salvar. Porém, os dois irmãos foram tão ágeis que o alcançaram antes que o homem chegasse à escada da saída. Eles o atravessaram com as espadas e o mataram. A pobre esposa estava também quase tão morta quanto o marido e nem tinha forças para se levantar para agradecer aos irmãos.

Descobriu-se que Barba Azul não tinha nenhum herdeiro, e, assim, a esposa tornou-se proprietária de todos seus bens.

Ela dedicou parte do dinheiro para casar a irmã, Anne, com um jovem cavalheiro, por quem era apaixonada havia tempo; outra parte, para comprar capitanias para os dois irmãos; e mais uma parte para casar-se novamente, com um homem honesto, que a fez esquecer a infelicidade que vivera com Barba Azul.

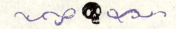

As Três Folhas da Cobra

JACOB E WILHELM GRIMM

Alemanha, 1812

Aprisionado no túmulo de sua amada, um jovem guerreiro usa três folhas mágicas para ressuscitá-la, sem saber que ela não voltará a ser como antes.

ra uma vez um homem pobre que não conseguia mais sustentar seu único filho que, um dia, disse-lhe:

— Pai querido, nossa situação anda tão ruim que virei um fardo para o senhor. Prefiro ir embora e ver como consigo meu próprio ganha-pão.

O pai deu-lhe sua bênção e, com grande pesar, despediu-se dele. Na época, o rei de um poderoso império estava guerreando, e o jovem rapaz alistou-se e foi lutar ao seu lado. Ao ficar diante do inimigo, ocorreu uma batalha muito perigosa e choveram balas até seus companheiros caírem por toda parte. Quando o líder também foi morto, os remanescentes estavam prestes a bater em retirada, mas o jovem deu um passo firme à frente, falou com eles sem temor e gritou:

— Não permitiremos que nossa terra natal seja destruída!

E, assim, os outros o seguiram, e ele continuou a lutar e derrotou o inimigo. Quando soube que devia sua vitória ao jovem, o rei o colocou acima dos demais, concedeu-lhe grandes tesouros e tornou-o "o favorito" do reino.

O rei tinha uma filha muito bonita, mas que também era muito esquisita. Ela fizera o voto de não aceitar nenhum homem como seu senhor e marido que não prometesse deixar-se ser enterrado vivo com ela, caso ela morresse antes.

— Se ele me ama de todo o coração — indagava ela —, para que continuar vivendo depois?

Se acontecesse o contrário, e o marido morresse primeiro, ela faria o mesmo e também iria para o túmulo com ele. Até então, tal juramento estranho espantara todos os pretendentes, mas o jovem ficou tão encantado com sua beleza que não se importou com mais nada e pediu a mão dela ao pai.

— Mas tu sabes o que deves prometer? — perguntou o rei.

— Devo ser enterrado com ela, caso eu viva mais, mas meu amor é tão grande que não me importo com tal risco.

E assim, o rei permitiu a união, e o casamento foi celebrado, repleto de esplendor.

Ambos viveram felizes e satisfeitos por um tempo, até que, um dia, a jovem rainha foi acometida por uma doença grave, e nenhum médico conseguiu curá-la. Ao vê-la morta, o jovem rei lembrou-se do que fora obrigado a prometer e ficou horrorizado com a ideia de enterrar-se vivo em uma cova, mas não havia escapatória, pois o rei já posicionara sentinelas em todos os portões, tornando seu destino inexorável. Quando chegou o dia em que o cadáver deveria ser enterrado, o rapaz foi levado juntamente até a cripta funerária real, e a porta foi trancada e aferrolhada.

Perto do caixão, havia uma mesa sobre a qual encontravam-se quatro velas, quatro pães e quatro garrafas de vinho e, quando tais mantimentos acabassem, o jovem rei acabaria morrendo de fome. Ele ficou lá, tomado pela dor e pelo luto, e comia todo dia só um pedacinho de pão e bebia só um gole de vinho, mas, mesmo assim, via a morte a cada dia se aproximando mais. Certo dia, quando fixou o olhar à frente, viu uma cobra sair sorrateira de um canto da cripta e se aproximar do cadáver. Como pensou que o bicho fosse devorá-lo, empunhou sua espada e disse:

— Enquanto eu viver, não tocarás nela. — E cortou a cobra em três partes.

Após um tempo, uma segunda cobra saiu sorrateira e, quando viu a outra morta e cortada em pedaços, deu meia-volta, mas logo voltou com três folhas na boca. Em seguida, apanhou

AS TRÊS FOLHAS DA COBRA

as três partes, juntou-as como deveria ser e colocou cada uma das folhas em todas as feridas. Imediatamente, os pedaços voltaram a se juntar, a cobra se mexeu, ressuscitou, e ambas fugiram juntas às pressas. As folhas ficaram no chão, e uma vontade surgiu na cabeça do homem infeliz que assistira à toda aquela cena: saber se o poder surpreendente das folhas, responsável por ressuscitar o réptil, não poderia ser útil a um ser humano. Ele apanhou as folhas e colocou uma na boca de sua falecida esposa, e as outras duas sobre seus olhos. Mal acabara de fazer isso e o sangue voltou a correr nas veias dela e subiu até seu rosto pálido, devolvendo-lhe a cor. Em seguida, ela respirou fundo, abriu os olhos e perguntou:

— Ó Deus, onde estou?

— Estás comigo, esposa amada — respondeu ele e contou tudo o que acontecera e como ele a ressuscitara.

Em seguida, deu-lhe pão e vinho para comer e, quando ela recuperou a força, ele a levantou, e ambos foram até a porta, bateram nela e chamaram tão alto que os sentinelas ouviram e contaram ao rei. O próprio desceu até o local, abriu a porta, viu que ambos estavam bem e fortes e regozijou-se com eles por todo o sofrimento ter acabado. O jovem rei, entretanto, levou as três folhas da cobra consigo, deu-as a um serviçal e disse:

— Guarda-as para mim com muito cuidado e deixa-as sempre contigo, pois sabe-se lá o quanto ainda nos podem ser úteis!

Sua esposa, contudo, mudara, pois, após a ressurreição, parecia que todo o amor que sentia pelo marido se esvaíra de seu coração. Certo tempo depois, quando ele quis viajar além-mar para visitar seu velho pai, e ambos embarcaram no navio, ela se esqueceu do grande amor e fidelidade que seu marido demonstrara para com ela, a força motriz para salvá-la da morte, e desenvolveu um intenso interesse amoroso pelo capitão. Quando o jovem rei estava dormindo, chamou seu amante. Ela pegou o dorminhoco pela cabeça, enquanto ele o pegou pelos pés, e ambos o jogaram ao mar. Quando terminaram tamanho ato vergonhoso, ela disse:

— Vamos voltar para casa e dizer que ele morreu na viagem. Eu te elogiarei e te exaltarei para que meu pai permita o meu casamento contigo, e assim, tornarás a ti o herdeiro da coroa.

O fiel serviçal, entretanto, que vira tudo o que ambos fizeram e sem ser visto, desatou um barquinho do navio, entrou nele, partiu atrás de seu mestre e deixou os traidores seguirem seu caminho. Puxou o cadáver da água e, com a ajuda das três folhas da cobra que carregava consigo, colocou-as sobre os olhos e a boca dele e, felizmente, conseguiu ressuscitar o jovem rei.

Os dois remaram com todas as forças dia e noite, e o barquinho foi tão ligeiro que chegaram ao velho rei antes dos traidores. O soberano ficou perplexo ao vê-los sozinhos e perguntou o que lhes acontecera. Quando soube da perversidade da filha, disse:

— Não consigo crer que ela se comportou tão mal assim, mas a verdade virá à tona em breve. — E fez ambos entrarem em um recinto secreto e os manteve escondidos de todos.

Pouco tempo depois, o grande navio aportou, e a mulher ímpia apareceu diante do pai com semblante preocupado. Ele indagou:

— Por que vieste sozinha? Onde está teu marido?

— Ah, pai querido — respondeu ela —, eu retorno, de novo, tomada pelo luto; durante a viagem, meu marido adoeceu de súbito e morreu, e, se o bom capitão aqui não tivesse me ajudado, eu também teria ficado doente. Ele estava presente no momento da morte e pode contar-te tudo.

O rei disse:

— Ressuscitarei os mortos, então. — E abriu o recinto secreto, de onde fez os dois homens saírem.

Quando a mulher viu o marido, ficou atônita, ajoelhou-se e implorou piedade, mas o rei sentenciou:

— Não haverá piedade. Teu marido estava pronto para morrer contigo e te ressuscitou, mas tu o assassinaste enquanto ele dormia e agora deves receber a recompensa que mereces.

Em seguida, ela foi colocada com seu cúmplice em um navio cheio de furos enviado ao mar, onde logo ambos afundaram em meio às ondas.

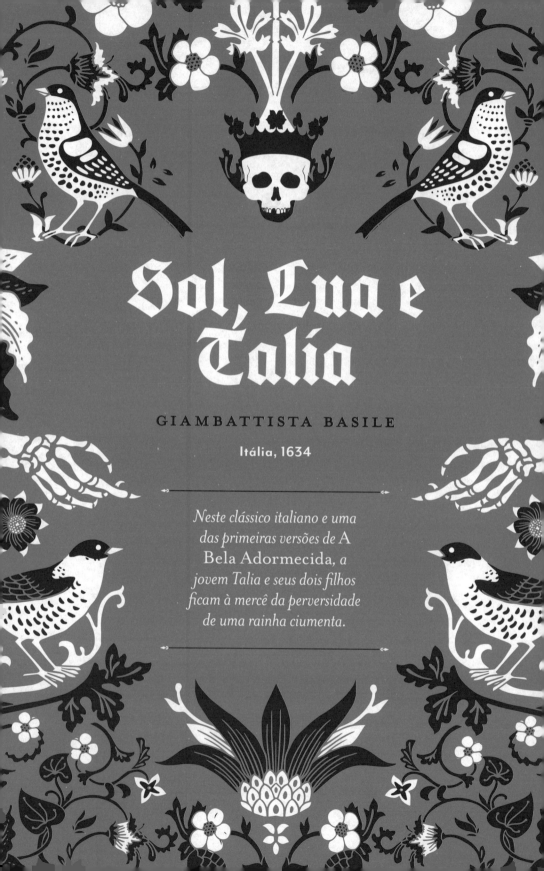

Sol, Lua e Talia

GIAMBATTISTA BASILE

Itália, 1634

Neste clássico italiano e uma das primeiras versões de A Bela Adormecida, a jovem Talia e seus dois filhos ficam à mercê da perversidade de uma rainha ciumenta.

É sabido que, além de outras coisas, a crueldade sirva de carrasco àquele que a pratica. Nunca se viu alguém cuspir para cima e não cair na testa. E o outro lado desta moeda, a inocência, é um escudo de figo, onde as espadas malignas se destroem ou deixam marcas, como quando um pobre homem, que se acreditava que estivesse morto e enterrado, ressuscita em carne e osso. Assim vocês ouvirão no conto que, do fundo da minha memória, com a minha língua afiada, vou vos contar.

Era uma vez um importante senhor, que logo após o nascimento da filha, a quem deu o nome de Talia, mandou vir todos os sábios e adivinhos de seu reino para que previssem a sua sorte. Estes, depois de várias consultas, concluíram que a menina estava exposta a um grande perigo por causa de uma lasca de linho. O rei então proibiu que entrassem em sua casa linho, cânhamo ou qualquer outra coisa parecida para evitar que algo de ruim acontecesse.

Talia, agora já grandinha, estava na janela quando viu passar uma velha que estava fiando. E uma vez que nunca tinha visto nem roca nem fuso e gostando muito daquela dança que o fuso fazia enquanto trabalhava, envolta em curiosidade, fez a velha entrar e, depois de pegar a roca em suas mãos, começou a fiar. Mas a desgraça quis que uma lasca entrasse embaixo de sua unha, fazendo com que a menina caísse morta no mesmo instante. A velha, diante de tanto azar, fugiu correndo escada abaixo. O desaventurado pai, após encher um balde de tristeza com um rio de lágrimas, colocou a morta Talia naquele mesmo palácio, que ficava em um bosque, sentada em uma cadeira de veludo sob um baldaquim de brocado. Depois lacrou as portas e abandonou para sempre a casa, motivo de seu sofrimento, para apagar de uma vez por todas da memória a tragédia pela qual tinha passado.

Tempos depois, o falcão de um rei que caçava por aqueles lados fugiu e entrou em uma janela daquela casa. Após chamar em vão pela ave, o rei bateu à porta, pensando que alguém vivia ali. Mas depois de bater e não obter nenhuma resposta, o rei pediu uma escada de madeira, já que queria, pessoalmente, escalar a casa e ver o que tinha dentro. Após subir e entrar, ficou espantado ao não encontrar em nenhum canto nenhuma alma viva. Por fim, chegou até o quarto onde estava, como por encanto, Talia.

O rei chamou por ela, pensando que a garota estava apenas dormindo. Mas, quando não obteve resposta alguma, por mais que tentasse e gritasse, e encantado com aquela beleza radiante, a carregou até uma cama e colheu os frutos do amor. Então, deixou-a ali deitada e retornou ao seu reino, onde, durante muito tempo, não se lembrou do que ocorrera naquele dia.

Depois de nove meses Talia deu à luz dois bebês, um menino e uma menina, duas preciosidades maravilhosas. Duas fadas que apareceram naquele palácio cuidaram dos bebês, colocando-os próximos ao peito da mãe. Ao tentarem mamar e não encontrarem os mamilos da mãe, colocaram na boca aquele dedo que tinha sido picado e o chuparam tanto que arrancaram fora a lasca. No mesmo instante, Talia sentiu como se estivesse acordando de um longo sono e, ao ver aquelas duas joias, amamentou-os e cuidou de ambos com muito amor.

Porém não conseguia entender o que tinha acontecido. Estava sozinha ali naquele palácio com duas crianças ao seu lado e pessoas que lhe traziam coisas para comer sem que conseguisse vê-los. O rei, que lembrou-se dela, foi vê-la, dando a desculpa de que iria caçar. Ao encontrá-la acordada com aquelas duas lindas crianças, ficou extremamente feliz. Então contou a Talia quem ela era e como tudo tinha acontecido. Ficaram amigos e uma forte ligação surgiu entre ambos, fazendo com que o rei ficasse por ali muitos dias, fazendo-lhe companhia. Então, despediu-se com a promessa de voltar para buscá-la e levá-la até seu reino. Já em casa, o rei não parava de falar de Talia e os filhos. Quando comia, tinha em sua boca Talia, Sol e Lua (estes eram os nomes das crianças). Quando ia se deitar, chamava por ela e pelos outros.

A mulher do rei, que já suspeitava do marido quando este demorou para voltar da caça, ao ouvir as invocações de Talia, Lua e Sol, foi tomada por um calor que não era proveniente do sol. Assim sendo, chamou o secretário e lhe disse:

— Escute, meu filho, você está entre Cila e Caríbdis, entre o batente e a porta, entre a cruz e a espada. Se me disser por quem meu marido está apaixonado, será um homem rico. Se me esconder a verdade, vai desaparecer e ninguém mais lhe encontrará, vivo ou morto.

E ele, ao mesmo tempo em que estava preocupado pelo medo, era instigado pelo interesse, que é uma venda nos olhos da honra e da justiça, uma ferradura da fé; contou tudo que sabia, nos mínimos detalhes.

Então a rainha enviou aquele mesmo secretário, em nome do rei, até Talia para lhe dizer que ele queria ver os filhos. Ela, com muita alegria, os enviou. Mas, tão logo colocou suas mãos nos bebês, aquele coração de Medeia ordenou ao cozinheiro que os matasse e que preparasse diferentes pratos e molhos e os servisse ao pobre pai. O cozinheiro, que tinha muito bom coração, ao ver aquelas lindas maçãs douradas, teve piedade e os confiou à sua mulher para que fossem escondidos e usou dois cabritos em mais de cem molhos diferentes.

Chegada a hora do jantar, a rainha mandou trazerem a refeição e, enquanto o rei comia tudo com muito apetite e exclamando coisas como "Como é bom isso, pela vida de Lanfusa![9]", ou "Como é saboroso este aqui, pela alma do meu avô!", a rainha o encorajava, dizendo:

— Coma, que você está comendo o que é seu.

O rei, por duas ou três vezes, não prestou atenção a estas palavras, mas, ao ver que aquele mesmo discurso continuava, respondeu:

— Sei muito bem que estou comendo o que é meu, porque você jamais trouxe algo para dentro desta casa.

Levantou-se com raiva e retirou-se para sua mansão ali perto para se acalmar.

....
[9] Personagem de *Orlando furioso*, de Ludovico Ariosto. [N. T.]

Mesmo depois do que achava que tinha feito, a rainha ainda não estava saciada e mandou que o secretário chamasse Talia, com o pretexto de que o rei estava à sua espera. Esta então veio imediatamente, com o desejo de encontrar sua luz sem saber que o fogo a aguardava. Em vez disso, foi levada à rainha, que estava com a expressão de Nero, irritada, e lhe disse:

— Seja bem-vinda, madame Matraca! É você aquele tecido fino, aquela erva de qualidade que está se aproveitando de meu marido? É você aquela cadela perversa que me está fazendo revirar a cabeça? Vai, você chegou ao purgatório, vou fazer com que pague pelo mal que me causou!

Talia então começou a pedir perdão, desculpando-se e dizendo que a culpa não era sua e que o marido tinha tomado posse de seus territórios enquanto ela estava adormecida. Mas a rainha não aceitou desculpa alguma e mandou que fosse feita uma grande fogueira bem no centro do pátio do palácio, ordenando que a jogassem no fogo.

A pobre coitada, sem saída e ajoelhada diante da rainha, suplicou que ao menos pudesse ter o tempo de tirar sua roupa. Aquela, não por piedade da infeliz, mas sim para salvar aquele vestido adornado com ouro e pérolas, respondeu:

— Dispa-se, eu permito.

Talia começou a se despir. A cada peça de roupa que tirava soltava um berro. Tanto que, já tendo tirado a capa, a saia e o casaco, quando foi retirar suas roupas de baixo, soltou o último berro, enquanto, ao mesmo tempo, a arrastavam para virar sabão na água fervente para lavar as ceroulas de Caronte. Naquele momento surgiu o rei, que vendo aquele espetáculo quis saber o que estava acontecendo. Perguntou dos filhos e ouviu da própria mulher, que o condenava pela traição e contou que fizera o rei comê-los.

Ele se desesperou.

— Sou eu o lobisomem — gritava — das minhas próprias ovelhas? Meu Deus, e por que minhas veias não reconheceram meu próprio sangue? Ah, turca renegada, que selvageria você cometeu?

Vai, que você vai recolher os caroços, e não mandarei este rosto de tirano ao Coliseu para a penitência!

Proferindo estas palavras, ordenou que a rainha fosse jogada naquela mesma fogueira preparada para Talia, juntamente do secretário, que tinha sido uma peça naquele triste jogo e arquiteto daquela cruel trama. O rei queria fazer o mesmo com o cozinheiro, pensando que este tivesse triturado seus filhos com o cutelo. Ele então se jogou aos pés do rei e disse:

— Honestamente, senhor, não é necessária outra morte pelo serviço que prestei ao senhor. Não é necessário nada mais que uma estaca fincada aqui atrás. Não é necessário entretenimento maior do que me ver contorcer no fogo. Não teria honra maior do que ver as cinzas de um cozinheiro misturadas com aquelas de uma rainha! Mas não é este o agradecimento que espero por ter salvado seus filhos, apesar daquele desgraçado, que queria matá-los para devolver ao seu corpo aquilo que um dia foi parte dele.

O rei, ao ouvir estas palavras, ficou fora de si como se estivesse sonhando. Não conseguia acreditar no que tinha acabado de ouvir. Dirigindo-se ao cozinheiro, falou:

— Se é verdade que você salvou meus filhos, fique tranquilo que será promovido, vai parar de girar espetos e vou colocá-lo na cozinha dentro do meu peito a girar as minhas vontades. Darei tantos prêmios que será o homem mais feliz do mundo.

Enquanto o rei pronunciava tais palavras, a mulher do cozinheiro, vendo que o marido precisava de ajuda, trouxe Lua e Sol para diante do pai, que começou a brincar, juntamente da mulher, com os filhos, enchendo ora um, ora outro, de beijinhos. Deu uma grande recompensa ao cozinheiro e o promoveu a seu mordomo pessoal. Casou-se com Talia, que passou uma longa vida ao lado do marido e dos filhos, sendo a prova viva de que:

"Aquele que tem sorte, mesmo dormindo, obtém o bem."

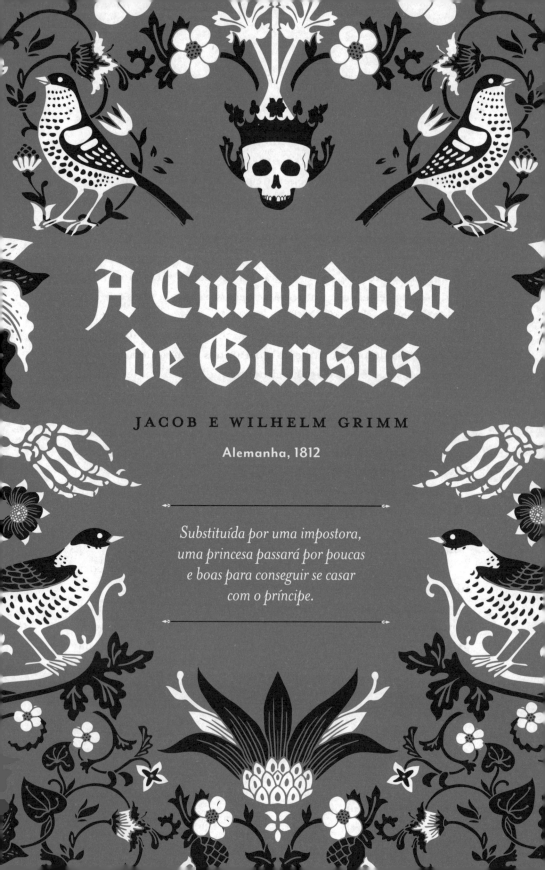

A Cuidadora de Gansos

JACOB E WILHELM GRIMM

Alemanha, 1812

Substituída por uma impostora, uma princesa passará por poucas e boas para conseguir se casar com o príncipe.

ra uma vez uma velha rainha cujo marido morrera havia muitos anos e que teve uma linda filha. Quando a princesa cresceu, foi prometida em casamento a um príncipe que vivia em um reino afastado. Quando chegou a época do casamento e ela teve de partir, a velha rainha guardou para a filha levar muitas vasilhas, utensílios caros e penduricalhos de prata e ouro, cálices e joias, em resumo, tudo aquilo que compunha um dote real, pois amava sua filha de todo coração.

Além disso, designou uma camareira para ela que deveria acompanhá-la a cavalo e entregá-la ao noivo. Cada uma recebeu um cavalo para a viagem, e o da princesa chamava-se Falada e sabia falar. Quando chegou o momento da despedida, a mãe foi até seu quarto, apanhou uma faquinha e cortou os dedos com ela até sangrarem. Depois pegou um paninho branco e deixou três gotas de sangue caírem nele. Ela deu o pano à filha e disse:

— Cuide bem dele, pois as gotas serão úteis na viagem.

E assim, com o coração apertado, mãe e filha se despediram. A princesa guardou o pano no peitilho, montou em seu cavalo e partiu em direção ao noivo. Depois de um tempo cavalgando, sentiu uma sede intensa e disse à camareira:

— Desça do cavalo, pegue meu cálice que trouxe com você e coloque um pouco d'água do riacho, pois estou com sede.

— Se está com sede — retrucou a camareira —, desça do cavalo e incline-se sobre a água e a beba. Não serei sua criada.

Por causa de sua grande sede, a princesa desceu da montaria, inclinou-se sobre a água do riacho e a bebeu, mas não pôde beber em seu cálice dourado. Ela se lamentou:

— Ó, Deus!

E as três gotas de sangue disseram:

— Se sua mãe soubesse disso, seu coração se partiria.

A filha do rei, porém, era humilde. Não disse nada, montou em seu cavalo novamente e ambas cavalgaram por mais alguns quilômetros. Fazia calor, o sol brilhava, e a princesa ficou com sede outra vez. Quando chegaram a um córrego, pediu, mais uma vez, à camareira:

— Desça do cavalo e traga-me água em meu cálice dourado.

Ela já se esquecera da grosseria da camareira, que retrucou com mais desdém do que antes:

— Se está com sede, pegue você mesma. Não serei sua criada.

Sentindo muita sede, a filha do rei desceu da montaria, inclinou-se sobre a água corrente, chorou e se lamentou:

— Ó, Deus!

E as gotas de sangue disseram:

— Se sua mãe soubesse disso, seu coração se partiria.

Conforme a princesa bebia inclinada sobre o córrego, o pano com as três gotas de sangue caiu de seu peitilho e foi levado pela água sem que ela percebesse, tamanha era sua preocupação. A criada, entretanto, soube o que aconteceu e alegrou-se em pensar que agora tinha poder sobre a princesa, pois ao perder as gotas de sangue, ela ficara fraca e impotente. Quando quis montar em seu cavalo, Falada, outra vez a camareira lhe disse:

— Eu ficarei com Falada, e você ficará com o meu pônei.

E a princesa teve de acatar.

Ao som de muitas grosserias, a camareira ordenou a princesa que se despisse de suas roupas reais e vestisse as roupas surradas de criada e, no fim, a princesa foi forçada a jurar pelo Céu e pela

ROBERT ANNING BELL

Terra que não contaria absolutamente nada na corte real. Caso não tivesse feito tal juramento, teria sido morta ali mesmo. Falada viu tudo e lembrava-se muito bem.

A camareira, agora montada em Falada, e a noiva verdadeira, no cavalo ruim, continuaram a viagem até, finalmente, chegarem ao palácio real. Sua chegada foi recebida com muita alegria, e o príncipe correu para encontrá-las e desceu a criada do cavalo, acreditando ser sua noiva.

Ela foi levada para os andares superiores enquanto a princesa verdadeira foi deixada no pátio. O velho rei olhou pela janela, a viu aguardando no pátio e percebeu como ela era elegante, fina e linda. Rapidamente, tratou de ir ao aposento real, perguntou à noiva sobre a mulher que a acompanhava e esperava no pátio e quem ela era.

— Eu a achei no caminho e a trouxe para ser minha acompanhante. Dê a ela algum serviço para que ela não fique de braços cruzados.

O velho monarca, entretanto, não tinha serviço algum para dar à jovem e não soube o que dizer, além do seguinte:

— Há um garoto que cuida dos gansos, e ela pode ajudá-lo.

O nome dele era Conradinho, e a noiva verdadeira teve de ajudá-lo a cuidar dos gansos.

Pouco depois, a noiva falsa pediu ao jovem rei:

— Meu querido marido, imploro que me faça um favor.

Ele disse:

— Eu o farei com prazer.

— Chame o abatedor e mande-o decapitar o cavalo com o qual cheguei aqui, pois ele me aborreceu no caminho.

A verdade era que ela estava com medo de que o cavalo pudesse contar como ela tratara a filha do rei.

E assim foi sentenciada a morte do fiel cavalo. A princesa verdadeira ficou sabendo disso e, secretamente, prometeu pagar ao abatedor uma moeda de ouro se ele realizasse um pequeno serviço para ela. Na cidade, havia um portão grande e escuro por onde

A CUIDADORA DE GANSOS

ela tinha de passar com os gansos de manhã e de noite. Será que ele teria a gentileza de pregar a cabeça de Falada no portão, para que sua dona sempre pudesse vê-lo? O ajudante do abatedor deu sua palavra, decapitou o cavalo e pregou a cabeça, com segurança, no portão escuro.

De manhã cedo, quando ela e Conrado passaram pelo portão com o bando de gansos, ela disse:

— Ai, que pena, Falada, você estar preso aí!

A cabeça rebateu:

"Ai, que pena, jovem rainha que está passando,
Se sua mãe soubesse disso,
O coração dela se partiria."

Depois afastaram-se bem mais da cidade, levando os gansos à parte rural e, quando chegaram à campina, a princesa sentou-se e soltou o cabelo, que era feito de ouro puro. Conrado viu e ficou maravilhado ao ver como ele resplandecia, quis pegar alguns fios de cabelo, mas ela lhe disse:

"Sopre, vento, sopre,
Leve o chapéu do Conrado,
E faça-o correr atrás dele,
Até eu ter trançado meu cabelo,
E tê-lo amarrado de novo."

Surgiu um vento que soprou o chapéu de Conrado pelos campos, e ele teve de ir atrás dele. Quando voltou, ela já tinha terminado de pentear e prender o cabelo, de modo que ele não pegou um fio sequer. Conrado ficou nervoso e não falou com ela e, assim, ambos cuidaram dos gansos até a noite e depois foram para casa.

Na manhã seguinte, quando estavam passando com os gansos pelo portão escuro, a donzela lamentou:

— Ai, que pena, Falada, você estar preso aí!

Falada rebateu:

"Ai, que pena, jovem rainha que está passando,
Se sua mãe soubesse disso,
O coração dela se partiria."

Mais uma vez, a noiva verdadeira sentou-se no campo e começou a pentear o cabelo. Quando Conrado correu para tentar pegar alguns fios, ela recitou rapidamente:
"Sopre, vento, sopre,
Leve o chapéu do Conrado,
E faça-o correr atrás dele,
Até eu ter trançado meu cabelo,
E tê-lo amarrado de novo."

O vento soprou e levou o chapéu para longe. Conrado correu atrás dele e, quando voltou, ela já havia arrumado o cabelo, e ele ficou sem um fio sequer. Depois disso, ambos cuidaram dos gansos até o anoitecer.

À noite, depois de terem voltado para casa, Conrado foi até o velho rei e declarou:

— Não vou mais cuidar dos gansos com aquela garota.

— Por que não? — perguntou o monarca idoso.

— Ah, porque ela passa o dia todo me irritando.

Em seguida, o velho soberano ordenou-o a contar o que ela tinha feito, e Conrado disse:

— De manhã, quando passamos debaixo do portão com o bando de gansos, tem uma cabeça de cavalo pendurada, e a garota diz: "Ai, que pena, Falada, você estar preso aí!". E a cabeça responde: "Ai, que pena, jovem rainha que está passando, se sua mãe soubesse disso, o coração dela se partiria".

O garoto prosseguiu e contou o que acontecia na campina dos gansos, e como ele tinha de correr atrás de seu chapéu.

O soberano lhe ordenou que levasse o bando para fora da cidade novamente no dia seguinte. No despontar da manhã, o próprio rei sentou-se atrás do portão escuro e ouviu como a garota falava com a cabeça de Falada. Em seguida, ele a seguiu até a parte rural e escondeu-se em uma moita na campina. Logo viu, com os próprios olhos, a cuidadora e o cuidador de gansos trazendo o bando e, depois de um tempo, ela sentou-se e soltou o cabelo, que resplandecia gloriosamente. Logo ela recitou:

LOUIS RHEAD, 1917

"Sopre, vento, sopre,
Leve o chapéu do Conrado,
E faça-o correr atrás dele,
Até eu ter trançado meu cabelo,
E tê-lo amarrado de novo."

Começou uma rajada de vento que levou o chapéu de Conrado para longe, o que o fez correr, enquanto a donzela, em silêncio, continuou a pentear e a trançar o cabelo, sendo que o rei tudo observava. Depois, sem ser notado, ele foi embora e, quando a cuidadora de gansos chegou em casa à noite, ele a chamou em um canto e perguntou por que ela fez todas aquelas coisas.

— Não tenho permissão para contar nem posso revelar minhas angústias a ser humano algum, pois jurei pelo Céu e pela Terra que não vou fazê-lo e, se não tivesse jurado, eu teria sido morta.

O monarca exigiu que ela contasse e não a deixou em paz, mas não conseguiu extrair nada. Por fim, disse:

— Se não vai contar-me nada, então conte suas mágoas ao forno de ferro que está ali. — E saiu.

A princesa entrou no forno e começou a chorar desoladamente e desabafou, dizendo:

— Estou aqui, abandonada pelo mundo inteiro, mesmo sendo a filha de um rei. Uma camareira falsa me obrigou a ficar sem minhas roupas reais e roubou meu noivo. Agora tenho de ser cuidadora de gansos, tal como uma plebeia. Se minha mãe me visse, seu coração se partiria.

O rei estava do lado de fora, ao lado da chaminé do forno e ouviu o que ela disse, então voltou para dentro e pediu para ela sair de onde estava. Vestiram a menina com roupas reais e era magnífico ver como ela tinha ficado bonita.

O velho monarca chamou seu filho e lhe revelou que sua noiva era falsa e não passava de uma camareira, mas que sua noiva verdadeira estava ali, a que fora tratada como cuidadora de gansos. O jovem rei regozijou-se de todo o coração quando a viu em toda sua beleza e pureza. Foi preparado um grande banquete para o qual todas as pessoas e todos os bons amigos foram convidados.

Na cabeceira da mesa, estavam sentados o noivo com a filha do rei de um lado e a camareira do outro. A criada, entretanto, foi enganada, pois não reconheceu a princesa com suas vestes deslumbrantes. Depois de ter comido e bebido e, estando de bom humor, o rei perguntou à camareira, sob a forma de charada, qual era a pena merecida para uma pessoa que tinha enganado seu senhor de tal forma e, depois de contar toda a história, por fim, perguntou:

— Qual pena merece uma pessoa como esta?

A noiva falsa disse:

— Não há destino melhor para a noiva do que ser despida até ficar completamente nua e colocada em um barril que esteja cravejado e repleto de pregos afiados. O barril deve ser atrelado a dois cavalos brancos, que devem arrastá-la uma rua após a outra, até que a noiva morra.

— É você — sentenciou o rei —, e você mesma decretou a própria pena. Que assim seja.

Depois da punição ter sido executada, o jovem monarca se casou com sua verdadeira noiva, e ambos governaram o reino em paz e felizes.

As fadas

CHARLES PERRAULT

França, 1697

Obrigada pela mãe a ir a uma nascente distante, uma jovem encontra uma gentil senhora que lhe dá um estranho poder.

ra uma vez uma viúva que tinha duas filhas. A mais velha era, do ponto de vista moral, o retrato da mãe: vaidosa, orgulhosa, dura e preguiçosa. A mais nova, pelo contrário, era igualzinha ao pai: doce, humilde e educada. Além do mais, tinha uma beleza extraordinária.

Dado que "quem sai aos seus não degenera", a viúva amava a mais velha e detestava a mais nova. Para demonstrar sua aversão, ela forçava a caçula a cumprir as tarefas mais baixas e mais exaustivas do lar.

A coitadinha aguentava tudo sem nem reclamar. Certa noite, após o sol se pôr no horizonte, a mãe ordenou que ela fosse à nascente encher um jarro d'água. Pela primeira vez na vida, a moça hesitou e suplicou à mãe de poupá-la daquele trabalho, pois a nascente ficava muito distante da choupana, no coração da floresta. Àquela hora, ela temia passar sob as árvores que pareciam esconder, atrás dos troncos, um inimigo invisível e desconhecido. A mãe foi implacável, e a coitada da moça, de coração disparado, foi à nascente. A vida noturna da floresta começava a despertar, e mil barulhos estranhos e inexplicáveis aumentavam o pavor da moça.

Finalmente, ela se muniu de coragem e chegou à beira da nascente. Estava prestes a mergulhar o jarro na água límpida quando ouviu uma voz:

— Bela moçoila, pode me oferecer um pouco de água?

Era uma senhora idosa, que a moça não vira chegar.

Ela respondeu, gentil:

— Com prazer, vovó.

Ela lavou o jarro, o encheu no melhor ponto da nascente e o ofereceu à senhora, segurando com as mãos para que ela bebesse com mais facilidade.

A mulher bebeu com prazer e falou:

— Você é muito bondosa e corajosa. Merece uma recompensa. Sempre que falar, flores e pedras preciosas sairão de sua boca.

JOHN AUSTEN, 1922

Ao dizer essas palavras, a senhora desapareceu, e a moça voltou para casa. A mãe, que aguardava à porta, gritou assim que a viu:

— Por que demorou tanto? Não sabia que eu e sua irmã estávamos à sua espera? De castigo, vai dormir sem jantar!

— Peço perdão, mãezinha, por tanto demorar — murmurou a moça.

De sua boca saíram duas rosas, duas pérolas e dois enormes diamantes. Imaginem a perplexidade da mãe diante de tal espetáculo.

— O que estou vendo? — perguntou ela, bruscamente. — De onde vem isso, minha filha?

Era a primeira vez que ela chamava a moça de "minha filha".

A moça contou a história de sua aventura na nascente enquanto diamantes, rubis e flores de todo tipo jorravam da boca.

Imediatamente, a mãe exclamou:

— Honestamente, preciso mandar minha filha para lá. Venha, Fanchon, ver o que sai da boca de sua irmã quando ela fala. Não gostaria de ter o mesmo dom? Só precisa ir buscar água na nascente e, quando uma mulher pobre se apresentar, dar-lhe generosamente um pouco de água.

— Até parece que vou à nascente — respondeu a irmã bruta.

— Quero que vá, e imediatamente — decretou a mãe.

A contragosto, a outra moça pegou o frasco mais belo de prata na despensa e seguiu para a nascente, resmungando sem parar. Assim que chegou, viu sair do bosque uma mulher de roupas magníficas, que lhe pediu um pouco de água.

— Não vim aqui para servi-la, minha senhora — respondeu a moça, com um tom amável. — Se tiver sede, fique à vontade para beber, pois certamente não falta água aqui!

A bela mulher, que era a mesma fada que aparecera da outra vez, mas mudara de aparência para testar a gentileza da moça, sorriu e falou:

— Você é muito mal-educada. Como castigo, sempre que falar, cobras e sapos sairão de sua boca.

Imagine a indignação e a fúria da viúva, ao ver voltar a filha querida, mais feia e grosseira do que nunca. Ao ver os bichos terríveis saírem de sua boca, acusou a outra filha de ser responsável por tal tragédia e, em um acesso de raiva, a expulsou de casa. Era tarde da noite, e a coitadinha não sabia onde buscar abrigo. Chorando, se dirigiu à floresta, na esperança de encontrar novamente a fada que já lhe dera uma dádiva tão bela. Porém, no lugar da senhora, encontrou um jovem cavalheiro: era o filho do rei, que voltava da caça.

— Por que chora, bela moça? — perguntou o príncipe, ao se aproximar.

JOHN AUSTEN, 1922

W. HEATH ROBINSON

— Porque minha mãe me expulsou de casa, e não sei aonde ir — respondeu a moça, enquanto rubis, flores e pérolas lhe escapavam da boca.

O filho do rei, ao ver tamanha maravilha, suplicou que ela lhe contasse de onde vinha. Ela narrou toda a aventura. O príncipe se apaixonou e, considerando que aquele dom valia mais do que qualquer outra mulher poderia lhe oferecer em matrimônio, levou a moça ao palácio do rei, seu pai, e lá casou-se com ela.

Quanto à irmã, de tão detestável, acabou por ser expulsa de casa pela mãe também. A infeliz, após correr e correr sem encontrar ninguém que quisesse acolhê-la, foi morrer no fundo do bosque.

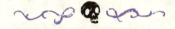

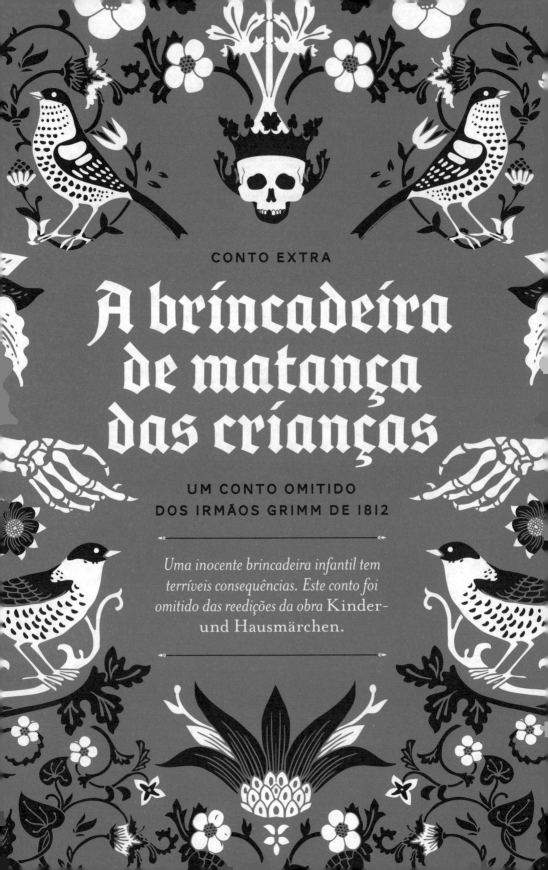

Na Frísia Ocidental, em uma cidade chamada Frannecker, crianças entre cinco e seis anos estavam brincando de faz de conta. Escolheram um dos meninos para ser o açougueiro, outro para ser o cozinheiro, e o terceiro para ser o porco. Depois escolheram uma das meninas para ser a cozinheira, e a outra, sua assistente. O objetivo da assistente era coletar o sangue do porco em uma cumbuquinha para as crianças fazerem salsichas. Como acordado, o açougueiro atacou o garotinho que interpretava o porco, jogou-o no chão e abriu sua garganta com uma faca, enquanto a assistente coletava o sangue na cumbuquinha.

Um vereador passava por perto e viu tamanho ato vil. Imediatamente, levou o açougueiro até a Câmara Municipal, que, no ato, convocou toda a assembleia. Ponderaram sobre o incidente e não sabiam o que fazer com o menino, pois perceberam que tudo havia sido parte de uma brincadeira de criança. Entre os vereadores, um homem idoso e sábio aconselhou o juiz superior a segurar uma bela maçã vermelha em uma mão e um florim renano, uma antiga moeda, na outra. Em seguida, chamou o garoto, estendeu as mãos e, caso escolhesse o florim, ele morreria. O juiz acatou o conselho do homem sábio, e o menino pegou a maçã, dando risada. Logo depois, foi liberado sem ser punido.

Profissionais

Abaixo apresentamos a lista de contos presentes nesta edição incluindo seus títulos em português, tradutor, preparador e revisores. As ilustrações presentes em *Os Melhores Contos de Fadas Sombrios* foram obtidas de diversas edições.

A brincadeira de matança das crianças, traduzido por Paulo Noriega, preparado por Karine Ribeiro e revisado por Carolina Cândido e Bárbara Parente

A Bruxa Morta, traduzido por Natalie Gerhardt, preparado por Karine Ribeiro e revisado por Carolina Cândido e Bárbara Parente

A Cuidadora de Gansos, traduzido por Paulo Noriega, preparado por Karine Ribeiro e revisado por Carolina Cândido e Bárbara Parente

A história de uma mãe, traduzido por Natalie Gerhardt, preparado por Karine Ribeiro e revisado por Carolina Cândido e Bárbara Parente

A língua dos animais, traduzido por Natalie Gerhardt, preparado por Karine Ribeiro e revisado por Carolina Cândido e Bárbara Parente

A mãe morta, traduzido por Robson Ortlibas, preparado por Karine Ribeiro e revisado por Carolina Cândido e Bárbara Parente

A Morte da Pintinha, traduzido por Paulo Noriega, preparado por Karine Ribeiro e revisado por Carolina Cândido e Bárbara Parente

A noiva da Caveira, traduzido por Carolina Caires Coelho, preparado por Karine Ribeiro e revisado por Bárbara Parente

A serpente e a princesa, traduzido por Natalie Gerhardt, preparado por Karine Ribeiro e revisado por Carolina Cândido e Bárbara Parente

A sombra, traduzido por Natalie Gerhardt, preparado por Karine Ribeiro e revisado por Carolina Cândido e Bárbara Parente

A Ursa, traduzido por Carolina Cândido, preparado por Karine Ribeiro e revisado por Carolina Cândido e Bárbara Parente

A velha esfolada, traduzido por Carolina Cândido, preparado por Karine Ribeiro e revisado por Carolina Cândido e Bárbara Parente

A voz do sino, traduzido por Natalie Gerhardt, preparado por Karine Ribeiro e revisado por Carolina Cândido e Bárbara Parente

Amado Roland, traduzido por Paulo Noriega, preparado por Karine Ribeiro e revisado por Carolina Cândido e Bárbara Parente

As fadas, traduzido por Sofia Soter, preparado por Karine Ribeiro e revisado por Carolina Cândido e Bárbara Parente

As três cabeças do poço, traduzido por Natalie Gerhardt, preparado por Karine Ribeiro e revisado por Carolina Cândido e Bárbara Parente

As Três Fadas, traduzido por Carolina Cândido, preparado por Karine Ribeiro e revisado por Carolina Cândido e Bárbara Parente

As Três Folhas da Cobra, traduzido por Paulo Noriega, preparado por Karine Ribeiro e revisado por Carolina Cândido e Bárbara Parente

Barba Azul, traduzido por Sofia Soter, preparado por Karine Ribeiro e revisado por Carolina Cândido e Bárbara Parente

Biancabella, traduzido por Carolina Cândido, preparado por Karine Ribeiro e revisado por Carolina Cândido e Bárbara Parente

Chapeuzinho vermelho, traduzido por Cláudia Mello Belhassof, preparado por Karine Ribeiro e revisado por Bárbara Parente

Hans-Meu-Ouriço, traduzido por Paulo Noriega, preparado por Karine Ribeiro e revisado por Carolina Cândido e Bárbara Parente

João e Maria, traduzido por Paulo Noriega, preparado por Karine Ribeiro e revisado por Carolina Cândido e Bárbara Parente

O cachorro e a pardal, traduzido por Paulo Noriega, preparado por Karine Ribeiro e revisado por Carolina Cândido e Bárbara Parente

O cadáver mordaz, traduzido por Natalie Gerhardt, preparado por Karine Ribeiro e revisado por Carolina Cândido e Bárbara Parente

O Cravo, traduzido por Paulo Noriega, preparado por Karine Ribeiro e revisado por Carolina Cândido e Bárbara Parente

O fígado roubado, traduzido por Natalie Gerhardt, preparado por Karine Ribeiro e revisado por Carolina Cândido e Bárbara Parente

O ganso louco, traduzido por Natalie Gerhardt, preparado por Karine Ribeiro e revisado por Carolina Cândido e Bárbara Parente

O garoto que saiu de casa para aprender o que era o medo, traduzido por Paulo Noriega, preparado por Karine Ribeiro e revisado por Carolina Cândido e Bárbara Parente

O Junípero, traduzido por Paulo Noriega, preparado por Karine Ribeiro e revisado por Carolina Cândido e Bárbara Parente

O Noivo Ladrão, traduzido por Paulo Noriega, preparado por Karine Ribeiro e revisado por Carolina Cândido e Bárbara Parente

O Osso Cantor, traduzido por Paulo Noriega, preparado por Karine Ribeiro e revisado por Carolina Cândido e Bárbara Parente

O Padrinho, traduzido por Paulo Noriega, preparado por Karine Ribeiro e revisado por Carolina Cândido e Bárbara Parente

O Pobre Menino na Cova, traduzido por Paulo Noriega, preparado por Karine Ribeiro e revisado por Carolina Cândido e Bárbara Parente

Os Doze Irmãos, traduzido por Paulo Noriega, preparado por Karine Ribeiro e revisado por Carolina Cândido e Bárbara Parente

Os sapatinhos vermelhos, traduzido por Sofia Soter, preparado por Karine Ribeiro e revisado por Carolina Cândido e Bárbara Parente

Senhora Trude, traduzido por Paulo Noriega, preparado por Karine Ribeiro e revisado por Carolina Cândido e Bárbara Parente

Sol, Lua e Talia, traduzido por Carolina Cândido, preparado por Karine Ribeiro e revisado por Carolina Cândido e Bárbara Parente

Tim-tim ou tum-tum, traduzido por Natalie Gerhardt, preparado por Karine Ribeiro e revisado por Carolina Cândido e Bárbara Parente

Os melhores

CONTOS DE FADAS SOMBRIOS

Agradecimentos

Sonhos e pesadelos costumam só existir dentro de nossa mente. São nossos, secretos, inacessíveis. Vivemos cada um com intensidade semelhante à da realidade, mesmo que só existam no reino da imaginação. Sorrimos, choramos, fugimos a tempo do perigo. Assim como os sonhos e pesadelos, livros são seguros e pessoais. Dentro da mente de cada leitor, a história toma uma forma diferente, com cenários distintos, significados únicos.

O único sonho que nós, Fadas da Wish, conseguimos compartilhar com você, leitor, é de publicar obras raras em conjunto. Este sonho é nosso e seu, e estamos juntos para vê-lo se tornar realidade.

Entregar este livro a cada apoiador é uma grande satisfação. Com orgulho e respeito pelo passado, resgatamos contos sombrios, com morais duvidosas e ensinamentos suspeitos, mas que com certeza entretém nossas curiosidades mais sinistras.

Desejamos uma boa leitura.

Muito obrigada pelo seu apoio nesta campanha de financiamento coletivo.

Equipe Wish

Apoiadores

A | B | C

Abraão Pedro da Silva, Acacio Chaves Jr., Adalton Borges, Adélia Ornelas, Ádria da Silva Araújo, Adriana Aparecida Montanholi, Adriana Campos Miranda Calefe, Adriana de Godoy, Adriana Ferreira Braga, Adriana Ferreira de Almeida, Adriana Gonzalez, Adriana Grande Lucato, Adriana Nunes da Costa, Adriana Satie Ueda, Adriana Souza, Adriane Cristini de Paula Araújo Soares, Adriele Regina Quirino, Adriele Vieira, Adrielle Campos Nogueira, Adrielle Cristina dos Reis, Adrielle Fernandes da Conceicao, Afrânio W. Tegão, Ágata Rodrigues, Agatha B. Meusburger, Agatha Milani Guimarães, Agnes Preuss, Aguinaldo Araujo dos Santos, Airla Vanessa Cordeiro da Silva, Alan Cleyton da Silva, Alan Marcondes, Alana do Nascimento Fernandes Luckwu, Alana Nycole, Alana Rasinski de Mello, Alana Ribeiro, Alana Stascheck, Alba R. A. Mendes, Albeli Rodrigues da Silva, Alberto Suzuki, Aldeir Rodrigues, Aldevany Hugo Pereira Filho, Alê Ornellas, Alec Silva, Alef Barbosa, Alef de Oliveira, Alejandro e Kivia Ramos, Alessandra Arruda, Alessandra dos Anjos, Alessandra Herr, Alessandra Kamimura, Alessandra Leire Silva, Alessandra Pangoni Balbino Santos, Alessandra Resende de Avila Afonso, Alessandra Scangarelli Brites, Alessandra Simões, Alessandro Lima, Alex André (Xandy Xandy), Alex Bastos Borges, Alex Maciel, Alexander Assenção, Alexandra de Moura Vieira, Alexandra Verissimo de Oliveira, Alexandre Adame, Alexandre Campos Mendes Ferreira, Alexandre de Oliveira Moitinho, Alexandre F. de Oliveira, Alexandre Miola Gonçalves, Alexandre Nóbrega, Alexandre Oliveira, Alexandre Ricardo Di Primio, Alexandre Rittes Medeiros,

AGRADECIMENTOS

Alexandre Roberto Alves, Alexandre Schwartz Manica, Alexandre Shoiti Nishio, Alexandre Zart, Alexia Américo, Alexia Bittencourt Ávila, Alexia Fiquer, Aléxia Moreira de Carvalho, Alexia Riquet Martins, Alfredo C Reis, Alice Antunes Fonseca Meier, Alice Batista Guimarães, Alice C., Alice da Silva Matos, Alice Gonçalves de Oliveira, Alice Zagonel, Alicia Vieira, Aline Andrade Alves, Aline Aparecida Matias, Aline Bosco, Aline Chahine, Aline Cristina Moreira de Oliveira, Aline de Rosa Lima, Aline Fiorio Viaboni, Aline Godoy, Aline Martins Rosin, Aline Mesquita, Aline Pinheiro Machado, Aline Robles de Moura Arguelho, Aline Rodrigues Fernandes de Oliveira - Meuproximocapitulo, Aline Salerno Gomes de Lima, Aline Servilha Bonetto, Aline Vieira, Aline Viviane Silva, Allan Davy Santos Sena, Allan Gomes, Allan Macedo de Novaes, Allana Dilene de Araújo de Miranda, Allana Gabriella dos Santos Vieira, Alline Rodrigues de Souza, Aloisio M. Lessa, Alvim S.a., Alyne Rosa, Amanda Alves do Amaral (Encontro de Leitores), Amanda Antônia, Amanda Aparecida Batista, Amanda Aparecida Krysa, Amanda Assis de Oliveira, Amanda Backer, Amanda Beatriz de Paulo, Amanda Biosca, Amanda Caetano, Amanda Carolina da Silva Nunes, Amanda Costa Nunes, Amanda Coutinho Iosimura, Amanda de Oliveira Costa, Amanda de Souza Travassos Alves, Amanda Diva de Freitas, Amanda Eloi, Amanda Fernandes Alves Chagas, Amanda Figliolia, Amanda Fiquer, Amanda Freire, Amanda Leonardi de Oliveira, Amanda Lima Veríssimo, Amanda Marcollino Koga, Amanda Maria Romão Chaves, Amanda Martinez, Amanda Mendes, Amanda Michelini, Amanda Nemer, Amanda P. Souza Diniz, Amanda Pampaloni Pizzi, Amanda Pardinho, Amanda Pinheiro de Amorim Cunha, Amanda Posnik, Amanda Santiago Silvestre Lima, Amanda Seneme, Amanda Vieira Rodrigues, Amanda Vitelli, Amauri Doreto da Rocha Filho, Amorados Rodrigues Garcia, Ana Beatriz Bernardes, Ana Beatriz Fernandes Fangueiro, Ana Beatriz Vega Mendes, Ana Brasileiro, Ana Breyner, Ana Cândida Duarte de Souza, Ana Carolina Aguiar, Ana Carolina Araujo Cividanes, Ana Carolina Baltes, Ana Carolina F. M., Ana Carolina Jaolino Linhares, Ana Carolina Machado Amoni Girundi, Ana Carolina Martins, Ana Carolina Medeiros de Freitas Mota, Ana Carolina O Carmo, Ana Carolina Reis de Matos, Ana Carolina Rodrigues Vasconcellos, Ana Carolina S S Almeida, Ana Carolina Silva Chuery, Ana Carolina Vieira Xavier, Ana Caroline

AGRADECIMENTOS

Duarte Ferreira, Ana Caroline Oliveira da Silva, Ana Clara Lopes Gimenes, Ana Clara Rêgo Novaes Santos, Ana Claudia Almagro Alves de Souza, Ana Claudia de Campos Godi, Ana Cláudia Dias Rufino, Ana Claudia L L Munhoz, Ana Claudia Sato, Ana Conte, Ana Cristina Ferreira Reis, Ana Cristina Schilling, Ana Elisa Spereta, Ana Elsa Sobreira da Silva, Ana Ferreira, Ana Flavia Torelli, Ana Frattezi, Ana Gabriela, Ana Gabriela Barbosa, Ana Gabriela Maranhão Rocha, Ana Helena Padilha, Ana Helena Silva Sousa, Ana Isabel Pereira, Ana Julia Candea, Ana Julia Geremias Santos, Ana Karolina Soares Frank, Ana Karolinne Pedroza, Ana Lara Lessa, Ana Laura Brolesi Anacleto, Ana Laura Oliveira de Paula, Ana Lemos, Ana Lethicia Barbosa, Ana Letícia Oliveira Cadena, Ana Lívia Nunes, Ana Lúcia Merege, Ana Lucia Rodrigues da Silva, Ana Luisa, Ana Luísa Monteiro Rodrigues, Ana Luisa Padilha Figueira, Ana Luiza Faria Vieira, Ana Luiza Gerfi Bertozzi, Ana Luiza Henrique, Ana Luiza Mendes Mendonça, Ana Luiza Poche, Ana Maria Antunes Monteiro, Ana Maria Cabral de Vasconcellos Santoro, Ana Menozzi, Ana Mergulhao, Ana Mota, Ana Paula da Cruz Squassoni, Ana Paula da Silva, Ana Paula de Carvalho Acioli, Ana Paula e Luiz Gabriel Maranhão, Ana Paula Farias Waltrick, Ana Paula Garcia Ribeiro, Ana Paula Lopes de Lima, Ana Paula Mariz Medeiros, Ana Paula Nogueira Saliba, Ana Paula Picolo, Ana Paula Shiguemoto, Ana Paula Soares Coelho, Ana Paula Velten Barcelos Dalzini, Ana Paula Winck Pires, Ana Raquel Barbosa, Ana Spadin, Ana Tereza Zigler de Freitas, Ana Valéria Trindade, Ana Virgínia da Costa Araújo, Anael S. Falcão, Analu Araujo, Ananda Albrecht, Ananda Lima, Anastácia Arruda Cardoso, Andersen Fernandes, Anderson Bier Saldanha, Anderson Costa Soares, Anderson do Nascimento Alencar, Anderson Estevam Lopes, Anderson Gomes, Anderson R S Schmidt, Andie Barreto, Andre, Andre "Russo" Moreira, André & Lidiana, André de Albuquerque Brito, André de Souza Ferreira, André Déo, André George da Silva Junior, André Luís de Assis Sampaio, André Molina Borges, André Noggerini, André Orbacan, André Pacheco Bartholomeu, André Rosa, André Sarausa, André Sefrin Nascimento Pinto, André Stratmann, Andréa Bistafa, Andrea Carreiro, Andrea Carrozza Martins Rodrigues, Andréa Cristina Martins de Almeida, Andréa Figueiredo Bertoldo, Andrea Gentili Panzenhagen, Andrea Mattos, Andréa Ross, Andreas, Andréia Bezerra, Andreia Raiol, Andreika Lopes, Andresa Klabunde, Andressa Almada, Andressa Barbosa Panassollo, Andressa Mara Dahmer, Andressa Rodrigues de Carvalho, Andressa Silva, Andressa Tonello, Andrêus Ricardo Sobrinho Sousa, Andreza L Rocha, Andreza Marangoni da Silva, Andrieli Nascimento, Andrielle Gomes Macedo, Ane Caroline da Silva Fonseca, Ângela Beatriz de Oliveira Barbosa, Angela Cristina Martoszat, Angela Loregian, Angela Sabrina Dias Nagamine, Angélica, Angelica Giovanella Botelho Pereira, Angélica Vanci da Silva, Angelita Cardoso Leite dos Santos, Angelo Antonio Soares de Melo,

Angelo Bruno Calabresi, Ani Karine da Silva de Madalena Gbur, Anielly Andrade de Souza, Anita Pedrosa Reis, Anita Regis Peixoto, Anita Velozo Teixeira, Anna Carolina Felicia de Paulo Pereira, Anna Carolline Fidelis, Anna Guimarães Cariello Folly, Anna I. Balbino dos Santos, Anna Luísa Barbosa Dias de Carvalho, Anna Luísa P. Paula, Anna Luiza Resende Brito, Anna Paula Littig Berger, Anna Raphaella Bueno Rot Ferreira, Anna Tereza Iocca, Anne Aguemi, Annita Saldanha M C de Pinho, Anthonny Moraes, Anthony Crown, Anthony Ferreira dos Santos, Antonio Milton Rocha de Oloiveira, Antonio Ricardo Silva Pimentel, Antonio Victor Cavalcanti, Antonio Vieira de Araújo, Apoio Anônimo, Araí Nrl, Ari Agostinho, Ariadne Erica Mendes Moreira, Ariadne Wassmer, Ariane Araújo Ássimos, Ariane Lima, Ariel Fonseca, Ariel Gomes Dias, Ariel Tafnes Neves de Lima, Arnaldo Henrique Souza Torres, Arnor Licurci, Arthur Almeida Vianna, Arthur Alves da Conceição, Arthur Bianchini, Arthur Fonseca, Arthur Marchetto, Artigos Na Janela, Aryane Rabelo de Amorim, Aryanne Edith Araujo, Aster Leal, Atália Ester Fernandes de Medeiros, Athos Vinicius de Castro Mello, Audrey Albuquerque Galoa, Audrey Mistris, Augusto Amaro Marinho, Augusto Bello Zorzi, Augusto Gabriel Colombo, Augusto Miquelon, Aura Furtado, Aurelina da Silva Miranda, Aurora Cristina, Aurora Karoliny Vieira Morais, Auryo Jotha, Ayanne Vieira, Ayesha Oliveira, Ayeska Carvalho, Ayla Tocantins Quaglia, Aylla Ferreira, Babi Antunes, Babi Ramos, Bárbara Abreu, Barbara Azevedo, Barbara Cadalço Swoboda Barreto, Bárbara Camilotti, Bárbara de Lima, Bárbara de Melo Aguiar, Barbara Fernandes Correa, Barbara Ferreira Gonçalves, Barbara Haro, Bárbara J. Nogueira, Bárbara Kataryne, Bárbara La Selva, Bárbara Lima, Bárbara Martins, Bárbara Molinari R. Teixeira, Bárbara Moreci, Bárbara Nancy de Sousa Lima Wilcken, Bárbara Neco de Góes, Bárbara Parente, Bárbara Planche, Bárbara Rodrigues, Barbara Ruggiero Nor, Bárbara Schuina, Barbara Siebra, Bárbara Yoshiko, Barbra S. Motta, Be_droide, Bea, Beah Ribeiro, Beathriz Tangioni, Beatriz Alves, Beatriz Alves Nascimento da Costa, Beatriz Backes, Beatriz Cabrera de Lima, Beatriz Castilho Corrêa, Beatriz da Mata Kodama, Beatriz de Lucena, Beatriz de Paiva Cruz Ribeiro, Beatriz de Toledo Piza Lima, Beatriz Dias, Beatriz Gabrielli-Weber, Beatriz Galindo Rodrigues, Beatriz Leonor de Mello, Beatriz Maia, Beatriz Mendes Silva, Beatriz Mercuri Alvarenga, Beatriz Petrini, Beatriz Pizza, Beatriz Rocha, Beatriz S Canelas, Beatriz S. Vieira, Beatriz Silva, Beatriz Simoes, Beatriz Wenderlich, Bel Becker, Bela & Louis, Bela Lima, Bela Reina, Berenice Thais Mello Ribeiro dos Santos, Bert, Bia Caroline Pereira, Bia Parreiras, Bianca Ameno, Bianca Barbosa Gregorio, Bianca Beatrice Mancio, Bianca Campanhã Lopes, Bianca Capizani, Bianca Carvalho, Bianca Cecilio Bernardi, Bianca Cortonesi Marques, Bianca Elena Wiltuschnig, Bianca Eloísa Andrade, Bianca Erdmann Buczak, Bianca Fonseca, Bianca Krug de Jesus, Bianca Lopes Ribeiro,

324   AGRADECIMENTOS

Bianca Machado Cardoso, Bianca Nobre de Carvalho, Bianca Oliveira, Bianca Pereira da Ponte, Bianca Ramos, Bianca Ribet, Bianca Santoro, Bianca Zanona Espinoza, Blume, Bora Lee, Brena Carolina, Brenda Bot Bassi, Brenda Broska Teodoro, Brenda Heloisa Almeida, Brenda Reis Caratti, Brenda Schwab Cachiete, Brenda Velasco, Brendha Rodrigues Barreto, Brendo Marques Lourenço Faisca, Breno A Pereira, Breno Fernandes, Breno Guerreiro, Breno Paiva, Breno Tavares da Rosa, Brigitte Oswald, Bruce Bezerra Torres, Bruna A B Romão, Bruna Andressa Rezende Souza, Bruna Antunes Pires, Bruna Christine, Bruna Cordeiro de Carvalho Santos, Bruna de Lima Dias, Bruna de Oliveira Vilas Bôas, Bruna dos Santos, Bruna Florencio, Bruna Gonçalves de Melo, Bruna Grazieli Proencio, Bruna Karla Miranda Leite, Bruna Kubik, Bruna M. dos Anjos, Bruna Marques Figueiroa, Bruna Mendes da Silva, Bruna Paulino França, Bruna Pelegrini Santos, Bruna Pimentel, Bruna Pontara, Bruna Regina Pellizzari, Bruna Rodrigues do Espírito Santo, Bruna Rosa, Bruna Saltiel Petro, Bruna Sanguinetti, Bruna Santos Silveira, Brunna Landi, Bruno Cesar Lopes de Azevedo, Bruno D'astuto Sims, Bruno de Oliveira, Bruno Fim, Bruno Fiuza Franco, Bruno Halliwell, Bruno Hingst, Bruno Ilipronti Lima, Bruno Mendonça da Silva, Bruno Moreiras do Nascimento, Bruno Palermo, Bruno Rodrigo Arruda Medeiro, Bruno Samuel Fonseca, Bruny Guedes, Bryan Khelven da S. Barbosa, Caio Alves Fernandes, Caio Henrique Toncovic Silva, Caio L. de O. Maida, Caio Matheus Jobim, Caique Fernandes de Jesus, Calebe Borges Romão, Cambieri, Camila A. S. Marciano, Camila Atan Morgado Dias, Camila Benevenuto Ferreira, Camila Cabete, Camila Cabral, Camila Campos de Souza, Camila Censi, Camila Coimbra Godoy, Camila Costa Bonezi, Camila Cruz, Camila Dantas, Camila de Oliveira Freitas, Camila de Oliveira Silva, Camila Ferreira Commodaro, Camila Gabriele Mannrich, Camila Linhares Schulz, Camila Lucas Rocha, Camila Luchiari, Camila Maria Campos, Camila Marinho Ribeiro Magalhães, Camila Marques, Camila Matsuo Tavares, Camila Mayra Bissi, Camila Mayumi Chalcoski, Camila Mesquita Silva, Camila Miguel, Camila Miyasaka Cortez, Camila Nakano de Toledo, Camila Oliveira Schmoller, Camila Parizzi, Camila Rolim da Silva, Camila S. Brenner, Camila S. Macedo, Camila Schwarz Pauli, Camila Soares Marreiros Martins, Camila Soares Souza, Camila Teixeira França, Camila Valença Silva, Camila Villalba, Camila Zambanini, Camile Schmidt Chevalier, Camile Stock, Camilla Cavalcante Tavares, Camilla Sá, Camilla Seifert, Camille Brito, Camille Pezzino, Camis Morket,

Camylla Remonte Consales, Cãnaan Marques Moreira, Candice Machado da C. de Souza Carvalho, Caos Lourenco, Carina de Souza Dias Umlauf, Carla Barros Moreira, Carla Bianca Borges Gonçalves, Carla Cássia de Oliveira Maia, Carla Costa e Silva, Carla Dombruvski, Carla Furtuoso, Carla Heloise Campos, Carla Kesley Malavazzi, Carla Ligia Ferreira, Carla Marques, Carla Paula Moreira Soares, Carla Petrikas, Carla Santos, Carla Spina, Carlos Alexandre Lucas, Carlos Eduardo de Almeida Costa, Carlos Eduardo de O. M. Ferreira, Carlos Henrique de Sousa Guerra, Carlos Moreno, Carlos Thomaz Pl Albornoz, Carmen C Bahls, Carmen Lucia Aguiar, Carol Freitas, Carol Garotti & Carol Torim, Carol Maia, Carol Nery, Carol Pantoja, Carol Pessoa, Carol Piloni Xavier, Carol Rocha, Carol Schuelter, Carola Sanches, Carolanami, Carolina Alves Branquinho, Carolina Cavalheiro Marocchio, Carolina Cedro Rosa, Carolina Dantas Nogueira, Carolina Dias, Carolina Fontes Lima Tenório, Carolina Garcia da Silva, Carolina Latado Braga, Carolina Magalhães, Carolina Melo, Carolina Möller, Carolina Paiva, Carolina R. G. Milano, Carolina Roveroni, Carolina S Ferreira, Carolina Tudela, Caroline Almeida, Caroline Bigaiski, Caroline Brites, Caroline Buselli Dalla Vecchia, Caroline Cnadido, Caroline da Cruz Alias, Caroline de Souza Fróes, Caroline dos Santos Girotto, Caroline Ferreira dos Santos, Caroline Garcia Caetano, Caroline Kathleen, Caroline Lanferini de Araujo, Caroline Lucilio Nascimento, Caroline Mendes de Carvalho, Caroline Novais de Freitas, Caroline Okasaki Silveira, Caroline Pereira dos Santos, Caroline Pinto Duarte, Caroline Santos, Caroll Alex, Carollzinha Souza, Carolyne Alves Conde Azevedo Gomes, Cássia Botão Tarosso, Cassia Leslie Garcia de Souza, Cássia Mendes, Cassia Regiane da Silva, Cássia Regina Vannucchi Vicentin Bernardinette, Cassio Barcelos dos Santos, Catarina S. Wilhelms, Catherine Gregorio, Catherine Greice dos Santos, Catherine Teles, Cauã Serafim, Cecília Eloy Neves, Cecília Federizzi, Cecilia Morgado Corelli, Cecília Pedace, Célia Aragão, Célio D'ávila, Celso Luís Dornellas, César H., Cesar Kah, Cesar Lopes Aguiar, César Nunes, César Roberto Figueiredo Vitoretto, Charlotte Quintella Rohweder, Chelsea Archer Pinto, Chelsea Milbratz Boeira, Chiara Mazza Aurelio, Christian Hermann Pötter, Christian Lucas Cunha Silva, Christiane Akie, Christine Ribeiro Miranda, Chrystian Douglas Batista Leite, Chrystiane Perazzi, Chunnino, Ciaran Justel, Cibele Cristina Oliveira Daniel, Cibele Kirsch, Cibelle Fernandes, Cibelle Oliveira Alves, Cida A.v., Cindy Cristini Sanches, Cinthia Guil Calabroz, Cinthia Nascimento, Cintia A. de Aquino Daflon, Cintia Cristina, Cíntia Cristina Rodrigues Ferreira, Cirlleni Condados, Clara Donato, Clara G Almeida, Clara Lima Verde,

Clara Monnerat, Clara Oliveira, Clara Ramos Zampieri Crivelli, Clarissa Amorim Hortélio, Clarissa Pimentel Portugal, Clarissa Reis Guimarães, Clarissa Santana de Amorim, Claudi Jesus, Claudia Alexandre Delfino da Silva, Claudia Correa Beulk, Claudia de Araújo Lima, Claudia Fernanda Franzin, Cláudia G. Cunha, Claudia Lemos Arantes, Claudia Mengardo, Claudia Miyuki Kato, Cláudia Moraes Pêra, Claudia Rigo Zanatta, Cláudia Santarosa Pereira, Cláudia Strm, Cláudio Augusto Ferreira, Cláudio Augusto Martins de Almeida, Cláudio Chill Lacerda, Claudio R. Alves, Claudio Silva de Menezes Guerra, Clébia Miranda, Cleia Priscila Silva de Lima, Cleide de B. Doroteu, Cléo Rocha, Clever D'freitas, Clleydson de Oliveira, Clotilde da Luz Oliveira e Souza, Cora Félix, Cosmelúcio Costa, Creicy Kelly Martins de Medeiros, Cris I Cheng Li, Cris Viana, Crislane Nascimento, Cristian S. Paiva, Cristian Warley de Freitas Pereira, Cristiane Amabile Wartha, Cristiane Ceruti Franceschina, Cristiane de Oliveira Lucas, Cristiane Macedo, Cristiane Tribst, Cristiano Gonçalves Bollauf, Cristiano Nagel, Cristiene G. Carvalho, Cristina Glória de Freitas Araujo, Cristina Luchini, Cristina Maria Busarello, Cristina Rocha Félix de Matteis, Cristina Vitor de Lima, Cristine Martin, Cristine Müller, Cybelle Lima Soares, Cynthia Fonsêca, Cynthia Marilia da Costa Rodrigues, Cynthia Vasconcelos, Cyntia Fernandes.

D|E|F

Dafne Moreira, Daia Vitoriano, Daiane A. Schwenk, Daiane Gallas, Daiany dos Santos Pacheco, Daisy Kristhyne Damasia de Oliveira, Daisy Yukie Ono, Dalila Azevedo, Dalton Lucas Cunha de Almeida, Dandara Maria Rodrigues Costa, Dango Yoshio, Daniel Albino, Daniel Arêas, Daniel Di Luca P., Daniel Kiss, Daniel Pereira de Almeida, Daniel S. Lemos, Daniel Taboada, Daniel Tomaz, Daniela Bernardes de Aguiar, Daniela Carvalho, Daniela Cristina da Silva Guimarães, Daniela Dadalt da Cunha, Daniela de Oliveira da Silva, Daniela Gobbo e Fabiano Beraldo, Daniela Honório Souza, Daniela Lúcio Pereira, Daniela Miwa Miyano, Daniela Molena Marchiori, Daniela Oliveira, Daniela Ribeiro, Daniela Ribeiro Laoz, Daniela Toledo, Daniela Uchima, Daniele Cristine Almeida de Moraes, Daniele Franco dos Santos Teixeira, Daniele Minatto, Daniele Modesto Pereira, Daniele Santos Pinheiro, Danielle Bieberbach de Presbiteris, Danielle Campos Maia Rodrigues, Danielle da Cunha Sebba, Danielle Demarchi, Danielle Mendes Sales, Danielle Motta Araujo, Danielly Paola Leite Lopes, Danielson de Lima Viana,

Danila Cristina Belchior, Danilo Alves, Danilo Fontenele Sampaio Cunha, Danilo Oliveira, Danilo Palma, Danilo Pereira Kamada, Danyel Gomes, Danyeli Alessandra Ruchkaber, Danyelle Ferreira Gardiano, Dara de Jesus F. da Silva, Dariany Diniz, Dariele Aparecida Paula Rodrigues, Dario Medeiros Dantas, Darlene Maciel de Souza, Davi de Lima Soares, Davi de Oliveira Souza, Davi Montesano, Davi Rios do Nascimento, David Fernando Levon Alves, David Marson, Dayana Ribeiro, Dayane Alves, Dayane de Amorim Matos, Dayane de Souza Rodrigues, Dayane Manfrere, Dayane Soares, Dayanne Soares, Dea Chaves, Débora Beatriz Messias dos Santos, Debora C Sousa Santana, Débora Castro Alves, Débora Dalmolin, Débora de Arruda Oliveira, Débora Furtado Moraes, Débora Harumi R. Sanbuichi, Débora Iara Lima Bodevan, Débora Juliane Guerra, Débora Luisa Ribeiro de Souza e Fonsêca, Débora Maria de Oliveira Borges, Débora Mille, Débora R, Débora Reis Ferreira, Débora Resende Santos, Débora Schistek, Débora Vieira da Silva Cortez, Déborah Araújo, Déborah Brand Tinoco, Deborah Carvalho, Deborah Estevam, Deborah Mundin, Déborah Ribeiro Diniz, Deborah Zilli, Deinelee Barbosa dos Santos, Deleon Buarque Rodrigues Silva, Denis Figueiredo, Denis Jucá, Denise Corrêa/ Dylan Gandelini Acquesta, Denise Costa Pereira Fialho, Denise Monteiro, Denise Ramos Soares, Denise Soares Kirchhof, Denize Luís Johann Christian Erison, Desirê Vosch, Desirée Maria Fontineles Filgueira, Desirree Vitoriano, Dheyrdre Machado, Dhiamille Reis, Dhuane Caroline Monteiro da Silva, Di Acordi, Diana Camêlo, Dianne Ramos, Diego de Oliveira Martinez, Diego Fernandes Queiroz, Diego Henrique da Silva, Diego José Ribeiro, Diego P. Soares & Danielly dos Santos Ribeiro, Diego Straub, Diego Villas, Diego Void, Dieniffer Santos, Dinei Júnior & Nailla Naiá, Diogo Boëchat, Diogo Gomes, Diogo José Pereira Braga, Diogo Simoes de Oliveira Santos, Dionatan Batirolla e Micaela Colombo, Djessica Prado, Doki Rosi, Dolly Aparecida Bastos da Costa, Dom Lobo, Domi Guimarães Thielemann, Dominique Vieira de Avila, Douglas Brandão, Douglas Santos, Douglas Santos Rocha, Dra.leitora, Drësu, Dri Cabanelas, Driele Andrade Breves, Drieli Avelino, Drielly Minelli, Duane Santos, Duda Vila Nova, Duliane C. Gomes, Dyuli Oliveira, Eddie Carlos Saraiva da Silva, Ediane Alves, Edilene Dee Almeida, Edinei Chagas, Edith Garcia, Edith Granja, Editoracaleidoscópio, Edmilson Frank, Edmundo Araújo Neto, Ednéa Silvestri, Eduarda Bonatti, Eduarda de Castro Resende, Eduarda de Medeiros Marcolin P., Eduarda Dorne

Hepp, Eduarda Ebling, Eduarda Lemos, Eduarda Martinelli de Mello, Eduarda Oliveira, Eduarda Teixeira Gomes, Eduardo César Dias, Eduardo da Silva Cardoso, Eduardo Fabro, Eduardo Garcia, Eduardo Gouvêa, Eduardo Lima de Assis Filho, Eduardo Maciel Ribeiro, Eduardo O'flanaghan, Eduardo Rodrigues Gomes, Eduardo Zambianco, Eiti Felipe Matsubara Ywamoto, Elaine Andrea dos Santos, Elaine Aparecida Albieri Augusto, Elaine Barros Moreira, Elaine Cristina de Oliveira Melo, Elaine Kaori Samejima, Elaine Marques Rodrigues, Elaine Regina de Oliveira Rezende, Elda dos Santos Fonsêca, Elen Faustino Garcias, Eleonora Batista Leão Ferreira, Eliana Maria de Oliveira, Eliana Marques Romeiro, Eliana Tamari, Eliane, Eliane Barbosa Delcolle, Eliane Barros de Carvalho, Eliane Barros de Oliveira, Eliane Bernardes, Eliane Mendes de Souza, Eliane Oliveira de Sousa, Eliel Carvalho, Eline Isobel, Eliot Simonato Maia, Elis Mainardi de Medeiros, Elisa Cristina Bachega Marinho, Elisângela Domingos da Silva, Elisangela Regina Barbosa, Elise Amin, Elita Gomes Graciozo, Elizabeth Scari, Ellen Cristina Pirog, Ellen Lorraine Rodrigues Cruz, Ellen Luiza Bravati Rueda, Eloah Albergoni, Eloih Teixeira, Elora Mota, Elton da Silva Bicalho, Emanoela Guimarães de Castro, Emanoelle Maria Brasil de Vasconcelos, Emanuele Xavier Peixoto, Emanuelle Garcia Gomes, Emerson da Silva Soares, Emí Carvalho, Emilly Soares Silva, Emillyn Vivian, Emmanuel Carlos Lopes Filho, Emmanuelle, Enrique Carvalho Böhm, Eny Ketlen Camilo de Moura, Eric Mikio Sato, Érica de Paula, Erica do Espirito Santo Hermel, Érica Mendes Dantas Belmont, Erica Miyazono, Érica Rodrigues Fontes, Erica Sato, Érica Silva de Paiva, Érica Timiro, Eridiana Rodrigues, Eriglauber Edivirgens Oliveira da Silva, Erik Gabriel Cosmo, Erika Abreu, Erika Kazue Yamamoto, Erika Lafera, Érika Mentzingen Cardoso e Silva, Erika Neres, Eriko Verissimo Campos de Morais, Ernesto Gonçalves Costa, Esmeraldina Reis de Araujo, Estela Carabette, Estephanie Gonçalves Brum, Ester Fernandes Córdova, Esther de Gois, Esther Dufloth Ribeiro, Eudes Walcácer de Oliveira, Eurides Hanna Gimli e Lucy, Evana Harket, Evans Hutcherson, Évany Cristina Campos, Eve, Evelin Iensem, Evelym Samlla de Brito, Evelyn Gisele, Evelyn Santos, Evelyn Teixeira Pires, Everton Fernandes Tavares, Everton Paulo Neri, Fabiana Barboza de Moraes, Fabiana Catosso Pisani, Fabiana Cristina Fonseca, Fabiana Ferraz Nogueira, Fabiana Martins Souza, Fabiana Soares da Silva, Fabio Augusto Alves Teixeira, Fabio de Paula Freitas, Fabio Eduardo Di Pietro, Fábio H. Fiorilli, Fábio Lagemann, Fábio Pinto Alves, Fabio R T dos Santos, Fabio Roveroto, Fabíola C A C Queiroz, Fabiola Paiva, Fabiola Ratton Kummer, Fabrício B. Moreno, Fabrício de Oliveira Costa, Fabrício Fernandes, Fagner Jorge da Veiga Cunha, Felipe Bento de Sousa, Felipe Bigaran da Silva, Felipe Burghi, Felipe da Silva Gomes, Felipe Garcia, Felipe Gianni, Felipe Junnot Vital Neri, Felipe Lucini, Felipe Malandrin, Felipe Moura, Felipe Pombo, Felipe Reis Bernardes, Fellipe Augusto da Silva,

AGRADECIMENTOS

Fernanda Alberico Resende, Fernanda Antonina Rocha, Fernanda Barão Leite, Fernanda Bonatto, Fernanda Calado de Andrade, Fernanda Caroline Furlan, Fernanda Correia, Fernanda Cristina Buraslan Neves Pereira, Fernanda da Conceição Felizardo, Fernanda da Silva Lira, Fernanda Dalben de Freitas, Fernanda Davide Lelot, Fernanda Deajute, Fernanda Dilly, Fernanda e Vinícius, Fernanda Ferreira, Fernanda Ferri, Fernanda Galletti da Cunha, Fernanda Garcia, Fernanda Gomes de Souza, Fernanda Gonçalves, Fernanda Hayashi, Fernanda Isabela Moreira, Fernanda Lemos, Fernanda Leoncio de Sousa, Fernanda Marcelle Nogarotto, Fernanda Martínez Tarran, Fernanda Mendes Hass Gonçalves, Fernanda Mengarda, Fernanda Pascoto, Fernanda Raquel dos Santos Silva, Fernanda Reis, Fernanda Santos, Fernanda Santos Benassuly, Fernanda Sousa C Campello, Fernanda Thais Bunning, Fernanda Vianna, Fernanda Villa, Fernando Akazawa, Fernando da Silveira Couto, Fernando Guimarães Saves, Fernando Henrique Ferreira da Silva, Fernando Henrique Pereira Cardozo, Fernando Paulo Neto, Fernando Rosa, Fernando Sales de Souza, Fernnando Sussmann, Fifia Preto Cinza, Filipe Atihe, Filipe Pinheiro Mendes, Filipe Robbe de Siqueira Campos, Flávia Cruz, Flávia H. Aono, Flávia Leticia Santiago Brandão, Flávia Melo, Flávia Silvestrin Jurado, Flávio do Vale Ferreira, Flavio Nery, Flávio Neves, Franciane Breda, Franciele Barbosa de Oliveira, Franciele Santos da Silva, Francielle Alves, Francielle Costa, Francielly Barbosa, Francine Bernardes, Francine M, Francisca Edyr Xavier, Francisco Allan Flavio Vidal Costa, Francisco Assumpção, Francisco B. Júnior, Francisco de Assis de Souza Fukumoto, Francisco Rafael Paulino Franco, Francisco Roque Gomes, Francys Marvez, Frank Gonzalez Del Rio, Frederico Emilio Germer, Frederico Guilherme Freitas Lobão Rodrigues Gomes, Frederico Henrique Simas dos Santos.

G | H | I | J

G. Naka & Malheiros, Gabi Barbeta, Gabriel Borda Attie Vieira, Gabriel Carballo Martinez, Gabriel de Faria Brito, Gabriel Duarte, Gabriel Farias Lima, Gabriel Figueiredo da Costa, Gabriel Guedes Souto, Gabriel Henrique Moro, Gabriel Henrique Pimenta Isboli, Gabriel Jurado de Oliveira, Gabriel Lima, Gabriel Mamoru Marques Shinohara, Gabriel Martini e Cintia Port, Gabriel Morgado Macedo, Gabriel Queiroz Padilha, Gabriel Quintanilha Torres, Gabriel Rodrigues Gonçalves, Gabriel Sabino Pinho, Gabriel Tavares Florentino, Gabriel Victor Pinheiro Barbosa, Gabriela A Velasco, Gabriela Bertuci Queiroz de Souza, Gabriela C K Lopes, Gabriela Castro, Gabriela Cordeiro Craveiro Suzano, Gabriela Costa Gonçalves, Gabriela da Silva Costa, Gabriela Dal-Bó Martins, Gabriela Drigo, Gabriela Erler, Gabriela Garcez Monteiro, Gabriela Guedes de Souza, Gabriela Kitty Andrade,

Gabriela Mafra Lima, Gabriela Maia, Gabriela Mayer, Gabriela Nojosa Gilli, Gabriela Reis Ferreira, Gabriela Rocha Ribeiro, Gabriela Senhor, Gabriela Souza Santos, Gabriela Stall, Gabriela Teixeira Carlotto, Gabriela Valões, Gabriela Vicente, Gabriele Schons, Gabrieli Silva Pimenta, Gabriella Fonseca Saraiva, Gabriella Hizume, Gabrielle Benevenuti, Gabrielle Eccard, Gabrielle Ferreira Andrade, Gabrielle Malinski Nery, Gabryela Nagazawa Hayashi, Gabryelle Bárbara Silva Freitas, Gaby Rangel, Gaby Stampacchio, Gelson Costa, Georgia de Lima Fonseca, Georgia Ferraz, Georgina Guedes, Geovana Alves da Luz, Geovana Rodrigues J N, Geovanna Gaby Araújo Guimarães, Geovanna Karoleski, Germana Lúcia Batista de Almeida, Germano Silva, Gerry Duarte, Geruza e Fernando, Géssica Ferreira, Getúlio Nascentes da Cunha, Ghabi Yuha, Ghabriela Ferreira Haluch, Gianieily A F Q Silveira, Gilberto Coutinho, Gilmara P dos Santos, Gilmara Ribeiro, Gimene Rodrigues, Giovana Assis, Giovana Lopes de Paula, Giovana Ribeiro, Giovana Santos Rodrigues de Melo, Giovanna & Giulianna, Giovanna Alves Martins de Souza, Giovanna Alves Martins de Souza, Giovanna Beltrão, Giovanna Bordonal Gobesso, Giovanna Carla Papa, Giovanna Carolina da Cunha, Giovanna Carvalho, Giovanna Helena Ferreira, Giovanna Lima Jacoloski, Giovanna Lusvarghi, Giovanna P. Prates, Giovanna Rolim, Giovanna Romiti, Giovanna Souza, Giovanna Tossini Marcheti, Giovanni Olivo, Gisele de Moraes Veiga, Giseli Martison, Giselle Araújo, Giselle Minguetti, Giselle Soares Menezes Silva, Gislaine Labêta, Gislaine Patricia de Andrade, Giulia Daflon Guida, Giulia Flores Lino, Giulia Marinho, Giulia Noelo, Giulia Piquera Bellentani Zavarize, Giuliana Carneiro Camarate Trindade, Giuliana Terranova, Giully Giuliano, Glauber Coutinho de Oliveira, Glauber Lopes Mariano,

Glaucea Vaccari Franco, Glaucia Kaori Aono, Glaucia Lewicki, Gláucia Martins, Glaucia S. de Paula, Glaucio Brum Teixeira, Glauco Henrique Santos Fernandes, Glaudiney Moreira Mendonça Junior, Gleicy Pimentel Gonçalves, Gleide Almeida, Gleilson José de Sousa Abreu, Gleyka Rodrigues, Glória Maia, Gloria Maria Pereira de Souza, Gofredo Bonadies, Grace Regina Ferreira Cirineu, Graciela Santos, Grasieli Oliveira, Graziele Santana Bezerra, Grazielly Stefany Pinto Fontinele, Greice Genuino Premoli, Greiziele Lasaro Pereira de Godoy, Guilherme Cardamoni, Guilherme Castellini, Guilherme Cerqueira Gentil, Guilherme Colichini Nóbrega, Guilherme da Silva Campos, Guilherme de Oliveira Raminho, Guilherme de Ornellas Paschoalini, Guilherme e Júlia, Guilherme Henrique dos Santos, Guilherme Neli, Guilherme Roca, Guilherme Silva do Nascimento, Guilherme Udo, Guilherme Valese, Gurei, Gustavo Borges Faria, Gustavo Borges Teles, Gustavo Cassiano, Gustavo Massinatore, Gustavo Primo, Gustavo Rezende C O Pessoa, Gustavo Rodrigues Viana Duarte, Gustavo Tenório Pinheiro, Hadassa Midiane Rodrigues Vasconcelos, Haianna Lima, Haída C. P. da Silva, Hana Karnon, Haroldo Pereira da Silva Porto Júnior, Haydee Victorette do Vale Queiroz, Heber Levi, Heclair Rodrigues Pimentel Filho, Helaine Kociuba, Helano Diógenes Pinheiro, Helder da Rocha, Helder Lavigne, Helen Vendrameto, Helena Aparecida Amori Augusto, Helena Caroline Brandao Almeida Matta, Helena Gomes, Helena Graça, Helena Hallage Varella Guimarães, Helena Melo de Souza, Helga Ding Cheung, Helil Neves, Helio Castelo Branco Ramos, Hélio Parente, Hellen A. Hayashida, Hellen Cintra, Hellen Rílary Pereira Miranda, Hellen Shirabe Berbel, Heloisa Angeli, Heloísa Ferreira, Heloisa Galindo, Heloisa Kleine, Heloisa Pires, Heloísa Ramalho, Heloísa Vivan, Helton Fernandes Ferreira, Heniane Passos Aleixo, Henrique Bitencourt, Henrique Botin Moraes, Henrique Carvalho Fontes do Amaral, Henrique de Oliveira Cavalcante, Henrique Luiz Voltolini, Henrique Odoardi, Henys Silva de Paula Filho, Herlon Ferreira, Hevellyn Coutinho do Amaral, Hiêda Mota Siqueira, Higor Peleja de Sousa Felizardo, História Sem Fim, Hitomy Andressa Koga, Hiuri Medley Moura Gondim, Honório Gomes, Hugo de Jesus, Hugo P. G. J., Iago Duarte de Aguiar, Ianaê Katiucia, Iandra Freire de Oliveira, Iara Forte, Iasmin Gouveia Sá, Icaro A Caneschi, Ighor O. do Rêgo Barros, Igor

Chacon, Igor Geraldelli Ribeiro, Igor Henriques, Igor Oliveira Borges, Igor Senice Lira, Igor Vaz Guimarães, Igor Vinicius Souza Maia, Ileana Dafne Silva, Illyana Barbosa de Oliveira, Ingrid Beatriz Barros dos Santos, Ingrid da Silva Ronconi, Ingrid Ellen Siqueira, Ingrid Godoy, Ingrid Gonçalves, Ingrid Halasz Aberle, Ingrid Honda, Ingrid Kirchhof, Ingrid Machado Contreira, Ingrid Mahmud Jacob Mota, Ingrid Orlandini, Ingrid Régis Pacheco, Ingrid Rocha, Iolanda Clara do Carmo Gomes, Iolanda Maria Bins Perin, Iracema Karina de Araujo Lauer, Iratátima Souza Borges, Irene Diniz, Íris Firmino Cardoso, Iris Leça, Íris Milena de Souza e Santana, Isa_bela, Isabel Cristina Catanio, Isabel de A A Lima, Isabel Guittis, Isabel Karoline Pinheiro Ratis, Isabel Ribeiro de Oliveira, Isabela Batista de Lima, Isabela Brescia Soares de Souza, Isabela Carvalho de Oliveira, Isabela Dirk, Isabela Duarte Gervásio, Isabela Ferraz Flôr, Isabela Gomes Santos, Isabela Graziano, Isabela Liz Martins, Isabela Lucien, Isabela Mello, Isabela Raíssa Rosa Bosso, Isabela Resende Lourenço, Isabela Saldanha, Isabela Sampaio Carvalho, Isabele Morgado Almeida, Isabella Carolina de Oliveira, Isabella Coppede, Isabella Czamanski, Isabella de Sousa Lima Figueira Sopas, Isabella Gimenez, Isabella Medeiros, Isabella Mikami Gonçalves Pina, Isabella Porto Chemello D'aflita, Isabella Santos da Silva, Isabella Santos da Silva, Isabella Souza, Isabella Velludo, Isabella_cristina, Isabelle Christo, Isabelle Maria Soares, Isabelle Rodrigues Coelho, Isabelle Vitorino, Isabelle Weller, Isabelly Alencar Macena, Isadora D'avilla Cerqueira Mendes, Isadora Loyola, Isadora Serafim Araújo, Isau Vargas, Isis Condi Salsman Ferreira, Ísis Lody Queiroz, Itaiara de Rezende Silveira, Ítala Natália Silva Sousa, Iuri Ribeiro Carvalho, Ivan G. Pinheiro, Ivan Weber Barbosa, Ivelyne Viana, Ivi Paula Costa da Silva, Ivni Oliveira, Ivone de F Frajado Barbosa, Izabel Bareicha, Izabela Lodi Bueno, Izabelly Gomes da Rocha, J.c.gray, J.r. Helios, Jackeline Moura Belotti, Jackie Leonardo, Jackieclou, Jackson Gebien, Jacqueline Freitas, Jacqueline Lima de Oliveira, Jacqueline Torres e Guilherme Gomes, Jade Martins Leite Soares, Jade Rafaela dos Santos, Jader Viana Massena, Jady Cutulo Lira, Jady Guedes Ferreira de Souza, Jady Oliveira de Azevedo dos Santos, Jaine Aparecida do Nascimento, Jalmir Ribeiro, Jamile R., Jamille Muniz, Janaina Alves Mendes, Janaína Baladão, Janaína Lopes da Costa, Janaina Nazário, Janaína Rodrigues dos Santos Ferreira, Janaina Tanci dos Santos, Janayna Stella, Jania Fanny Souza, Janine Leite Teodoro, Januaria Alves, Janusberg de Santana Silva Barbosa, Jaque, Jaqueline Borges Costa, Jaqueline Lopes, Jaqueline Matsuoka, Jaqueline Oliveira Tavares da Silva, Jaqueline Rezende, Jaqueline Rezende, Jaqueline Santos de Lima Cordeiro, Jaqueline Soares Fernandes, Jaquelini Steinhauser, Jasmim Klopffleisch, Jasser Campitelli Ibrahim, Jean Ricardo Freitas, Jeane Pereira Santos, Jean-Frédéric Pluvinage, Jeferson Melo, Jelza Guimarães, Jenifer Taila Borchardt, Jennifer Canavezes, Jennifer de Andrade Eller,

Jennifer Mayara de Paiva Goberski, Jéss Grgh, Jéssica, Jessica Bocatti, Jessica Brustolim, Jéssica de Caldas Caetano, Jéssica Fernandes Sanches, Jessica Ferreira, Jéssica Ferreira Rezende, Jéssica Gubert, Jéssica Kaiser Eckert, Jéssica L Schneider, Jessica Larissa, Jéssica Loschi de Azevedo Brandão, Jessica Maciel de Carvalho, Jéssica Marques, Jessica Merchiori Dalmolin, Jéssica Mineia da Silva Rodrigues, Jéssica Monteiro da Costa, Jéssica Noronha Guimarães, Jessica Oliveira Piacentini, Jéssica Penha de Almeida, Jessica Pereira, Jéssica Pereira, Jéssica Pereira de Oliveira, Jéssica Priscila, Jéssica Raquel de Melo Oliveira, Jessica Rocha, Jessica Rodrigues Ramalho, Jéssica Silva, Jessica Silva de Barros, Jéssica Taeko Sanches Kohara de Angeli, Jéssica Torres Dias, Jheyscilane Cavalcante Sousa, Jhonatan Cardoso de Medeiros, Jhosselin Vieira, Joana Angélica Uchôa Coelho Torquato, Joana Barbosa, Joana Bertoldi, Joana Blass, Joana Ceia Costa, Joana Pereira de Carvalho Ferreira, Joana Victoria Fernandes de Souza, Joanna Késia Rios da Silva, João Alfredo dos Santos Batista, João Anisio Monteiro Magalhães de Andrade, João Eduardo Herzog, O Mestre Urso, João Felipe da Câmara Guerreiro, João Felipe da Costa, João Francisco de Oliveira Neto, João Henrique L. Ramos, João Lobo, João Lucas Boeira, João Lugarinho Menezes, João Paulo Alves da Rocha, João Paulo Andrade Franco, João Paulo Cavalcanti de Albuquerque, João Pedro Hernandes Rodrigues Schebek, João Vitor, João Vítor de Lanna Souza, Joel Bruno Cruz Sousa, Joel Lopes, Joelly Gomes Arruda, John Braga, Johnvlsb, Joice Mariana Mendes da Silva, Joice Marques de Souza Torres, Joiran Souza Barreto de Almeida, Jonas Alberto de Souza Ferreira, Jonas Francis Cabral, Jonatas Fernandes Praxedes, Jonathan Silveira, Jordan da Silva Soeiro, Jordana, Jordy Héricles, Jorge Alves Pinto, Jorge Caldas de O. Filho, Jorge Duarte, José Armando Cossa Louzada, José Augusto Marques, José Carlos da Silva, José Carlos de Santana Nunes, José Luiz Alves Junior, Jose Messias Rodrigues de Araujo, José Roberto Szelmenczi, José Tertuliano Oliveira, José Wallaf Castro, Joseane Maria Barbosa Silva, Josiane Alves, Josiane Santiago Rodrigues, Josiani Cardoso dos Reis Neto, Josimari Zaghetti Fabri, Josue Borges, Jota Rossetti, Jouzemayra Ariany Silveira da Silva, Joviana Fernandes Marques, Joyce Carine Gama Velozo, Joyce Catarina Grego, Joyce Mendonça Ribeiro, Joyce Ramos, Joyce Roberta, Jujo, Juju Bells, Júlia Almeida, Julia Alvarez Santos, Julia Bassetto, Julia Correia da Costa, Júlia Cruz Fialho Santos, Julia da Costa Lima, Júlia da Mata Gonçalves Dias, Julia da Silva Matos Faria, Julia da Silva Menezes, Julia de Almeida Prado de Castro Bonafini, Julia de Oliveira Schunck, Julia de Oliveira Silva, Julia de Sousa Dias, Julia Dian, Júlia Dias, Júlia F. Perroca, Julia Gallo Rezende, Julia Gomes, Júlia Kohlrausch da Rosa, Júlia Maia, Julia Mary Morishige, Júlia Medeiros, Júlia Nunes Soares, Júlia Pacholok Veiga e Souza, Julia Rehder, Julia Roberta da Silva, Júlia S. Wickremasinghe, Julia Úlima Gomes Lima, Júlia Valle Gonçalves Rodrigues, Júlia Vergo Pacheco, Juliana Akemi Ieiri de

Oliveira, Juliana Akemi Nakahara, Juliana Angélika Cavalcanti Melo, Juliana Bittencourt França, Juliana Borges, Juliana Bragiato Erpe, Juliana Carvalho, Juliana Chagas Correia, Juliana Criminelli Suzuki, Juliana D'arêde, Juliana de Melo e Lucas Gondim, Juliana Duarte, Juliana Fernandez Acosta, Juliana Garrido, Juliana Harue, Juliana Jesus, Juliana Lemos Santos, Juliana Messina Lopes, Juliana Miriane Stürmer, Juliana Miwa, Juliana Mourão Ravasi, Juliana Oliveira Santos, Juliana Ponzilacqua, Juliana Puppin Duarte, Juliana Renata Infanti, Juliana Ribeiro, Juliana Rodrigues, Juliana Ruda, Juliana Salmont Fossa, Juliana Santos, Juliana Silvestrin, Juliana Soares, Juliana Soares Jurko, Juliana V Paiva, Juliana Vianna Gonzalez Pazos, Juliana Volpe da Silva, Juliano Prisco, Julians Caldeira Correa, Juliap., Juliene Ariane, Júlio César Marangoni, Júlio César Ribeiro de Oliveira, Julio Cezar Silva Carvalho de Toledo, Júlio Henrique Oliveira Cândido da Silva, Julius François, July Medeiros, Julyane Silva Mendes Polycarpo, June Alves de Arruda, June Dantas de Souza Campos, Júnia Porto, Júnior "Fenrir Aquilae" Santolin, Júnior Guimarães, Juno Martins, Jussara Silveira.

K | L | M

Kabrine Vargas, Kaio H. P. Santos, Kaíque G. Machado, Kalany Ballardin, Kalíria Moreira Nogueira, Kallyane Campos Souza, Kalyne Lauren Valenzuela, Kamila de Oliveira, Kamylla Silva Portela, Kapivarinha, Karen Budin, Karen Fernanda Alves de Oliveira, Karen Käercher, Karen Lopes Araki, Karen Oda, Karen Pereira, Karen Trevizani Stelzer, Karin Bezerra de Oliveira, Karina Beline, Karina Cabral, Karina Casanova, Karina Cruz, Karina Kanamaru de Amorym, Karina M. Hasegawa Okamoto, Karina Natalino, Karina Paschoalini, Karine Gomes de Lima, Karine Lemes Büchner, Karine Quintas, Karine S. Silva, Karine Xavier, Karinne Melo de Souza Dias, Karl Campinha Werckmeister, Karla Betina Coletti, Karllini, Karlos Barbosa, Karly Cazonato Fernandes, Karol Rodrigues, Karolina Silva Sousa Gomes, Kássio Alexandre Paiva Rosa, Kate Mostachi, Kathleen Machado Pereira, Kátia Barros de Macedo, Kátia Marina Silva, Kátia Miziara de Brito, Katia Regina Machado, Katiana

Korndörfer, Katiúscia Beatriz Sanchez Gianesini, Katiuscia Carvalho, Keila Macedo, Keite Duarte, Keith Konzen Chagas, Keize Nagamati Junior, Kelle Cristine Oliveira Felix, Kelly Bianca Tardelli Marques, Kelly Cristine Correa da Silva, Kelly Duarte, Kelly P de Paulo, Kelvin Alves de Lima, Keni Tonezer de Oliveira, Ketilin Alves, Kevin Guedes, Kevin Lopes, Kevynyn Onesko, Keyla Ferreira, Kimberly Mariano, Kirley Barbosa da Silva, Kyssa, Laeticia Maris, Laeticia Monteiro, Laila Maria Pullini, Laís, Laís Carvalho Feitosa, Laís Cerqueira Fernandes, Laís de Souza Medeiros, Laís Felix Cirino dos Santos, Laís Fonseca, Lais Fulgêncio, Laís Maria Alvaroni de Brito Martins, Lais Mastelari, Lais Pitta Guardia, Laís Ramos, Laís Rauber, Laís Sperandei de Oliveira, Laís Vitali Costa, Laise Clement, Laiza Dias, Lara Antunes, Lara Borges, Lara Daniely Prado, Lara Rauta, Lara Sampaio Fernandes, Lara Sargentelli, Lari Nicoletti, Larissa, Larissa Allegro, Larissa Alves de Pinho, Larissa Bastos Alba Fernandes, Larissa Bastos Braga Oliveira, Larissa Canêjo, Larissa Celeste, Larissa Cerdeira Troitiño, Larissa da Costa Barboza, Larissa de Souza Rocha, Larissa Fagundes Lacerda, Larissa Gendorf, Larissa H. Sebold, Larissa Junqueira Costa Pereira, Larissa Larsen de Paula, Larissa Lunelli, Larissa Lusou, Larissa Maria de Araújo Bezerra, Larissa Marini, Larissa Michaella Machado de Campos, Larissa Minighin Moreira Ottoni, Larissa Moraes Fernandes, Larissa Moreti, Larissa Pereira Ramos, Larissa Pinheiro, Larissa Pontes Ribeiro, Larissa R da Silva, Larissa R. Andrade, Larissa Raduam Junqueira, Larissa Sayuri, Laryssa de Souza Lucio, Laryssa Ktlyn, Laryssa M Surita, Laudacena Freire, Laura Almeida Bueno, Laura Caroline Ferreira Borba, Laura Erig Salimen, Laura Konageski Felden, Laura Laatsch, Laura Marsola Gomes, Laura Nascimento, Laura Pohl, Laura Radicchi, Laura Ramos da Silva, Laura Rocha dos Anjos, Laura Tomadon, Laura Treba da Fonseca, Laura Trevisan, Lauren Cristina Costa da Conceição (Morena), Lauro da Silva Nascimento, Lays Bender de Oliveira, Lays de Matos Azevedo, Leandra Lima de Almada, Leandro de Campos Fonseca, Leandro Matioli Santos, Leandro Raniero Fernandes, Leandro Ribeiro Neves, Leandro Vinicios Carvalho, Leandro Volpini Bernardes, Leear Martiniano, Leele Nascimento, Leidijane Calado, Leidyane Bispo, Leif Breno, Leila Camblor, Leila Carvalho, Leila

Maciel da Silva, Leila Plácido de Paula, Leiliane Santos, Lej, Lelienne Ferreira Alves Pereira Calazans, Lenaldo, Lenon Castro de Araujo, Léo Francisco Rolim Costa, Leonardo Alves, Leonardo Antunes Ferreira, Leonardo Carvalho, Leonardo de Almeida Rodrigues, Leonardo Digilio Vieira da Silva, Leonardo Ferreira Melo, Leonardo Gomes, Leonardo La Terza, Leonardo Lahoz Melli, Leonardo Lima, Leonardo Macleod, Leonardo Rafael de Araujo Zaromski, Leonardo Ribeiro da Silva, Leonel Marques de Luna Freire, Leonor Benfica Wink, Leonora Berrini, Lethícia Roqueto Militão, Letícia Alves, Letícia Bernardes, Letícia Bueno Cardoso, Letícia Cândida S. A. A. de Moura, Leticia Cattani Perroni, Letícia Cintra Silva Morais, Leticia Dourado Santos, Letícia Duarte, Letícia Gabriela Lopes do Nascimento, Leticia Hammer, Leticia Izumi Yamazaki, Leticia Luz, Letícia Magalhães, Letícia Montes Faustino Miwa, Letícia Pacheco Figueiredo, Letícia Pereira Castro, Letícia Pombares Silva, Letícia Prata Juliano Dimatteu Telles, Letícia Segura, Letícia Silva de Almeida, Letícia Soares de Albuquerque Pereira, Letícia Uehara, Letícia Weber Pinto, Letty, Lia Cavaliera, Lia Nojosa Sena, Lici Albuquerque Vidolin, Lidiane Kottwitz, Lidiane Silva Delam, Lilia Alves Costa da Silva, Lilian Caroline, Lilian Domingos Brizola, Liliane Cristina Coelho, Lina Machado Cmn, Lisandra Freitas, Lisis Lobo, Lívia, Lívia André de Souza Oliveira, Livia C V V Vitonis, Lívia Carvalho Menighin, Livia de Oliveira Passos, Lívia dos Santos Sá, Lívia Maria Bianchi Poleze, Livia Marinho da Silva, Liz Ribeiro Diaz, Lizandra Ludgerio, Lizandra Yukari Miyazaki, Lizia Ymanaka Barretto, Loara D'ambrosi Farion, Lorena da Silva Domingues, Lorena de Faro dos Xavier de Almeida, Lorena Nunes da Silva, Lorena Oliveira, Lorena Ricardo Justino de Moura, Lorena Sílria, Lorraine Paes Mendes, Lorrane de Jesus Miranda, Louis Patrick, Louise Vieira, Lourenço Romano Jr., Luan Cota Pinheiro, Luana Aparecida dos Santos Nascimento, Luana Braga, Luana Feitosa de Oliveira, Luana Lacerda Batista, Luana Maria Caroline Brigo, Luana Muzy, Luana Pimentel da Silva, Luana Rocha Andrade, Luane da Silva Lavinas, Luanna Jales Duque de Albuquerque, Luanna Lins, Luany Mayara Silva, Lucas, Lucas "Brotoles" Ramos, Lucas "Havoc" Suzigan, Lucas Alves Bringel, Lucas Alves da Rocha, Lucas Brandão Rodrigues, Lucas Ciarlini Guilhon, Lucas Costa da Silva, Lucas Danez, Lucas de Melo Bonez, Lucas de Souza, Lucas dos Santos Cardozo, Lucas Fernandes Gonçalves da Silva, Lucas Figueiredo Pacheco de Almeida, Lucas Gomes, Lucas Lotério, Lucas Mazin Lia, Lucas Pasetto, Lucas Rafael Dacanal, Lucas Ribeiro, Lucas Vitoriano Lopes Cerqueira, Lúcia Guimarães, Lucia Rejane Gomes da Silva, Luciana, Luciana & Gilma Vieira da Silva, Luciana Araujo Fontes Cavalcanti, Luciana Barreto de Almeida, Luciana Darce, Luciana de Andrade Alongi, Luciana Duarte, Luciana Farias Hörlle, Luciana Lima, Luciana Liscano Rech, Luciana M. Y. Harada, Luciana Maria da Costa Silva, Luciana Monticelli, Luciana Ortega, Luciana Sandes

Damasceno, Luciana Schuck e Renato Santiago, Luciane da Silveira, Luciane Lucas Lucio, Luciane Magalhães dos Santos Lobo, Luciane Rangel, Luciano Bianchi, Luciano Caruso, Luciano Guimarães Pereira, Luciano Júnio A. de Souza, Luciano Prado Aguiar, Luciano Vairoletti, Lucicleide dos Santos Favoreto, Luciene Santos, Lucilia Aralde, Lucimara D. G. de Almeida, Lucio de Franciscis dos Reis Piedade, Lucio Pozzobon de Moraes, Ludmila Beatriz de Freitas Santos, Ludmila Hensel, Ludmila Vitória de Oliveira Barros, Luis Antonio da Silva Filho, Luis Antonio Figueiredo, Luís Felipe Souza de Mattos, Luis Gerino, Luis Gustavo Joaquim de Faria, Luís Henrique Ribeiro de Morais, Luísa Barichello Ferrassini, Luisa Beatriz Santos, Luísa Broggi Navarro, Luísa Claudia Faria dos Santos, Luisa de Medeiros Ramos, Luísa de Souza Lopes, Luísa de Souza Mello, Luisa Freire, Luisa Mesquita, Luíse Gauer Schulte, Luiz Abreu, Luiz Felipe Benjamim Cordeiro de Oliveira, Luiz Felipe L. Valsani, Luiz Fernando Cardoso, Luiz Fernando Plastino Andrade, Luiz Guilherme Alves Alberto, Luiz Henrique Trompczynski, Luiz Marques, Luiz William dos Santos, Luiza Beatriz Saccol, Luiza de Souza Martins da Rocha, Luiza Fernandes Ribeiro, Luiza Helena A. Silva, Luiza Helena Vieira, Luiza Leal Martinez, Luiza Pimentel de Freitas, Luíza Santos, Luiza Tenório Machado de Alencar, Luna Alves, Luzia Tatiane Dias Belitato, Lygia Beatriz Zagordi Ambrosio, Lygia Ramos Netto, M. Graziela Costa, M. S. Suzuki, Mª Veríssima Chaia de Holanda, Maedina Gomes da Costa, Magaly Nunes Carvalho, Mahatma José Lins Duarte, Maiara Bolsson, Maiara G. Venson, Maiara Rodrigues, Maíra Lacerda, Maira Malfatti, Maíra Maria de Lacerda Ferreira, Maíra Scheibler, Maísa Dias Pimenta, Maísa Palma, Maize Daniela, Maju Serodio, Malane Quadros, Manoel Pedreira Lobo, Manoel Rocha, Manoela Cristina Borges Vilela Sanbuichi, Manoela Fernanda Girello Cunha, Manu Medeiros, Manuela Cavalcanti Bezerra, Manuela Furtado de Almeida, Manuela Mariana Silveira Ticianel, Mara Ferreira Ventura e Silva, Maratona.app, Marcela Farias, Marcela Nunes Argentin, Marcela P. Santos Alves, Marcelinho, Marcella dos Santos Erbisti, Marcella Elisa Costa Franchi, Marcella Garbes, Marcella Gualberto da Silva, Marcelle Machado Leitão, Marcelle Rodrigues Silva, Marcello Morgan, Marcelo Crasso, Marcelo dos Santos da Silva, Marcelo Durgante, Marcelo Fernandes, Marcelo Holanda Cavalcante, Marcelo Leão, Marcelo Martinez Anton, Marcelo Medeiros, Marcelo Urbano, Marcelo Wanderley Burger, Marcia Avila, Marcia Baptista Marques Cardoso, Marcia R J Tonin, Marciane Maria Hartmann Somensi, Marciele Moura, Marcílio Garcia de Queiroga, Marcio Abreu, Márcio da Silva Kubiach, Marcio Quara, Márcio Ricardo Pereira, Márcio Souza Serdeira, Marco Antonio da Costa, Marcos Almeida, Marcos Antônio da Silva, Marcos Denny, Marcos Nogas, Marcos P J Sousa, Marcos Reis, Marcos Roberto Piaceski da Cruz, Marcos Souza Ferreira, Marcos Victor Silveira Mello, Marcos Vinícius M. Fonseca, Marcos Winther Silva Carreiro,

Marcus Antonius S Silva, Marcus Paulo de Oliveira Rodrigues, Marcus Vinicius Neves Gomes, Marcus Vinicius S. de Souza, Mari Douglas, Mari Fuerback, Mari Inoue, Maria Alice Tavares, Maria Aline Soares do Nascimento, Maria Amalia Lorenzo Rey, Maria Angélica da Silva e Silva, Maria Angélica Tôrres Mauad Mouro, Maria Anne Bollmann, Maria Batista, Maria Beatriz Abreu da Silva, Maria Belló, Maria Carolina Monteiro, Maria Carvalho, Maria Clara Freitas, Maria Clara Ouriques, Maria Clara Pereira, Maria Claudiane da Silva Duarte, Maria Cristina da Purificação Costa, Maria Cristina Oliveira Souza, Maria E. S. M. de Aguiar, Maria Eduarda Blasius, Maria Eduarda Caldeira Moreira, Maria Eduarda da Costa Queiroz, Maria Eduarda Degaspari Trajano, Maria Eduarda Dunker, Maria Eduarda Estevam de Matos, Maria Eduarda Herédia, Maria Eduarda Kutney da Silva, Maria Eduarda Moraes Meneses, Maria Eduarda Moura Martins, Maria Eduarda Oliveira de Sá, Maria Eduarda Ronzani Pereira Gütschow, Maria Eduarda Soares, Maria Eduarda Soares Silva, Maria Fabiana Silva Santos Nascimento, Maria Fernanda Pimenta, Maria Fernanda Pontes Cunha, Maria Fernanda Ribeiro, Maria Filomena Parravano Guimarães, Maria Flora de Almeida, Maria Francielly Moreira de Souza, Maria Gabriela Lima Vasques, Maria Gabrielle Figueirêdo Xavier, Maria Graciete Carramate Lopes, Maria Helena Lima de Oliveira, Maria Helena Nobres da Paz Rosa, Maria Inês Farias Borne, Maria Isabel Antunes da Silva, Maria Isabel Soares, Maria Ivonete Alves da Silva, Maria Letícia Kiendl, Maria Lúcia Bertolin, Maria Luiza Nery, Maria Luiza S. Falcão, Maria Marcelle Batista Amaro de Sousa, Maria Mariana de Barros Silva, María Patricia Silva Moreira, Maria Regina Magalhães Palma Ferreira, Maria Renata Eloy, Maria Renata Tavares, Maria Ribeiro, Maria Sena, Maria Solidade, Maria Teresa, Maria Tereza de Almeida Miranda, Maria Victorianna Nunes de Oliveira, Maria Vitória, Maria Vitoria Nascimento, Maria Vitoria Nunes Lemes, Maria Vitória Ribeiro de Oliveira, Mariana Albuquerque, Mariana Aya Suzuki Uchida, Mariana Bernicchi, Mariana Bonfá de Siqueira, Mariana Braga, Mariana Brandão, Mariana Cardoso Menquinelli, Mariana Carolina Beraldo Inacio, Mariana Cavalcanti da Conceição, Mariana Côrtes Souza, Mariana D. Pizzolo de Souza, Mariana da Cunha, Mariana da Silva Martinelli, Mariana David Moura, Mariana de Camargo, Mariana de Carvalho, Mariana de Souza Nascimento, Mariana de Souza Ramalho, Mariana dos Santos, Mariana Granzoto Lopes, Mariana Januário dos S. Viana, Mariana Knewitz Sommer, Mariana Leoncio,

Mariana Lessa, Mariana Lira, Mariana Luiza Marks, Mariana M. L. Brito, Mariana Machado Fulukava, Mariana Marmora, Mariana Mello Barros, Mariana Moreira Menezes Elias dos Santos, Mariana Pereira, Mariana Rebello Kirchner, Mariana Rezende dos Santos, Mariana Rocha, Mariana Rodrigues, Mariana Soares Popper, Mariana Sorc, Mariana Stefanini, Mariana Tescarollo Kern de Oliveira, Mariane Vincenzi, Marianne Andrade Lobato, Marianne Ferreira, Mariany Peixoto Costa, Maria-Vitória Souza Alencar, Marie Corbetta, Mariela Andréia Tramontina Pott, Marielly Inácio do Nascimento, Marília Castro, Marília Morais, Mariline Nacarate, Marilza Silva, Marina, Marina Bolsonaro, Marina Brunacci Serrano, Marina Castro, Marina Cristeli, Marina de Abreu Gonzalez, Marina de Moraes Haro, Marina Fernandes de Figueiredo Souza Teixeira, Marina Gallo Avellar de Lemos, Marina Izeppe, Marina Leme Merlin, Marina Lima Costa, Marina Mafra, Marina Mello, Marina Mendes Dantas, Marina Ofugi, Marina Rezende Gomes, Marina Val, Marina Viscarra Alano, Mario Brener Camilo Rezende, Mário Jorge Lailla Vargas, Mario Luiz Piazza, Marisi Cristina Terciani, Marisol Bento Merino, Marisol Prol, Mariucha Vieira, Marize Siqueira, Marjorie Bárbara de Sousa Cunha, Marjorie Sommer, Marlene Araujo, Marlon Vasconcelos, Marlysson Aerton de Oliveira, Marnylton Santos da Silva, Marta Ribeiro, Martha Gevaerd, Martha H. D. Cordeiro, Martha Isabelle Astrid Medeiros Mesquita, Martha Ricas, Matheus Arend de Moura, Matheus de Magalhães Rombaldi, Matheus dos Reis Goulart, Matheus Exnalto, Matheus Martins Aguiar, Matheus Rodrigues de Lima, Mauricio Kuris, Maurício Magno Rodrigues Pereira, Mauricio Simões, Maury Sanches Romann, May Barros, May Miriuk, May Tashiro, Mayana Ayumi Nakahama, Mayanna Chagas, Mayara C. M. de Moura, Mayara Cazati, Mayara Ladeira, Mayara Meirelles, Mayara Neres, Mayara Policarpo Vallilo, Mayara Santos Borges, Mayara Silva Bezerra, Maykelly Cordovil Sena, Mayra de C. Alves, Mayra S. Dias (Mayday), Mayumi Miyashiro, Meg Ferreira, Meg Mendes, Meg Sanchez, Melissa Barth, Melissa Rhênia Barbosa Espínola, Melissa Wanderlei de Mendonça, Merelayne Regina Fabiani, Mériten É. Altelino da Silva, Meulivro.jp, Micaella Reis, Micaelly Carolina Feliciano, Michel Barreto Soares, Michel Leite de Avila, Michel Sabchuk, Michele Bowkunowicz, Michele Calixto de Jesus, Michele Caroline de Oliveira, Michele Faria Santos, Michele Rosa, Michelle Goulart Martins, Michelle Leite Romanhol, Michelle Nunes, Michelly Wesky

Gomes de Oliveira, Mickaelly Luiza de Borba da Silva, Midiã Ellen White de Aquino, Midiã Lia, Mih Lestrange, Mikaela Valdete Trentin, Mikaella dos Santos Queiroz, Mila Cassins, Milena Ferreira, Milena Lisboa, Milena Maia de Souza, Milena Miyashiro, Milene Antunes, Miller de Oliveira Lacerda, Miller Souza Oliveira, Minnie Santos Melo, Mirela Miani, Mirela Sofiatti, Mirele Rodrigues Fernandes, Miriam Potzernheim, Mirian Galliote Morale, Mirian Morale, Mirna Porto, Miruna Kayano Genoino, Miucha Bordoni, Moab Agrimpio, Moira Moura, Moisés Pena Moreira, Monalisa Feitosa Resende, Mônica das Neves de Sousa, Monica dos Santos Penedo, Monica Forner, Mônica Furtado, Mônica Messora Guimarães, Monica Paula, Monique Calandrin, Monique de Paula Vieira, Monique D'orazio, Monique Ketelyn de Alencar Correia, Monique Mendes, Monique Vieira Miranda, Morgana Conceição da Cruz Gomes, Morony Mozart, Morte, MSFR Rocha, Murillo Augusto Lopes, Murilo Batista, Murilo de Lavôr Lacerda, Murilo Freire Oliveira Araujo, Mushi-San, Mykaella Gomes, Mylena Ligia da Silva, Myllenna Snex, Myrna Sanguinetti.

N | O | P | Q

Nadabe Souza, Nádia Barros, Nádia Simão de Jesus, Nadine Arissa Simokomaki, Nadine Assunção Magalhães Abdalla, Naila Barboni Palú, Naira Carneiro, Nalí Fernanda da Conceição, Nana, Nancy Yamada, Narjara Oliveira, Natalia Araujo, Natália Cristina Dias da Silva, Natalia de Assis Micheletti, Natalia de L. Costa, Natália de Pinho, Natalia Fukuda Rocha, Natália Gomes Castanho Vieira, Natália Inês Martins Ferreira, Natalia Kiyan, Natalia Luchesi, Natália Luiza Barnabé, Natália Maria Freitas Eduardo, Natália Martinello, Natalia Noce, Natália Rodrigues, Natália Teixeira Nemeth, Natália Viana, Natália Wissinievski Gomes, Natália Zimichut, Natalie Kienolt, Natáliza Zaffanella Eiras, Natani Machado, Natanne Gabriela Fonseca, Natascha Höhne Engel, Natasha Ribeiro Hennemann, Natasha Sanches Bonifácio, Natercia Matos Pinto, Nathalia Borghi, Nathália Carvalho de Araújo, Nathália Coelho Pereira Reis, Nathalia Costa Val Vieira, Nathalia de Lima Santa Rosa, Nathalia de Vares Dolejsi, Nathália e Thiago Guimarães, Nathalia Giordani, Nathália Liberato Varussa, Nathalia Luiz da Silva, Nathalia Matsumoto, Nathália Medeiros Guimarães, Nathalia Olifer, Nathalia P. Santos, Nathália Potenza, Nathalia Rabello, Nathália Rocha, Nathália Torrente Moreira, Nathalia Verçosa Perez Gorte, Nathalia Zanellato, Nathaly Lima de Oliveira, Nathalya Carneiro, Nathan Diorio Parrotti, Nathan Felipe Costa de Oliveira, Nathan Leite Ribeiro, Nathasha Christina Costa Pereira, Nati Siguemoto, Nayara Oliveira de Almeida, Nayara Peixoto Fidelis, Nayara Silva,

Nayara Yanne, Náyra Louise Alonso Marque, Nehama Sheyla Hershkoviz, Nelson do Nascimento Santos Neto, Neyara Furtado Lopes, Nicacio Araujo, Nicholas Fernando Laurentino, Nichole Karoliny Barros da Silva, Nícolas Cauê de Brito, Nicole Führ, Nicole Leão, Nicole Lie Okumura, Nicole Lopes, Nicole Pereira Barreto Hanashiro, Nicole Roth, Nicole Sayuri Tanaka, Nicoly S Ramalho, Niéli Becker Wingert, Nietzscha Jundi Dubieux de Queiroz Neves, Nina Nascimento Miranda, Nivaldo Morelli, Nizia Dantas, Noein Kinester, Noemy da Silva Lima, Núbia Barbosa da Cruz, Núbia Tropéia, Nuwanda, Octávio A. P. S. Filho, Ohana Fiori, O'hará Silva Nascimento, Olivertake, Omar Geraldo Lopes Diniz, Oracir Alberto Pires do Prado, Otávio A. R. Lima, Otavio Cals, Otávio Maia, Pable, Pábllo Eduardo, Páginas da Lica Angélica, Paloma A R Cezar, Paloma Hoover, Paloma Kochhann Ruwer, Paluana Curvelo Luquiari, Pâmela Alves Musialak, Pamela Felix, Pamela Lycariao Alonso Gomes, Pamela Moreno Santiago, Pamela Nhoatto S, Pamella Correia Croda, Pamella Xavier Monteiro Nogueira, Paola Borba Mariz de Oliveira, Paola Carvalho de Souza, Paola Satto, Paola Sn, Pat Neves, Pati Sosa, Patricia Akemi Nakagawa, Patrícia Alexandre da Silva, Patricia Ana Tremarin, Patrícia Aparecida Pimenta Pereira, Patrícia Azevedo, Patricia da Conceição, Patrícia dos Santos Rovati, Patrícia Ferreira Magalhães Alves, Patricia G Pelizari, Patricia Hradec, Patricia Lima Zimerer, Patrícia Matosinhos, Patrícia Milena Dias Gomes de Melo, Patrícia Rudi, Patrícia Sasso Marques Correia Prado Batista, Patrícia Tralli, Patrícia Zulianello Zanotto, Patrick Wecchi, Patty Pizarro, Paula Alves das Chagas, Paula Caniato, Paula Costi, Paula dos Santos Gonçalves, Paula Fernanda Barbosa Fernandes, Paula Gil, Paula Isabelle T. de Souza, Paula Ladeira, Paula Morato,

Paula Paes Barreto Moreira Martins, Paula Patricia dos Santos Alves, Paula Renata Guerra de Andrade, Paula Scrap Oliveira, Paulinha Bonito, Paulo Carrara de Castro, Paulo Cezar Mendes Nicolau, Paulo D'antonio, Paulo Garcez, Paulo Maria, Paulo Nojento, Paulo Pholux, Paulo Ratz, Paulo Victor Oliveira Bartasson Panisi, Paulo Vinicius Figueiredo dos Santos, Pedro Augusto Pimentel Pinheiro, Pedro Bicaco, Pedro Dobbin, Pedro H. Duran, Pedro Henrique Bastos Mouzinho, Pedro Henrique Caires de Almeida, Pedro Henrique Morais, Pedro Jatahy, Pedro Lopes, Pedro Oquendo Cabrero, Pedro Sousa, Peter Lenting, Phillip dos Santos Pinheiro, Pietra Brasil, Pietra Vaz, Pietro Kauê Bueno Albach, Plinio Sheijin Arashiro, Poliana Belmiro Fadini, Poliana Silva Rebuli, Polliana de Oliveira Saldanha, Polly Caria Lima, Pookie Esukiro, Príncia Dionízio, Priscila Campos, Priscila dos Santos Palmeira, Priscila Erica Kamioka, Priscila Faustino Motta de Almeida, Priscila Figueira Boni, Priscila Gimenez Bortolotti, Priscila Joyce de Souza Oliveira, Priscila Maria dos Santos, Priscila Mariz, Priscila Oliveira, Priscila Palucoski, Priscila Sintia Donini, Priscila Souza Giannasi, Priscila Wenderroschy, Priscilla Ferreira de Amorim Santiago, Priscilla Fontenele, Priscilla Suicun Baeta, Pyetra Rangel, Quitéria Simplicio Rodrigues.

R|S|T|U

Rafael Alvares Bianchi, Rafael Alves de Melo, Rafael de Oliveira, Rafael de Souza, Rafael dos Santos Correa, Rafael Furlan Barbosa, Rafael Guarnieri, Rafael Lucas Barros Botelho, Rafael Miritz Soares, Rafael Oliveira do Nascimento, Rafael Senra, Rafael Theodor Teodoro, Rafael Wüthrich, Rafaela Alcântara A. dos Santos, Rafaela Andrade Almeida, Rafaela Barcelos dos Santos, Rafaela Costa Barbosa, Rafaela da Silva Momolo Jardim, Rafaela Dal Santo, Rafaela Laísa Azanha Aquino, Rafaela Martins de Lima, Rafaela Pedigoni Mauro Mitani, Rafaela Prazeres, Rafaela Rodrigues de Oliveira, Rafaela Santiago, Rafaella Kelly Gomes Costa, Rafaella Silva dos Santos, Rafaelle Schutz Kronbauer Vieira, Raissa Fernandez, Raíssa Ferreira Corrêa, Raissa Pinheiro, Raíssa Reolon, Raissa Strozake Maximo, Ramon da Cruz Salgueiro, Ramon Lima Araújo, Raphael Monteiro, Raphael Oliveira, Raphaela Fernanda Ferreira Mendes, Raphaela Gomes Martins Fernandes, Raphaela Samartins Fontinele França, Raphaela Valente de Souza, Raquel Beatriz Bretzke, Raquel Cruz, Raquel Gomes da Silva, Raquel Grassi Amemiya, Raquel Gritz, Raquel Hatori, Raquel Menezes Nunes Machado, Raquel Nardelli Ribeiro Preter, Raquel Pedroso Gomes, Raquel Quilião, Raquel Rodrigues Rocha, Raquel Rother Bezerra, Raquel Santos Tonin, Raquel Spindola Samartini,

Raquel Suzano Fontes, Raquel Uyeda Bonfante, Raquel Vargas Olsson, Raquel Zichelle, Raquelle Barroso de Albuquerque, Raul Morais de Oliveira, Rayane Gabrielle Brasil de Vasconcelos, Rayane Pazini, Rayane Sousa, Rayanne Azevedo de Souza, Rayanne Pereira de Oliveira, Raysa Cerqueira Silva, Rayssa Albuquerque Cruz Abreu, Rebeca Azevedo de Souza, Rebeca Bezerra Gonçalves dos Santos, Rebecca A. C. Simões, Rebecca Braga, Rebecca Marques, Rebecka Santos, Rebekah Kathleen, Regiane Aparecida Ferreira Silva, Regina Andrade de Souza, Regina Ferrarezi, Regina Souza Dias, Régis Dantas, Reinaldo Paiva, Rejana Cera Cadore, Rejane Calazans, Renan A. F. de Moraes, Renan Oliveira Santana, Renan Peres, Renan Pinto Fernandes, Renan Rademaker, Renan Salgado, Renata Asche Rodrigues, Renata Baltensberger, Renata Bezerra Onofre, Renata Bossle, Renata Cabral Sampaio, Renata Cristina Cicolin, Renata Cybelle Soares de Souza, Renata da Silva Romão, Renata de Araújo Valter Capello, Renata de Lima Neves, Renata Dias Borges, Renata Ligocki Pedro, Renata Lisa Maeda, Renata Maciel Camillo, Renata Oliveira do Prado, Renata Pereira da Silva, Renata Quintella Zamolyi, Renata Ramos, Renata Roggia Machado, Renata Santos Costa, Renata Vidal da Cunha, Renato Drummond Tapioca Neto, Renato Klisman, Rhai Five, Ricardo Bauler Rick, Ricardo da Conceição Ferreira de Jesus, Ricardo Fernandes de Souza, Ricardo Poeira e Débora Mini, Richard Nikolas Chaves, Riciero Favoreto dos Santos, Rildo Augusto Valois Laurentino, Rinele Borges, Rita de Cássia de C. M. Neto, Rita de Cássia Dias Moreira de Almeida, Rita de Cássia Santos de Jesus, Roberlene Maria Mendonça de Brito, Roberta Alves Lunardi, Roberta Delboux Bassi, Roberta Dias, Roberta Eveline Figueiredo Alencar, Roberta Hermida, Roberto Panarotto, Roberval Machado Christino, Robi Takushi, Robson Mistersilva (Robson Santos Silva), Robson Muniz - Escritor, Rodney Georgio Gonçalves, Rodolfo de Souza Lopes, Rodrigo Barroso de Oliveira, Rodrigo Bertolini, Rodrigo Bobrowski - Gotyk, Rodrigo Borges, Rodrigo Eduardo da Silva, Rodrigo Gastal, Rodrigo Machado, Rodrigo Mattos, Rodrigo Moreira Catusso, Rodrigo Nascimento Lobo dos Santos, Rodrigo S. M. Takahashi, Rodrigo Soares, Rodrigo Zambianco Cataroço, Roger Israel Feller, Rogério Correa Laureano, Rômullus Khaos, Ronald Robert da Silva Macêdo, Ronaldo Antônio Gonçalves, Ronaldo Barbosa Monteiro, Ronaldo Ribeiro Melo Junior, Ronevia Novaes, Roni Tomazelli, Ronny Milléo, Rosa Maria, Rosa Maria Zuccherato, Rosana Kazumi Matsubara Miyata, Rosana Maria de Campos Andrade, Rosana Moro, Rosâne Mello, Rosane Pires Alteneter Monticelli, Rosea Bellator, Rosiane Petto de Campos, Rosineide dos Santos, Rosita Lima, Rossana Kess Brito de Souza Pinheiro, Rosy Moreira, Rozana Moreira, RS Carone, Ruan Oliveira, Ruan S. Matos, Rubens David Alvares da Silva, Rubens Pereira Junior, Rune Hamalainen Tavares, Ruth Danielle Freire Barbosa Bezerra, S. Guerra, Sabrina Cássia Carneiro, Sabrina Cavalcante, Sabrina de Lucena Roque Pereira, Sabrina Homrich Morán, Sabrina Janaina Santos Lisboa, Sabrina Melo, Sabrina Morais de Andrade, Sabrina Varges de Oliveira, Sabrina Vechini Gouvêa, Sabrina Vidigal, Sabrina Zilli de Andrade, Sabrinne de Souza, Samanta Ascenço Ferreira, Samanta Belletti Francisco, Samanta Moretto Martins, Samantha Lemos, Samantha Nossar Galiza, Samara Castro Freitas, Samara Farias Viana, Samara Maia Mattos, Samara Oda, Sâmia Catne Mouta Gonçalves, Samir Elian, Samuel José Casarin, Sandra Lee Domingues, Sandra Regina dos Santos, Sandra Regina O Bandinha, Sara Donato, Sara Marie N. R., Sara Marques Orofino, Sara Ravena Cunha Moreira, Sara Rodrigues, Sarah, Sarah Carolina Amorim de Lima, Sarah Carvalho Augusto, Sarah Emi, Sarah Lopes Amaral Gurgel, Sarah Pereira Santos, Sarah Regis, Sarah Rezende Vaz, Saulo Santana Cordeiro Sousa, Sávia Regina Raquel Vieira, Sayannys Thayna Silva Messias, Sayuri Utsunomiya, Sebastião Alves, Sergio Simabukuro, Seven Fortunato, Shai'yin, Shanahan Bulcão, Shay Esterian, Shirley Peixe, Shirley Santos, Silmara Helena Damasceno, Silvana Cruz, Silvana Pereira da Silva, Silvana Romero, Silvia Helena Perez, Silvia Maria dos Santos Moura, Simon Angel Xavier, Simone A. Oliveira, Simone Barbosa, Simone Di Pietro, Simone Kaiser, Simone Rodrigues da Silva, Simone Teixeira de Souza, Sinara Marques dos Santos, Sirlene Aparecida Ribeiro Ferro, Sofia Brogliato Martani, Sofia Gomes Soler dos Santos, Sofia Kerr Azevedo, Sofia Lopes Andujar, Sol Coelho, Solange Burgardt, Sônia Prestes Vieira, Sophia de Lima Batista, Sophia M, Sophia Ribeiro Guimarães, Soren Francis, Soriane Stefanes, Sr. Dn, Srta. Meirinho, Stefan Radkowski, Stéfani Lara Galvão, Stefania Dallas G B Almeida, Stefany Farias, Stelamaris Alves de Siqueira, Stella Ivanovski Souza, Stella Michaella Stephan de Pontes, Stella Noschese Teixeira, Stephanie Cardoso, Stephanie L S, Stephanie Rosa Battisti, Stephanie Rosa Silva Pereira, Stephanie Rose, Stephany Ganga, Sthefanny Fernandes Chacara Nascimento, Stiphany Costa Cabral da Fonseca, Suelen Paiva Barbosa, Sueli Yoshiko Saito, Suellen Gonçalves, Suellen Izidoro, Suellen Souza, Suellen Verçosa, Suely Abreu de Magalhães Trindade, Susana Fabiano Sambiase, Susana Ventura,

Susanna D'amico Borin, Suzana Dias Vieira, Suzana M Ketelhut, Tabata Costa, Tábata Shialmey Wang, Tábata Torres, Taciana Souza, Tácio R. C. Correia, Tadeu Meyer Martins, Taiana Coimbra, Tailine Costenaro, Taílla Portela, Tainá Cramme, Tainá Trajano, Tainan da Silva Lima, Tainara Gouvêa Casarin, Taís Castellini, Taís Coppini, Taís Ortolan, Taissiane Bervig, Taki Okamura, Talita Alves de Oliveira, Talita Chahine, Talita Cristina Balbino Robinato, Talita F Cipriano, Talita Gabriela Salles Ramos, Talita Schenfert de Oliveira, Talita Silva Belo, Talles dos Santos Neves, Tamara Cintra Leoni, Tamires Nobre, Tamires Regina Zortéa, Tamires Saturnino, Tamires Tavares dos Anjos, Tamy Nakabayashi, Tamyres Cristina, Tânia Maria Florencio, Tania Veiga Judar, Tarcio Luiz Martins Carvalho, Tarcisio Pereira, Tarija Louzada Pozo, Tassiane Bernardi de Jesus, Tathi Souza, Tati Boulhosa, Tatiana Catecati, Tatiana Fabiana de Mendonça, Tatiana Lagun Costa, Tatiana Lico Rocha, Tatiana Morales, Tatiana Oshiro Kobayashi, Tatiana Silva, Tatiane de Araujo Silva, Tatiane Felix Lopes, Tatiane Florencio, Tatiane Hirata, Tatianne Karla Dantas Vila Nova, Tayane Couto da Silva Pasetto, Taylane Lima Cordeiro, Taynara & Rogers Jacon, Taynara Araújo Portela de Lima, Taynara Ferreira Sales, Tayra Ferraz Santos, Telma Patricia de Jesus Batista, Tereza Cristina Santos Machado, Terezinha Lobato, Thabata Souza Alves, Thainá Beraldo, Thainá Carriel Pedroso, Thainá Mariane de Souza, Thainá Souza Neri, Thainara Cristina Moreira Ferreira, Thairiny Alves Franco, Thais Bertaglia, Thaís Brito, Thais Carneiro, Thais Cima, Thaís Costa, Thais Cristina Micheletto Pereira dos Santos, Thais de Classe, Thais de Lima, Thais Fernanda Luiza, Thaís Ferraz, Thais Fraccari, Thais Freire Wu, Thais Gomes, Thais Guero Fernandes, Thais Martins Alves, Thaís Mendes, Thais Pires Barbosa, Thaís Ramos de Almeida, Thais Rossetto, Thaís Rozatto Pereira da Silva, Thais Saori Marques, Thais Soares de Oliveira, Thais Teixeira, Thais Terzi, Thaís Wounnsoscky de Campos, Thaisa da Silveira Surcin, Thaise "Thablo" Chaves, Thaise Moreno Galo Guilherme, Thaissa Rhândara Campos Cardoso, Thales de Abreu, Thales Leonardo Machado Mendes, Thales Pastre, Thalia Felix de Meneses, Thalita Branco, Thalita Oliveira, Thalita Valcarenghi Carvalho, Thalya Pereira, Thamires Fassura, Thamires Garcia dos Santos, Thamires Pereira Santos Ferreira, Thamyres Cavaleiro de Macedo Alves e Silva, Tharsila

AGRADECIMENTOS

Tom, Thayana Sampaio, Thayna Braga Moraes, Thayna Ferreira Silva, Thayna Rocha, Thayná Stvanini, Thaynara Albuquerque Leão, Thays Cordeiro, Thenessi Freitas Matta, Theyziele Chelis, Thiago Ambrósio Lage, Thiago Babo, Thiago Barbosa, Thiago Carvalho Bayerlein, Thiago de Jesus Correa, Thiago de Souza Oliveira, Thiago Frossard, Thiago Lomba, Thiago Massimino Suarez, Thiago Nunes, Thiago Roberto Julião Ferreira, Thiago Silva, Thiago Sirius, Thiago Tonoli Boldo, Thiago Vieira Teodoro, Thiemmy Almeida Guedes, Thomaz Rodrigues Botelho, Thuty Santi, Thyago dos Santos Costa, Thyago Ferreira Marques, Tiago Batista Bach, Tiago Casseb Barbosa, Tiago Lacerda Queiroz Carvalho, Tiago Queiroz de Araújo, Tiago Troian Trevisan, Ticiana Freire, Ticianne Melo Cruz, Tiemy Tizura, Tífani Souto Alves, Tífany Lima Carvalho, Trícia Nunes Patrício de Araújo Lima, Tuanni Santos Allievi, Tuísa Machado Sampaio, Tuyanne Modesto, Uedija Natali Silva Dias, Ulisses Junior Gomes, Úrsula Antunes, Úrsula Lopes Vaz.

V | W | X | Y | Z

Vagner Ebert, Val Lima, Valdir Alvares, Valéria Coutinho Pereira, Valeria Oliveira, Valeria Pinto Fonseca, Valéria Ribeiro do Nascimento, Valeska Ramalho Arruda Machado, Valquíria Sampaio Ortiz, Valter Costa Filho, Vamberto Junior, Vanádio José Rezende da Silva Vidal, Vandre Fernandes, Vandressa Alves, Vanessa Akemi Kurosaki (Grace), Vanessa Coimbra da Costa, Vanessa da S Dantas, Vanessa Duarte Ferreira, Vanessa Ingrid Pessoa Cavalcante, Vanessa Matiola, Vanessa Moraes de Miranda, Vanessa Moura Ribeiro, Vanessa Oliveira Rocha, Vanessa Paulo, Vanessa Petermann Bonatto, Vanessa Queiroz, Vanessa Raquel da Rosa, Vanessa Reis, Vanessa Rodrigues Thiago, Vanessa Soeiro Carneiro, Vania Matos, Vânia Spala, Vânia Vero, Vanini Lima, Vera Carvalho, Vera Lúcia N. R., Veronica Carvalho, Verônica Cocucci Inamonico, Verônica Michetti, Vianney Oliveira dos Santos Jr, Victor Alves Gaspar, Victor Antonio Sanches da Silva Vaz, Victor Hugo A Orlandi, Victor Hugo Zanetti Tavares, Victor Lucas Alves Pereira Ramos, Victor Mendonça de Almeida, Victor Okada, Victor Rohr Justen, Victor Valentim - Bosque dos Gnomos, Victória Albuquerque Silva, Victoria Anselmo Haddad, Victória Carmello Tamburo, Victória Correia do Monte, Victoria de Almeida Bracco, Victoria Loyane Triboli, Victoria Raiol, Victória Silva de Paula, Victoria Yasmin Rodrigues Tessinari, Vilamarc Carnaúba, Vinicio Lima, Vinicius Crespilho, Vinícius da Silva Marcolino, Vinicius de Aquino Monteiro dos Santos, Vinicius de Morais, Vinícius Dias Villar, Vinicius Rodrigues Queiroz, Vinicius Santos, Vinicius Schirmer, Vinícius Silva Rosa, Vinícius Vieira Nava, Vinicius Vilas Boas, Virgínia de Oliveira Barbosa,

Virgínia Mei Tsuruzaki Shinkai, Virginia Moreira Silva, Viriato K. Dubieux Netto, Vitor Costa, Vitor E. Bouças, Vitor Hugo de Almeida e Silva, Vitor Mamede, Vitor Silos, Vitória Anizi Modesto Carneiro, Vitória B. Marcone, Vitória Beatriz Portela Orsiolli, Vitoria Carolina Piekarski Fanin, Vitória do Prado Della Beta, Vitória Filgueiras M., Vitória Filipetto Wendler, Vitória Gomes Rodrigues, Vitória Palauro, Vitória Rugieri, Vivi Kimie Isawa, Vivian Fernandes e Silva, Vivian Osmari Uhlmann, Vivian Ramos Bocaletto, Vivian Yamassaki, Viviane Camargo, Viviane Côrtes Penha Belchior, Viviane Sayuri Arimori, Viviane Tavares Nascimento, Viviane Ventura e Silva Juwer, Viviane Wermuth Figueras, Viviani Hellwald Barini, Vólia Simões, Wady Ster Gallo Moreira, Walkiria Nascente Valle, Wallacy Mota, Wande Santos, Wanessa Reis Filgueiras, Washington Rodrigues Jorge Costa, Wellida Danielle, Wellington Hirose Wagner Ferreira, Wenceslau Teodoro Coral, Wendel Sousa Barbosa, Wesley Marcelo Rodrigues, Weslianny Duarte, Weverton Oliveira, Whellen Karoline Moura Watanabe, Wilian X. Fazolin, William Costa, William Ribeiro Leite, William Sihler, Willian Fernando de Oliveira, Willy Reinhart Camargo, Wilson José Ramponi, Wilson Madeira Filho, Wirley Contaifer, Witielo Arthur Seckler, Wlademir Verni Rufo, Wolfgan Jafferson, Yara Cristofoletti, Yara Teixeira da Silva Santos, Yara Nolee Nenture, Yasmim Longatti Fabozzi, Yasmim Oliveira Braga, Yasmin Anhaia, Yasmin de Fátima Almeida Lima, Yasmin Dias, Yasmin Hassegawa Teixeira Barreto, Yasmine Louro, Yasmine Raifa Maluf, Yasmine Santanna, Ygor Santana, Yma Meireles, Yonanda Mallman Casagranda, Yslane Bezerra Batista, Yu Pin Fang (Peggy), Yulia Amaral, Yuri Borges, Yuri Mori Shiroma, Yuri Takano, Zaira Viana Paro, Zeindelf.

Agradecemos também aos amigos, parceiros, influencers, profissionais, livreiros e familiares que nos apoiaram ao longo de todo o processo de publicação desta obra.

Apoio de Empresas

Nossos agradecimentos às empresas que patrocinam a literatura no Brasil!

maratona.app

Maratona.app

Encontre leituras coletivas, personalize suas estantes e registre leituras junto de emoções e gifs.

https://maratona.app

@ maratona_app

LabPub

Escola especializada em cursos EAD para o mercado editorial

www.labpub.com.br

@ @labpub_ead

Conheça nossas próximas campanhas acompanhando as redes da Editora Wish @editorawish